(ANTOLOGÍA)

GIOVANNI BOCCACCIO

Estatua de Giovanni Boccaccio.

Giovanni Boccaccio

DECAMERÓN

(ANTOLOGÍA)

Introducción, notas, ilustración
y traducción revisada:
JUAN-JOSÉ MARCOS GARCÍA

Mestas
ediciones

Selección
CLÁSICOS UNIVERSALES

© MESTAS EDICIONES, S.L.
Avda. de Guadalix, 103
28120 Algete, Madrid
Tel. 91 886 43 80
Fax: 91 886 47 19
E-mail: info@mestasediciones.com
www.mestasediciones.com
http://www.facebook.com/MestasEdiciones
http://www.twitter.com/#!/MestasEdiciones

© Traducción revisada por Juan José Marcos García

Imagen de portada bajo licencia Shutterstock: Truhelen
Imágenes: del interior: miniaturas tomadas del manuscrito BNF
Arsenal 5070 custodiado en la Biblioteca Nacional de Francia y
aguafuertes de Romeyn de Hooghe en el libro *Contes et nouvelles
de Bocace Florentin*, Ámsterdam 1697.

Director de colección: J. M. Valcárcel

Primera edición: *Marzo 2023*

ISBN: 978-84-18765-37-7
Depósito legal: M-2243-2023
Printed in Spain – Impreso en España

INTRODUCCIÓN

BREVE RESEÑA SOBRE EL *DECAMERÓN*

Ninguna obra ha tenido, hasta donde sabemos, un éxito tan rápido y deslumbrante entre el público no culto y una difusión tan rápida y vasta en el mundo seglar como el *Decamerón*, escrito por Giovanni Boccaccio. Poco después de su finalización (hacia1351), vemos ejemplares disputados a golpe de una copiosa cantidad de florines de oro por la rica burguesía florentina.

En una época en que todavía el latín era la lengua predominante en la literatura que aspiraba a una difusión más amplia que la meramente nacional, es la primera vez que una obra escrita en una de las lenguas de la civilización moderna suscita un entusiasmo e interés tan profundo y tan extendido geográfica y social, cultural y popularmente. Prueba de ello es su pronta traducción a otros idiomas, como el francés (1411-1414), catalán (1429), alemán (1473), español (1496) e inglés (1525), por señalar las más tempranas versiones de este libro. Es la única obra vasta y unitaria que se impuso así entonces, para luego seguir resistiendo por más de seis siglos –hasta hoy– en el centro de interés de las más diversas expresiones del arte y la comunicación, y en el punto de mira de los más diversos lectores. Ninguna obra ha tenido tan excepcional acogida en más de medio milenio y en las más variadas y vivas formas de expresión artística: desde los remakes literarios, en vida del autor, de Petrarca e inmediatamente después el de Laurent de Premierfait, de Cristina de Pizán y, a continuación, desde las recreaciones en la ficción europea, a lo largo del Renacimiento y hasta el Neorrealismo, a las adaptaciones teatrales de Lope de Vega, de Shakespeare y de Pirandello, a las composiciones musicales de Vivaldi o de Suppé, a las interpretaciones visuales de Botticelli, de Tiziano, de Rubens, de Turner y de Chagall, hasta la flamante fortuna de hoy en las nuevas artes coreográficas, televisivas y cinematográficas, como testimonia el famoso homónimo film de Pier Paolo Passolini de 1971.

Estamos, pues, ante uno de los libros más importantes de la literatura universal. El título de *Decamerón* procede de una palabra de origen griego que quiere decir: «periodo de diez días». El marco narrativo está compuesto por un grupo de diez jóvenes (siete mujeres y tres hombres) que se reúnen en la iglesia de Santa Isabel María Novella en Florencia y toman la decisión de retirarse a una villa alejada de la ciudad para escapar de la peste negra –de la que el autor fue testigo– que azota a la ciudad y distraerse del ánimo trágico y decaído de la población.

En este lugar, para evitar recordar los horrores que han dejado atrás, los jóvenes se dedican a relatarse cuentos los unos a los otros. Permanecen en la villa durante catorce días, pero los viernes y los sábados no relatan cuentos, por lo que solo se cuentan historias durante diez días (de ahí el título de la obra). Cada día uno de los jóvenes actúa como «rey» y decide el tema sobre el que versarán los cuentos de esa jornada (excepto las jornadas primera y novena, en las que los cuentos son de tema libre). En total, se trata de 100 relatos, de desigual extensión. que se cuentan los jóvenes entre ellos y que hablan de las relaciones humanas, y de la inteligencia y el ingenio para manejarlas. El amor, desde su expresión carnal hasta la más sublime y trágica, se impone como el tema principal de la obra, si bien hay otros muchos temas importantes que son tratados en el libro, como el vitalismo, la inteligencia humana, la fortuna o la Iglesia.

Este libro fue escrito por Giovanni Boccaccio entre 1349 y 1351, y relata la vida cotidiana de la sociedad burguesa de la Europa medieval. El autor es, sin embargo, un adelantado a su época y, en muchos sentidos, un rebelde cuando comunica los valores de su tiempo en relación con el debido o indebido comportamiento de hombres y mujeres.

El autor dirige su obra a las mujeres, ya que las considera seres privados de libertad, confinadas en sus casas sufriendo de mal de amores, a diferencia de los hombres que tienen mayores y mejores oportunidades. Las mujeres enamoradas son tratadas con gran realismo; esta cercanía le facilita conectar con la psicología femenina y denunciar su discriminación sexual, social y familiar. La elección de la mujer como receptora del libro concuerda plenamente con que era la principal demandante de literatura para el ocio y presenta la novedad en el tratamiento del cuento por parte del autor, lejos de la tradicional función didáctica.

Este tratamiento que el autor da a la mujer es un rasgo que lo diferencia de sus antecesores. Ahora la mujer se equipara al hombre al tener acceso a los placeres de la vida, el amor, la libertad y la aventura. Así, da voz a siete mujeres para que expresen sus sentimientos a través de sus historias, una historia en la que el papel de las mujeres es agudo, hábil, descarado e ingenioso.

El subtítulo del libro, *Príncipe Galeoto*, hace referencia al caballero artúrico Galeoto, quien favoreció los amores de Lanzarote (o Lancelot) y Ginebra, con lo que Boccaccio "apellida" así a su libro porque lo destina a ayudar a las mujeres enamoradas, teniendo la misma intención de intermediario de amores presente en Dante («*Divina Comedia*», Infierno V, 137), en el episodio de Paolo y Francesca de Rímini, quienes, al leer sobre Lanzarote y Ginebra, se apasionan hasta el punto de ponerse a hacer el amor. Parecería que el narrador del *Decamerón* se coloca como un juez benevolente cuando de la pasión se trata.

Los cuentos describen personajes de su época: comerciantes, artesanos, campesinos y gente de ciudad que afrontan la cambiante fortuna de la vida. Es evidente la burla hacia los ideales medievales y la doble moral de la Iglesia, además del enaltecimiento de valores como la dignidad, el respeto y la justicia. También pondera recursos humanos como el sentido común, la astucia y el buen humor para enfrentarse al destino. Es por esta concepción profana del hombre que se le considera una obra precursora del Renacimiento. No es por lo tanto sorprendente que la Iglesia Católica, a través de la Inquisición, incluyera este libro en el índice de los libros prohibidos y fuera objeto de censura.

También en el terreno de lo literario el *Decamerón* se adelanta a su tiempo. Es valorada por los críticos como una obra maestra de la prosa italiana, y la precursora del género de la novela. La palabra 'novela' deriva del latín *novus* ('nuevo'), un género literario inédito en la época del autor.

El *Decamerón* rompió con la antigua tradición literaria de relatos místicos y moralizantes e hizo de Boccaccio el padre de la novela moderna, al desarrollar el tradicional cuento medieval añadiéndole una dote psicológica de la que carecía hasta entonces, presentando al ser humano como lo que es: una persona con virtudes y defectos, con sus penas y glorias. Boccaccio pretende dotar a su obra de una cohesión interna de la que carecían las obras narrativas de su tiempo: se trata de un paso más hacia la creación de la novela moderna. Lo que hoy entendemos por novela es un texto de gran extensión con una estructura bien definida, coherente, con sentido unitario, que desarrolla por lo general un argumento de principio a fin. Este género, sin embargo, no aparecerá plenamente en la literatura europea hasta el surgimiento del *Lazarillo de Tormes* y el *Quijote*, mucho tiempo después. El *Decamerón* no desarrolla un argumento unitario y carece de la cohesión de una novela, pero Boccaccio, consciente de las carencias de la narrativa de su tiempo, hace un esfuerzo por ir más allá de la mera recopilación de cuentos e historias: las cien narraciones que componen la obra cuentan con un hilo conductor, con unas características comunes y con unos personajes y un ambiente que sí le dan cierta unidad. Por primera vez en la Edad Media, Boccaccio presentó al hombre como artífice de su destino, más que como un ser a merced de la gracia divina.

Bajo la influencia de Boccaccio, Chaucer escribe *Los cuentos de Canterbury*, una recopilación de relatos enmarcados por una situación que les confiere unidad, siguiendo el modelo del *Decamerón*. En este caso se trata de un grupo de peregrinos que se dirigen a la tumba de Thomas Beckett y coinciden en una posada; allí el mesonero propone que cada peregrino narre cuatro historias, dos en el camino de ida y otras dos en el camino de vuelta, reservando un premio para el mejor narrador.

NUESTRA ANTOLOGÍA

La extensión del texto del *Decamerón* hace imposible la reproducción en su totalidad en esta colección. Por ello, han sido seleccionados aquellos cuentos más representativos dentro de la amplia temática que abarca el libro: el erotismo y el amor (que constituye el mayor peso temático del libro y que se despliega en registros tan variados como el cómico, heroico, grotesco, romántico y picaresco, cuentos que contienen, todos ellos, una profunda sensualidad y erotismo), el vitalismo, la inteligencia humana, la astucia, la fortuna cambiante de la vida o la crítica a la Iglesia.

La selección que aquí ofrecemos incluye aquellos cuentos que, a nuestro entender, ofrecen mayor interés y resultan más atractivos. En total es una antología de 36 relatos que permite un buen acercamiento a la obra de Boccaccio.

Ahora bien, esperemos que con su lectura quede una ventana sugerentemente abierta para que la curiosidad se deslice por ella, descorra las cortinas, penetre en la mente del lector y lo lleve a descubrir el libro en su totalidad, que hará próximamente su aparición en esta misma editorial.

Juan-José Marcos García.
Licenciado en Filología Clásica.
Plasencia. Octubre 2022.
juanjmarcos@gmail.com

DECAMERÓN

PROEMIO

Comienza el libro llamado Decamerón[1], apellidado príncipe Galeoto[2], en el que se contienen cien novelas contadas en diez días por siete mujeres y por tres hombres jóvenes.

H UMANA cosa es tener compasión por los afligidos, y aunque a todos conviene sentirla, mayormente se les exige a aquellos que ya han tenido necesidad de consuelo y lo han encontrado en otros: entre los cuales, si hubo al-

---

[1] Palabra griega que significa "diez días" y hace referencia a la duración de la obra, que se extiende en un marco temporal de diez jornadas.

[2] El subtítulo de "príncipe Galeoto" hace referencia al caballero artúrico Galeoto, quien favoreció los amores de Lanzarote (Lancelot) y Ginebra, con lo que Boccaccio "apellida" así a su libro porque lo destina a ayudar a las mujeres enamoradas, teniendo la misma intención de intermediario de amores presente en Dante («Divina Comedia», Infierno V, 137), en el episodio de Paolo y Francesca de Rímini.

guien de él necesitado o le fue grato o ya de él recibió el beneficio, soy uno de ellos. Porque desde mi primera juventud hasta hoy en día habiendo estado sobremanera inflamado por altísimo y noble amor[3] —tal vez, por narrarlo yo, bastante más de lo que parecería conveniente a mi baja condición—, aunque por los discretos a cuya noticia llegó fuese alabado y reputado en mucho, no menos me fue grandísima fatiga sufrirlo: ciertamente no por crueldad de la mujer amada sino por el excesivo fuego concebido en mi mente por el poco dominado apetito, el cual, porque con ningún razonable límite me dejaba estar contento, me hacía muchas veces sentir más dolor del que había necesidad. Y en aquella angustia tanto alivio me procuraron las afables razones de algún amigo y sus loables consuelos, que tengo la opinión firmísima de que por haberme sucedido así, no estoy muerto. Pero cuando apeteció a Aquél[4] que, siendo infinito, dio por ley inconmovible a todas las cosas mundanas el tener fin, mi amor —más ardiente que cualquiera otro y al cual no había podido ni romper ni doblegar ninguna fuerza de voluntad ni de consejo ni de vergüenza evidente ni ningún peligro que pudiera seguirse de ello— disminuyó por sí mismo con el tiempo, de tal suerte que sólo me ha dejado de sí en la memoria aquel placer que acostumbra ofrecer a quien no se pone a navegar en sus más profundos océanos, por lo que, habiendo desaparecido todos sus afanes, siento que ha permanecido deleitoso donde en mí solía presentarse doloroso. Pero, aunque haya cesado la aflicción, no por eso ha huido el recuerdo de los beneficios recibidos entonces de aquellos a quienes, por

---

[3] El que Boccaccio sintió en su juventud por la célebre Fiameta, protagonista de su «Elegia di Madonna Fiammetta», a quien la tradición solía identificar con una hija ilegítima de Roberto de Anjou, rey de Nápoles, llamada María de Aquino.
[4] Dios, por eso está escrito en mayúsculas.

benevolencia hacia mí, consideraban importantes mis fatigas; ni nunca se irá, tal como creo, sino con la muerte. Y porque la gratitud, según lo creo, es entre las demás virtudes sumamente de alabar y su contraria de maldecir, por no parecer ingrato me he propuesto prestar algún alivio, en lo que puedo y a cambio de los que he recibido —ahora que puedo llamarme libre—, sino a quienes me ayudaron, que por ventura no tienen necesidad de él por su cordura y por su buena suerte, al menos a quienes lo precisen. Y aunque mi apoyo, o consuelo si queremos llamarlo así, pueda ser y sea bastante poco para los necesitados, no deja de parecerme que deba ofrecerse primero allí donde la necesidad parezca mayor, tanto porque será más útil como porque será recibido con mayor deseo. ¿Y quién podrá negar que, por pequeño que sea, no convenga darlo mucho más a las amables mujeres que a los hombres? Ellas, dentro de los delicados pechos, temiendo y avergonzándose, tienen ocultas las amorosas llamas[5] —que cuán mayor fuerza tienen que las visibles saben quienes las han probado y las prueban—; y además, obligadas por los deseos, los gustos, los mandatos de los padres, de las madres, los hermanos y los maridos, pasan la mayor parte del tiempo confinadas en el pequeño recinto de sus alcobas, sentadas y ociosas, y queriendo y no queriendo en un punto, revuelven en sus cabezas diversos pensamientos que no es posible que todos sean alegres. Y si a causa de ellos, traída por algún fogoso deseo, les invade alguna tristeza, les es fuerza detenerse en ella con grave dolor si nuevos pensamientos no la remueven, sin contar con que ellas son mucho menos fuertes que los hombres; lo que no sucede a los hombres enamorados, tal como podemos ver abiertamente nosotros. Ellos, si les

---

[5] Uno de los preceptos del amor cortés era tenerlo oculto para mantenerlo vivo y que no se apagara con su conocimiento público.

aflige alguna tristeza o pensamiento grave, tienen muchos medios de aliviarse o de olvidarlo porque, si lo quieren, nada les impide pasear, oír y ver muchas cosas, darse a la cetrería, cazar o pescar, jugar y mercadear, por los cuales modos todos encuentran la fuerza de recobrar el ánimo, o en parte o en todo, y removerlo del doloroso pensamiento al menos por algún espacio de tiempo; después del cual, de un modo o de otro, o sobreviene el consuelo o el dolor disminuye. Por consiguiente, para que al menos por mi parte se enmiende el pecado de la fortuna que, donde menos obligado era, tal como vemos en las delicadas mujeres, fue más avara de ayuda, en socorro y refugio de las que aman —porque a las otras les es bastante la aguja, el huso y la devanadera— pretendo contar cien novelas, o fábulas o parábolas o historias, como las queramos llamar[6], narradas en diez días, como manifiestamente aparecerá, por un honrado grupo de siete damas y tres jóvenes, en los pestilentes tiempos de la pasada mortandad, y algunas canciones cantadas a su gusto por las dichas señoras. En estas novelas se verán casos de amor placenteros y ásperos, así como otros azarosos acontecimientos sucedidos tanto en los modernos tiempos como en los antiguos; de los cuales, las ya dichas mujeres que los lean, a la par podrán tomar solaz en las cosas deleitosas mostradas y útil consejo, para que puedan conocer de qué hay que huir e igualmente qué hay que seguir[7]: cosas que sin que se les pase el dolor no creo que puedan suceder. Y si ello sucede, que quiera Dios que así sea, den gracias a Amor que, librándome de sus ataduras, me ha concedido poder atender a sus placeres.

---

[6] Esta diversidad terminológica pone de manifiesto la amplitud del género que hoy podríamos englobar bajo la denominación de "relato".

[7] Declaración programática del autor.

Comienza la primera jornada del Decamerón, en que, después de la explicación dada por el autor sobre la razón por la que aconteció que se reuniesen las personas que se muestran conversando entre sí, se razona bajo el gobierno de Pampinea sobre lo que más agrada a cada uno.

CUANTAS más veces, graciosísimas damas, pienso cuán piadosas sois por naturaleza, tantas más comprendo que la presente obra tendrá a vuestro juicio un principio penoso y triste, tal como es el doloroso recuerdo de aquella pestífera mortandad pasada[8], universalmente funesta y

---

[8] La peste que azotó a Florencia en 1348.

digna de llanto para todos aquellos que la vivieron o de otro modo supieron de ella, con el que comienza. Pero no quiero que por ello os asuste seguir leyendo como si entre suspiros y lágrimas debieseis hacer la lectura. Este horroroso comienzo os sea no otra cosa que a los caminantes una montaña áspera y empinada después de la cual se halla escondida una llanura hermosísima y deleitosa que les es más placentera cuanto mayor ha sido la dureza de la subida y la bajada. Y así como el final de la alegría suele ser el dolor, las miserias se terminan con el gozo que las sigue. A este breve disgusto —y digo breve porque se contiene en pocas palabras— seguirá prontamente la dulzura y el placer que os he prometido y que tal vez no sería esperado de tal comienzo si no lo hubiera hecho. Y en verdad si yo hubiera podido decorosamente llevaros por otra parte a donde deseo en lugar de por un sendero tan áspero como es éste, lo habría hecho de buena gana; pero ya que la razón por la que sucedieron las cosas que después se leerán no se podía manifestar sin este recuerdo, como empujado por la necesidad me dispongo a escribirlo.

Digo, pues, que ya habían los años de la fructífera Encarnación del Hijo de Dios[9] llegado al número de mil trescientos cuarenta y ocho cuando a la egregia ciudad de Florencia, nobilísima entre todas las otras ciudades de Italia, llegó la mortífera peste que o por obra de los cuerpos superiores o por nuestras acciones inicuas fue enviada sobre los mortales por la justa ira de Dios para nuestra corrección[10] que había comenzado algunos años antes en

---

[9] Los florentinos empezaban a contar el año a partir del día de la Encarnación o Anunciación, que tiene lugar el 25 de marzo.

[10] Era típico considerar las epidemias como un castigo divino como respuesta a las malas conductas humanas.

las partes orientales privándolas de gran cantidad de vivientes, y, continuándose sin descanso de un lugar en otro, se había extendido miserablemente a Occidente. Y no valiendo contra ella ningún saber ni providencia humana —como la limpieza de la ciudad de muchas inmundicias ordenada por los encargados de ello y la prohibición de entrar en ella a todos los enfermos y los muchos consejos dados para conservar la salubridad— ni valiendo tampoco las humildes súplicas dirigidas a Dios por las personas devotas no una vez sino muchas ordenadas en procesiones o de otras maneras, casi al principio de la primavera del año antes dicho empezó horriblemente y en asombrosa manera a mostrar sus dolorosos efectos. Y no era como en Oriente, donde a quien salía sangre de la nariz le era manifiesto signo de muerte inevitable, sino que en su comienzo surgían a los varones y a las hembras de igual manera en las ingles o bajo las axilas, ciertas hinchazones que algunas crecían hasta el tamaño de una manzana y otras de un huevo, y algunas más y algunas menos, que eran llamadas bubas por el pueblo[11]. Y de las dos dichas partes del cuerpo, en poco espacio de tiempo empezó la pestífera buba a extenderse a cualquiera de sus partes indiferentemente, e inmediatamente comenzaron los síntomas de la dicha enfermedad a cambiarse en manchas negras o lívidas que aparecían a muchos en los brazos y por los muslos y en cualquier parte del cuerpo, a unos grandes y raras y a otros menudas y abundantes. Y así como la buba había sido y seguía siendo indicio segurísimo de muerte futura, lo mismo eran éstas a quienes les sobrevenían. Y para curar tal enfermedad no parecía que valiese ni aprovechase consejo de médico o virtud de

---

[11] Boccaccio describe detalladamente los síntomas y la evolución de la peste bubónica que el autor vio personalmente

medicina alguna; así, o porque la naturaleza del mal no lo sufriese o porque la ignorancia de quienes lo medicaban —de los cuales, más allá de los entendidos había proliferado grandísimamente el número tanto de hombres como de mujeres que nunca habían tenido ningún conocimiento de medicina— no supiese por qué era movido y por consiguiente no tomase el debido remedio, no solamente eran pocos los que curaban, sino que casi todos antes del tercer día de la aparición de las señales antes dichas, quién antes, quién después, y la mayoría sin alguna fiebre u otro accidente, morían. Y esta pestilencia tuvo mayor fuerza porque de los que estaban enfermos de ella se abalanzaban sobre los sanos con quienes se comunicaban, no de otro modo que como hace el fuego sobre las cosas secas y engrasadas cuando se le aproximan mucho. Y más allá llegó el mal: que no solamente el hablar y el tratar con los enfermos daba a los sanos enfermedad o motivo de muerte común, sino también el tocar los paños o cualquier otra cosa que hubiera sido tocada o usada por aquellos enfermos, que parecía llevar consigo aquella tal enfermedad hasta el que tocaba. Y asombroso es escuchar lo que debo decir, que, si por los ojos de muchos y por los míos propios no hubiese sido visto, apenas me atrevería a creerlo, y mucho menos a escribirlo por muy digna de fe que fuera la persona a quien lo hubiese oído. Digo que de tanta virulencia era la calidad de la pestilencia narrada que no solamente pasaba del hombre al hombre, sino lo que es mucho más —e hizo visiblemente otras muchas veces—: que las cosas que habían sido del hombre, no solamente lo contaminaban con la enfermedad, sino que en brevísimo espacio lo mataban. De lo cual mis ojos, como he dicho hace poco, fueron entre otras cosas testigos un día porque, estando los despojos de un pobre hombre muerto de tal enfermedad arrojados en la vía pública, y tropezando con ellos dos puercos, y como según su costumbre se agarrasen y le tirasen de las mejillas primero con el hocico y luego con los dientes, un momento más tarde, tras algunas contorsiones y como si hubieran tomado veneno, ambos dos cayeron muertos en tierra sobre los maltratados despojos. De tales cosas, y de bastantes más semejantes a éstas y mayores, nacieron miedos diversos e imaginaciones en los que quedaban vivos, y casi todos se inclinaban a un remedio muy cruel como era esquivar y rehuir a los enfermos y a sus cosas; y, haciéndolo, cada uno creía que conseguía la salud para sí mismo. Y había algunos que pensaban que vivir moderadamente y guardarse de todo lo superfluo debía ofrecer gran resistencia al dicho accidente y, reunida su compañía, vivían separados de todos los demás recogiéndose y encerrándose en aquellas casas donde no hubiera ningún enfermo y pudiera vivirse mejor, usando con gran templanza de comidas delicadísimas y de óptimos vinos y huyendo de todo exceso, sin dejarse hablar de ninguno ni querer oír noticia de fuera, ni de muertos ni de enfermos, con el tañer de los instrumentos y con los placeres que podían tener se entretenían. Otros, inclinados a la opinión contraria, afirmaban que la medicina certísima para tanto mal era el beber mucho y el gozar y andar cantando de paseo y divirtiéndose y satisfacer el apetito con todo aquello que se pudiese, y reírse y burlarse de todo lo que sucediese; y tal como lo decían, lo ponían en obra como podían yendo de día y de noche ora a esta taberna ora a la otra, bebiendo inmoderadamente y sin medida y mucho más haciendo en los demás casos solamente las cosas que entendían que les servían de gusto o placer. Todo lo cual podían hacer fácilmente porque todo el mundo, como quien no va a seguir viviendo, había abandonado sus cosas tanto como a sí mismo, por lo que las más de las casas se habían hecho comunes y así las usaba el extraño, si se le ocurría, como las habría usado el propio dueño. Y con todo este comportamiento de fieras, huían de los enfermos cuanto podían. Y en tan gran aflicción y miseria de nuestra ciudad, estaba la reverenda autoridad de las leyes, de las divinas como de las humanas, toda caída y deshecha por sus ministros y ejecutores que, como los otros hombres, estaban enfermos o muertos o se habían quedado tan carentes de servidores que no podían hacer oficio alguno; por lo cual le era lícito a todo el mundo hacer lo que le placiese. Muchos otros observaban, entre las dos dichas más arriba, una vía intermedia: ni restringiéndose en las viandas como los primeros ni alargándose en el beber y en los otros libertinajes tanto como los segundos, sino suficientemente, según su apetito, usando de las cosas y sin encerrarse, saliendo a pasear llevando en las manos flores, hierbas odoríferas o diversas clases de especias, que se llevaban a la nariz con frecuencia por estimar que era óptima cosa confortar el cerebro con tales olores contra el aire impregnado todo del hedor de los cuerpos muertos y cargado y hediondo por la enfermedad y las medicinas. Algunos eran de sentimientos más crueles —como si por ventura fuese más seguro— diciendo que ninguna medicina era mejor ni tan buena contra la peste que huir de ella; y movidos por este argumento, no cuidando de nada sino de sí mismos, muchos hombres y mujeres abandonaron la propia ciudad, las propias casas, sus posesiones y sus parientes y sus cosas, y buscaron las ajenas, o al menos el campo, como si la ira de Dios no fuese a seguirles para castigar la iniquidad de los hombres con aquella peste y solamente fuese a oprimir a aquellos que se encontrasen dentro de los muros de su ciudad como avisando de que ninguna persona debía quedar en ella y ser llegada su última hora. Y aunque estos que opinaban de diversas maneras no murieron todos, no por ello todos se salvaban, sino que, enfermándose muchos en cada una de ellas y en distintos lugares —habiendo dado ellos mismos ejemplo cuando estaban sanos a los que sanos quedaban— abandonados por todos, languidecían ahora. Y no digamos ya que un ciudadano esquivase al otro y que casi ningún vecino tuviese cuidado del otro, y que los parientes raras veces o nunca se visitasen, y de lejos: con tanto espanto había entrado esta tribulación en el pecho de los hombres y de las mujeres, que un hermano abandonaba al otro y el tío al sobrino y la hermana al hermano, y muchas veces la mujer a su marido, y lo que es mayor cosa y casi increíble, los padres y las madres a los hijos, como si no fuesen suyos, evitaban visitar y atender. Por lo que a quienes enfermaban, que eran una multitud incalculable, tanto hombres como mujeres, ningún otro auxilio les quedaba que o la caridad de los amigos, de los que había pocos, o la avaricia de los criados que por gruesos salarios y abusivos contratos servían, aunque con todo ello no se encontrasen muchos y los que se encontraban fuesen hombres y mujeres de tosco ingenio, y además no acostumbrados a tal servicio, que casi no servían para otra cosa que para llevar a los enfermos algunas cosas que pidiesen o mirarlos cuando morían; y sirviendo en tal servicio, se perdían ellos muchas veces con lo ganado. Y de esta manera abandonados los enfermos por los vecinos, los parientes y los amigos, y de haber escasez de sirvientes se siguió una costumbre no oída antes: que a ninguna mujer por bella o gallarda o noble que fuese, si enfermaba, le importaba tener a su servicio a un hombre, como fuese, joven o no, ni mostrarle sin ninguna vergüenza todas las partes de su cuerpo no de otra manera que hubiese hecho a otra mujer, si se lo pedía la necesidad de su enfermedad; lo que en aquellas que se curaron fue motivo de menor honestidad en el tiempo venidero. Y además, se siguió de ello la muerte de muchos que, por ventura, si hubieran sido ayudados se habrían salvado; de los que, entre el defecto de los necesarios servicios que los enfermos no podían tener y por la fuerza de la peste, era tanta en la ciudad la multitud de los que de día y de noche morían, que causaba estupor oírlo decir, cuanto más mirarlo. Por lo cual, casi por necesidad, cosas contrarias a las primeras costumbres de los ciudadanos nacieron entre quienes quedaban vivos. Era costumbre, así como ahora vemos hacer, que las mujeres parientes y vecinas se reuniesen en la casa del muerto, y allí, con aquellas que más cercanas le eran, lloraban; y por otra parte delante de la casa del muerto con sus parientes se reunían sus vecinos y muchos otros ciudadanos, y según el rango del muerto allí venía el clero, y él en hombros de sus iguales, con funeral pompa de cera y cantos, era llevado a la iglesia elegida por él antes de la muerte. Estas cosas, luego que empezó a subir la ferocidad de la peste, o en todo o en su mayor parte cesaron casi y otras nuevas sobrevivieron en su lugar. Por lo que no solamente sin tener muchas mujeres alrededor se morían las gentes sino que eran muchos los que de esta vida pasaban a la otra sin testigos; y poquísimos eran aquellos a quienes los piadosos llantos y las amargas lágrimas de sus parientes fuesen concedidas, sino que en lugar de ellas eran por los más acostumbradas las risas y las agudezas y el festejar en compañía; costumbre que las mujeres, en gran parte abandonada la femenina piedad en aras de su salud, habían aprendido óptimamente. Y eran raros aquellos cuerpos que fuesen por más de diez o doce de sus vecinos acompañados a la iglesia; a los cuales no llevaban sobre los hombros los honrados y amados ciudadanos, sino una especie de sepultureros salidos de la gente baja que se hacían llamar *faquines* y hacían este servicio a sueldo poniéndose debajo del ataúd y, llevándolo con presurosos pasos, no a aquella iglesia que él hubiese dispuesto antes de la muerte, sino lo llevaban a la más cercana la mayoría de las veces, detrás de cuatro o seis clérigos con pocas luces y a veces sin ninguna; los que, con la ayuda de los dichos *faquines*, sin cansarse en un oficio demasiado largo o solemne, en cualquier sepultura desocupada encontrada primero lo metían. De la gente baja, y tal vez de la media, el espectáculo estaba lleno de mucha mayor miseria, porque éstos, o por la esperanza o la pobreza retenidos la mayoría en sus casas, quedándose en sus barrios, enfermaban a millares por día, y no siendo ni servidos ni ayudados por nadie, sin remisión alguna morían todos. Y bastantes acababan en la vía pública, de día o de noche; y muchos, si morían en sus casas, antes con el hedor corrompido de sus cuerpos que de otra manera, hacían sentir a los vecinos que estaban muertos; y entre éstos y los otros que por toda parte morían, una muchedumbre. Era sobre todo observada una costumbre por los vecinos, movidos no menos por el temor de que la corrupción de los muertos no los ofendiese que por el amor que tuvieran a los finados. Ellos, o por sí mismos o con ayuda de algunos acarreadores cuando podían tenerla, sacaban de sus casas los cuerpos de los ya finados y los ponían delante de sus puertas —donde, especialmente por la mañana, hubiera podido ver un sinnúmero de ellos quien se hubiese paseado por allí— y allí hacían venir los ataúdes, y hubo tales a quienes por carencia de ellos pusieron sobre alguna tabla. Tampoco fue un solo ataúd el que se llevó juntas a dos o tres personas; ni sucedió una vez sola, sino que se habrían podido contar bastantes de los que la mujer y el marido, los dos o tres hermanos, o el padre y el hijo, o así sucesivamente, contuvieron. Y muchas veces sucedió que, andando dos curas con una cruz a por alguno, se pusieron tres o cuatro ataúdes, llevados por acarreadores, detrás de ella; y donde los curas creían tener un muerto para sepultar, tenían seis u ocho, o tal vez más. Tampoco eran éstos con lágrimas o luces o compañía honrados, sino que la cosa había llegado a tanto, que no de otra manera se cuidaba de los hombres que morían, que se cuidaría ahora de las cabras; por lo que resultó muy evidente que, aquello que el curso natural de las cosas no había podido con sus pequeños y raros daños mostrar a los sabios que se debía soportar con paciencia, lo hacía la grandeza de los males aún con los simples, desaprensivos y despreocupados. A la gran multitud de muertos mostrada que a todas las iglesias, todos los días y casi todas las horas, era conducida, no bastando la tierra sagrada a las sepulturas —y máxime queriendo dar a cada uno un lugar propio según la antigua costumbre—, se hacían por los cementerios de las iglesias, después que todas las partes estaban llenas, fosas grandísimas en las que se ponían a centenares los que llegaban, y en aquellos amontonamientos, como se ponen las mercancías en las naves en pilas apretadas, con poca tierra se recubrían hasta que se llegaba a ras de suelo. Y por no ir buscando por la ciudad todos los detalles de nuestras pasadas miserias en ella sucedidas, digo que con un tiempo tan enemigo que corrió ésta, no por ello se ahorró algo al campo circundante; en el cual, dejando los burgos, que eran semejantes, en su pequeñez, a la ciudad, por las aldeas esparcidas por él y los campos, los labradores míseros y pobres, y sus familias, sin trabajo de médico ni ayuda de servidores, por las calles y por los collados y por las casas, de día o de noche indiferentemente, no como hombres sino como bestias morían. Por lo cual, éstos, disolutas sus costumbres como las de los ciudadanos, no se ocupaban de ninguna de sus cosas o haciendas; y todos, como si esperasen ver venir la muerte en el mismo día, se esforzaban con todo su ingenio no en ayudar a los futuros frutos de los animales y de la tierra y de sus pasados trabajos, sino en consumir los que tenían a mano. Por lo que los bueyes, los asnos, las ovejas, las cabras, los cerdos, los pollos y hasta los mismos perros fidelísimos al hombre, sucedió que fueron expulsados de las propias casas y por los campos, donde las cosechas estaban abandonadas, sin ser no ya recogidas sino ni siquiera segadas, iban como más les placía; y muchos, como racionales, después que habían pastado bien durante el día, por la noche se volvían saciados a sus casas sin ninguna guía de pastor. ¿Qué más puede decirse, dejando el campo y volviendo a la ciudad, sino que tanta y tal fue la crueldad del cielo, y tal vez en parte la de los hombres, que entre la fuerza de la pestífera enfermedad y por ser muchos enfermos mal servidos o abandonados en su necesidad por el miedo que tenían los sanos, a más de cien mil criaturas humanas, entre marzo y el julio siguiente, se tiene por cierto que dentro de los muros de Florencia les fue arrebatada la vida, que tal vez antes del accidente mortífero no se habría estimado haber dentro tantas? ¡Oh cuántos grandes palacios, cuántas bellas casas, cuántas nobles moradas llenas por dentro de gentes, de señores y de damas, quedaron vacías hasta del menor sirviente! ¡Oh cuántos memorables linajes, cuántas amplísimas herencias, cuántas famosas riquezas se vieron quedar sin sucesor legítimo! ¡Cuántos valerosos hombres, cuántas hermosas mujeres, cuántos jóvenes gallardos a quienes no otros que Galeno, Hipócrates o Esculapio hubiesen juzgado sanísimos, desayunaron con sus parientes, compañeros y amigos, y llegada la tarde cenaron con sus antepasados en el otro mundo!

A mí mismo me disgusta andar revolviéndome tanto entre tantas miserias; por lo que, queriendo dejar aquella parte de las que convenientemente puedo evitar, digo que, estando en estos términos nuestra ciudad de habitantes casi vacía, sucedió, así como yo después oí a una persona digna de fe, que en la venerable iglesia de Santa María la Nueva, un martes de mañana, no habiendo casi ninguna otra persona, oídos los divinos oficios en hábitos de duelo, como pedían semejantes tiempos, se encontraron siete damas jóvenes, todas entre sí unidas o por amistad o por vecindad o por parentesco, de las cuales ninguna había pasado el vigésimo año ni era menor de dieciocho, discretas todas y de sangre noble y hermosas de figura y adornadas con ropas y honestidad gallarda. Sus nombres diría yo debidamente, si una justa razón no me impidiese hacerlo, que es que no quiero que por las cosas contadas de ellas que se siguen, y por lo escuchado, ninguna pueda avergonzarse en el tiempo por venir, estando hoy un tanto restringidas las leyes del placer que entonces, por las razones antes dichas, eran no ya para su edad sino para otra mucho más madura amplísimas; ni tampoco dar materia a los envidiosos —prestos a mancillar toda vida loable—, de disminuir en ningún modo la honestidad de las notables[12] damas en conversaciones desconsideradas.

---

[12] En el original, «*valorose*». El uso de este adjetivo en el italiano antiguo tenía un significado encomiástico directamente derivado del latín «*valere*»: «que vale, que es de valor, excelente». En el español, «valeroso» y «valiente», hace referencia casi con exclusividad al valor físico o la presencia de ánimo ante algún peligro, aunque el verbo «valer» conserva el significado de «ser de naturaleza o tener alguna

Pero, sin embargo, para que aquello que cada una dijese se pueda comprender pronto sin confusión, con nombres convenientes a la calidad de cada una, o en todo o en parte, pretendo llamarlas; de las cuales a la primera, y la que era de más edad, llamaremos Pampinea y a la segunda Fiameta, Filomena a la tercera y a la cuarta Emilia, y después Laureta diremos a la quinta, y a la sexta Neifile, y a la última, no sin razón, llamaremos Elisa[13]. Las cuales, no ya movidas por algún propósito sino por el azar, se reunieron en una de las partes de la iglesia como dispuestas a sentarse en corro, y luego de muchos suspiros, dejando de rezar padrenuestros, comenzaron a discurrir sobre la condición de los tiempos muchas y variadas cosas; y luego de algún tiempo, callando las demás, así empezó a hablar Pampinea:

---

cualidad que merezca aprecio o estimación», y virtualmente posee todas las posibilidades expresivas de su origen latino. En esta traducción por «notable» se indica que la persona posee cualidades estimadas como virtudes por Boccaccio y la sociedad a la que se dirige, como, por ejemplo: la prudencia, la cortesía, la magnanimidad, la presencia de ánimo, la habilidad oratoria, etc.

[13] Pampinea («llena de pámpanos», es decir «exuberante, orgullosa») se llama también un personaje femenino que aparece en otras dos obras de Boccaccio, la «Comedía delle Ninfe o Ninfale d'Ameto» y el «Buccolicum carmen». En los dos casos se trata, como en el «Decamerón», de un personaje seguro de sus acciones, de fuerte ánimo. Fiameta o *«Fiammetta»* es diminutivo de *«fiamma»* o «llama» y evoca el fuego de la pasión y los celos. Filomena («la amaante del canto») se llama la mujer a quien dedicó Boccaccio el «Filóstrato», es descrita como bella, discreta y tímida. Emilia («la cariñosa»), era un nombre muy usado en la literatura florentina del siglo XIV, para designar a la mujer vanidosa de su belleza. Se piensa que puede aludir a una dama florentina de este nombre de quien Boccaccio estuvo muy enamorado. Emilia es la heroína de la «Teseida». Laureta (diminutivo de «Laura»), en homenaje a la amada de Petrarca. Neifile («nueva en amor») es la más inexperta y vergonzosa del grupo. Se manifiesta alegra, bromista y positiva. Elisa es el otro nombre de Dido, la heroína de Virgilio que se suicidó por amor al ser abandonada por Eneas. En el «Decamerón» suele aparecer melancólica y en la canción que entona en la Jornada VI se lamenta de su amor infeliz. Tiene un carácter enérgico.

—Vosotras podéis, queridas señoras, tanto como yo haber oído muchas veces que a nadie ofende quien honestamente hace uso de su derecho. Natural derecho es de todos los que nacen ayudar a conservar y defender su propia vida tanto cuanto puedan, y concededme esto, puesto que alguna vez ya ha sucedido que, por conservarla, se hayan matado hombres sin ninguna culpa. Y si esto conceden las leyes, a cuya solicitud está el buen vivir de todos los mortales, ¡cuán mayormente es honesto que, sin ofender a nadie, nosotras y cualquier otro, tomemos los remedios que podamos para la conservación de nuestra vida! Siempre que me pongo a considerar nuestras acciones de esta mañana y de las ya pasadas y pienso cuántos y cuáles son nuestros pensamientos, comprendo, y vosotras de igual modo lo podéis comprender, que cada una de nosotras tema por sí misma; y no me maravillo por ello, sino que me maravillo de que sucediéndonos a todas tener sentimiento de mujer, no tomemos alguna compensación de aquello que fundadamente tememos. Estamos viviendo aquí, a mi parecer, no de otro modo que si quisiésemos y debiésemos ser testigos de cuantos cuerpos muertos se llevan a la sepultura, o escuchar si los frailes de aquí dentro —el número de los cuales casi ha llegado a cero— cantan sus oficios a las horas debidas, o mostrar a cualquiera que aparezca, por nuestros hábitos, la calidad y la cantidad de nuestras miserias. Y, si salimos de aquí, o vemos cuerpos muertos o enfermos llevados por las calles, o vemos aquellos a quienes por sus delitos la autoridad de las públicas leyes condenó al exilio, escarneciéndolas porque oyeron que sus ejecutores estaban muertos o enfermos, y con descompensado ímpetu recorriendo la ciudad, o a las heces de nuestra ciudad, enardecidas con nuestra sangre, llamarse *faquines* y en ultraje nuestro andar cabalgando y discurriendo por todas partes, acusándonos de nuestros males con deshonestas canciones. Y no otra cosa oímos sino «los tales han muertos», y «los otros tales están muriéndose»; y si hubiera quien pudiese hacerlo, por todas partes oiríamos dolorosos llantos. Y si a nuestras casas volvemos, no sé si a vosotras como a mí os sucede: yo, de mucha servidumbre, no encontrando otra persona en ella que a mi criada, empavorezco y siento que se me erizan los cabellos, y me parece, dondequiera que voy o me quedo, ver la sombra de los que han fallecido, y no con aquellos rostros que solían sino con un aspecto horrible, no sé en dónde extrañamente adquirido, espantarme. Por todo lo cual, aquí y fuera de aquí, y en casa, me siento mal, y tanto más ahora cuando me parece que no hay persona que aún tenga pulso y lugar donde ir, como tenemos nosotras, que se haya quedado aquí salvo nosotras. Y he oído y visto muchas veces que si algunos quedan, aquellos, sin hacer distinción alguna entre las cosas honestas y las que no lo son, sólo con que el apetito se lo pida, y solos y acompañados, de día o de noche, hacen lo que mejor se les ofrece; y no sólo las personas libres sino también las encerradas en monasterios, persuadiéndose de que les conviene aquello que en los otros no desdice, rotas las leyes de la obediencia, se dan a deleites carnales, de tal modo pensando salvarse, y se han hecho lascivas y disolutas. Y si así es, como manifiestamente se ve, ¿qué hacemos aquí nosotras?, ¿qué esperamos?, ¿qué soñamos? ¿por qué somos más perezosas y lentas en nuestra salvación que todos los demás ciudadanos? ¿nos consideramos de menor valor que todos los demás?, ¿o creemos que nuestra vida está atada con cadenas más fuertes a nuestro cuerpo que la de los otros, y así no debemos pensar que nada tenga fuerza para ofenderla? Estamos equivocadas, nos engañamos, qué brutalidad es la nuestra si lo creemos así, cuantas veces queramos recordar cuántos y cuáles han sido los jóvenes y las mujeres vencidos por esta cruel pestilencia, tendremos una demostración clarísima. Y por ello, a fin de que por repugnancia o presunción no caigamos en aquello de lo que por ventura, queriéndolo, podremos escapar de algún modo, no sé si os parecerá a vosotras lo que a mí me parece: yo juzgaría óptimamente que, tal como estamos, y así como muchos han hecho antes que nosotras y hacen, saliésemos de esta tierra, y huyendo de los deshonestos ejemplos ajenos como de la muerte, honestamente fuésemos a estar en nuestras villas campestres —en que todas abundamos— y allí tomásemos[14] aquella fiesta, aquella alegría y aquel placer que pudiésemos, sin traspasar en ningún punto el límite de lo razonable. Allí se oyen cantar los pajarillos, se ven verdear los collados y las llanuras, y los campos llenos de mieses ondear no de otro modo que el mar y muchas clases de árboles, y el cielo más abiertamente; el cual, por muy enojado que esté, no por ello nos niega sus bellezas eternas, que mucho más bellas son de admirar que los muros vacíos de nuestra ciudad. Y es allí, a más de esto, el aire mucho más fresco, y de las cosas que son necesarias a la vida en estos tiempos hay allí más abundancia, y es menor el número de las enojosas: porque allí, aunque también mueran los labradores como aquí los ciudadanos, el disgusto es tanto menor cuanto más escasas son las casas y los habitantes que en la ciudad. Y

---

[14] Exactamente el mismo sentido de estas exhortaciones de Pampinea tenían los consejos del médico de más autoridad entre los florentinos, Tomasso del Garbo: es decir, «huir de la tristeza», «buscar mesuradamente la alegría», «cantar canciones y contar historias placenteras» viviendo en el campo y con amigos alegres. (comentario de Vittore Branca).

aquí, por otra parte, si veo bien, no abandonamos a nadie, antes podemos con verdad decir que fuimos abandonadas: porque los nuestros, o muriendo o huyendo de la muerte, como si no fuésemos suyas nos han dejado en tanta aflicción. Ningún reproche puede hacerse, por consiguiente, a seguir tal consejo, mientras que el dolor y el disgusto, y tal vez la muerte, podrían acaecernos si no lo seguimos. Y por ello, si os parece, tomando nuestras criadas y haciéndonos seguir de las cosas oportunas, hoy en este sitio y mañana en aquél, la alegría y la fiesta que en estos tiempos se pueda creo que estará bien que gocemos; y que permanezcamos de esta guisa hasta que veamos —si primero la muerte no nos alcanza— qué fin reserva el cielo a estas cosas. Y recordad que no desdice de nosotras irnos honestamente cuando gran parte de los otros deshonestamente se quedan.

Habiendo escuchado a Pampinea las otras mujeres, no solamente alabaron su razonamiento, sino que, deseosas de seguirlo, habían ya empezado a considerar entre sí el modo de llevarlo a cabo, como si al levantarse de donde estaban sentadas inmediatamente debieran ponerse en camino. Pero Filomena, que era discretísima, dijo:

—Señoras, por muy magníficamente expuesto que haya sido el razonamiento de Pampinea, no por ello es cosa de correr a hacerlo, así como parece que queréis. Os recuerdo que somos todas mujeres y no hay ninguna tan moza que no pueda conocer bien cómo se saben gobernar las mujeres juntas y sin la dirección de algún hombre. Somos volubles, alborotadoras, suspicaces, pusilánimes y miedosas[15], cosas por las que mucho dudo que, si no

---

[15] Este concepto de la naturaleza femenina expresado por Filomena explicita la dependencia de la mujer y aparece en distintas ocasiones en el «Decamerón» y en

tomamos otra guía más que la nuestra, no se disuelva esta compañía mucho antes y con menos honor para nosotras de lo que sería menester: y por ello bueno es tomar prevenciones antes de empezar.

Dijo entonces Elisa:

—En verdad los hombres son los rectores de la mujer y sin su dirección raras veces llega alguna de nuestras obras a un fin loable: pero ¿cómo podemos encontrar esos hombres? Todas sabemos que de los nuestros están la mayoría muertos, y los otros que viven se han quedado uno aquí otro allá en distinta compañía, sin que sepamos dónde, huyendo de aquello de lo que nosotras queremos huir, y el admitir a extraños no sería conveniente; por lo que, si queremos correr tras la salud, nos conviene encontrar el modo de organizarnos de tal manera que de aquello en lo que queremos encontrar deleite y reposo no se siga disgusto y escándalo.

Mientras entre las mujeres circulaban estos razonamientos, he aquí que entran en la iglesia tres jóvenes, que no lo eran tanto que no fuese menor de veinticinco años la edad del más joven: ni la perversidad de los tiempos, ni la pérdida de amigos y de parientes, ni el temor por sí mismos había podido no sólo extinguir el amor en ellos, sino ni siquiera enfriarlos. De los cuales uno era llamado Pánfilo y Filóstrato el segundo, y el último Dioneo[16], todos afables y corteses; y andaban buscando, como su mayor consuelo en tanta perturbación de las

---

distintos contextos, unas veces solicitando la simpatía y la ternura masculinas y otras la autoridad e incluso la tiranía. Las lecturas de Ovidio y la tradición medieval en general, tanto cristiana como cortés, son uno de sus fundamentos.

[16] Pánfilo significa «todo amor», o bien «el que ama todo». Filóstrato, «vencido por el amor», es el enamorado melancólico. Dioneo, «el lujurioso», su nombre se deriva de Dione, otra denominación de Venus, y subraya su disposición a las fiestas y los placeres.

cosas, ver a sus damas, las cuales estaban las tres por ventura entre las ya dichas siete, y de las demás eran parientes de alguno de ellos. Pero primero llegaron ellos a los ojos de éstas que éstas fueron vistas por ellos; por lo que Pampinea, entonces, sonriéndose comenzó:

—He aquí que la fortuna es favorable a nuestros comienzos y nos ha puesto delante a estos jóvenes discretos y notables, que nos harán con gusto de guías y servidores, si no renunciamos a tomarlos para este menester.

Neifile, entonces, que se había sonrojado toda de vergüenza porque era una de las amadas por los jóvenes, dijo:

—Pampinea, por Dios, mira lo que dices. Reconozco abiertamente que nada más que cosas todas buenas pueden decirse de cualquiera de ellos, y los creo capaces de muchas mayores cosas de las que son necesarias para éstas, e igualmente creo que pueden ofrecer buena y honesta compañía, no solamente a nosotras sino a otras mucho más hermosas y estimadas de lo que nosotras somos; pero como es cosa manifiesta que están enamorados de algunas de las que aquí están, temo que se siga difamación y reproches, sin nuestra culpa o la suya, si los llevamos con nosotras.

Dijo entonces Filomena:

—Eso poca importa; allá donde yo honestamente viva y no me remuerda de nada la conciencia, hable quien quiera en contra: Dios y la verdad tomarán por mí las armas. Pues, si estuviesen dispuestos a venir podríamos decir en verdad, como Pampinea dijo, que la fortuna es favorable a nuestra partida.

Las demás, oyendo a éstas hablar así, no solamente se callaron, sino que con sentimiento concorde dijeron todas que fuesen llamados y se les dijese su intención; y se les rogase que quisieran tenerlas por compañía en el dicho viaje. Por lo que, sin más palabras, poniéndose en pie Pampinea, que por consanguinidad era pariente de uno de ellos, se dirigió hacia ellos, que estaban parados mirándolas y, saludándolos con alegre gesto, les hizo manifiesta su intención y les rogó en nombre de todas que con puro y fraternal ánimo se dispusiesen a tenerlas como compañía. Los jóvenes creyeron primero que se burlaba, pero después que vieron que la dama hablaba en serio declararon alegremente que estaban prontos, y sin poner dilación al asunto, a fin de que partiesen, dieron órdenes de lo que había que hacer para disponer la partida. Y ordenadamente haciendo aparejar todas las cosas oportunas y mandadas ya a donde ellos querían ir, la mañana siguiente, esto es, el miércoles, al clarear el día, las mujeres con algunas de sus criadas y los tres jóvenes con tres de sus sirvientes, saliendo de la ciudad, se pusieron en camino, y no más de dos escasas millas se habían alejado de ella cuando llegaron al lugar primeramente decidido.

Se encontraba tal lugar sobre una pequeña montaña, por todas partes alejado algo de nuestros caminos, con diversos arbustos y plantas todas pobladas de verdes frondas agradables de mirar; en su cima había una villa con un grande y hermoso patio en medio, y con galerías y con salas y con alcobas todas ellas bellísimas y adornadas con alegres pinturas dignas de ser miradas, con pradecillos en torno y con jardines maravillosos y con pozos de agua fresquísima y con bodegas llenas de preciosos vinos: cosas más apropiadas para los bebedores consumados que para las sobrias y honradas damas. La cual, bien barrida y con las alcobas y las camas hechas, y llena de cuantas flores se podían tener en la estación, y alfombrada con esparcidas ramas de juncos, halló la compañía que llegaba, con no poco placer por su parte. Y al reunirse por primera vez, dijo Dioneo, que más que ningún otro joven era agradable y lleno de agudeza:

—Señoras, vuestra discreción más que nuestra previsión nos ha guiado aquí; yo no sé qué es lo que intentáis hacer de vuestras inquietudes: las mías las dejé yo dentro de las puertas de la ciudad cuando con vosotras hace poco me salí de ella, y por ello o vosotras os disponéis a solazaros y a reír y a cantar conmigo —tanto, digo, como conviene a vuestra dignidad— o me dais licencia para que retorne a por mis inquietudes y me quede en aquella ciudad atribulada.

A lo que Pampinea, no de otro modo que, si igualmente hubiese arrojado de sí todos las suyas, contestó alegre:

—Dioneo, bien dices: hemos de vivir festivamente pues no otra cosa que las tristezas nos han hecho huir. Pero como las cosas que no tienen orden no pueden durar largamente, yo que fui la iniciadora de los razonamientos por los que se ha formado esta buena compañía, pensando en la continuación de nuestra alegría, estimo que es de necesidad elegir entre nosotros a alguno como más principal a quien honremos y obedezcamos como a un superior, todos cuyos pensamientos se dirijan por el cuidado de hacernos vivir alegremente. Y para que todos prueben el peso de la responsabilidad junto con el placer de la autoridad, y por consiguiente, llevado de una parte a la otra, no pueda quien no lo prueba sentir envidia alguna, digo que a cada uno por un día se atribuya el peso y con él el honor, y quien sea el primero de nosotros se deba a la elección de todos; los que le sucedan, al acercarse la hora del crepúsculo, sean aquel o aquella que plazca a quien aquel día haya tenido tal señorío, y este tal, según su arbitrio, durante el tiempo de su señorío, del lugar y el modo en el que hayamos de vivir, ordene y disponga.

Estas palabras agradaron grandemente y a una voz la eligieron por reina del primer día, y Filomena, corriendo rápidamente hacia un laurel, porque muchas veces había oído hablar de cuán grande honor eran dignas sus frondas y cuán digno honor hacían a quien era con ellas meritoriamente coronado, cogiendo algunas ramas, hizo una guirnalda honrosa y bien arreglada que, poniéndosela en la cabeza, fue, mientras duró aquella compañía, evidente signo a todos los demás del real señorío y preeminencia.

Pampinea, nombrada reina, mandó que todos callasen, habiendo hecho ya llamar allí a los servidores de los tres jóvenes y a sus criadas; y callando todos, dijo:

—Para dar primero ejemplo a todos vosotros para que, procediendo de bien en mejor, nuestra compañía con orden y con placer y sin ningún deshonor viva y dure cuanto lo deseemos, nombro primeramente a Pármeno[17], criado de Dioneo, mi mayordomo, y a él encomiendo el cuidado y la solicitud por toda nuestra familia y lo que pertenece al servicio de la sala. Sirisco, criado de Pánfilo, quiero que sea administrador y tesorero y que siga las órdenes de Pármeno. Tíndaro, al servicio de Filóstrato y de los otros dos, que se ocupe de sus alcobas cuando los otros, ocupados en sus oficios, no puedan ocuparse. Misia, mi criada, y Licisca, de Filomena, estarán continuamente en la cocina y aparejarán diligentemente las viandas que por Pármeno le sean ordenadas. Quimera, de Laureta, y

---

[17] Los nombres de los criados proceden de personajes de las comedías latinas de Plauto y Terencio, respetando así las normas retóricas tradicionales de adscribir al género cómico los personajes plebeyos.

Estratilia, de Fiameta, queremos que estén pendientes del gobierno de las alcobas de las damas y de la limpieza de los lugares donde estemos. Y a todos en general, por cuanto estimen nuestra gracia, queremos y les ordenamos que se guarden, dondequiera que vayan, de dondequiera que vuelvan, cualquier cosa que sea lo que oigan o vean, de traer de fuera ninguna noticia que no sea alegre. Y dadas sumariamente estas órdenes, que fueron de todos encomiadas, enderezándose, en pie, alegre, dijo:

—Aquí hay jardines, aquí hay prados, aquí hay otros lugares muy deleitosos, por los cuales vaya cada uno a su gusto solazándose; y al oír el toque de tercia[18], todos estén aquí para comer con la fresca.

Despedido, pues, el alegre grupo por la reciente reina, los jóvenes junto con las bellas mujeres, hablando de cosas agradables, con lento paso, se fueron por un jardín haciéndose bellas guirnaldas de varias frondas y cantando amorosamente. Y luego de haberse demorado así cuanto espacio de tiempo les había sido concedido por la reina: vueltos a casa, encontraron que Pármeno había dado diligentemente principio a su tarea, por lo que, al entrar en una sala de la planta baja, allí vieron las mesas puestas con manteles blanquísimos y con vasos que parecían de plata, y todas las cosas cubiertas de flores y de ramas de hiniesta; por lo que, efectuado el lavamanos, como gustó a la reina, según el juicio de Pármeno, todos fueron a sentarse. Las viandas delicadamente preparadas llegaron y fueron aprestados vinos finísimos, y sin más, en silencio los tres servidores sirvieron las mesas. Alegrados todos por estas cosas, que eran bellas y ordenadas, comieron con placentero ingenio y con regocijo; y levantadas las mesas,

---

[18] El día se dividía en cuatro partes de tres horas cada una, equivaliendo la tercia a las nueve de la mañana.

como sucedía que todas las damas sabían bailar las danzas de carola[19], y también los jóvenes, y parte de ellos tocar y cantar estupendamente, mandó la reina que viniesen los instrumentos: y por su mandato, Dioneo tomó un laúd y Fiameta una viola, comenzando a tocar suavemente una danza. Por lo que la reina, con las otras damas, cogiéndose de la mano en corro con los jóvenes, con lento paso, mandados a comer los sirvientes, empezaron una carola, y cuando la terminaron, a cantar canciones amables y alegres. Y de este modo estuvieron tanto tiempo que a la reina le pareció que debían ir a dormir; por lo que, dando a todos licencia, los tres jóvenes se fueron a sus alcobas, separadas de las de las mujeres, encontrando las camas bien hechas y tan llenas de flores como la sala; y de igual forma hallaron las suyas las damas, por lo que, desnudándose se fueron a reposar.

---

[19] Danza medieval que se bailaba en círculo tomándose los participantes de la mano.

No hacía mucho que había sonado la hora nona[20] cuando la reina, levantándose, hizo levantar a las demás y de igual modo a los jóvenes, afirmando que era nocivo dormir demasiado de día; y así se fueron a un pradecillo en que la hierba era verde y alta y el sol no podía entrar por ninguna parte; y allí, donde se sentía un suave vientecillo, todos se sentaron en corro sobre la verde hierba, así como la reina quiso. Y ella les dijo:

—Como veis, el sol está alto y el calor es grande, y nada se oye sino las cigarras arriba en los olivos, por lo que ir ahora a cualquier lugar sería sin duda necedad. Aquí es bueno y fresco estar y hay, como veis, tableros y piezas de ajedrez, y cada uno puede, según lo que a su ánimo le dé más placer, encontrar deleite. Pero si en esto se siguiera mi parecer, no jugando, en lo que el ánimo de una de las partes ha de turbarse sin demasiado placer de la otra o de quien está mirando, sino contando cuentos[21] —con lo que, hablando uno, toda la compañía que le escucha toma deleite— pasaríamos esta caliente parte del día. Cuando terminaseis cada uno de contar una historia, el sol se habría puesto y disminuido el calor, y podríamos ir adonde más gusto nos diera a entretenernos; y por ello, si esto que he dicho os place —ya que estoy dispuesta a seguir vuestro gusto—, hagámoslo; y si no os placiese, haga cada uno lo que más le guste hasta la hora de vísperas.

Tanto las mujeres como todos los hombres aplaudieron la idea de relatar cuentos.

—Entonces —dijo la reina—, si ello os place, por esta primera jornada quiero que cada uno hable de lo que más le guste.

---

[20] Aproximadamente las tres de la tarde.

[21] En el original italiano aparece el vocablo «*novellando*», que hace referencia a la idea de contar cuentos o relatos, que aquí son términos sinónimos de «novela».

Y vuelta hacia Pánfilo, que estaba sentado a su derecha, amablemente le dijo que con una de sus historias diese principio a las demás; y Pánfilo, oído el mandato, rápidamente, y siendo escuchado por todos, empezó así:

JORNADA PRIMERA. NOVELA PRIMERA

El maese[22] Cepparello[23] engaña a un santo fraile con una falsa confesión y muere después, y habiendo sido un hombre malvado en vida, es, de muerto, reputado por santo y llamado San Ciappelletto.

ᘓS conveniente, estimadísimas señoras, que, todo lo que el hombre hace, empiece con el nombre de Aquél que

---

[22] El término italiano utilizado en el texto como tratamiento de respeto es «*ser*», equivalente a «señor» en español o «*Sir*» en inglés, pero he preferido traducirlo por «maese» (literalmente «mi señor», ampliamente utilizado en la literatura española clásica), para darle un toque más acorde a la época en que fue escrita la obra.

[23] Tal vez se trate de un personaje real: Cepparello de Prato, ciudad vecina a Florencia, que estuvo al servicio del papa Bonifacio VIII (pontífice de 1294 a 1303) y del rey Felipe IV el Hermoso de Francia (1268-1314).

fue creador de todo; por lo que, debiendo ser yo el primero en dar comienzo a nuestro novelar, entiendo que he de comenzar con uno de sus maravillosos hechos para que, oyéndolo, nuestra esperanza se afirme en Él como en cosa inmutable, y siempre sea por nosotros alabado su nombre.

Manifiesta cosa es que, como las cosas temporales son todas transitorias y mortales, están, en sí y por fuera de sí, llenas de dolor, de angustia y de fatiga, y sujetas a infinitos peligros; a los cuales no podremos nosotros, los que vivimos mezclados con ellas y somos parte de ellas, resistir ni hacerles frente sin algún fallo, si la especial gracia de Dios no nos presta fuerza y prudencia. La cual, a nosotros y en nosotros no es de creer que descienda por mérito alguno nuestro, sino movida por su propia benignidad y por las plegarias elevadas por aquellos que, como lo somos nosotros, fueron mortales y, habiendo seguido bien sus deseos mientras tuvieron vida, ahora se han transformado con Él en eternos y bienaventurados; a los cuales nosotros mismos, como a procuradores[24] informados por experiencia de nuestra fragilidad, y tal vez no atreviéndonos a mostrar nuestras plegarias ante la vista de tan gran juez, les rogamos por las cosas que juzgamos oportunas. Y aún más en Él, lleno de piadosa liberalidad hacia nosotros, señalemos que, no pudiendo la agudeza de los ojos mortales traspasar en modo alguno el secreto de la divina mente, a veces sucede que, engañados por la opinión, hacemos procuradores ante su Majestad a gentes que han sido arrojadas por Ella al eterno exilio; y no por ello Aquél a quien ninguna cosa es oculta —mirando más a la pureza del orante que a su ignorancia o al exilio de aquél a quien le ruega— como si fuese bienaventurado ante sus

---

[24] Palabra tomada de la terminología jurídica, aplicado aquí a lo religioso. Equivale a «intermediario».

ojos, deja de escuchar a quienes le ruegan. Lo que podrá aparecer manifiestamente en la novela que entiendo contar: manifiestamente, digo, no el juicio de Dios sino el seguido por los hombres.

Se dice, pues, que habiéndose convertido Musciatto Franzesi[25], de riquísimo y gran mercader en Francia, en caballero, y debiendo venir a Toscana con micer[26] Carlos Sin Tierra[27], hermano del rey de Francia, que fue llamado y solicitado por el papa Bonifacio, dándose cuenta de que sus negocios estaban, como muchas veces lo están los de los mercaderes, muy intrincados acá y allá, y que no se podían fácil ni súbitamente desenredar, pensó encomendarlos a varias personas, y para todos encontró cómo; fuera de que le quedó la duda de a quién dejar que fuese capaz de rescatar los créditos hechos a varios borgoñones.

Y la razón de la duda era saber que los borgoñones son litigiosos y de mala condición y desleales, y a él no le venía a la cabeza quién pudiese haber tan malvado en quien pudiera tener alguna confianza para que pudiese oponerse a su perversidad. Y después de haber estado pensando largamente en este asunto, le vino a la memoria un tal maese Cepparello de Prato que muchas veces se hospedaba

---

[25] Biscio y Musciatto Franzesi fueron dos hermanos florentinos tenidos como el prototipo de negociantes deshonestos por sus conciudadanos Musciatto Franzesi había ido a Florencia desde el campo y llegado a ser consejero de Felipe el Hermoso de Francia, a quien indujo a falsificar moneda y a otra serie de negocios poco escrupulosos.

[26] El término italiano utilizado en el texto como tratamiento de respeto es «*messer*», literalmente «mi señor». Aquí lo traducimos por «micer», palabra utilizada en el antiguo reino de Aragón como título honorífico y empleada por todos los traductores del Decamerón.

[27] Carlos de Valois, hermano de Felipe IV el Hermoso de Francia, que llegó a Florencia en 1301 para ayudar a Bonifacio VIII, se valió de la codicia de Musciatto Franzesi y arruinó al partido de los Blancos, provocando el exilio de Dante de Florencia.

en su casa de París, que porque era pequeño de estatura y muy acicalado, no sabiendo los franceses qué significaba Cepparello, y creyendo que vendría a decir *chapelo*, es decir, *guirnalda*, como en su lengua romance[28], porque era pequeño como decimos, no Ciappello, sino Ciappelletto lo llamaban: y por Ciappelletto era conocido en todas partes, pero pocos le conocían como Cepparello. Era este Ciappelletto de este tipo de vida: siendo notario, sentía grandísima vergüenza si alguno de sus documentos —aunque fuesen pocos— no fuera falso; de los cuales hubiera hecho gratuitamente tantos como le hubiesen pedido, y con mejor gana que alguno de otra clase muy bien pagado. Declaraba en falso con sumo gusto, tanto si se le pedía como si no; y dándose en aquellos tiempos en Francia grandísima fe a los juramentos, no preocupándose por hacerlos falsos, vencía malvadamente en tantas causas cuantas le pidiesen que jurara decir verdad por su fe.

Tenía además gusto —y mucho se empeñaba en ello— en suscitar entre amigos y parientes y cualesquiera otras personas, males y enemistades y escándalos, de los cuales cuantos mayores males veía seguirse, tanta mayor alegría sentía. Si se le invitaba a algún homicidio o a cualquier otro acto criminal, sin negarse nunca, de buena gana iba y muchas veces se encontró gustosamente hiriendo y matando hombres con las propias manos. Era gran blasfemador contra Dios y los santos, y por cualquier cosa pequeña, era más iracundo que ningún otro. A la iglesia no iba jamás, y escarnecía con abominables palabras a todos sus sacramentos como a cosa vil; y por el contrario las tabernas y otros lugares deshonestos visitaba de buena gana y los frecuentaba. De las mujeres era tan huidizo como lo son los

---

[28] En francés «guirnalda» se dice «*chapelet*», lo que da lugar al juego de palabras que hace aquí Boccaccio.

perros del palo, con su género contrario más que ningún otro hombre vicioso se deleitaba[29]. Habría hurtado y robado con la misma conciencia con que oraría un santo varón. Golosísimo y gran bebedor hasta a veces sentir repugnantes náuseas; era solemne jugador con dados trucados.

Mas ¿por qué me alargo en tantas palabras? Era el peor hombre, tal vez, que nunca hubiese nacido. Y su maldad largo tiempo la sostuvo el poder y la autoridad de micer Musciatto, por quien fue protegido muchas veces no sólo de las personas privadas a quienes con frecuencia injuriaba, sino también de la justicia, a la que siempre lo hacía.

Venido, pues, este maese Cepparello a la memoria de micer Musciatto, que conocía óptimamente su vida, pensó el dicho micer Musciatto que éste era el que necesitaba la maldad de los borgoñones; por lo que, llamándole, le dijo así:

—Maese Ciappelletto, como sabes, estoy por retirarme del todo de aquí y, teniendo entre otros que entenderme con los borgoñones, hombres llenos de engaño, no sé a quién pueda dejar más apropiado que tú para rescatar de ellos mis bienes; y por ello, como tú al presente nada estás haciendo, si quieres ocuparte de esto pretendo conseguirte el favor de la corte y darte aquella parte de lo que rescates que sea conveniente.

Maese Cepparello, que se veía desocupado y mal provisto de bienes mundanos y veía que se iba quien su sostén y auxilio había sido durante mucho tiempo, sin ningún titubeo y como empujado por la necesidad se decidió sin dilación alguna, como obligado por la necesidad y dijo que quería hacerlo de buena gana. Por lo que, puestos de acuerdo, recibidos por maese Ciappelletto los poderes y las cartas credenciales del rey, partido micer

---

[29] Es decir, que tenía inclinaciones homosexuales, práctica no aceptada por Boccaccio.

Musciatto, se fue a Borgoña donde casi nadie lo conocía: y allí de modo extraño a su naturaleza, benigna y mansamente empezó a rescatar y hacer aquello a lo que había ido, como si reservase la ira para el final. Y haciéndolo así, hospedándose en la casa de dos hermanos florentinos que prestaban con usura y por aprecio hacia micer Musciatto le honraban mucho, sucedió que enfermó, con lo que los dos hermanos hicieron prestamente venir médicos y criados para que le sirviesen en cualquier cosa necesaria para recuperar la salud.

Pero toda ayuda era vana porque el buen hombre, que era ya viejo y había vivido desordenadamente, según decían los médicos iba de día en día de mal en peor como quien tiene un mal de muerte; de lo que los dos hermanos mucho se dolían y un día, muy cerca de la alcoba en que maese Ciappelletto yacía enfermo, comenzaron a razonar entre ellos.

—¿Qué haremos con éste? —decía el uno al otro—. Tenemos por su culpa un mal asunto entre las manos, porque echarlo fuera de nuestra casa tan enfermo nos traería gran tacha y sería signo manifiesto de poco juicio al ver la gente que primero lo habíamos recibido y después hecho servir y medicar tan solícitamente para ahora, sin que haya podido hacer nada que pudiera ofendernos, echarlo fuera de nuestra casa tan súbitamente, y enfermo de muerte. Por otra parte, ha sido un hombre tan malvado que no querrá confesarse ni recibir ningún sacramento de la Iglesia y, muriendo sin confesión, ninguna iglesia querrá recibir su cuerpo y será arrojado a los fosos como un perro. Y si por el contrario se confiesa, sus pecados son tantos y tan horribles que no los habrá semejantes y ningún fraile o cura querrá ni podrá absolverlo; por lo que, no absuelto, será también arrojado a los fosos como un perro. Y si esto sucede, el pueblo de esta tierra, tanto por nuestro oficio —que les parece inicuo y al que todo el tiempo pasan maldiciendo— como por el deseo que tiene de robarnos, viéndolo, se amotinará y gritará: «Estos perros lombardos a los que la iglesia no quiere recibir no podemos aguantarlos más», y correrán en busca de nuestras arcas y tal vez no solamente nos roben los dineros, sino que pueden quitarnos también la vida; por lo que de cualquiera forma estamos mal si éste se muere.

Maese Ciappelletto, que, como dijimos, yacía allí cerca de donde éstos estaban hablando, teniendo el oído fino, como la mayoría de las veces pasa a los enfermos, oyó lo que estaban diciendo y los hizo llamar y les dijo:

—No quiero que temáis por mí ni tengáis miedo de recibir por mi causa algún daño; he oído lo que habéis estado hablando de mí y estoy certísimo de que sucedería como decís si así como pensáis anduvieran las cosas; pero andarán de otra manera. He hecho, viviendo, tantas injurias al Señor Dios que por hacerle una más a la hora de la muerte dará lo mismo. Y por ello, procurad hacer venir a un fraile santo y valioso lo más que podáis, si hay alguno que lo sea, y dejadme hacer, que yo manejaré firmemente vuestros asuntos y los míos de tal manera que resulten bien y estéis contentos.

Los dos hermanos, aunque no sintieron por esto mucha esperanza, no dejaron de ir a un convento de frailes y pidieron que algún hombre santo y sabio escuchase la confesión de un lombardo que estaba enfermo en su casa; y les fue dado un fraile anciano de santa y de buena vida, y gran maestro de la Escritura y hombre muy venerable, a quien todos los ciudadanos tenían en grandísima y especial devoción, y lo llevaron con ellos. El cual, llegado a la cámara donde el maese Ciappelletto yacía, y sentándose a su lado empezó primero a confortarle benignamente y le preguntó luego que cuánto tiempo hacía que no se había confesado. A lo que el maese Ciappelletto, que nunca se había confesado, respondió:

—Padre mío, mi costumbre es de confesarme todas las semanas al menos una vez; siendo bastantes las que me confieso más; y la verdad es que, desde que he enfermado, que son casi ocho días, no me he confesado, tanto es el malestar que con la enfermedad he tenido.

Dijo entonces el fraile:

—Hijo mío, bien has hecho, y así debes hacer de ahora en adelante; y veo que, si tan frecuentemente te confiesas, poco trabajo tendré en escucharte y preguntarte.

Dijo maese Ciappelletto:

—Señor fraile, no digáis eso; yo no me he confesado nunca tantas veces ni con tanta frecuencia que no quisiera hacer siempre confesión general de todos los pecados que pudiera recordar desde el día en que nací hasta el que me haya confesado; y por ello os ruego, mi buen padre, que me preguntéis tan en detalle de todas las cosas como si nunca me hubiera confesado, y no tengáis compasión porque esté enfermo, que más quiero disgustar a estas carnes mías que, excusándolas, hacer cosa que pudiese resultar en perdición de mi alma, que mi Salvador rescató con su preciosa sangre.

Estas palabras gustaron mucho al santo varón y le parecieron señal de una mente bien dispuesta; y luego que al maese Ciappelletto hubo alabado mucho esta práctica, empezó a preguntarle si había alguna vez pecado lujuriosamente con alguna mujer. A lo que maese Ciappelletto respondió suspirando:

—Padre, en esto me avergüenzo de decir la verdad temiendo pecar de vanagloria.

A lo que el santo fraile dijo:

—Dila con tranquilidad, que por decir la verdad ni en la confesión ni en otro caso nunca se ha pecado.

Dijo entonces maese Ciappelletto:

—Ya que lo queréis así, os lo diré: soy tan virgen como salí del cuerpo de mi madre.

—¡Oh, bendito seas de Dios! —dijo el fraile—, ¡qué bien has hecho! Y al hacerlo has tenido tanto más mérito cuando, si hubieras querido, tenías más libertad de hacer lo contrario que tenemos nosotros y todos los otros que están constreñidos por alguna regla.

Y después de esto, le preguntó si había desagradado a Dios con el pecado de la gula. A lo que, suspirando mucho, maese Ciappelletto contestó que sí y muchas veces; porque, como fuese que él, además de los ayunos de la cuaresma que las personas devotas hacen durante el año, todas las semanas tuviera la costumbre de ayunar a pan y agua al menos tres días, se había bebido el agua con tanto deleite y tanto gusto y especialmente cuando había sufrido alguna fatiga por rezar o ir en peregrinación, como los grandes bebedores hacen con el vino. Y muchas veces había deseado comer aquellas ensaladas de hierbas que hacen las mujeres cuando van al campo, y algunas veces le había parecido mejor comer que le parecía que debiese parecerle a quien ayuna por devoción como él ayunaba. A lo que el fraile dijo:

—Hijo mío, estos pecados son naturales y son muy leves, y por ello no quiero que te apesadumbres la conciencia más de lo necesario. A todos los hombres sucede que les parezca bueno comer después de largo ayuno, y, después del cansancio, beber.

—¡Oh! —dijo maese Ciappelletto—, padre mío, no me digáis esto por confortarme; bien sabéis que yo sé que las cosas que se hacen en servicio de Dios deben hacerse limpiamente y sin ninguna mancha en el ánimo: y quien lo hace de otra manera, peca.

El fraile, contentísimo, dijo:

—Y yo estoy contento de que así lo entiendas en tu ánimo, y mucho me place tu pura y buena conciencia. Pero dime, ¿has pecado de avaricia deseando más de lo conveniente y teniendo lo que no debieras tener?

A lo que maese Ciappelletto dijo:

—Padre mío, no querría que sospechaseis de mí porque estoy en casa de estos usureros: yo no tengo parte aquí, sino que había venido con la intención de amonestarlos y reprenderlos y arrancarlos de este abominable oficio; y creo que habría podido hacerlo si Dios no me hubiese visitado de esta manera. Pero debéis de saber que mi padre me dejó rico, y de sus haberes, cuando murió, di la mayor parte por Dios; y luego, por sustentar mi vida y poder ayudar a los pobres de Cristo, he hecho mis pequeños mercadeos y he deseado tener ganancias de ellos, y siempre lo que he ganado lo he partido por medio con los pobres de Dios, dedicando mi mitad a mis necesidades, dándole a ellos la otra mitad; y en ello me ha ayudado tan bien mi Creador que siempre de bien en mejor han ido mis negocios.

—Has hecho bien —dijo el fraile—, pero ¿con cuánta frecuencia te has dejado llevar por la ira?

—¡Oh! —dijo maese Ciappelletto—, eso os digo que muchas veces lo he hecho. ¿Y quién podría contenerse viendo todo el día a los hombres haciendo cosas sucias, no observar los mandamientos de Dios, no temer sus juicios? Han sido muchas veces al día las que he querido estar mejor muerto que vivo al ver a los jóvenes ir tras vanidades y oyéndolos jurar y perjurar, ir a las tabernas, no visitar las iglesias y seguir más las vías del mundo que las de Dios.

Dijo entonces el fraile:

—Hijo mío, ésta es una ira buena y yo en cuanto a mí no sabría imponerte por ella penitencia. Pero ¿por acaso no te habrá podido inducir la ira a cometer algún homicidio o a decir villanías de alguien o a hacer alguna otra injuria?

A lo que el maese Ciappelletto respondió:

—¡Ay de mí, señor!, vos que me parecéis hombre de Dios, ¿cómo decís estas palabras? Si yo hubiera podido tener aún un pequeño pensamiento de hacer alguna de estas cosas, ¿creéis que crea que Dios me hubiese consentido tanto? Eso son cosas que hacen los asesinos y los criminales, de los que, siempre que alguno he visto, he dicho siempre: «Ve con Dios que te convierta».

Entonces dijo el fraile:

—Ahora dime, hijo mío, que bendito seas de Dios, ¿alguna vez has dicho algún falso testimonio contra alguien, o dicho mal de alguien o quitado a alguien cosas sin consentimiento de su dueño?

—Desde luego, señor, sí —repuso maese Ciappelletto— que he dicho mal de otro, porque tuve un vecino que con la mayor sinrazón del mundo no hacía más que golpear a su mujer tanto que una vez hablé mal de él a los parientes de la mujer, tan gran piedad sentí por aquella pobrecilla que él, cada vez que había bebido de más, zurraba como solo Dios sabe.

Dijo entonces el fraile:

—Ahora bien, tú me has dicho que has sido mercader: ¿has engañado alguna vez a alguien como hacen los mercaderes?

—Por mi fe —dijo maese Ciappelletto—, señor, sí, pero no sé quiénes eran: sino que habiéndome dado uno dineros que me debía por un paño que le había vendido, y yo poniéndolos en un cofre sin contarlos, vine a ver después de un mes que eran cuatro reales más de lo que debía ser por lo que, no habiéndolo vuelto a ver y habiéndolos conservado un año para devolvérselos, los di por amor de Dios.

Dijo el fraile:

—Eso fue poca cosa e hiciste bien en hacer lo que hiciste.

Y después de esto le preguntó el santo fraile sobre muchas otras cosas, sobre las cuales dio respuesta en la misma manera. Y queriendo él proceder ya a la absolución, dijo maese Ciappelletto:

—Señor mío, tengo todavía algún pecado que aún no os he dicho; —el fraile le preguntó cuál—, y dijo: Me acuerdo que hice a mi criado, un sábado después de nona, barrer la casa y no tuve al santo día del domingo la reverencia que debía.

—¡Oh! —dijo el fraile—, hijo mío, ésa es cosa leve.

—No —dijo maese Ciappelletto—, no he dicho nada leve, que el domingo mucho hay que honrar porque en un día así resucitó de la muerte a la vida Nuestro Señor.

Dijo entonces el fraile:

—¿Alguna cosa más has hecho?

—Señor mío, sí —respondió maese Ciappelletto—, que yo, no dándome cuenta, escupí una vez en la iglesia de Dios.

El fraile se echó a reír, y dijo:

—Hijo mío, ésa no es cosa de preocupación: nosotros, que somos religiosos, todo el día escupimos en ella.

Dijo entonces maese Ciappelletto:

—Y hacéis gran villanía, porque nada conviene tener tan limpio como el santo templo, en el que se rinde sacrificio a Dios.

Y en breve, de tales hechos le dijo muchos, y por último empezó a suspirar y a llorar mucho, como quien lo sabía hacer demasiado bien cuando quería. Dijo el santo fraile:

—Hijo mío, ¿qué te pasa?

Repuso maese Ciappelletto:

—¡Ay de mí, señor! Que me ha quedado un pecado del que nunca me he confesado, tan grande vergüenza me da decirlo, y cada vez que lo recuerdo lloro como veis, y me parece muy cierto que Dios nunca tendrá misericordia de mí por este pecado.

Entonces el santo fraile dijo:

—¡Bah, hijo! ¿Qué estás diciendo? Si todos los pecados que han hecho todos los hombres del mundo, y que deban hacer todos los hombres mientras el mundo dure, fuesen todos en un hombre solo, y éste estuviese arrepentido y contrito como te veo, tanta es la benignidad y la misericordia de Dios que, confesándose éste, se los perdonaría de buen grado; así que dilo con confianza.

Dijo entonces maese Ciappelletto, todavía llorando mucho:

—¡Ay de mí, padre mío! El mío es un pecado demasiado grande, y apenas puedo creer, si vuestras plegarias no me ayudan, que me pueda ser por Dios perdonado.

A lo que le dijo el fraile:

—Dilo con confianza, que yo te prometo pedir a Dios por ti.

Pero maese Ciappelletto lloraba y no lo decía y el fraile le animaba a decirlo. Pero luego de que maese Ciappelletto llorando un buen rato hubo tenido así suspenso al fraile, lanzó un gran suspiro y dijo:

—Padre mío, pues que me prometéis rogar a Dios por mí, os lo diré: sabed que, cuando era pequeñito, maldije una vez a mi madre.

Y dicho esto, empezó de nuevo a llorar fuertemente. Dijo el fraile:

—¡Ah, hijo mío! ¿Y eso te parece tan gran pecado? Oh, los hombres blasfemamos contra Dios todo el día y si Él perdona de buen grado a quien se arrepiente de haber blasfemado, ¿no crees que vaya a perdonarte esto? No llores, consuélate, que por seguro si hubieses sido uno de aquellos que le pusieron en la cruz, teniendo la contrición que te veo, te perdonaría Él.

Dijo entonces maese Ciappelletto:

—¡Ay de mí, padre mío! ¿Qué decís? La dulce madre mía que me llevó en su cuerpo nueve meses día y noche, y me llevó en brazos más de cien veces. ¡Mucho mal hice al maldecirla, y pecado muy grande es; y, si no rogáis a Dios por mí, no me será perdonado!

Viendo el fraile que nada le quedaba por decir al maese Ciappelletto, le dio la absolución y su bendición teniéndolo por hombre santísimo, como quien totalmente creía ser cierto lo que maese Ciappelletto había dicho: ¿y quién no lo hubiera creído viendo a un hombre en peligro de muerte confesándose decir tales cosas? Y después, luego de todo esto, le dijo:

—Señor Ciappelletto, con la ayuda de Dios estaréis pronto sano; pero si sucediese que Dios a vuestra bendita y bien dispuesta alma llamase a sí, ¿os placería que vuestro cuerpo fuese sepultado en nuestro convento?

A lo que maese Ciappelletto repuso:

—Señor, sí, que no querría estar en otro sitio, puesto que vos me habéis prometido rogar a Dios por mí, además de que yo he tenido siempre una especial devoción por vuestra orden; y por ello os ruego que, en cuanto estéis en vuestro convento, haced que venga a mí aquel veracísimo cuerpo de Cristo que vos por la mañana consagráis en el altar, porque aunque no sea digno, entiendo comulgarlo con vuestra licencia, y después la santa y última unción para que, si he vivido como pecador, al menos muera como cristiano.

El santo hombre dijo que mucho le agradaba y él decía bien, y que haría que de inmediato le fuese llevado; y así fue.

Los dos hermanos, que temían mucho que maese Ciappelletto les engañase, se habían puesto junto a un tabique que dividía de otra la alcoba donde maese Ciappelletto yacía y, escuchando, fácilmente oían y entendían lo que decía maese Ciappelletto al fraile; y sentían algunas veces tales ganas de reír, al oír las cosas que le confesaba haber hecho, que casi estallaban, y se decían uno al otro: ¿qué hombre es éste, al que ni vejez ni enfermedad ni temor de la muerte a que se ve tan vecino, ni siquiera de Dios, ante cuyo juicio espera tener que estar de aquí a poco, han podido apartarle de su maldad, ni hacer que quiera dejar de morir como ha vivido? Pero viendo que había dicho que sí, que recibiría la sepultura en la iglesia, de nada de lo otro se preocuparon. Maese Ciappelletto comulgó poco después y, empeorando sin remedio, recibió la última unción; y poco después del crepúsculo, el mismo día en que había hecho su buena confesión, murió.

Por lo que los dos hermanos, disponiendo de lo que era de él para que fuese honradamente sepultado y mandándolo decir al convento, y que viniesen por la noche a velarle según era costumbre y por la mañana a por el cuerpo, dispusieron todas las cosas oportunas para el caso. El santo fraile que lo había confesado, al oír que había finado, fue a buscar al prior del convento, y habiendo hecho tocar a capítulo, a los frailes reunidos mostró que maese Ciappelletto había sido un hombre santo según él lo había podido entender de su confesión; y esperando que por él el Señor Dios mostrase muchos milagros, les persuadió a que con grandísima reverencia y devoción recibiesen aquel cuerpo. Con las cuales cosas el prior y los frailes, crédulos, estuvieron de acuerdo: y por la noche, yendo todos allí donde yacía el cuerpo de maese Ciappelletto, le hicieron una grande y solemne vigilia, y por la mañana, vestidos todos con albas y capas pluviales, con los libros en la mano y las cruces delante, cantando, fueron a por este cuerpo y con grandísimo regocijo y solemnidad se lo llevaron a su iglesia, siguiéndoles todo la gente de la ciudad, hombres y mujeres; y, habiéndolo puesto en la iglesia, subiendo al púlpito, el santo fraile que lo había confesado empezó a predicar maravillosas cosas sobre él y su vida, sobre sus ayunos, su virginidad, su simplicidad e inocencia y santidad, , entre otras contando lo que maese Ciappelletto como su mayor pecado, llorando, le había confesado, y cómo él apenas le había podido meter en la cabeza que Dios quisiera perdonárselo, tras de lo que se volvió a reprender al pueblo que le escuchaba, diciendo:

—Y vosotros, malditos de Dios, por cualquier brizna de paja en que tropezáis, blasfemáis de Dios y de su Madre y de toda la corte celestial.

Y además de éstas, muchas otras cosas dijo sobre su lealtad y su pureza, y, en breve, con sus palabras, a las que la gente de la comarca daba completa fe, hasta tal punto lo metió en la cabeza y en la devoción de todos los que allí estaban que, después de terminado el oficio, entre los mayores apretujones del mundo todos fueron a besarle los pies y las manos, y le desgarraron todos los paños que llevaba encima, teniéndose por bienaventurado quien al menos un poco de ellos pudiera tener: y convino que todo el día fuese conservado así, para que pudiese ser visto y visitado por todos.

Luego, la noche siguiente, en una urna de mármol fue honrosamente sepultado en una capilla, y enseguida al día siguiente empezaron las gentes a ir allí y a encender candelas y a venerarlo, y seguidamente a hacer promesas y a colgar exvotos de cera según la promesa hecha. Y tanto creció la fama de su santidad y la devoción en que se le tenía que no había nadie que estuviera en alguna adversidad que hiciese promesas a otro santo que a él, y lo llamaron y lo llaman San Ciappelletto, y afirman que Dios ha mostrado muchos milagros por él y los muestra todavía a quien devotamente se lo implora.

Así pues, vivió y murió el señor Cepparello de Prato y llegó a ser santo, como habéis oído; y no quiero negar que sea posible que sea un bienaventurado en la presencia de Dios porque, aunque su vida fue criminal y malvada, pudo en su último extremo haber hecho un acto de contrición de manera que Dios tuviera misericordia de él y lo recibiese en su reino; pero como esto es cosa oculta, razono sobre lo que es aparente y digo que más debe encontrarse condenado entre las manos del diablo que en el paraíso. Y si así es, grandísima hemos de reconocer que es la benignidad de Dios para con nosotros, que no mira nuestro error sino la pureza de la fe, y al tomar nosotros de mediador a un enemigo suyo, creyéndolo amigo, nos escucha, como si a alguien verdaderamente santo recurriésemos como a mediador de su gracia. Y por ello, para que por su gracia en la adversidad presente y en esta compañía tan alegre seamos conservados sanos y salvos, alabando su nombre en el que la hemos comenzado, teniéndole reverencia, a él acudiremos en nuestras necesidades, segurísimos de ser escuchados.

Y aquí, calló.

El judío Melquisidech con una historia
sobre tres anillos se salva de una
peligrosa trampa
que le había tendido Saladino[30].

𝒟ESPUÉS de que, alabada por todos la historia de Neifile, calló ésta, como gustó a la reina, Filomena empezó a hablar así:

La historia contada por Neifile me trae a la memoria un peligroso caso sucedido a un judío; y porque ya se ha

---

[30] Saladino, el sultán de Alejandría que tomó Jerusalén a los cristianos después de haberla conquistado éstos, vivió de 1138 a 1193 y fue un personaje muy famoso en Occidente, por su valor y magnificencia. Se contaban de él numerosas historias y leyendas. Boccaccio lo hace personaje de dos de sus novelas, ésta y la novena de la Jornada X. También las historias de judíos sagaces y discretos eran muy del gusto de la Edad Media.

hablado tan bien de Dios y de la verdad de nuestra fe, descender ahora a los sucesos y los actos de los hombres no se deberá hallar mal, y vendré a narrárosla para que, oída, tal vez más cautas os volváis en las respuestas a las preguntas que puedan haceros.

Debéis saber, amorosas compañeras, que así como la necedad muchas veces aparta a alguien de un feliz estado y lo pone en grandísima miseria, así aparta la prudencia al sabio de peligros gravísimos y lo pone en grande y seguro reposo. Y cuán verdad es que la necedad conduce del buen estado a la miseria, se ve en muchos ejemplos que no está ahora en nuestro ánimo contar, considerando que todo el día aparecen mil ejemplos manifiestos; pero que la prudencia sea ocasión de consuelo, como he dicho, os mostraré brevemente con un cuentecillo.

Saladino, cuyo valer fue tanto que no solamente le hizo llegar de hombre humilde a sultán de Babilonia[31], sino también lograr muchas victorias sobre los reyes sarracenos y cristianos, habiendo en diversas guerras y en grandísimas magnificencias suyas gastado todo su tesoro, y necesitando, por algún accidente que le sobrevino, una buena cantidad de dineros, no viendo cómo tan prestamente como los necesitaba pudiese tenerlos, le vino a la memoria un rico judío cuyo nombre era Melquisidech, que prestaba con usura en Alejandría; y pensó que éste tenía con qué poderlo servir, si quería, pero era tan avaro que por voluntad propia no lo hubiera hecho nunca, y no quería obligarlo por la fuerza; por lo que, apretándole la necesidad se dedicó por completo a encontrar el modo como el judío le sirviese, y se le ocurrió obligarlo con algún

---

[31] Babilonia era el nombre que solía darse a Alejandría. Boccaccio creía que Saladino era hombre de humilde nacimiento, lo que no es cierto, puesto que fue hijo de un alto dignatario de la corte.

argumento verosímil. Y haciéndolo llamar y recibiéndolo familiarmente, lo hizo sentar con él y después le dijo:

—Hombre honrado, he oído a muchas personas que eras sapientísimo y muy avezado en las cosas de Dios; y por ello querría saber cuál de las tres leyes tomas por verdadera: la judaica, la sarracena o la cristiana.

El judío, que verdaderamente era un hombre sabio, advirtió demasiado bien que Saladino buscaba cogerlo en sus palabras para meterlo en algún pleito, y pensó que no podía alabar a una de las tres más que a las otras sin que Saladino se saliese con su empeño; por lo que, como a quien le parecía tener necesidad de una respuesta por la que no pudiesen llevarle preso, aguzado el ingenio, le vino pronto a la mente lo que debía decir; y dijo:

—Señor mío, la cuestión que me proponéis es sutil, y para poder deciros lo que pienso de ella querría contaros el cuentecillo que vais a oír. Si no me equivoco, me acuerdo de haber oído decir muchas veces que hubo una vez un hombre grande y rico que, entre las otras joyas más caras que poseía en su tesoro, tenía un anillo bellísimo y precioso al que, queriendo hace honor por su valor y su belleza y dejarlo perpetuamente a sus descendientes ordenó que aquel de sus hijos a quien, habiéndoselo dejado él, le fuese encontrado aquel anillo, que se entendiese que él era su heredero y debiese ser por todos los demás honrado y reverenciado como superior, ya que a quien fue dejado por éste dio la misma orden a sus descendientes e hizo tal como había hecho su predecesor. Y, en resumen, este anillo anduvo de mano en mano de muchos sucesores y últimamente llegó a las manos de uno que tenía tres hijos hermosos y virtuosos y muy obedientes al padre por lo que amaba a los tres por igual. Y los jóvenes, que conocían la costumbre del anillo, deseoso cada uno de ser el más honrado entre los suyos, cada uno por sí, como mejor sabían, rogaban al padre, que era ya viejo, que cuando sintiese llegar la muerte, le dejase el anillo a él. El honrado hombre, que por igual amaba a todos, no sabía él mismo elegir a cuál debiese dejárselo y pensó, habiéndoselo prometido a todos, en satisfacer a los tres: y secretamente le encargó a un buen orfebre otros dos, los cuales fueron tan semejantes al primero que el mismo que los había hecho hacer apenas distinguía cuál fuese el verdadero; y sintiendo llegar la muerte, secretamente dio el suyo a cada uno de sus hijos. Los cuales, después de la muerte del padre, queriendo cada uno posesionarse de la herencia y el honor, y negándoselo el uno al otro, como testimonio de hacerlo con todo derecho, cada uno mostró su anillo; y encontrados los anillos tan iguales el uno al otro que cuál fuese el verdadero no sabía distinguirse, se quedó pendiente la cuestión de quién fuese el verdadero heredero del padre, y sigue pendiente todavía. Y lo mismo os digo, señor mío, de las tres leyes dadas a los tres pueblos por Dios padre sobre las que me propusisteis una cuestión: cada uno cree rectamente tener y cumplir su herencia, su verdadera ley y sus mandamientos, pero de quién la tenga, como de los anillos, todavía está pendiente la cuestión.

Conoció Saladino que éste había sabido salir óptimamente del lazo que le había tendido y por ello se dispuso a manifestarle sus necesidades y ver si quería servirle; y así lo hizo, manifestándole lo que había tenido en el ánimo hacerle si él tan discretamente como lo había hecho no le hubiera respondido. El judío le sirvió liberalmente con toda la cantidad que Saladino le pidió y luego Saladino se la restituyó enteramente, y además de ello le dio grandísimos dones y siempre lo tuvo por amigo suyo y en grande y honrado estado lo conservó junto a él.

Un monje, caído en pecado digno de castigo muy severo, se libra de la pena reprendiendo oportunamente a su abad de aquella misma culpa[32].

Y̶A se calla Filomena, liberada de su historia, cuando Dioneo, que estaba sentado junto a ella, sin esperar de la reina otro mandato, conociendo ya por el orden comenzado que a él le tocaba tener que hablar, de tal manera comenzó a decir:

---

[32] El asunto de esta novela (cómo un párroco se libró del castigo de su obispo por haberle encontrado en la misma relación con una mujer que a él le reprochaba) estaba muy difundido en la literatura medieval, tanto oral como escrita, pero el estilo sucinto y rústico de la narración no puede compararse con la sutileza y la amplitud con que Boccaccio trata el asunto.

Amorosas señoras, si he entendido bien la intención de todas, estamos aquí para complacernos a nosotros mismos novelando, y por ello, tan sólo porque contra esto no se vaya, estimo que a cada uno debe serle lícito —y así dijo nuestra reina, hace poco, que era— contar aquella historia que más crea que pueda divertir; por lo que, habiendo escuchado cómo por los buenos consejos de Giannotto de Civigní salvó su alma el judío Abraham y cómo por su prudencia defendió Melquisidech sus riquezas de las asechanzas de Saladino, sin esperar que me reprendáis, pretendo contar brevemente con qué destreza libró su cuerpo un monje de gravísimo castigo.

Hubo en Lunigiana, pueblo no muy lejano de éste, un monasterio más copioso en santidad y en monjes de lo que lo es hoy, en el que, entre otros, había un monje joven cuyo vigor y vivacidad ni los ayunos ni las vigilias podían macerar. El cual, por azar, un día hacia el mediodía, cuando todos los otros monjes dormían, habiendo salido solo por los alrededores de su iglesia, que estaba en un lugar muy solitario, alcanzó a ver a una jovencita harto hermosa, hija tal vez de alguno de los labradores de la comarca, que andaba por los campos cogiendo ciertas hierbas: no bien la había visto cuando fue fieramente asaltado por la concupiscencia carnal.

Por lo que, aproximándose, trabó conversación con ella y tanto anduvo de una palabra en otra que se puso de acuerdo con ella y se la llevó a su celda sin que nadie se apercibiese. Y mientras él, transportado por el excesivo deseo, menos cautamente jugueteaba con ella, sucedió que el abad, levantándose de dormir y pasando silenciosamente por delante de su celda, oyó el alboroto que hacían los dos juntos; y para conocer mejor las voces se acercó silenciosamente a la puerta de la celda a escuchar y claramente conoció que dentro había una mujer, y estuvo tentado a hacerse abrir; luego pensó que convendría tratar aquello de otra manera y, vuelto a su alcoba, esperó a que el monje saliera fuera.

El monje, aunque con grandísimo placer y deleite estuviera ocupado con aquella joven, no dejaba sin embargo de estar temeroso y, pareciéndole haber oído algún arrastrar de pies por el dormitorio, acercó el ojo a un pequeño agujero y vio clarísimamente al abad escuchándolo y comprendió muy bien que el abad había podido oír que la joven estaba en su celda. De lo que, sabiendo que de ello debía seguirle un gran castigo, se sintió muy pesaroso; pero sin querer mostrar a la joven nada de su desazón, rápidamente imaginó muchas cosas buscando hallar alguna que le sirviera de salvación. Y se le ocurrió una nueva malicia —que el fin imaginado por él consiguió certeramente— y fingiendo que le parecía haber estado bastante con aquella joven le dijo:

—Voy a salir a buscar la manera en que salgas de aquí dentro sin ser vista, y para ello quédate en silencio hasta que vuelva.

Y saliendo y cerrando la celda con llave, se fue directamente a la cámara del abad, y dándosela, tal como todos los monjes hacían cuando salían, le dijo con rostro tranquilo:

—Señor, yo no pude esta mañana traer toda la leña que había cortado, y por ello, con vuestra licencia, quiero ir al bosque y traerla.

El abad, para poder informarse más plenamente de la falta cometida por él, pensando que no se había dado cuenta de que había sido visto, se alegró con tal ocasión y de buena gana tomó la llave y semejantemente le dio licencia. Y después de verlo irse empezó a pensar qué era mejor hacer: o en presencia de todos los monjes abrir la celda de aquél y hacerles ver su falta para que no hubiese ocasión de que murmurasen contra él cuando castigase al monje, o primero oír de él cómo había sido aquel asunto. Y pensando para sí que aquélla podría ser tal mujer o hija de tal hombre a quien él no quisiera hacer pasar la vergüenza de mostrarla a todos los monjes, pensó que primero vería quién era y tomaría después partido; y silenciosamente yendo a la celda, la abrió, entró dentro, y volvió a cerrar la puerta.

La joven, viendo venir al abad, palideció toda, y temblando empezó a llorar de vergüenza. El señor abad, que le había echado la vista encima y la veía hermosa y fresca, aunque él fuese viejo, sintió súbitamente no menos abrasadores los estímulos de la carne que los había sentido su joven monje, y para sí empezó a decir:

«¡Ea!, ¿por qué no tomar yo del placer cuanto pueda, si el desagrado y el dolor, aunque no los quiera, me están esperando? Ésta es una hermosa joven, y está aquí donde nadie en el mundo lo sabe; si la puedo traer a hacer mi gusto no sé por qué no habría de hacerlo. ¿Quién va a saberlo? Nadie lo sabrá nunca, y el pecado tapado está medio perdonado. Un caso así no me sucederá tal vez nunca más. Pienso que es de sabios tomar el bien que Dios nos manda».

Y así diciendo, y habiendo del todo cambiado el propósito que allí le había llevado, acercándose más a la joven, suavemente comenzó a consolarla y a rogarle que no llorase; y yendo de una palabra en otra, llegó a manifestarle su deseo. La joven, que no era de hierro ni de diamante, con bastante facilidad se plegó a los gustos del abad: el cual, después de abrazarla y besarla muchas veces, subiéndose a la cama del monje, y en consideración tal vez del grave peso de su dignidad y la tierna edad de la joven, temiendo tal vez ofenderla con demasiada gravedad, no se puso sobre el pecho de ella, sino que la puso a ella sobre su pecho y por largo espacio se solazó con ella.

El monje, que había fingido irse al bosque, habiéndose ocultado en el dormitorio, como vio al abad entrar solo en su celda, casi por completo tranquilizado, juzgó que su estratagema debía surtir efecto; y, viéndole encerrarse dentro, lo tuvo por certísimo. Y saliendo de donde estaba, calladamente fue hasta un agujero por donde lo que el abad hizo o dijo lo oyó y lo vio.

Pareciéndole al abad que se había demorado bastante con la jovencita, encerrándola en la celda, se volvió a su alcoba; y luego de algún tiempo, oyendo al monje y creyendo que volvía del bosque, pensó en reprenderlo duramente y hacerlo encarcelar para poseer él solo la ganada presa; y haciéndolo llamar, duramente y con mala cara le reprendió, y mandó que lo llevaran a la cárcel. El monje rapidísimamente respondió:

—Señor, yo no he estado todavía tanto en la orden de San Benito que pueda haber aprendido todas sus reglas; y vos aún no me habíais mostrado que los monjes deben acordar tanta preeminencia a las mujeres como a los ayunos y las vigilias; pero ahora que me lo habéis mostrado, os prometo, si me perdonáis esta vez, no pecar más por esto y hacer siempre como os he visto a vos.

El abad, que era hombre avisado, entendió prestamente que aquél no sólo sabía su hecho, sino que lo había visto, por lo que, sintiendo remordimientos de su misma culpa, se avergonzó de hacerle al monje lo que él también había merecido; y perdonándolo e imponiéndole silencio sobre lo que había visto, con toda discreción sacaron a la jovencita de allí, y aún debe creerse que la hicieron volver más veces.

*La marquesa de Monferrato con una
invitación a comer gallinas y con unas
discretas palabras reprime el loco amor
del rey de Francia.*

LA historia contada por Dioneo hirió primero de alguna vergüenza el corazón de las damas que la escuchaban y dio de ello señal el honesto rubor que apareció en sus rostros; pero luego, mirándose unas a otras, pudiendo apenas contener la risa, la escucharon sonriendo. Y llegado el final, después de haberle reprendido con algunas dulces palabras, queriendo mostrar que historias semejantes no debían contarse delante de mujeres, la reina, vuelta hacia Fiameta —que estaba sentada en la hierba junto a él—, le mandó que continuase el orden establecido, y ella galanamente y con alegre rostro, mirándola, comenzó:

Tanto porque me complace que hayamos entrado a demostrar con las historias cuánta es la fuerza de las respuestas agudas y prontas, como porque tan gran cordura es en el hombre amar siempre a mujeres de linaje más alto que el suyo como es en las mujeres grandísima precaución saber guardarse de caer en el amor de un hombre de mayor posición que la suya, me ha venido al ánimo, hermosas señoras, mostraros, en la historia que me toca contar, cómo una noble dueña supo con palabras y obras guardarse de esto y evitar otras cosas.

Había el marqués de Monferrato, hombre de alto valor, gonfalonero[33] de la Iglesia, pasado a ultramar en una expedición general hecha por los cristianos a mano armada[34]; y hablándose de su valor en la corte de Felipe el Bizco[35], que se preparaba a ir desde Francia en aquella misma expedición, fue dicho por un caballero que no había bajo las estrellas otra pareja semejante a la del marqués y su mujer: porque cuanto destacaba en todas las virtudes el marqués entre los caballeros, tanto era la mujer entre las demás mujeres hermosísima y valerosa. Las cuales palabras entraron de tal modo en el ánimo del rey de Francia que, sin haberla visto nunca, comenzó a amarla ardientemente, y se propuso no hacerse a la mar, en la expedición en que iba, sino en Génova para que, yendo por tierra, pudiese

---

[33] Gonfalonero (o confaloniero): hombre que lleva el confalón (bandera, estandarte o pendón).

[34] Se trata de la Tercera Cruzada (1189-1192), en la que tomaron parte Felipe Augusto y Ricardo Corazón de León. El marqués de Monferrato era entonces Conrado de los Aleramici, que llegó a ser proclamado rey de Jerusalén después de haber defendido valerosamente Constantinopla y Tiro. Vittore Branca opina, sin embargo, que este marqués de Monferrato no había dejado en Italia a su mujer puesto que, como viudo, se casó en Jerusalén con la hermana del emperador Alexis de Bizancio.

[35] Felipe Augusto (1165-1223), que era llamado el Tuerto, comandó junto con Ricardo Corazón de León y Federico Barbarroja la Tercera Cruzada.

tener un motivo razonable para ir a ver a la marquesa, pensando que, no estando el marqués, podría suceder que viniese a tener efecto su deseo. Y según lo había pensado mandó que fuese puesto en ejecución; por lo que, enviando delante a todos los hombres, él con poca compañía y de hombres nobles, se puso en camino, y acercándose a la tierra del marqués, mandó decir a la señora con anticipación de un día que a la mañana siguiente le esperase a almorzar. La señora, sabia y precavida, repuso alegremente que aquél era un honor superior a cualquier otro y que sería bien venido.

Y enseguida se puso a pensar qué querría decir que un tal rey, no estando su marido, viniese a visitarla; y no la engañó en esto la sospecha de que la fama de su hermosura lo atrajese. Pero no menos como mujer de pro se dispuso a honrarlo, y haciendo llamar a todos los hombres buenos que allí habían quedado, dio con su consejo las órdenes oportunas para todos los preparativos: pero la comida y los manjares quiso prepararlos ella misma. Y sin demora hizo reunir cuantas gallinas había en la comarca, y tan sólo con ellas indicó a sus cocineros que preparasen varios platos para el convite real.

Vino, pues, el rey el día anunciado y fue recibido por la señora con gran alegría y honor; y a él, al mirarla le pareció hermosa y valerosa y cortés, más de lo que había imaginado por las palabras del caballero, y se maravilló grandemente y mucho la estimó, encendiéndose tanto más en su deseo cuanto más sobrepasaba la señora la estima que él había tenido de ella. Y después de algún reposo tomado en cámaras adornadísimas con todo lo que es necesario para recibir a tal rey, venida la hora del almuerzo, el rey y la marquesa se sentaron a una mesa, y los demás según su condición fueron en otras mesas honrados.

Aquí, siendo el rey servido sucesivamente con muchos platos y vinos óptimos y preciosos, y además de ello mirando de vez en cuando con deleite a la hermosísima marquesa, gran placer tenía. Pero llegando un plato tras el otro, comenzó el rey a maravillarse un tanto advirtiendo que, por muy diversos que fueran los guisos, no lo eran tanto que no fuesen todos hechos de gallina. Y como supiese el rey que el lugar donde estaba era tal que debía haber abundancia de variados animales salvajes, y que con haberle avisado de su venida había dado a la señora espacio suficiente para poder mandar a cazarlos, como mucho de esto se maravillase, no quiso tomar ocasión de hacerla hablar de otra cosa sino de sus gallinas; y con alegre rostro se volvió hacia ella y le dijo:

—Dama, ¿nacen en este país solamente gallinas sin ningún gallo?

La marquesa, que comprendió bien la pregunta, pareciéndole que según su deseo Nuestro Señor le había dado ocasión oportuna para poder mostrar su intención, hacia el rey que le preguntaba resueltamente vuelta, repuso:

—No, monseñor; pero las mujeres, aunque en vestidos y en honores algo varíen de las otras, todas sin embargo son igual aquí que en cualquier parte.

El rey, oídas estas palabras, bien entendió la razón de la invitación a gallinas y la virtud que escondían aquellas palabras y comprendió que en vano se gastarían las palabras con tal mujer y que no era el caso de usar la fuerza; por lo que, así como imprudentemente se había encendido en su amor, así era sabio apagar por su honor el mal concebido fuego. Y sin bromear más, temeroso de sus respuestas, almorzó fuera de toda esperanza, y terminado el almuerzo, le pareció que con el pronto partir disimularía su deshonesta venida, y agradeciéndole por haberlo honrado, encomendándolo ella a Dios, se fue a Génova.

SEGUNDA JORNADA

Comienza la segunda jornada del Decamerón, en la que, bajo el gobierno de Filomena, se razona sobre quienes, perseguidos por diversas contrariedades, han llegado, contra toda esperanza, a buen fin.

YA había el sol llevado a todas partes el nuevo día con su luz y los pájaros daban de ello testimonio a los oídos cantando placenteros trinos sobre las verdes ramas, cuando todas las jóvenes y los tres jóvenes, habiéndose levantado, entraron a los jardines y, hollando con lento paso las hierbas húmedas de rocío, haciéndose bellas guirnaldas acá y allá, estuvieron recreándose durante largo rato. Y tal como habían hecho el día anterior hicieron el presente: habiendo comido con la fresca, luego de haber bailado alguna danza se fueron a descansar y, levantándose de la siesta después de la hora nona, como le plació a su reina, venidos al fresco pradecillo, se sentaron en torno a ella. Y ella, que era hermosa y de muy amable aspecto, coronada con su guirnalda de laurel, después de estar callada un poco y de mirar a la cara a toda su compañía, mandó a Neifile que a las futuras historias diese, con una, principio; y ella, sin poner ninguna excusa, así, alegre, empezó a hablar:

*Martellino, fingiéndose tullido, simula
curarse sobre la tumba de San Arrigo y,
descubierto su engaño, es apaleado; y
después de ser apresado y estar en peligro
de ser ahorcado, logra al fin escaparse.*

MUCHAS veces sucede, queridísimas señoras, que
aquel que se ingenia en burlarse de otro, y en especial
de las cosas que deben reverenciarse, se ha encontrado sólo
con las burlas y a veces con daño de sí mismo; por lo que,
para obedecer el mandato de la reina y dar principio con
una historia mía al asunto propuesto, pretendo contaros lo
que, primero desdichadamente y después —fuera de toda
su esperanza— muy felizmente, sucedió a un conciudadano nuestro.

Había, no hace todavía mucho tiempo, un alemán en Treviso llamado Arrigo que, siendo pobre, servía como porteador a sueldo a quien se lo solicitaba y, a pesar de ello, era tenido por todos como hombre de santísima y buena vida. Por lo cual, fuese verdad o no, sucedió al morir él, según afirman los trevisanos, que a la hora de su muerte, todas las campanas de la iglesia mayor de Treviso empezaron a sonar sin que nadie las tocase. Lo que, tenido por milagro, todos decían que este Arrigo era santo[36]; y corriendo toda la gente de la ciudad a la casa en que yacía su cuerpo, lo llevaron a guisa de cuerpo santo a la iglesia mayor, llevando allí a cojos, tullidos y ciegos y demás impedidos por cualquiera enfermedad o defecto, como si todos fueran a sanar al tocar aquel cuerpo.

Entre tanto tumulto y movimiento de gente sucedió que llegaron a Treviso tres de nuestros conciudadanos, de los cuales uno se llamaba Stecchi, otro Martellino y el tercero Marchese[37], hombres que, yendo por las cortes de los señores, divertían a la concurrencia haciendo contorsiones e imitando a cualquiera con muecas extrañas. Los cuales, no habiendo estado nunca allí, se maravillaron de ver correr a todos y, oído el motivo de aquello, sintieron deseos de ir a ver y, dejadas sus cosas en una posada, dijo Marchese:

—Queremos ir a ver a este santo, pero en cuanto a mí, no veo cómo podamos llegar hasta él, porque he oído que la plaza está llena de alemanes y de otra gente armada que el señor de esta tierra, para que no haya alboroto, hace estar allí, y además de esto, la iglesia, por lo que se dice, está tan llena de gente que nadie más puede entrar.

---

[36] Existe un beato Arrigo de Baizano, muerto en Treviso en 1315, que fue mozo de cuerda y a cuya muerte dicen las crónicas que tocaron solas las campanas y ocurrieron milagros.

[37] Se trata de bufones.

Martellino, entonces, que deseaba ver aquello, dijo:

—Que no se quede por eso, que de llegar hasta el cuerpo santo yo encontraré bien el modo.

Dijo Marchese:

—¿Cómo?

Repuso Martellino:

—Te lo diré: yo me fingiré tullido y tú por un lado y Stecchi por el otro, como si no pudiese andar, me vendréis sosteniendo, haciendo como que me queréis llevar allí para que el santo me cure: no habrá nadie que, al vernos, no nos haga sitio y nos impida pasar.

A Marchese y a Stecchi les gustó el truco y, sin tardanza, saliendo de la posada, llegados los tres a un lugar solitario, Martellino se retorció las manos de tal manera, los dedos y los brazos y las piernas, y además de ello la boca y los ojos y todo el rostro, que era cosa horrible de ver; no habría habido nadie que lo hubiese visto que no hubiese pensado que estaba paralítico y tullido. Y sujetado de esta manera, entre Marchese y Stecchi, se encaminaron hacia la iglesia, llenos de piedad, pidiendo humildemente y por amor de Dios a todos los que estaban delante de ellos que les hiciesen sitio, lo que fácilmente obtenían; y en breve, respetados por todos y todo el mundo gritando: «¡Haced sitio, haced sitio!», llegaron allí donde estaba el cuerpo de San Arrigo y, por algunos gentileshombres que estaban a su alrededor, fue Martellino prestamente alzado y puesto sobre el cuerpo para que mediante aquello pudiera alcanzar la gracia de la salud.

Martellino, como toda la gente estaba mirando lo que pasaba con él, comenzó, como quien lo sabía hacer muy bien, a fingir que uno de sus dedos se estiraba, y luego la mano, y luego el brazo, y así todo entero llegar a estirarse. Lo que, viéndolo la gente, tan gran ruido en alabanza de San Arrigo hacían que un trueno no habría podido oírse.

Había por azar un florentino cerca que conocía muy bien a Martellino, pero que por estar así contorsionado cuando fue llevado allí no lo había reconocido. El cual, viéndolo enderezado, lo reconoció y súbitamente empezó a reírse y a decir:

—¡Señor, castígalo! ¿Quién no hubiera creído al verlo venir que de verdad fuese un lisiado?

Oyeron estas palabras unos trevisanos que, inmediatamente, le preguntaron:

—¡Cómo! ¿No era éste un tullido?

A lo que el florentino repuso:

—¡No lo quiera Dios! Siempre ha sido tan derecho como nosotros, pero sabe mejor que nadie, como habéis podido ver, hacer estas burlas de contorsionarse en las posturas que quiere.

Como hubieron oído esto, no necesitaron otra cosa: por la fuerza se abrieron paso y empezaron a gritar:

—¡Coged preso a ese traidor que se burla de Dios y de los santos, que no siendo tullido ha venido aquí para escarnecer a nuestro santo y a nosotros haciéndose el tullido!

Y, diciendo esto, le echaron las manos encima y lo hicieron bajar de donde estaba, y cogiéndolo por los pelos y desgarrándole todos los vestidos empezaron a darle puñetazos y puntapiés, y no se consideraba hombre quien no corría a hacer lo mismo. Martellino gritaba:

—¡Piedad, por Dios!

Y se defendía cuanto podía, pero no le servía de nada: las patadas que le daban se multiplicaban a cada momento. Viendo lo cual, Stecchi y Marchese empezaron a decirse que la cosa se ponía mal; y temiendo por sí mismos, no se atrevían a ayudarlo, gritando junto con los otros que lo matasen, aunque pensando sin embargo cómo podrían arrancarlo de manos del pueblo. Que lo hubiera matado con toda certeza si no se le hubiera ocurrido una idea que Marchese ejecutó súbitamente: que, estando allí fuera toda la guardia de la señoría, Marchese, lo antes que pudo se fue al que estaba en representación del corregidor y le dijo:

—¡Piedad, por Dios! Hay aquí algún malvado que me ha quitado la bolsa con sus buenos cien florines de oro; os ruego que lo prendáis para que pueda recuperar lo mío.

Súbitamente, al oír esto, una docena de soldados corrieron a donde el mísero Martellino era trasquilado sin tijeras y, abriéndose paso entre la muchedumbre con las mayores fatigas del mundo, todo apaleado y todo roto se lo quitaron de entre las manos y lo llevaron al palacio del corregidor, adonde, siguiéndole muchos que se sentían escarnecidos por él, y habiendo oído que había sido preso por descuidero, no pareciéndoles hallar más justo título para traerle desgracia, empezaron a decir todos que les había dado el tirón también a sus bolsas. Oyendo todo lo cual, el juez del corregidor, que era un hombre rudo, llevándoselo prestamente aparte lo empezó a interrogar.

Pero Martellino contestaba bromeando, como si nada fuese aquella prisión; por lo que el juez, alterado, haciéndolo atar con la cuerda[38] le hizo dar unos buenos saltos, con ánimo de hacerle confesar lo que decían para después ahorcarlo. Pero luego que se vio con los pies en el suelo, preguntándole el juez si era verdad lo que contra él decían, no valiéndole decir no, dijo:

—Señor mío, estoy presto a confesaros la verdad, pero haced que cada uno de los que me acusan diga dónde y cuándo les he quitado la bolsa, y os diré lo que yo he hecho y lo que no.

Dijo el juez:

—Me parece bien.

---

[38] Se trataba de una manera de tortura que consistía en pasar una cuerda bajo las axilas del condenado y levantarlo en el aire para luego dejarlo caer bruscamente.

Y haciendo llamar a unos cuantos, uno decía que se la había quitado hace ocho días, el otro que seis, el otro que cuatro, y algunos decían que aquel mismo día. Oyendo lo cual, Martellino dijo:

—Señor mío, todos estos mienten con toda su boca: y de que yo digo la verdad os puedo dar esta prueba, que nunca había estado en esta ciudad y que no estoy en ella sino desde hace poco; y al llegar, por mi desventura, fui a ver a este cuerpo santo, donde me han trasquilado todo cuanto veis; y que esto que digo es cierto os lo puede aclarar el oficial del señor que registró mi entrada, y su libro[39] y también mi posadero. Por lo que, si halláis cierto lo que os digo, no queráis a ejemplo de esos hombres malvados destrozarme y matarme.

Mientras las cosas estaban en estos términos, Marchese y Stecchi, que habían oído que el juez del corregidor procedía contra él sañudamente, y que ya le había dado tortura, temieron mucho, diciéndose:

—Mal hemos procedido; lo hemos sacado de la sartén para echarlo en el fuego.

Por lo que, moviéndose con toda presteza, buscando a su posadero, le contaron todo lo que les había sucedido; de lo que, riéndose éste, los llevó a ver a un tal Sandro Agolanti[40] que vivía en Treviso y tenía gran influencia con el señor, y contándole todo por su orden, le rogó que con ellos interviniera en las hazañas de Martellino, y así se hizo. Y los que fueron a buscarlo lo encontraron todavía en camisa delante del juez y todo desmayado y muy temeroso porque el juez no quería oír nada en su descargo, sino que,

---

[39] «Señor»: el que ostentaba el poder soberano en la señoría. El libro del señor era el registro donde se anotaban los nombres de los forasteros que llegaban a la ciudad.

[40] Los Agolanti fueron una familia expulsada de Florencia en 1250 por usura y refugiada en parte en Treviso. Algunos personajes de esta familia aparecen en la Jornada II, 3.

como por acaso tuviese algún odio contra los florentinos, estaba completamente dispuesto a hacerlo ahorcar y en ninguna guisa quería devolverlo al señor, hasta que fue obligado a hacerlo contra su voluntad.

Y cuando estuvo ante él, y le hubo dicho todas las cosas por su orden, pidió que como suma gracia lo dejase irse porque, hasta que en Florencia no estuviese, siempre le parecería tener la soga al cuello. El señor rio grandemente de semejante aventura y, dándoles un traje por hombre, sobrepasando la esperanza que los tres tenían de salir con bien de tal peligro, sanos y salvos se volvieron a su casa.

*Rinaldo de Asti, robado, va a parar a
Castel Guillermo y es albergado por una
viuda, y, desagraviado de sus males, sano
y salvo vuelve a su casa.*

ᴅE las desventuras de Martellino contadas por Neifile
rieron las damas sin moderación, y sobre todo entre
los jóvenes Filóstrato, a quien, como estaba sentado junto a
Neifile, mandó la reina que la siguiese en el novelar; y sin
esperar, comenzó:

Bellas señoras, me siento inclinado a contaros una historia sobre cosas católicas[41] entremezcladas con calamida-
des y con amores, la cual será por ventura útil haberla oído,

---

[41] Sagradas o piadosas.

especialmente a quienes son caminantes por los peligrosos caminos del amor, de los cuales quien no haya rezado el padrenuestro de San Julián[42] muchas veces, aunque tenga buena cama, se hospeda mal.

Había, pues, en tiempos del marqués Azzo de Ferrara[43] un mercader llamado Rinaldo de Asti que, por sus negocios, había ido a Bolonia; a los que habiendo provisto y volviendo a casa, le sucedió que, habiendo salido de Ferrara y cabalgando hacia Verona, se topó con unos que parecían mercaderes y eran unos malhechores y hombres de mala vida y condición y, conversando con ellos, siguió incautamente en su compañía.

Éstos, viéndole mercader y juzgando que debía llevar dineros, deliberaron entre sí que a la primera ocasión le robarían, y por ello, para que no sintiera ninguna sospecha, como hombres humildes y de buena condición, iban hablando con él sólo de cosas honradas y de lealtad, haciéndose todo lo que podían y sabían humildes y benignos a sus ojos, por lo que él reputaba por gran ventura haberlos encontrado, ya que iba solo con su criado y su caballo. Y así caminando, de una cosa en otra, como suele pasar en las conversaciones, llegaron a discurrir sobre las oraciones

---

[42] San Julián el Hospitalario era un santo famoso en la Europa medieval como abogado de los caminantes y, en ocasiones, también de las aventuras amorosas que podían surgir a lo largo del camino y hacían grata la hospitalidad. Su leyenda aparece ya en el «Speculum historiale» de Vicente de Beauvais. Lo que se llamaba el padrenuestro de San Julián era, en realidad, una oración que se recitaba a modo de conjuro y cuyas variantes serían muy numerosas. Branca recoge la que considera más difundida, documentada en escritos del siglo XV, que puesta en castellano, sería: «El santo señor San Julián | venía del monte Calvario | con la cruz de oro en la mano. | Al bajar del monte al llano | se encontró con la serpiente | el oso y el león. | Destruiste su fuerza y valentía | y por ello líbrame a mí y a mi compañía. | Quien lleve esto por amor de San Julián | de fiebre y desgracia libre estará. | Amén».

[43] Azzo VIII, que promovió una guerra entre Ferrara y Bolonia, y murió en 1308.

que los hombres dirigen a Dios. Y uno de los malhechores, que eran tres, dijo a Rinaldo:

—Y vos, gentilhombre, ¿qué oración acostumbráis a rezar cuando vais de camino?

A lo que Rinaldo repuso:

—En verdad yo soy hombre muy ignorante y rústico, y pocas oraciones tengo a mano como que vivo a la antigua y cuento dos sueldos por veinticuatro dineros[44], pero no por ello he dejado de tener por costumbre al ir de camino rezar por la mañana, cuando salgo de la posada, un padrenuestro y un avemaría por el alma del padre y de la madre de San Julián, después de lo que pido a Dios y a él que la noche siguiente me deparen buen albergue. Y ya muchas veces me he visto, yendo de camino, en grandes peligros, y escapando a todos los cuales, he estado la noche siguiente en un buen lugar y bien albergado; por lo que tengo firme fe en que San Julián, en cuyo honor lo digo, me haya conseguido de Dios esta gracia; no me parece que podría andar bien de día, ni llegar bien a la noche siguiente, si no le hubiese rezado por la mañana.

A lo cual, el que le había preguntado dijo:

—Y hoy de mañana, ¿le habéis rezado?

A lo que Rinaldo respondió:

—Ciertamente.

Entonces aquél, que ya sabía lo que iba a sucederle, dijo para sí: «Falta te hará, porque, si no fallamos, vas a albergarte mal según me parece». Y luego le dijo:

—Yo también he viajado mucho y nunca le he rezado, aunque lo haya oído a muchos recomendar, y nunca me ha sucedido que por ello dejase de albergarme bien; y esta noche por ventura podréis ver quién se albergará mejor, o

---

[44] Cada sueldo valía doce dineros. Es decir, que hacía cuentas exactas y no engañaba.

vos que le habéis rezado o yo que no le he rezado. Bien es verdad que yo en su lugar digo el *Dirupisti* o la *Intemerata* o el *De Profundis*[45] que son, según una abuela mía solía decirme, de grandísima virtud.

Y hablando así de varias cosas y continuando su camino, y esperando lugar y ocasión para su mal propósito, sucedió que, siendo ya tarde, del otro lado de Castel Guiglielmo, al vadear un río aquellos tres, viendo la hora tardía y el lugar solitario y oculto, lo asaltaron y lo robaron, y dejándolo a pie y en camisa, yéndose, le dijeron:

—Anda y mira a ver si tu San Julián te da esta noche buen albergue, que el nuestro bien nos lo dará.

Y, vadeando el río, se fueron. El criado de Rinaldo, viendo que lo asaltaban, como vil, no hizo nada por ayudarlo, sino que dando la vuelta al caballo sobre el que estaba, no se detuvo hasta estar en Castel Guiglielmo, y entrando allí, siendo ya tarde, sin ninguna dificultad encontró albergue.

Rinaldo, que se había quedado en camisa y descalzo, siendo grande el frío y nevando todavía mucho, no sabiendo qué hacer, viendo llegada ya la noche, temblando y castañeteándole los dientes, empezó a mirar alrededor en busca de algún refugio donde pudiese estar durante la noche sin morirse de frío; pero no viendo ninguno porque no hacía mucho que había habido guerra en aquella comarca y todo había ardido, empujado por el frío, se dirigió, trotando, hacia Castel Guiglielmo, no sabiendo sin embargo que su criado hubiese huido allí o a ningún otro sitio, y pensando que si pudiera entrar allí, algún socorro le mandaría Dios.

---

[45] Eran tres oraciones muy populares en la Edad Media: «*dirupisti*» es el comienzo, corrompido, del salmo 73: «*Quare, Deus, reppulisti in perpetuum...?*», la «*intemerata*» es la antífona «*Intemerata virgo; De Profundis*», el salmo 129: «*De profundis clamavit ad te domine*».

Pero la noche cerrada le cogió cerca de una milla alejado del burgo, por lo que llegó allí tan tarde que, estando las puertas cerradas y los puentes levantados, no pudo entrar dentro. Por lo cual, llorando doliente y desconsoladamente, miraba alrededor a ver dónde podría ponerse que al menos no le nevase encima; y por azar vio una casa sobre las murallas del burgo algo saliente hacia afuera, bajo cuyo saliente pensó quedarse hasta que fuese de día; y yéndose allí y habiendo encontrado una puerta bajo aquel saledizo, como estaba cerrada, reuniendo a su pie alguna paja que por allí cerca había, triste y doliente se quedó, muchas veces quejándose a San Julián, diciéndole que no era digno de la fe que había puesto en él.

Pero San Julián, que lo quería bien, sin mucha tardanza le deparó un buen albergue. Había en este burgo una señora viuda, bellísima de cuerpo como la que más, a quien el marqués Azzo amaba tanto como a su vida y aquí a su disposición la hacía estar. Y vivía la dicha señora en aquella casa bajo cuyo saledizo Rinaldo se había ido a refugiar. Y el día anterior por casualidad había el marqués venido aquí para yacer por la noche con ella, y en su casa misma secretamente había mandado prepararle un baño y suntuosamente una cena.

Y estando todo presto, y nada sino la llegada del marqués esperando ella, sucedió que un criado llegó a la puerta que traía nuevas al marqués por las cuales tuvo que ponerse en camino súbitamente; por lo cual, mandando decir a la señora que no lo esperase, se marchó rápidamente. Con lo que la mujer, un tanto desconsolada, no sabiendo qué hacer, deliberó meterse en el baño preparado para el marqués y después cenar e irse a la cama; y así, se metió en el baño. Estaba este baño cerca de la puerta donde el pobre Rinaldo estaba acostado fuera de la ciudad; por lo que, estando la señora en el baño, sintió el llanto y la tiritona de Rinaldo, que parecía haberse convertido en cigüeña. Y llamando a su criada, le dijo:

—Vete abajo y mira fuera de los muros al pie de esa puerta quién hay allí, y quién es y lo que hace.

La criada fue y, ayudándola la claridad del aire, vio al que en camisa y descalzo estaba allí, como se ha dicho, y todo tiritando; por lo que le preguntó quién era. Y Rinaldo, temblando tanto que apenas podía articular palabra, le dijo quién fuese y cómo y por qué estaba allí, lo más breve que pudo y luego lastimeramente comenzó a rogarle que, si fuese posible, no lo dejase allí morirse de frío durante la noche. La criada, sintiéndose compadecida, volvió a la señora y todo le dijo; y ella, también sintiendo piedad, se acordó que tenía la llave de aquella puerta, que algunas veces servía a las ocultas entradas del marqués, y dijo:

—Ve y ábrele sin hacer ruido; aquí está esta cena que no habría quien la comiese, y para poderlo albergar hay de sobra.

La criada, habiendo alabado mucho la humanidad de la señora, fue y le abrió; y habiéndolo hecho entrar, viéndolo casi yerto, le dijo la señora:

—Pronto, buen hombre, entra en aquel baño, que todavía está caliente.

Y él, sin esperar más invitaciones, lo hizo de buena gana, y todo reconfortado con aquel calor, le pareció haber vuelto de la muerte a la vida. La señora le hizo preparar ropas que habían sido de su marido, muerto poco tiempo antes, y cuando las hubo vestido parecían hechas a su medida; y esperando qué le mandaba la señora, empezó a dar gracias a Dios y a San Julián que de una noche tan mala como la que le esperaba le habían librado y conducido a buen albergue, por lo que parecía. Después de esto, la señora, algo descansada, habiendo ordenado hacer un grandísimo fuego en la chimenea de uno de sus salones, se vino allí y preguntó qué era de aquel buen hombre. A lo que la criada respondió:

—Señora mía, se ha vestido y es un buen mozo y parece persona de bien y de buenas maneras.

—Ve, entonces —dijo la señora—, y llámalo, y dile que se venga aquí al fuego, y así cenará, que sé que no ha cenado.

Rinaldo, entrando en el salón y viendo a la señora y pareciéndole principal, la saludó reverentemente y le dio las mayores gracias que supo por el beneficio que le había hecho. La señora lo vio y lo escuchó, y pareciéndole lo que la criada le había dicho, lo recibió alegremente y con ella familiarmente le hizo sentarse al fuego y le preguntó sobre la desventura que le había conducido allí, y Rinaldo le narró todas las cosas por su orden. Había la señora, por la llegada del criado de Rinaldo al castillo, oído algo de ello por lo que enteramente creyó en lo que él le contaba, y también le dijo lo que de su criado sabía y cómo fácilmente podría encontrarlo a la mañana siguiente.

Pero luego que la mesa fue puesta como la señora quiso, Rinaldo con ella, lavadas las manos, se puso a cenar. Él era alto de estatura, y hermoso y agradable de rostro y de maneras muy loables y graciosas, y joven de mediana edad; y la señora, habiéndole ya muchas veces puesto los ojos encima y apreciándolo mucho, y ya, teniendo el apetito concupiscente despierto en la mente por el marqués que con ella debía venir a acostarse, después de la cena, levantándose de la mesa, con su criada le pidió aconsejó si le parecía bien que ella, puesto que el marqués la había burlado, usase de aquel bien que la fortuna le había enviado. La criada, conociendo el deseo de su señora, cuanto supo y pudo la animó a seguirlo; por lo que la señora, volviendo al fuego donde había dejado solo a Rinaldo, empezando a mirarlo amorosamente, le dijo:

—¡Ah, Rinaldo!, ¿por qué estáis tan pensativo? ¿No creéis poder resarciros de un caballo y de unos cuantos paños que habéis perdido? Confortaos, poneos alegre, estáis en vuestra casa; y más quiero deciros: que, viéndoos con esas ropas encima, que fueron de mi difunto marido, pareciéndome vos él mismo, me han venido esta noche más de cien veces deseos de abrazaros y de besaros, y si no hubiera temido desagradaros por cierto que lo habría hecho.

Rinaldo, oyendo estas palabras y viendo el relampaguear de los ojos de la mujer, como quien no era un mentecato, se fue a su encuentro con los brazos abiertos y dijo:

—Señora mía, pensando que por vos puedo siempre decir que estoy vivo, y mirando aquello de donde me sacasteis, gran vileza sería la mía si yo todo lo que pudiera seros agradable no me ingeniase en hacer; y así, contentad vuestro deseo de abrazarme y besarme, que yo os abrazaré y os besaré más que a gusto.

Después de esto no necesitaron más palabras. La mujer, que ardía toda en amoroso deseo, prestamente se le echó en los brazos; y después que mil veces, estrechándolo deseosamente, lo hubo besado y otras tantas fue besada por él, levantándose de allí se fueron a la alcoba y sin esperar, acostándose, cumplieron sus deseos plenamente y muchas veces, hasta que vino el día.

Pero luego que empezó a salir la aurora, como plació a la señora, levantándose, para que aquello no pudiera ser sospechado por nadie, dándole algunas ropas muy mezquinas y llenándole la bolsa de dineros, rogándole que todo aquello estuviese en secreto, habiéndole enseñado primero qué camino debiese seguir para llegar dentro a buscar a su criado, lo hizo salir por aquella portezuela por donde había entrado.

Él, al aclararse el día, dando muestras de venir de más lejos, abiertas las puertas, entró en aquel burgo y encontró a su criado; por lo que, vistiéndose con ropas suyas que en el equipaje tenía, y pensando en montarse en el caballo del criado, casi por milagro divino sucedió que los tres malhechores que la noche anterior le habían robado, por otra maldad hecha después, apresados, fueron llevados a aquel castillo y, por su misma confesión, le fue restituido el caballo, los paños y los dineros y no perdió más que un par de ligas de las medias de las que no sabían los malhechores qué habían hecho.

Por lo cual Rinaldo, dándole gracias a Dios y a San Julián, montó a caballo, y sano y salvo volvió a su casa; y a los tres malhechores, al día siguiente, los llevaron a agitar los pies en el aire[46].

---

[46] Es decir, fueron condenados a la horca.

Tres jóvenes, malgastando sus bienes, se empobrecen; y un sobrino suyo, que al volver a casa desesperado tiene como compañero de camino a un abad, descubre que éste es la hija del rey de Inglaterra, la cual lo toma por marido y repara los descalabros de sus tíos restituyéndolos a su buena posición

FUERON oídas con admiración las aventuras de Rinaldo de Asti por las señoras y los jóvenes y alabada su devoción, y dadas gracias a Dios y a San Julián que le habían prestado socorro en su mayor necesidad, y no fue por ello —aunque esto se dijese medio a escondidas— reputada por necia la señora que había sabido coger el bien que Dios le había mandado a casa. Y mientras que sobre la buena noche que aquél había pasado se razonaba entre sonrisas maliciosas, Pampinea, que se veía al lado de Filóstrato, dándose cuenta, así como sucedió, que a ella le tocaba la vez, recogiéndose en sí misma, empezó a pensar en lo que debía contar; y luego del mandato de la reina, no menos atrevida que alegre empezó a hablar así:

Preciadas señoras, cuanto más se habla de los hechos de la fortuna, tanto más, a quien quiere bien mirar sus casos, queda por contar; y de ello nadie debe maravillarse si discretamente piensa que todas las cosas que nosotros neciamente nuestras llamamos están en sus manos y por consiguiente, por ella, según su oculto juicio, sin ninguna pausa, de uno en otro y de otro en uno sucesivamente sin ningún orden conocido por nosotros son cambiadas. Lo que, aunque con plena fidelidad, en todas las cosas y todo el día se muestre, y además haya sido antes mostrado en algunas historias, no dejaré —ya que place a nuestra reina que de ello se hable—, tal vez no sin utilidad de los oyentes, de añadir a las contadas una historia más, que pienso que os agradará.

Hubo en nuestra ciudad un caballero cuyo nombre era micer Tebaldo, el cual, según quieren algunos, fue de los Lamberti y otros afirman que era de los Agolanti, fundándose tal vez, más que en otra cosa, en el oficio que sus hijos después de él han hecho, conforme al que siempre los Agolanti han hecho y hacen[47]. Pero dejando a un lado a cuál de las dos casas perteneciese, digo que fue éste en sus tiempos riquísimo caballero y tuvo tres hijos, el primero de los cuales tuvo por nombre Lamberto, el segundo Tebaldo y el tercero Agolante, ya hermosos y corteses jóvenes, aunque el mayor no llegase a dieciocho años, cuando este

---

[47] Los Lamberti y los Agolanti eran dos célebres familias florentinas, ambas gibelinas. Los Agolanti eran fabricantes de agujas (it. «aghi») y de su oficio venía su apellido.

riquísimo micer Tebaldo vino a morir, y a ellos, dejó como a sus herederos legítimos, todos sus bienes muebles e inmuebles.

Los cuales, viéndose quedar riquísimos en campesinos y en posesiones, sin ningún otro gobierno sino su propio placer, sin ningún freno ni contención empezaron a gastar teniendo numerosísimos criados y muchos y buenos caballos y perros y aves y continuamente huéspedes, dando y celebrando justas y haciendo no solamente lo que a gentileshombres corresponde, sino también aquello que en su apetito juvenil les venía en gana hacer. Y no habían llevado mucho tiempo tal vida cuando el tesoro dejado por el padre disminuyó y no bastándoles para los comenzados gastos sus rentas, comenzaron a empeñar y a vender las posesiones; y vendiendo hoy una, mañana otra, apenas se dieron cuenta cuando se vieron venidos a la nada y se abrieron sus ojos a la pobreza, que la riqueza había tenido cerrados.

Por lo cual Lamberto, llamando un día a los otros dos, les dijo cuán grande había sido la honorabilidad del padre y cuánta la suya, y cuánta su riqueza y cuál la pobreza a la que por su desordenado gastar habían venido; y lo mejor que supo, antes de que más aparente fuese su miseria, los animó a vender con él mismo lo poco que les quedaba y a irse; y así lo hicieron.

Y sin despedirse ni hacer ninguna pompa, salidos de Florencia, no se detuvieron hasta que estuvieron en Inglaterra, y allí, tomando una casita en Londres, haciendo pequeñísimos gastos, duramente comenzaron a prestar a usura; y tan favorable les fue la fortuna en este lugar que ganaron en pocos años una grandísima cantidad de dineros. Por lo cual, con ellos, sucesivamente uno u otro regresando a Florencia, volvieron a comprar gran parte de sus posesiones y muchas otras compraron además de aquéllas, y tomaron mujer; y, para continuar prestando en Inglaterra, mandaron a atender sus negocios a un joven sobrino suyo que tenía por nombre Alessandro, y ellos tres en Florencia, habiendo olvidado a qué partido les había llevado el desmedido gasto otras veces, a pesar de que todos habían venido con familia, gastaban más que nunca excesivamente y tenían sumo crédito con todos los mercaderes y por cualquier cantidad grande de dinero.

Los cuales gastos unos cuantos años ayudó a sostener el dinero que les mandaba Alessandro, que se había puesto a prestar a barones sobre sus castillos y otras rentas suyas, los cuales le respondían bien con grandes rendimientos. Y mientras así los tres hermanos abundantemente gastaban y cuando les faltaba dinero lo tomaban en préstamo, teniendo siempre su esperanza en Inglaterra, sucedió que, contra la opinión de todos, comenzó en Inglaterra una guerra entre el rey y un hijo suyo por la cual se dividió toda la isla[48], y quién apoyaba a uno y quién al otro: por lo que todos los castillos de los barones fueron quitados a Alessandro y no había ninguna otra renta que de algo le respondiese. Y esperándose que cualquier día entre el hijo y el padre debía hacerse la paz y por consiguiente todas las cosas restituidas a Alessandro, rendimientos y capital, Alessandro de la isla no se iba, y los tres hermanos, que en Florencia estaban, en nada limitaban sus grandísimos gastos, tomando prestado más cada día. Pero después de que en muchos años ningún efecto se vio seguir a la esperanza tenida, los tres hermanos no sólo perdieron el

---

[48] Se alude a las guerras entre Enrique II de Inglaterra (1154-1189) y su hijo Enrique, que habían impresionado mucho a la opinión italiana. Dante («Infierno», XXVIII, 133 y ss.) representa al trovador provenzal Bertrand de Bom en el infierno, levantando en alto su propia cabeza cortada del tronco como condena por haber alentado la rebelión del hijo contra el padre: «Pues una unión tan intima he deshecho, | ay, separado mi cerebro porto | de su origen, que sigue en este pecho. | ¡Así la pena del Talión soporto!».

crédito, sino que, queriendo aquellos a quienes debían ser pagados, fueron súbitamente apresados; y no bastando sus posesiones para pagar, por lo que faltaba quedaron en prisión, y de sus mujeres y los hijos pequeños no sabiendo ya qué debiesen esperar sino mísera vida siempre, hubo quien se fue al campo y quien aquí y quien allá con bastante pobres avíos.

Alessandro, que había esperado en Inglaterra la paz muchos años, viendo que no llegaba y pareciéndole que se quedaba allí no menos con peligro de su vida que en vano, habiendo deliberado volver a Italia solo, se puso en camino. Y por azar, al salir de Brujas, vio que salía igualmente un abad blanco[49] acompañado de muchos monjes y con muchos criados y precedido de gran equipaje; junto al cual venían dos caballeros viejos y parientes del rey, a los cuales; como a conocidos, acercándose Alessandro, fue de buena gana recibido por ellos en su compañía. Caminando, pues, Alessandro con ellos, graciosamente les preguntó quiénes fuesen los monjes que con tanto séquito cabalgaban delante y a dónde iban. A lo que uno de los caballeros repuso:

—Este que cabalga delante es un joven pariente nuestro, recientemente elegido abad de una de las mayores abadías de Inglaterra; y porque es más joven de lo que las leyes mandan para tal dignidad, vamos nosotros con él a Roma a solicitar del santo padre que, a pesar de su tierna edad, lo dispense y luego en la dignidad lo confirme: porque esto no se puede tratar con nadie más.

Caminando, pues, el novel abad ora delante de sus criados ora junto a ellos, así como vemos que hacen todos los días por los caminos los señores, le sucedió ver a Alessandro junto a él al caminar, el cual era muy joven, y

---

[49] Es decir, perteneciente a la orden benedictina.

en el rostro hermosísimo y, cuanto cualquiera podía serlo, cortés y agradable y de buenas maneras; el cual maravillosamente le gustó a primera vista más que nada le había gustado nunca, y llamándolo junto a sí, con él empezó a conversar placenteramente y a preguntarle quién era, de dónde venía y adónde iba. A lo cual Alessandro dijo todo sobre su condición francamente y satisfizo sus preguntas, y él mismo a su servicio, aunque poco pudiese, se ofreció. El abad, oyendo su conversar bello y ordenado y más detalladamente considerando sus maneras, y pensando para sí que a pesar de que su oficio había sido servil, era gentilhombre, más en su agrado se encendió; y ya lleno de compasión por sus desgracias, muy afablemente le confortó y le dijo que tuviera buena esperanza porque, si era hombre de pro, aún Dios le repondría en donde la fortuna le había arrojado y aún más arriba; y le rogó que, puesto que iba hacia la Toscana, quisiera quedarse en su compañía, como fuese que él también iba allí. Alessandro le dio gracias por el consuelo y le dijo que estaba pronto a todos sus mandatos. Caminando, pues, el abad, en cuyo pecho se revolvían extrañas cosas al haber visto a Alessandro, sucedió que después de algunos días llegaron a una villa que no estaba demasiado ricamente provista de posadas, y queriendo allí albergar al abad, Alessandro en casa de un posadero que le era muy conocido lo hizo desmontar y le hizo preparar una alcoba en el lugar menos incómodo de la casa. Y, convertido ya casi en mayordomo del abad, como quien estaba muy avezado a ello, como mejor pudo alojando por la villa a todo el séquito, quién aquí y quién allí, habiendo ya cenado el abad y ya siendo noche cerrada, y todos los hombres idos a dormir, Alessandro preguntó al posadero dónde podría dormir él. A lo que el posadero le respondió:

—En verdad que no lo sé; ves que todo está lleno, y puedes ver a mis criados dormir en los bancos, pero en la alcoba del abad hay unos arcones a los que te puedo llevar y poner encima algún colchón y allí, si te parece bien, como mejor puedas acuéstate esta noche.

A lo que Alessandro dijo:

—¿Cómo voy a ir a la alcoba del abad, que sabes que es pequeña y por su estrechez no ha podido acostarse allí ninguno de sus monjes? Si yo me hubiera dado cuenta de ello cuando se corrieron las cortinas habría hecho dormir sobre los arcones a sus monjes y yo me habría quedado donde los monjes duermen.

A lo que el posadero dijo:

—Pero así está el asunto, y puedes, si quieres, estar allí lo mejor del mundo; el abad duerme y las cortinas están corridas, yo te traeré sin hacer ruido una manta, ve a dormir.

Alessandro viendo que esto podía hacerse sin ninguna molestia para el abad, dio su consentimiento, y lo más silenciosamente que pudo se acomodó allí. El abad, que no dormía, sino que pensaba vehementemente en sus extraños deseos, oía lo que el posadero y Alessandro hablaban, y también había oído dónde se había acostado Alessandro; por lo que entre sí, muy contento, empezó a decir: «Dios ha mandado ocasión a mis deseos; si no la aprovecho, tal vez no volverá en mucho tiempo».

Y decidiéndose del todo a aprovecharla, pareciéndole todo tranquilo en la posada, con baja voz llamó a Alessandro y le dijo que se acostase junto a él; el cual, luego de muchas negativas, desnudándose se acostó allí. El abad, poniéndole la mano en el pecho le empezó a tocar no de otra manera que suelen hacer las deseosas jóvenes a sus amantes; de lo que Alessandro se maravilló mucho, y dudó si el abad, impulsado por deshonesto amor, se movía a tocarlo de aquella manera. La cual duda, o por sospecharla o por algún gesto que Alessandro hiciese, súbitamente conoció el abad, y sonrió: y prontamente quitándose una camisa que llevaba encima tomó la mano de Alessandro y se la puso sobre el pecho diciéndole:

—Alessandro, arroja fuera tus pensamientos necios, y buscando aquí, conoce lo que escondo.

Alessandro, puesta la mano sobre el pecho del abad, encontró dos teticas redondas y firmes y delicadas, no de otro modo que si hubieran sido de marfil; encontradas las cuales y advertido en seguida que éste era mujer, sin esperar otra invitación, abrazándola prontamente la quería besar, cuando ella le dijo:

—Antes de que te acerques, escucha lo que quiero decirte. Como puedes conocer, soy mujer y no hombre; y, doncella, partí de mi casa y al papa iba a que me diera marido: o por tu ventura o por mi desdicha, al verte el otro día, así me hizo arder por ti Amor como mujer no hubo nunca que tanto amase a un hombre; y por ello he determinado quererte por marido antes que a ningún otro. Si no me quieres por mujer, salte de aquí en seguida y vuelve a tu sitio.

Alessandro, aunque no la conocía, considerando la compañía que llevaba, estimó que debía ser noble y rica, y hermosísima la veía; por lo que, sin demasiado largo pensamiento, repuso que, si a ella le placía aquello, a él mucho le agradaba. Ella entonces, levantándose y sentándose sobre la cama, delante de una tablilla donde estaba la efigie de Nuestro Señor, poniéndole en la mano un anillo, se hizo desposar por él y después, abrazados juntos, con gran placer de cada una de las partes, se solazaron cuanto quedaba de aquella noche.

Y conviniendo entre ellos el modo y la manera para los hechos futuros, al venir el día, Alessandro saliendo por el mismo lugar de la alcoba que había entrado, sin saber ninguno dónde hubiese dormido durante la noche, alegre sobremanera, se puso en camino con el abad y con su compañía, y luego de muchas jornadas llegaron a Roma. Y después de que algunos días se hubieron quedado allí, el abad con los dos caballeros y con Alessandro, sin nadie más, entraron a ver al papa; y hecha la debida reverencia, así comenzó a hablar el abad:

—Santo padre, así como vos mejor que nadie debéis saber, todos los que iban y honestamente quieren vivir deben, en cuanto pueden, rehuir toda ocasión que a obrar de otro modo pudiese conducirlos; lo cual para que yo, que honestamente vivir deseo, pudiese hacer cumplidamente, en el hábito en que me veis escapada secretamente con grandísima parte de los tesoros del rey de Inglaterra, mi padre, el cual al rey de Escocia, señor viejísimo, siendo yo joven como me veis, me quería dar por mujer, me puse en camino para venir aquí, a fin de que vuestra santidad me diese marido,. Y no me hizo tanto huir la vejez del rey de Escocia cuanto el temor de hacer, por la fragilidad de mi juventud, si con él fuese casada, algo que fuese contra las divinas leyes y contra el honor de la sangre real de mi padre. Y así dispuesta viniendo, Dios, el cual sólo perfectamente conoce lo que cada uno ha menester, creo que por su misericordia, a aquél a quien a Él placía que fuese mi marido me puso delante de los ojos: y aquél fue este joven —y mostró a Alessandro que vos veis junto a mí, cuyas costumbres y mérito son dignos de cualquier gran señora, aunque quizá la nobleza de su sangre no sea tan clara como es la real. A él, pues, he tomado y a él quiero, y no tendré nunca a nadie más, parézcale lo que le parezca de ello a mi padre o a los demás, por lo que la principal razón que me movió ha desaparecido; pero me complació completar el camino, tanto por visitar los santos lugares y dignos de reverencia, de los cuales está llena esta ciudad, como a vuestra santidad, y también para que por vos el matrimonio contraído entre Alessandro y yo solamente en la presencia de Dios, hiciera yo público ante la vuestra y consiguientemente ante la presencia de los demás hombres. Por lo que humildemente os ruego que aquello que a Dios y a mí ha placido os sea grato y que me deis vuestra bendición, para que con ella, como con mayor certidumbre del placer de Aquel del cual sois vicario, podamos juntos, a honor de Dios y vuestro, vivir y finalmente morir.

Maravillóse Alessandro oyendo que su mujer era hija del rey de Inglaterra, y se llenó de extraordinaria alegría oculta; pero más se maravillaron los dos caballeros y tanto se enojaron que si hubieran estado en otra parte y no delante del papa, habrían hecho alguna villanía a Alessandro y tal vez a la mujer.

Por otra parte, el papa se maravilló mucho tanto del hábito de la mujer como de su elección; pero sabiendo que no se podía dar vuelta atrás, quiso satisfacer su ruego y primeramente consolando a los caballeros, a quienes sabía airados, y poniéndolos en buena paz con la señora y con Alessandro, dio órdenes para hacer lo que hubiera menester. Y habiendo llegado el día fijado por él, ante todos los cardenales y otros muchos grandes hombres de pro, los cuales invitados a una grandísima fiesta preparada por él habían venido, hizo venir a la señora regiamente vestida, la cual tan hermosa y atrayente parecía que merecidamente era por todos alabada, y del mismo modo Alessandro espléndidamente vestido, en apariencia y en modales nada parecía un joven que a usura hubiese prestado, sino más bien de sangre real, y por los dos caballeros muy honrado; y aquí de nuevo hizo celebrar solemnemente los esponsales, y luego, hechas bien y magníficamente las bodas, los despidió con su bendición.

Plació a Alessandro, y también a la señora, al partir de Roma venir a Florencia donde ya había llegado la fama de la noticia; y allí, recibidos por los ciudadanos con sumo honor, hizo la señora liberar a los tres hermanos, habiendo hecho primero pagar a todo el mundo y devolverles sus posesiones a ellos y sus mujeres. Por lo cual, con buenos deseos de todos, Alessandro con su mujer, llevándose consigo a Agolante, se fue de Florencia y llegados a París, honorablemente fueron recibidos por el rey. De allí se fueron los dos caballeros a Inglaterra, y tanto se afanaron con el rey que les devolvió su gracia y con grandísima alegría recibió a ella y a su yerno; al cual poco después hizo caballero y le dio el condado de Cornualles.

Y él fue tan capaz, y tanto supo hacer que reconcilió al hijo con el padre, de lo que se siguió gran bien a la isla y se ganó el amor y la gracia de todos los del país y Agolante recobró por completo todo lo que le debían, y se volvió a Florencia rico sobremanera, habiéndolo primero armado caballero el conde Alessandro. El conde, luego, con su mujer vivió gloriosamente, y según lo que algunos dicen, con su juicio y valor y la ayuda del suegro conquistó luego Escocia de la que fue coronado rey.

A Andreuccio de Perusa, llegado a Nápoles a comprar caballos, le suceden en una noche tres graves desventuras, y salvándose de todas, regresa a casa con un rubí.

LAS piedras preciosas encontradas por Landolfo —empezó Fiameta, a quien le tocaba la vez de novelar— me han traído a la memoria una historia que no contiene menos peligros que la narrada por Laureta, pero es diferente de ella en que aquellos tal vez en varios años y éstos en el espacio de una noche se sucedieron, como vais a oír.

Hubo, según he oído, en Perusa, un joven cuyo nombre era Andreuccio de Prieto, tratante de caballos, el cual, habiendo oído que en Nápoles se compraban caballos a buen precio, metiéndose en la bolsa quinientos florines de oro, no habiendo nunca salido de su tierra, se fue allá con otros mercaderes; donde, llegado un domingo al atardecer e informado por su posadero, a la mañana siguiente bajó al mercado, y muchos vio y muchos le agradaron y entró en tratos sobre muchos, pero no pudiendo concertarse sobre ninguno, para mostrar que había ido a comprar, como rudo y poco cauto, muchas veces en presencia de quien iba y de quien venía sacó fuera la bolsa donde tenía los florines.

Y estando en estos tratos, habiendo mostrado su bolsa, sucedió que una joven siciliana bellísima, pero dispuesta por pequeño precio a complacer a cualquier hombre, sin que él la viera pasó cerca de él y vio su bolsa, y súbitamente se dijo:

«¿Quién estaría mejor que yo si aquellos dineros fuesen míos?» y siguió adelante.

Y estaba con esta joven una vieja igualmente siciliana, la cual, al ver a Andreuccio, dejando seguir adelante a la joven, afectuosamente corrió a abrazarlo; lo que viendo la joven, sin decir nada, la empezó a observar aparte. Andreuccio volviéndose hacia la vieja la conoció y la abrazó efusivamente, prometiéndole ella venir a su posada, y sin quedarse allí más, se fue, y Andreuccio volvió a sus tratos; pero nada compró por la mañana.

La joven, que primero había visto la bolsa de Andreuccio y luego la familiaridad de su vieja con él, por probar si había modo de que ella pudiese hacerse con aquellos dineros, o todos o en parte, cautamente empezó a preguntarle quién fuese él y de dónde, y qué hacía aquí y cómo lo conocía. Y ella, la informó con todo detalle de los asuntos de Andreuccio, como con poca diferencia lo hubiera dicho él mismo, como quien había estado mucho tiempo en Sicilia con el padre de éste y luego en Perusa, e igualmente le contó dónde se hospedaba y por qué había venido.

La joven, plenamente informada del linaje de él y de los nombres, para proveer a su apetito, con aguda malicia, fundó sobre ello su plan; y, volviéndose a casa, dio a la vieja trabajo para todo el día para que no pudiese ir a ver a Andreuccio; y tomando una criadita suya a quien había enseñado muy bien a tales servicios, hacia el anochecer la mandó a la posada donde Andreuccio paraba. Y llegada allí, por azar encontró a él mismo, y solo, a la puerta, y le preguntó por él mismo; a lo cual, diciéndole que era él, ella llevándolo aparte, le dijo:

—Señor mío, una noble dama de esta tierra, si os agradase, querría hablar con vos.

Y él, al oírla, considerándose bien y pareciéndole ser un buen mozo, pensó que aquella tal dama debía estar enamorada de él, como si otro mejor mozo que él no se encontrase entonces en Nápoles, y prontamente repuso que estaba dispuesto y le preguntó dónde y cuándo aquella dama quería hablarle. A lo que la criadita respondió:

—Señor, cuando os plazca venir, os espera en su casa.

Andreuccio, prestamente y sin decir nada en la posada, dijo:

—Pues vamos, ve delante; yo iré tras de ti.

Con lo que la criadita lo condujo a casa de aquélla, que vivía en un barrio llamado Malpertuggio[50] que cuán honesto barrio era, su nombre mismo lo demuestra. Pero él, no sabiéndolo ni sospechándolo, creyéndose que iba a un honestísimo lugar y a una señora honrada, sin

---

[50] Literalmente "mal agüero".

precauciones, entrada la criadita delante, penetró en su casa; y al subir las escaleras, habiendo llamado ya la criadita a su señora y dicho: «¡Aquí está Andreuccio!», la vio arriba de la escalera asomarse y esperarlo.

Y ella era todavía bastante joven, alta de estatura y con hermosísimo rostro, vestida y adornada muy honradamente. Y al aproximarse a ella Andreuccio, bajó tres escalones a su encuentro con los brazos abiertos y echándosele al cuello un rato lo estuvo abrazando sin decir nada, como si una invencible ternura le impidiese hacerlo; después, derramando lágrimas lo besó en la frente, y con voz algo rota dijo:

—¡Oh, Andreuccio mío, sé bien venido!

Éste, maravillándose de caricias tan tiernas, todo estupefacto repuso:

—¡Señora, bien hallada seáis!

Ella, después, tomándolo de la mano lo llevó abajo a su salón y desde allí, sin nada más decir, con él entró en su cámara, la cual olía toda a rosas, a flores de azahar y a otros olores, y allí vio un bellísimo lecho encortinado y muchos paños colgados de los travesaños según la costumbre de allí, y otros muy bellos y ricos enseres; por las cuales cosas, como inexperto que era, firmemente creyó que ella no era menos que gran señora. Y sentándose sobre un arca que estaba al pie de su lecho, así empezó a hablarle:

—Andreuccio, estoy segura de que te maravillas de las caricias que te hago y de mis lágrimas, como quien no me conoce y por ventura nunca me oíste nombrar: pero pronto oirás algo que tal vez te haga maravillarte más, como es que yo soy tu hermana; y te digo que, pues que Dios me ha hecho tan grande gracia que antes de mi muerte haya visto a alguno de mis hermanos, aunque deseo ver a todos, cuando me llegue mi hora no moriré sin consuelo. Y si esto tal vez nunca lo has oído, te lo voy a decir. Pietro, padre mío y tuyo, como creo que habrás podido saber, vivió largamente en Palermo, y por su bondad y agrado fue y todavía es amado por quienes le conocieron; pero entre otros que mucho le amaron, mi madre, que fue una mujer noble y entonces era viuda, fue quien más le amó, tanto que, depuesto el temor a su padre, a sus hermanos y su honor, de tal modo se familiarizó con él que nací yo, y estoy aquí como me ves. Después, llegada la ocasión a Pietro de irse de Palermo y volver a Perusa, a mí, siendo muy niña, me dejó con mi madre, y nunca más, por lo que yo sé, ni de mí ni de ella se acordó: por lo que yo, si mi padre no fuera, mucho le reprobaría, teniendo en cuenta la ingratitud suya mostrada hacia mi madre, y no menos el amor que a mí, como a su hija no nacida de criada ni de vil mujer, debía tener; y que ella, sin saber de otra manera quién fuese él, movida por fidelísimo amor puso sus cosas y ella misma en sus manos. Pero ¿qué? Las cosas mal hechas y pasadas ha mucho tiempo son más fáciles de reprochar que de enmendar; así fueron las cosas sin embargo. Él me dejó en Palermo siendo niña donde, crecida casi como soy, mi madre, que era muy rica, me dio por mujer a uno de Agrigento, gentilhombre y honrado, que por amor de mi madre y de mí vino a vivir a Palermo; y allí, como güelfo[51], comenzó a concertar algún trato con nuestro rey Carlos[52]. Lo que, sabido por el rey Federico[53], antes de que pudiese llevarse a cabo, fue motivo de hacerle huir de Sicilia cuando yo esperaba ser la mayor señora que hubiera en aquella isla donde, tomadas las pocas cosas que podíamos tomar —digo pocas con respecto a las muchas que teníamos—, dejadas las tierras y los palacios en esta tierra nos refugiamos, donde encontramos al rey Carlos

[51] Partidario de los papas contra los gibelinos, defensores del emperador.
[52] Carlos II de Anjou fue rey de Nápoles de 1285 a 1309.
[53] Federico II de Aragón fue rey de Sicilia de 1296 a 1337.

hacia nosotros tan agradecido que, reparados en parte los daños que por él habíamos recibido, nos ha dado posesiones y casas, y da continuamente a mi marido, y a tu cuñado que es, buenas sumas, tal como podrás ver: y de esta manera estoy aquí donde yo te veo, por la buena gracia de Dios y no tuya, dulce hermano mío.

Y dicho así, empezó a abrazarlo otra vez, y otra vez llorando tiernamente, lo besó en la frente. Andreuccio, oyendo esta fábula tan ordenada y tan coherentemente contada por aquélla a la que en ningún momento moría la palabra entre los dientes ni le balbuceaba la lengua, acordándose ser verdad que su padre había estado en Palermo, y por sí mismo conociendo las costumbres de los jóvenes, que de buen agrado aman en la juventud, y viendo las tiernas lágrimas, el abrazarlo y los honestos besos, tuvo aquello que ésta decía por más que verdadero. Y después que ella calló, le repuso:

—Señora, no os debe parecer gran cosa que me maraville; porque en verdad, sea que mi padre, por lo que lo hiciese, de vuestra madre y de vos no hablase nunca, o sea que, si habló de ello a mi conocimiento no haya venido, yo por mí tal conocimiento tenía de vos como si no hubieseis existido; y me es tanto más grato aquí haber encontrado a mi hermana cuanto más solo estoy aquí y menos lo esperaba. Y en verdad no conozco a nadie de tan alta posición a quien no debieseis agradarle, y menos a mí que soy un pequeño mercader. Pero una cosa quiero que me aclaréis: ¿cómo supisteis que estaba yo aquí?

A lo que respondió ella:

—Esta mañana me lo hizo saber una pobre mujer que mucho me visita porque con nuestro padre, por lo que ella me dice, estuvo mucho tiempo en Palermo y en Perusa: y si no fuera que me parecía más honesto que tú vinieses a mí a tu casa que no yo fuese a ti a la de otros, hace mucho rato que yo hubiera ido a ti.

Después de estas palabras, empezó ella a preguntar separadamente sobre todos los parientes, por su nombre; y sobre todos le contestó Andreuccio, creyendo por esto más todavía lo que menos le convenía creer. Habiendo sido la conversación larga y el calor grande, hizo ella traer vino de Grecia y dulces e hizo dar de beber a Andreuccio; el cual, luego de esto, queriéndose ir porque era la hora de la cena, de ninguna manera lo permitió ella, sino que, poniendo semblante de enojarse mucho, abrazándolo le dijo:

—¡Ay, triste de mí!, que muy claro conozco que te soy poco querida. ¿Cómo va a pensarse que estés con una hermana tuya nunca vista por ti, y en su casa, dónde al venir aquí debías haberte albergado, y quieras salir de ella para ir a cenar a la posada? En verdad que cenarás conmigo: y aunque mi marido no esté aquí, de lo que mucho me pesa, yo sabré bien, como mujer, hacerte los honores.

A lo que Andreuccio, no sabiendo qué otra cosa responder, dijo:

—Vos me sois querida como debe serlo una hermana, pero si no me voy se me esperará durante toda la noche para cenar y cometeré una villanía.

Y ella entonces dijo:

—Alabado sea Dios, ¿no tengo yo en casa por quién mandar a decir que no seas esperado? Y aún harías mayor cortesía, y tu deber, en mandar a decir a tus compañeros que viniesen a cenar, y luego, si quisieras irte, podríais todos iros en compañía.

Andreuccio respondió que de sus compañeros no quería nada por aquella noche, pero que, pues ello le agradaba, dispusiese de él a su gusto. Ella entonces hizo semblante de mandar a decir a la posada que no le esperasen para la cena; y luego, después de muchos otros razonamientos, sentándose a cenar y espléndidamente servidos de muchos manjares, astutamente la prolongó hasta bien avanzada la noche: y habiéndose levantado de la mesa, y Andreuccio queriéndose ir, ella dijo que de ninguna manera lo permitiría, porque Nápoles no era una ciudad para andar por la calle de noche, y máxime un forastero, y que lo mismo que había mandado a decir que no le esperasen a cenar, lo mismo había hecho con el alojamiento.

Él, creyendo esto, y agradándole quedarse con ella, engañado por la falsa confianza, se quedó. Fue, pues, después de la cena, la conversación mucha y larga, y no mantenida sin razón: y habiendo ya pasado parte de la noche, ella, dejando a Andreuccio dormir en su alcoba con un muchachito que le ayudase si necesitaba algo, se fue con sus mujeres a otra cámara. Y era el calor grande; por lo cual Andreuccio, al ver que se quedaba solo, prontamente se quedó en jubón y se quitó las calzas y las puso en la cabecera de la cama; y siéndole menester la natural costumbre de evacuar el superfluo peso del vientre, preguntó al muchachito dónde se hacía aquello, quien en un rincón de la alcoba le mostró una puerta, y dijo:

—Id ahí adentro.

Andreuccio, que había pasado dentro con seguridad, fue por acaso a poner el pie sobre una tabla la cual, desclavada de la parte opuesta de la viga sobre la que estaba, volcándose esta tabla, junto a él se fue de allí para abajo: y tanto lo amó Dios que ningún mal se hizo en la caída, aun cayendo de bastante altura; pero se ensució todo en la porquería de la cual estaba lleno el lugar. El cual lugar, para que mejor entendáis lo que se ha dicho y lo que sigue, cómo era os lo diré. Era un callejón estrecho como muchas veces lo vemos entre dos casas: sobre dos pequeños travesaños, tendidos de una a la otra casa, se habían clavado algunas tablas y puesto el sitio donde sentarse; de las cuales tablas, aquélla con la que él cayó era una.

Encontrándose, pues, allá abajo en el callejón Andreuccio, quejándose del suceso comenzó a llamar al muchacho: pero el muchacho, al sentirlo caer corrió a decírselo a su señora, la cual, corriendo a su alcoba, prontamente miró si sus ropas estaban allí y encontradas las ropas y con ellas los dineros, los cuales, por desconfianza tontamente llevaba encima, teniendo ya aquello a lo que ella, de Palermo, haciéndose la hermana de un perusino, había tendido la trampa, no preocupándose de él, prontamente fue a cerrar la puerta por la que él había salido cuando cayó.

Andreuccio, no respondiéndole el muchacho, comenzó a llamar más fuerte, pero sin servir de nada; por lo que, ya sospechando y tarde empezando a darse cuenta del engaño, súbito subiéndose sobre una pared baja que aquel callejón separaba de la calle y bajando a la calle, a la puerta de la casa, que muy bien reconoció, se fue y allí en vano llamó largamente, y mucho la sacudió y golpeó. Por lo que, llorando como quien clara veía su desventura, empezó a decir:

—¡Ay de mí, triste!, ¡en qué poco tiempo he perdido quinientos florines y una hermana!

Y después de muchas otras palabras, de nuevo comenzó a golpear la puerta y a gritar; y tanto lo hizo que muchos de los vecinos circundantes, habiéndose despertado, no pudiendo sufrir la molestia, se levantaron, y una de las domésticas de la mujer, que parecía medio dormida, asomándose a la ventana, reprobatoriamente dijo:

—¿Quién da golpes abajo?

—¡Oh! —dijo Andreuccio—, ¿y no me conoces? Soy Andreuccio, hermano de la señora Flordelís.

A lo que ella respondió:

—Buen hombre, si has bebido de más ve a dormirte y vuelve por la mañana; no sé qué Andreuccio ni qué burlas son esas que dices: vete en buena hora y déjame dormir, si te place.

—¿Cómo? —dijo Andreuccio—, ¿no sabes lo que digo? Sí lo sabes bien; pero si así son los parentescos de Sicilia, que en tan poco tiempo se olvidan, devuélveme al menos mis ropas que he dejado ahí, y me iré con Dios de buena gana.

A lo que ella, casi riéndose, dijo:

—Buen hombre, me parece que estás soñando.

Y el decir esto y el meterse dentro y cerrar la ventana fue todo uno. Por lo que la gran ira de Andreuccio, ya segurísimo de sus males, con la aflicción estuvo a punto de convertirse en furor, y con la fuerza se propuso reclamar aquello que con las palabras recuperar no podía, por lo que, para empezar, cogiendo una gran piedra, con mucho mayores golpes que antes, furiosamente comenzó a golpear la puerta. Por lo cual, muchos de los vecinos antes despertados y levantados, creyendo que fuese algún importuno que aquellas palabras fingiese para molestar a aquella buena mujer[54], fastidiados por el golpear que armaba, asomados a la ventana no de otra manera que a un perro forastero todos los del barrio le ladran detrás, empezaron a decir:

—Es gran villanía venir a estas horas a casa de las buenas mujeres a decir estas burlas; ¡bah!, vete con Dios, buen hombre; déjanos dormir si te place; y si algo tienes

---

[54] «Buena mujer» tiene frecuentemente en Boccaccio un sentido irónico y puede ser sinónimo de «alcahueta».

que tratar con ella vuelve mañana y no nos des este fastidio esta noche.

Con las cuales palabras tal vez tranquilizado uno que había dentro de la casa, alcahuete de la buena mujer, y a quien él no había visto ni oído, se asomó a la ventana y con una gran voz gruesa, horrible y fiera dijo:

—¿Quién está ahí abajo?

Andreuccio, levantando la cabeza a aquella voz, vio uno que, por lo poco que pudo comprender, parecía tener que ser un pez gordo, con una barba negra y espesa en la cara, y como si de la cama o de un profundo sueño se levantase, bostezaba y refregaba los ojos. A lo que él, no sin miedo, repuso:

—Yo soy un hermano de la señora de ahí dentro.

Pero aquél no esperó a que Andreuccio terminase la respuesta, sino que, más recio que antes, dijo:

—¡No sé qué me detiene que no bajo y te doy de bastonazos mientras vea que te estás moviendo, asno molesto y borracho que debes ser, que esta noche no nos vas a dejar dormir a nadie!

Y volviéndose adentro, cerró la ventana. Algunos de los vecinos, que mejor conocían la condición de aquél, en voz baja decían a Andreuccio:

—Por Dios, buen hombre, ve con Dios; no quieras que esta noche te mate éste; vete por tu bien.

Por lo que Andreuccio, espantado de la voz de aquél y de la vista, y empujado por los consejos de aquellos, que le parecía que hablaban movidos por la caridad, afligido cuanto más pudo estarlo nadie y perdiendo la esperanza de recuperar sus dineros, hacia aquella parte por donde de día había seguido a la criadita, sin saber dónde ir, tomó el camino para volver a la posada.

Y disgustándose a sí mismo por el mal olor que de él mismo le llegaba, deseoso de llegar hasta el mar para lavarse, torció a mano izquierda y se puso a bajar por una calle llamada la Ruga Catalana; y andando hacia lo alto de la ciudad, vio que por acaso venían hacia él dos con una linterna en la mano, los cuales, temiendo que fuesen de la guardia de la corte u otros hombres dispuestos a hacer el mal, por evitarlos, se escondió cautamente en una casucha de la cual se vio cerca. Pero éstos, como si a aquel mismo lugar fuesen enviados, dejando en el suelo algunas herramientas que traía, con el otro empezó a mirarlas, hablando de varias cosas sobre ellas. Y mientras hablaban dijo uno:

—¿Qué quiere decir esto? Siento el mayor hedor que me parece haber sentido nunca.

Y dicho esto, alzando un tanto la linterna, vieron al desdichado de Andreuccio y estupefactos preguntaron:

—¿Quién está ahí?

Andreuccio se callaba; pero ellos, acercándose con la luz, le preguntaron que qué cosa tan asquerosa estaba haciendo allí, a los que Andreuccio les contó por entero lo que le había sucedido. Ellos, imaginándose dónde le podía haber pasado aquello, dijeron entre sí:

—Verdaderamente en casa del matón de Buottafuoco[55] ha sido eso.

Y volviéndose a él, le dijo uno:

—Buen hombre, aunque hayas perdido tus dineros, tienes mucho que dar gracias a Dios de que te sucediera caerte y no poder volver a entrar en la casa; porque, si no te hubieras caído, está seguro de que, al haberte dormido, te habrían matado y habrías perdido la vida con los dineros. ¿Pero de qué sirve ya lamentarse? No podrías recuperar tu dinero como que hay estrellas en el cielo: y bien podrían matarte si aquél oye que dices una palabra de todo esto.

---

[55] Un siciliano llamado Francesco Buottafuoco ("lanzafuego") aparece en documentos napolitanos de 1336. Era un exsoldado, jefe de una partida de malhechores.

Y dicho esto, hablando entre sí un momento, le dijeron:

—Mira, nos ha dado lástima de ti, y por ello, si quieres venir con nosotros a hacer una cosa que vamos a hacer, parece muy cierto que la parte que te toque será del valor de mucho más de lo que has perdido.

Andreuccio, como desesperado, repuso que estaba dispuesto. Había sido sepultado aquel día un arzobispo de Nápoles, llamado micer Filippo Minútolo[56], y había sido sepultado con riquísimos ornamentos y con un rubí en el dedo que valía más de quinientos florines de oro, y que éstos querían ir a robar; y así se lo dijeron a Andreuccio, con lo que Andreuccio, más codicioso que bien aconsejado, se puso con ellos en camino. Y andando hacia la iglesia mayor, y Andreuccio hediendo muchísimo, dijo uno:

—¿No podríamos hallar el modo de que éste se lavase un poco dónde sea, para que no hediese tan fieramente?

Dijo el otro:

—Sí, estamos cerca de un pozo en el que siempre suele estar la polea y un gran cubo; vamos allá y lo lavaremos en un momento.

Llegados a este pozo, encontraron que la soga estaba, pero que se habían llevado el cubo; por lo que juntos deliberaron atarlo a la cuerda y bajarlo al pozo, y que él allí abajo se lavase, y cuando estuviese lavado tirase de la soga y ellos le subirían; y así lo hicieron. Sucedió que, habiéndolo bajado al pozo, algunos de los guardias de la señoría —o por el calor o porque habían corrido detrás de alguien— teniendo sed, a aquel pozo vinieron a beber; los que, al ver a aquellos dos inmediatamente se dieron a la fuga, no habiéndolos visto los guardias que venían a beber.

---

[56] Murió este obispo en octubre de 1301. Fue dignatario del reino de Nápoles y después arzobispo. La «iglesia mayor» de que habla Boccaccio es la catedral o, como se ha llamado luego en Italia, el Duomo.

Y estando ya en el fondo del pozo Andreuccio lavado, meneó la soga. Ellos, con sed, dejando en el suelo sus escudos y sus armas y sus túnicas, empezaron a tirar de la cuerda, creyendo que estaba colgado de ella el cubo lleno de agua. Cuando Andreuccio se vio cerca del brocal del pozo, soltando la soga, con las manos se echó sobre aquél; lo cual, viéndolo aquellos, cogidos de miedo súbito, sin más soltaron la soga y se dieron a huir lo más deprisa que podían. De lo que Andreuccio se maravilló mucho, y si no se hubiera sujetado bien, habría otra vez caído al fondo, tal vez no sin gran daño suyo o muerte: pero salió de allí y, encontradas aquellas armas que sabía que sus compañeros no habían llevado, todavía comenzó más a maravillarse.

Pero temeroso y no sabiendo de qué, lamentándose de su fortuna, sin tocar nada, decidió irse; y andaba sin saber adónde. Andando así, vino a toparse con aquellos dos compañeros suyos, que venían a sacarlo del pozo; y, al verle, maravillándose mucho, le preguntaron quién lo había sacado del pozo. Andreuccio respondió que no lo sabía y les contó ordenadamente cómo había sucedido y lo que había encontrado fuera del pozo. Por lo que ellos, dándose cuenta de lo que había sido, riendo le contaron por qué habían huido y quiénes eran aquellos que lo habían sacado.

Y sin más palabras, siendo ya medianoche, se fueron a la iglesia mayor, y en ella entraron muy fácilmente, y fueron al sepulcro, el cual era de mármol y muy grande; y con un hierro que llevaba la losa, que era pesadísima, la levantaron tanto cuanto era necesario para que un hombre pudiese entrar dentro, y la apuntalaron. Y hecho esto, empezó uno a decir:

—¿Quién entrará dentro?

A lo que el otro respondió:

—Yo no.

—Ni yo —dijo aquél—, pues que entre Andreuccio.

—Eso no lo haré yo —dijo Andreuccio.

Hacia el cual aquellos, ambos a dos vueltos, dijeron:

—¿Cómo que no entrarás? A fe de Dios, si no entras te daremos tantos golpes con uno de estos hierros en la cabeza que te haremos caer muerto.

Andreuccio, sintiendo miedo, entró, y al entrar pensó:

«Ésos me hacen entrar para engañarme porque cuando les haya dado todo, mientras esté tratando de salir de la sepultura se irán a sus asuntos y me quedaré sin nada».

Y por ello pensó quedarse ya con su parte; y acordándose del precioso anillo del que les había oído hablar, cuando ya hubo bajado se lo sacó del dedo al arzobispo y se lo puso él; y luego, dándoles el báculo y la mitra y los guantes, y quitándole hasta la camisa, todo se lo dio, diciendo que no había nada más.

Ellos, afirmando que debía estar el anillo, le dijeron que buscase por todas partes; pero él, respondiendo que no lo encontraba y fingiendo buscarlo, un rato los tuvo esperando. Ellos que, por otra parte, eran tan maliciosos como él, diciéndole que siguiera buscando bien, en el momento oportuno, quitaron el puntal que sostenía la losa y, huyendo, lo dejaron encerrado a él dentro del sepulcro. Oyendo lo cual lo que sintió Andreuccio cualquiera puede imaginarlo. Trató muchas veces con la cabeza y con los hombros de ver si podía alzar la losa, pero se cansaba en vano; por lo que, vencido por gran dolor, perdiendo el conocimiento, cayó sobre el muerto cuerpo del arzobispo; y quien lo hubiese visto entonces malamente hubiera sabido quién estaba más muerto, el arzobispo o él.

Pero luego que hubo vuelto en sí, empezó a llorar sin tino, viéndose allí sin duda a uno de dos fines tener que llegar: o en aquel sepulcro, no viniendo nadie a abrirlo, de hambre y de hedores entre los gusanos del cuerpo muerto tener que morir, o viniendo alguien y encontrándolo dentro, tener que ser colgado como ladrón. Y en tales pensamientos y muy acongojado estando, sintió por la iglesia andar gentes y hablar muchas personas, las cuales, como pensaba, andaban a hacer lo que él con sus compañeros habían ya hecho; por lo que mucho le aumentó el miedo.

Pero después de que aquellos tuvieron el sepulcro abierto y apuntalado, cayeron en la discusión de quién debiese entrar, y ninguno quería hacerlo; pero luego de larga disputa un cura dijo:

—¿Qué miedo tenéis? ¿Creéis que va a comeros? Los muertos no se comen a los hombres; yo entraré dentro, yo.

Y así dicho, puesto el pecho sobre el borde del sepulcro, volvió la cabeza hacia afuera y echó dentro las piernas para tirarse al fondo.

Andreuccio, viendo esto, poniéndose en pie, cogió al cura por una de las piernas y fingió querer tirar de él hacia abajo. Lo que, sintiendo el cura, dio un grito grandísimo y rápidamente se tiró afuera: de lo cual, espantados todos los otros, dejando el sepulcro abierto, no de otra manera se dieron a la fuga que si fuesen perseguidos por cien mil diablos. Lo que viendo Andreuccio, alegre contra lo que esperaba, súbitamente se arrojó fuera y por donde había venido salió de la iglesia.

Y aproximándose ya el día, con aquel anillo en el dedo andando a la aventura, llegó al mar y de allí se dirigió a su posada, donde encontró a sus compañeros y al posadero, que habían estado toda la noche preocupados por lo que podría haber sido de él. A los cuales contándoles lo que le había sucedido, pareció por el consejo de su posadero que él de inmediato debía irse de Nápoles; lo que hizo rápidamente y se volvió a Perusa, habiendo invertido lo suyo en un anillo cuando a lo que había ido era a comprar caballos.

Bernabó de Génova, engañado por Ambruogiuolo, pierde sus bienes y manda matar a su mujer, inocente; ésta se salva y, con ropa de hombre, sirve al sultán; encuentra al engañador y conduce a Bernabó a Alejandría donde, tras castigar al engañador, volviendo a vestirse de mujer, y con el marido ambos regresan ricos a Génova[57].

[57] El argumento de esta novela fue usado por Shakespeare para su célebre *«Cymbe line»* y sus antecedentes son numerosos en la narrativa oriental y en la medieval europea. Como más próximos a la cultura de Boccaccio cita Branca el *«Roman de la Violette ou de Gérard de Neves»*, el *«Coimte de Poitiers, Dou Roi Flore et de la Bielle Jehanne»*, el *«Miracle de Notre Dame»* y el cantar de *«Madonna Elena»*.

HABIENDO Elisa cumplido su deber con su lastímera historia, la reina Filomena, que era hermosa y alta de estatura, más que ninguna otra amable y sonriente de rostro, concentrándose en sí misma dijo:

—El pacto hecho con Dioneo debe ser respetado y, así, no quedando más que él y yo por novelar, contaré yo mi historia primero y él, ya que lo pidió como favor, será el último que la cuente.

Y dicho esto, así comenzó:

Se suele decir frecuentemente entre la gente común el proverbio de que el burlador es a su vez burlado; lo que no parece que pueda demostrarse que es verdad mediante ninguna explicación sino por los casos que suceden. Y por ello, sin abandonar el asunto propuesto, me ha venido el deseo de demostraros al mismo tiempo que esto es tal como se dice; y no os será desagradable haberlo oído, para que de los engañadores os sepáis guardar.

Había en París, en una posada, unos cuantos importantísimos mercaderes italianos, y, habiendo cenado una noche todos alegremente, empezaron a hablar de distintas cosas cuál por un asunto cuál por otro, según lo que es su costumbre, y pasando de una conversación a otra, llegaron a hablar de sus mujeres, a quienes habían dejado en sus casas; y bromeando comenzó a decir uno:

—Yo no sé lo que hará la mía, pero sí sé bien que, cuando aquí se me pone por delante alguna jovencilla que me plazca, dejo a un lado el amor que tengo a mi mujer y gozo de ella el placer que puedo.

Otro repuso:

—Y yo hago lo mismo, porque si creo que mi mujer alguna aventura tiene, la tiene, y si no lo creo, también la tiene; y por ello, donde las dan las toman y quien la hace la paga.

El tercero llegó, hablando, a la mismísima opinión: y, en breve, todos parecía que estuviesen de acuerdo en que las mujeres por ellos dejadas no perdían el tiempo. Solamente uno, que tenía por nombre Bernabó Lomellin de Génova, dijo lo contrario, afirmando que él, por especial gracia de Dios, tenía por esposa a la mujer más cumplida en todas aquellas virtudes que mujer o aun caballero, o doncel[58], o doncella puede tener, que tal vez en Italia no hubiera otra igual: porque era hermosa de cuerpo y todavía bastante joven, y diestra y fuerte, y nada había que fuese propio de mujer, como bordar labores de seda y cosas semejantes, que no hiciese mejor que ninguna. Además de esto no había escudero, o servidor si queremos llamarlo así, que pudiera encontrarse que mejor o más diestramente sirviese a la mesa de un señor de lo que ella servía, como que era muy cortés, muy sabía y discreta. Junto a esto, alabó que sabía montar a caballo, manejar un halcón, leer y escribir y contar una historia mejor que si fuese un mercader; y de esto, luego de otras muchas alabanzas, llegó a lo que se hablaba allí, afirmando con juramento que ninguna más honesta ni más casta se podía encontrar que ella; por lo cual creía él que, si diez años o siempre estuviese fuera de casa, ella no se entendería con otro hombre en tales asuntos.

Había entre estos mercaderes que así hablaban un joven mercader llamado Ambruogiuolo de Piacenza, el cual a esta última alabanza que Bernabó había hecho de su mujer empezó a dar las mayores risotadas del mundo, y jactándose le preguntó si el emperador le había concedido aquel privilegio sobre todos los demás hombres. Bernabó, un tanto contrariado, dijo que le había concedido aquella gracia no el emperador sino Dios, quien tenía algo más de poder que el emperador. Entonces dijo Ambruogiuolo:

---

[58] Aspirante a caballero.

—Bernabó, yo no pongo en duda que estés diciendo la verdad, pero a lo que me parece, has mirado poco la naturaleza de las cosas, porque si la hubieses mirado, no te creo de tan torpe ingenio que no hubieses conocido en ella cosas que te harían hablar más cautamente sobre este asunto. Y para que no creas que nosotros, que muy libremente hemos hablado de nuestras mujeres, creamos tener otra mujer o hecha de otra manera que tú, sino que hemos hablado así movidos por una natural sagacidad, quiero hablar un poco contigo sobre esta materia. Siempre he entendido que el hombre es el animal más noble que fue creado por Dios entre los mortales, y luego la mujer; pero el hombre, tal como generalmente se cree y ve en las obras, es más perfecto y teniendo más perfección, sin falta debe tener mayor firmeza, y la tiene por lo que universalmente las mujeres son más volubles, y el porqué se podría demostrar por muchas razones naturales; que al presente quiero dejar a un lado. Si el hombre, que es de mayor firmeza, no puede resistirse, no digamos a una que se lo ruegue, sino a alguna que a él le guste, y además de desear hacer todo lo que pueda para poder estar con ella, y ello le sucede no una vez al mes sino mil al día, ¿qué esperas que una mujer, naturalmente voluble, pueda hacer ante los ruegos, las adulaciones y mil otras maneras que use un hombre entendido que la ame? ¿Crees que pueda contenerse? Ciertamente, aunque lo afirmes no creo que lo creas; y tú mismo dices que tu esposa es mujer y que es de carne y hueso como son las otras. Por lo que, si es así, aquellos mismos deseos deben ser los suyos y las mismas fuerzas que tienen las otras para resistir a los naturales apetitos; por lo que es posible, aunque sea honestísima, que haga lo que hacen las demás: y no es posible negar nada tan rotundamente ni afirmar su contrario como tú lo haces.

A lo que Bernabó repuso y dijo:

—Yo soy mercader y no filósofo, y como mercader responderé; y digo que sé que lo que dices les puede suceder a las necias, en las que no hay ningún pudor; pero que aquellas que son sabias tienen tanto cuidado por su honor que se hacen más fuertes que los hombres, que no se preocupan de él, para guardarlo, y de éstas es la mía.

Dijo entonces Ambruogiuolo:

—Verdaderamente si por cada vez que cediesen en tales asuntos les creciese un cuerno en la frente, que diese testimonio de lo que habían hecho, creo yo que pocas habría que cediesen, pero como el cuerno no nace, a las que son discretas no se les nota ni rastro ni huella y la vergüenza y en deshonor no están sino en las cosas manifiestas; por lo que, cuando pueden ocultamente las hacen, o las dejan por necedad. Y ten esto por cierto: que sólo es casta la que no fue por nadie rogada, o si rogó ella, la que no fue escuchada. Y aunque yo conozca por naturales y diversas razones que las cosas son así, no hablaría tan cumplidamente como lo hago si no hubiese muchas veces y a muchas puesto a prueba; y te digo que si yo estuviese junto a esa tu santísima esposa, creo que en poco espacio de tiempo la llevaría a lo que ya he llevado a otras.

Bernabó, airado, replicó:

—El disputar con palabras podría extenderse demasiado: tú dirías y yo diría, y al final no serviría de nada. Pero puesto que dices que todas son tan facilonas y que tu ingenio es tanto, para que te asegures de la honestidad de mi mujer estoy dispuesto a que me corten la cabeza si puedas conducirla a algo que te plazca en tal asunto; y si no puedes no quiero sino que pierdas mil florines de oro.

Ambruogiuolo, ya acalorado por el asunto, repuso:

—Bernabó, no sé qué iba a hacer con tu sangre si te ganase; pero si quieres tener una prueba de lo que te he explicado, apuesta cinco mil florines de oro de los tuyos, que deben serte menos queridos que la cabeza, contra mil de los míos, y aunque no pongas ningún límite, quiero obligarme a ir a Génova y antes de tres meses luego de que me haya ido, haber hecho mi voluntad con tu mujer, y en señal de ello traer conmigo algunas de sus cosas más queridas, y tales y tantos indicios que tú mismo confieses que es verdad, a condición de que me des tu palabra de no venir a Génova antes de este límite ni escribirle nada sobre este asunto.

Bernabó dijo que le placía mucho; y aunque los otros mercaderes que allí estaban se ingeniasen en estorbar aquel hecho, dándose cuenta de que gran mal podía nacer de él, estaban sin embargo tan encendidos los ánimos de los dos mercaderes que, contra la voluntad de los otros, se comprometieron el uno con el otro poniéndolo por escrito con sus propias manos. Y sellado el compromiso, Bernabó se quedó y Ambruogiuolo se fue a Génova lo antes que pudo.

Y quedándose allí algunos días e informándose con mucha cautela del nombre del barrio y de las costumbres de la señora, oyó aquello y más que le había oído a Bernabó; por lo que le pareció haber emprendido necia empresa. Pero, sin embargo, habiendo conocido a una pobre mujer que mucho iba a su casa y a la que la señora quería mucho, no pudiéndola inducir a otra cosa, la corrompió con dineros y se hizo llevar por ella, dentro de un arca construida para su propósito, no solamente a la casa sino también a la alcoba de la noble señora: y allí, como si a alguna parte quisiese irse la buena mujer[59], según las órdenes dadas por Ambruogiuolo, le pidió que la guardase algunos días.

---

[59] Dicho con tono irónico.

Quedándose, pues, el arca en la habitación y llegada la noche, cuando Ambruogiuolo pensó que la señora dormía, abriéndola con ciertos instrumentos que llevaba, salió a la alcoba silenciosamente, en la que había una luz encendida; por lo cual empezó a mirar y a guardar en su memoria la situación de la estancia, las pinturas y todas las demás cosas notables que en ella había. Luego, aproximándose a la cama y viendo que dormían profundamente la señora y una muchachita que con ella estaba, la descubrió toda lentamente y vio que era tan hermosa desnuda como vestida, y ninguna señal le vio para poder contarla fuera de una que tenía en la teta izquierda un lunar alrededor del cual había algunos pelillos rubios como el oro; y visto esto, en silencio la volvió a tapar, aunque, viéndola tan hermosa, le dieron ganas de aventurar su vida y acostarse a su lado.

Pero como había oído que era tan rigurosa y agreste en aquellos asuntos no se arriesgó y, quedándose la mayor parte de la noche por la alcoba a su gusto, sacó una bolsa y una saya de un cofre de la mujer, y unos anillos y un cinturón, y poniendo todo aquello en su arca, él también se metió en ella, y la cerró como estaba antes: y lo mismo hizo dos noches sin que la señora se diera cuenta de nada. Llegado el tercer día, según la orden dada, la buena mujer volvió a por su arca, y se la llevó allí de donde la había traído; saliendo de la cual Ambruogiuolo y contentando a la mujer según le había prometido, se volvió a París lo antes que pudo con aquellas cosas antes del plazo que se había puesto.

Allí, llamando a los mercaderes que habían estado presentes en las conversaciones y en las apuestas, delante de Bernabó dijo que había ganado la apuesta que había hecho, puesto que había logrado aquello de lo que se había gloriado: y de que ello era verdad, primeramente dibujó la forma de la alcoba y las pinturas que en ella había, y luego mostró las cosas de ella que se había llevado consigo, afirmando que se las había dado. Confesó Bernabó que tal era la cámara como decía y que, además, reconocía que aquellas cosas ciertamente habían sido de su mujer; pero dijo que había podido saber por algunos de los criados de la casa las características de la alcoba y del mismo modo haber conseguido las cosas; por lo que, si no decía nada más, no le parecía que aquello bastase para darse por ganador. Por lo que Ambruogiuolo dijo:

—En verdad que esto debía bastar; pero como quieres que diga algo más, lo diré. Te digo que la señora Zinevra, tu mujer, tiene debajo de la teta izquierda un lunar grandecillo, alrededor del cual hay unos pelillos rubios como el oro.

Cuando Bernabó oyó esto, le pareció que le habían hundido un cuchillo en el corazón, tal dolor sintió, y con el rostro demudado, aún sin decir palabra, dio señales muy manifiestas de ser verdad lo que Ambruogiuolo decía; y después de un poco dijo:

—Señores, lo que dice Ambruogiuolo es verdad, y por ello, habiendo ganado, que venga cuando le plazca y será pagado.

Y así fue al día siguiente Ambruogiuolo enteramente pagado: y Bernabó, saliendo de París, se dirigió hacia Génova con crueles designios contra su mujer. Y acercándose allí, no quiso entrar en ella, sino que se quedó a unas veinte millas en una de sus posesiones; y mandó a Génova a un servidor suyo, de quien mucho se fiaba, con dos caballos y con sus cartas, escribiéndole a la señora que había vuelto y que viniera a su encuentro: al cual servidor secretamente le ordenó que, cuando estuviese con la señora en el lugar que mejor le pareciese, sin falta la matase y volviese a donde estaba él.

Llegado, pues, el servidor a Génova y entregadas las cartas y dado el recado, fue recibido por la señora con gran fiesta; y ella a la mañana siguiente, montando con el servidor a caballo, se puso en camino hacia su posesión; y caminando juntos y hablando de diversas cosas, llegaron a un valle muy profundo y solitario y rodeado por altas rocas y árboles; el cual, pareciéndole al servidor un lugar donde podía con seguridad cumplir el mandato de su señor, sacando fuera el cuchillo y cogiendo a la señora por el brazo dijo:

—Señora, encomendad vuestra alma a Dios, que, sin proseguir adelante, es necesario que muráis.

La señora, viendo el cuchillo y oyendo las palabras, toda espantada, dijo:

—¡Merced, por Dios! Antes de que me mates dime en qué te he ofendido para que debas matarme.

—Señora —dijo el servidor—, a mí no me habéis ofendido en nada: pero en qué hayáis ofendido a vuestro marido yo no lo sé, sino que él me mandó que, sin teneros ninguna misericordia, en este camino os matase: y si no lo hiciera me amenazó con hacerme colgar. Sabéis bien qué obligado le estoy y que no puedo decirle que no a cualquier cosa que él me ordene: sabe Dios que por vos siento compasión, pero no puedo hacer otra cosa.

A lo que la señora, llorando, dijo:

—¡Ay, merced por Dios!, no quieras convertirte en homicida de quien no te ofendió por servir a otro. Dios, que todo lo sabe, sabe que no hice nunca nada por lo cual deba recibir tal pago de mi marido. Pero dejemos ahora esto; puedes, si quieres, a la vez agradar a Dios, a tu señor y a mí de esta manera: que cojas estas ropas mías, y dame solamente tu jubón y una capa, y con ellas vuelve a donde tu señor y el mío y dile que me has matado; y te juro por la salvación que me hayas dado que me alejaré y me iré a algún lugar donde nunca ni a ti ni a él en estas comarcas llegará noticia de mí.

El servidor, que contra su gusto la mataba, fácilmente se compadeció; por lo que, tomando sus paños y dándole un juboncillo suyo y una capa con capuchón, y dejándole algunos dineros que ella tenía, rogándole que de aquellas comarcas se alejase, la dejó en el valle a pie y se fue a donde su señor, al que dijo que no solamente había sido cumplida su orden sino que había arrojado a algunos lobos el cuerpo de ella sin vida. Bernabó, después de algún tiempo, se volvió a Génova y, cuando se supo lo que había hecho, fue muy recriminado.

La señora, quedándose sola y desconsolada, al venir la noche, disfrazada lo mejor que pudo fue a una aldehuela vecina de allí, y allí, comprándole a una vieja lo que necesitaba, arregló el jubón a su medida, y lo acortó, y se hizo con su camisa un par de calzas y cortándose los cabellos y disfrazándose toda de marinero, se fue hacia el mar, donde por ventura encontró a un noble catalán cuyo nombre era *señer*[60] En Cararh, que de una nave suya, que estaba algo alejada de allí, había bajado a Alba a refrescarse en una fuente; con el cual, entrando en conversación, se contrató por servidor, y subió con él a la nave, haciéndose llamar Sicurán de Finale. Allí, con mejores paños vestido con atavío de gentilhombre, lo empezó a servir tan bien y tan capazmente que le agradó sobremanera.

Sucedió a no mucho tiempo de entonces que este catalán navegó a Alejandría con su carga y llevó al sultán ciertos halcones peregrinos, y se los regaló; y habiéndole el sultán invitado a comer alguna vez y vistas las maneras de Sicurán que siempre iba a atenderle, y agradándole, se lo pidió al catalán, y éste, aunque le pareció duro, se lo dejó. Sicurán conquistó en poco tiempo no menos la gracia y el

---

[60] *«Señer»* (*«segner»* en el original bocaciano) es el calco fonético del catalán *«senyor»*, que es el tratamiento que, en catalán, equivale a «don».

aprecio del sultán, con su esmero, que los había conseguido del catalán; por lo que con el paso del tiempo sucedió que, debiéndose hacer en cierta época del año una gran reunión de mercaderes cristianos y sarracenos, a manera de feria, en Acre[61], que estaba bajo el dominio del sultán, y para que los mercaderes y las mercancías estuvieran seguras, siempre había acostumbrado el sultán a mandar allí, además de a sus otros oficiales, a algunos de sus dignatarios con gente que atendiese a la guardia; para cuya necesidad, llegado el tiempo, decidió mandar a Sicurán, el cual ya sabía la lengua perfectamente, y así lo hizo.

Venido, pues, Sicurán a Acre como señor y capitán de la guardia de los mercaderes y las mercancías, y desempeñando allí bien y solícitamente lo que pertenecía a su oficio, y andando dando vueltas vigilando, y viendo a muchos mercaderes sicilianos y pisanos y genoveses y venecianos y otros italianos, se entretenía con ellos de buen grado, recordando su tierra. Ahora, sucedió una vez que, habiendo él un día descabalgado en un depósito de mercaderes venecianos, vio entre otras joyas una bolsa y un cinturón que enseguida reconoció como que habían sido suyos, y se maravilló; pero sin hacer ningún gesto, amablemente preguntó de quién eran y si se vendían. Había venido allí Ambruogiuolo de Piacenza con muchas mercancías en una nave de venecianos; el cual, al oír que el capitán de la guardia preguntaba de quién eran, dio unos pasos adelante y, riendo, dijo:

—Micer, las cosas son mías, y no las vendo, pero si os agradan os las daré con gusto.

---

[61] San Juan de Acre, ciudad de Siria que habían conquistado los cristianos y les fue arrebatada por los musulmanes en 1291.

Sicurán, viéndole reír, sospechó que le hubiese reconocido en algún gesto; pero, poniendo serio rostro, dijo:

—Te ríes tal vez porque me ves a mí, hombre de armas, andar preguntando sobre estas cosas femeninas.

Dijo Ambruogiuolo:

—Micer, no me río de eso, sino que me río del modo en que las conseguí.

A lo que Sicurán dijo:

—¡Ah, así Dios te dé buena ventura, si no te desagrada, di cómo las conseguiste!

—Micer —dijo Ambruogiuolo—, me las dio con alguna otra cosa una noble señora de Génova llamada señora Zinevra, mujer de Bernabó Lomellin, una noche que me acosté con ella, y me rogó que por su amor las guardase. Ahora, me río porque me he acordado de la necedad de Bernabó, que fue de tanta locura que apostó cinco mil florines de oro contra mil a que su mujer no se rendía a mi voluntad; pero lo logré yo y vencí la apuesta; y él, a quien más por su brutalidad debía castigarse que a ella por haber hecho lo que todas las mujeres hacen, volviendo de París a Génova, según he oído, la hizo matar.

Sicurán, al oír esto, pronto comprendió cuál había sido la razón de la ira de Bernabó contra ella y claramente conoció que éste era el causante de todo su mal; y determinó en su interior no dejarlo seguir impune. Hizo ver, pues, Sicurán haber gustado mucho de esta historia y arteramente trabó con él una estrecha familiaridad, tanto que, por sus consejos, Ambruogiuolo, terminada la feria, se fue a Alejandría con él y con todas sus cosas, donde Sicurán le hizo hacer un depósito y le entregó bastantes de sus dineros; por lo que él, viéndose sacar gran provecho, se quedaba de buena gana.

Sicurán, preocupado por demostrar su inocencia a Bernabó, no descansó hasta que, lo hizo venir con ayuda de algunos importantes mercaderes genoveses que en Alejandría estaban, encontrando extraños pretextos; y estando éste en muy pobre estado, lo hizo recibir ocultamente por algún amigo suyo hasta el momento que le pareciese oportuno para hacer lo que pretendía. Había ya hecho contar Sicurán a Ambruogiuolo la historia delante del sultán, y logrado que el sultán gustase de ella; pero luego que vio aquí a Bernabó, pensando que no había que dar largas a la tarea, buscando el momento oportuno, pidió al sultán que llamase a Ambruogiuolo y a Bernabó, y que en presencia de Bernabó, si no podía hacerse fácilmente, se arrancase con severidad a Ambruogiuolo la verdad de cómo había sido aquello de lo que él se jactaba de la mujer de Bernabó.

Por lo que, llegados Ambruogiuolo y Bernabó, el sultán en presencia de muchos, con severo rostro, mandó a Ambruogiuolo que dijese la verdad de cómo había ganado a Bernabó cinco mil florines de oro; y estaba presente allí Sicurán, en el que Ambruogiuolo más confiaba, y él con rostro mucho más airado lo amenazaba con gravísimos tormentos si no la decía. Por lo que Ambruogiuolo, espantado por una parte y otra, y obligado, en presencia de Bernabó y de muchos otros, no esperando más castigo que la devolución de los cinco mil florines de oro y de las cosas, claramente cómo había sido el asunto todo lo contó. Y habiéndolo contado Ambruogiuolo, Sicurán, como delegado del sultán en aquello, volviéndose a Bernabó dijo:

—¿Y tú, qué le hiciste por esta mentira a tu mujer?

A lo que Bernabó respondió:

—Yo, llevado de la ira por la pérdida de mis dineros y de la vergüenza por el deshonor que me parecía haber recibido de mi mujer, hice que un servidor mío la matara, y según lo que él me contó, pronto fue devorada por muchos lobos.

Dichas todas estas cosas en presencia del sultán y oídas por él y entendidas todas, no sabiendo él todavía a dónde quisiese llegar Sicurán —que esto le había pedido y ordenado—, le dijo Sicurán:

—Señor mío, muy claramente podéis conocer cuánto aquella buena señora pueda gloriarse del amante y del marido; porque el amante en un punto la priva del honor manchando con mentiras su fama y aparta de ella al marido; y el marido, más crédulo de las falsedades ajenas que de la verdad que él podía conocer por larga experiencia, la hace matar y comer por los lobos y además de esto, es tanto el cariño y el amor que el amigo y el marido le tienen que, estando largo tiempo con ella, ninguno la conoce. Pero porque vos óptimamente conocéis lo que cada uno de éstos ha merecido, si queréis por una especial gracia, concederme que castiguéis al engañador y perdonéis al engañado, la haré que venga ante vuestra presencia.

El sultán, dispuesto en este asunto a complacer en todo a Sicurán, dijo que le placía y que hiciese venir a la mujer. Se maravillaba mucho Bernabó, que firmemente la creía muerta; y Ambruogiuolo, ya adivino de su mal, de más tenía miedo que de pagar dineros y no sabía si esperar o si temer más que la señora viniese, pero con gran asombro esperaba su venida. Hecha, pues, la concesión por el sultán a Sicurán, éste, llorando y arrojándose de rodillas ante el sultán, en un punto abandonó la masculina voz y el querer parecer varón, y dijo:

—Señor mío, yo soy la mísera y desventurada Zinevra, que seis años llevo rodando disfrazada de hombre por el mundo, por este traidor Ambruogiuolo falsamente y criminalmente infamada, y entregada por este cruel e inicuo hombre a la muerte a manos de su criado y a ser comida por los lobos.

Y rasgándose los vestidos y mostrando el pecho, hizo evidente que era mujer al sultán y a todos los demás; volviéndose luego a Ambruogiuolo, preguntándole con injurias cuándo, según se jactaba, se había acostado con ella. El cual, ya reconociéndola y mudo de vergüenza, no decía nada.

El sultán, que siempre la había tenido por hombre, viendo y oyendo esto, tanto se maravilló que más creía ser sueño que verdad aquello que oía y veía. Pero después que el asombro pasó, conociendo la verdad, con suma alabanza ensalzó la vida y la constancia y las costumbres y la virtud de Zinevra, hasta entonces llamada Sicurán. Y haciéndole traer riquísimas vestiduras femeninas y damas que le hicieran compañía según la petición hecha por ella, perdonó la merecida muerte a Bernabó; el cual, reconociéndola, se le arrojó a los pies llorando y le pidió perdón, lo que ella, aunque fuese poco digno de él, benignamente se lo concedió, e hizo que se levantase abrazándolo tiernamente como a marido que era.

El sultán después mandó que Ambruogiuolo fuese inmediatamente atado al sol a un palo y untado de miel en algún lugar de la ciudad, y que de allí nunca fuese quitado, hasta que por sí mismo cayese; y así se hizo. Después de esto, mandó que lo que había sido de Ambruogiuolo fuese dado a la señora, que no era tan poco que no valiera más de diez mil doblas[62]: y él, haciendo preparar una hermosísima fiesta, en ella a Bernabó como a marido de la señora Zinevra, y a la señora Zinevra como valerosísima mujer honró, y le dio, tanto en joyas como en vajilla de oro y de plata como en dineros, tanto que valió más de otras diez mil doblas.

---

[62] Monedas de oro doble, de origen almohade y acuñadas en Castilla por Fernando III el Santo.

Y haciendo preparar un barco para ellos, luego que terminó la fiesta que les hacía, les dio licencia para poder volver a Génova si quisieran; adonde riquísimos y con gran alegría volvieron, y con sumo honor fueron recibidos y especialmente la señora Zinevra, a quien todos creían muerta; y siempre de gran virtud y en mucho, mientras vivió, fue reputada. Ambruogiuolo, el mismo día que fue atado al palo y untado de miel, con grandísima angustia suya por las moscas y por las avispas y por los tábanos, en los que aquel país es muy abundante, fue no solamente muerto sino devorado hasta los huesos; los que, blancos y colgando de sus tendones, por mucho tiempo después, sin ser movidos de allí, de su maldad fueron testimonio a cualquiera que los veía. Y así el burlador fue burlado.

Paganino de Mónaco roba la mujer a micer Ricciardo de Chinzica, el cual, sabiendo dónde está ella, va y se hace amigo de Paganino; le pide que se la devuelva y él, a condición de que ella quiera, se lo concede, pero ella no quiere volver con él, y muerto micer Ricciardo, se convierte en esposa de Paganino.

TODOS los de la honrada reunión alabaron por buena la historia contada por su reina, y sobre todo Dioneo, el único a quien faltaba novelar por la presente jornada; el cual, después de hacer muchas alabanzas de ella, dijo:

Hermosas señoras, una parte de la historia de la reina me ha hecho cambiar la intención de contar una que tenía en mente y relatar otra: y es la bestialidad de Bernabó —aunque terminase bien— y de todos los demás que se dan a creer lo que él manifestaba que creía: es decir, que ellos, yendo por el mundo solazándose ahora con ésta y luego con aquélla una y otra vez, se imaginan que las mujeres dejadas en casa se estén de brazos cruzados, como si no supiésemos, quienes entre ellas nacemos y crecemos y estamos, qué es lo que les gusta. Y contándola os mostraré cuál sea la estupidez de estos tales, y cuánto mayor sea la de quienes, estimándose más poderosos que la naturaleza, se persuaden —con fantásticos razonamientos— de poder hacer lo que no pueden y se esfuerzan por llevar a otro a lo que ellos son, no permitiéndolo la naturaleza de quien es arrastrado.

Hubo, pues, un juez en Pisa, dotado de ingenio más que de fuerza corporal, cuyo nombre fue micer Ricciardo de Chínzica, el cual, creyendo tal vez satisfacer a su mujer con los mismos medios que hacía para sus estudios, siendo muy rico, con no poca diligencia buscó a una mujer hermosa y joven por esposa, cuando debía huir de lo uno y lo otro, si hubiese sabido aconsejarse a sí mismo como hacía a los demás. Y lo consiguió, porque micer Lotto Gualandi[63] le dio por mujer a una hija suya cuyo nombre era Bartolomea, una de las más hermosas y vanidosas jóvenes de Pisa, aun cuando allí haya pocas que no parezcan lagartijas gusaneras[64]. A la cual, el juez, llevándola con grandísima alegría a su casa, y celebrando unas bodas hermosas y magníficas, acertó la primera noche a tocarla

---

[63] Los Gualandi eran una noble y rica familia pisana de quienes habla Dante en «Infierno», XXXIII, 32, al referirse a las luchas entre pisanos y luqueses.

[64] Las mujeres pisanas tenían, en Florencia, fama de feas; la comparación con las «lagartijas gusaneras» dice Branca que existe aún en Nápoles.

una sola vez para consumar el matrimonio, y poco faltó para que hiciera tablas[65]; el cual, luego por la mañana, como quien era magro y seco y de poco espíritu, tuvo que confortarse con vino garnacho y volver a la vida con dulces, y con otros remedios.

Pues este señor juez, habiendo aprendido a estimar mejor sus fuerzas que antes, empezó a mostrarle a ella un calendario bueno para los niños que aprenden a leer, y quizás hecho en Rávena[66]; porque, según le enseñaba, no había día en que no se celebrasen tan sólo una fiesta sino muchas en respeto a las cuales, por diversas razones le mostraba que el hombre y la mujer debían abstenerse de tales relaciones amorosas, añadiendo a ellos los ayunos y las cuatro témporas[67] y vigilias de los apóstoles y de mil otros santos, y viernes y sábados, y el domingo del Señor, y toda la Cuaresma, y ciertas fases de la luna y otras muchas excepciones, pensando tal vez que tanto convenía descansar de las mujeres en la cama como descansos él cogía al pleitear sus causas. Y esta costumbre mantuvo por mucho tiempo, no sin gran melancolía de la mujer, a quien tal vez tomaba apenas una vez al mes; siempre guardándola mucho, para que ningún otro fuera a enseñarle los días laborables tan bien como él le había enseñado los festivos.

Sucedió que, haciendo mucho calor, a micer Ricciardo le dieron ganas de ir a recrearse a una posesión suya muy hermosa cercana a Montenero, y quedarse allí algunos días para tomar el aire. Y llevó consigo a su hermosa mujer, y

---

[65] Lenguaje tomado del juego del ajedrez. Es decir, que el encuentro amoroso casi «se quedó sin jugar»

[66] Era fama que en Rávena había tantas iglesias como días tiene el año y cada iglesia tenía su santo. Los escolares esperaban que por cada santo hubiera un día de vacación.

[67] Tiempo de ayuno en el comienzo de cada una de las cuatro estaciones del año.

estando allí, por entretenerla un poco, mandó un día salir de pesca; y fueron de excursión en dos barquillas, él en una con los pescadores y ella en otra con las otras mujeres, y, sintiéndose a gusto, se adentraron en el mar unas cuantas millas casi sin darse cuenta. Y mientras estaban atentos mirando, apareció de improviso una galera de Paganino de Mónaco, entonces muy famoso corsario, y vistas las barcas, se dirigió a ellas; y no pudieron tan pronto huir con tal rapidez que Paganino no llegase a aquélla en que iban las mujeres, en la cual viendo a la hermosa señora, sin querer otra cosa, viéndolo micer Ricciardo que estaba ya en tierra, subiéndola a ella a su galera, se fue. Viendo lo cual micer el juez, que era tan celoso que temía al aire mismo, no hay que preguntar si le pesó. Sin provecho se quejó de la maldad de los corsarios en Pisa y en otras partes, sin saber quién le había quitado a la mujer o dónde la había llevado.

A Paganino, al verla tan hermosa, le pareció que había hecho un buen negocio; y no teniendo mujer pensó quedarse con ella para siempre, y como lloraba mucho empezó a consolarla dulcemente. Y, venida la noche, habiéndosele a él caído el calendario de las manos y habiéndosele ido de la memoria cualquier fiesta o feria, empezó a consolarla con los hechos[68], pareciéndole que de poco habían servido las palabras durante el día; y de tal modo la consoló que, antes de que llegasen a Mónaco, el juez y sus leyes se le habían ido de la memoria y empezó a vivir con Paganino lo más alegremente del mundo; el cual, llevándola a Mónaco, además de los consuelos que de día y de noche le daba, la tenía honradamente como a su mujer.

Después de cierto tiempo, llegando a los oídos de micer Ricciardo dónde estaba su mujer, con ardentísimo deseo,

---

[68] En otras palabras, que este corsario tenía relaciones sexuales con ella todos los días, pues no observaba la abstinencia autoimpuesta por su marido el juez durante los días festivos, que para él eran casi todos.

pensando que nadie sabía verdaderamente hacer lo que se necesitaba para aquello, se dispuso a ir él mismo, dispuesto a gastar en el rescate cualquier cantidad de dineros; y haciéndose a la mar, se fue a Mónaco, y allí la vio y ella a él, la cual por la tarde se lo dijo a Paganino e informó de sus intenciones. A la mañana siguiente, micer Ricciardo, viendo a Paganino, se acercó a él y estableció con él en un momento gran familiaridad y amistad, fingiendo Paganino no reconocerlo y esperando a ver a dónde quería llegar. Por lo que, cuando pareció oportuno a micer Ricciardo, como mejor supo y del modo más amable, descubrió la razón por la que había venido, rogándole que tomase lo que pluguiera y le devolviese a la mujer. A quien Paganino, con alegre rostro, respondió:

—Micer, sois bien venido; y respondiéndoos brevemente, os digo: es verdad que tengo en casa a una joven que no sé si es vuestra mujer o de algún otro, porque a vos no os conozco, ni a ella tampoco sino en tanto en cuanto, conmigo ha estado algún tiempo. Si sois vos su marido, como decís, yo, como parecéis gentilhombre amable, os llevaré donde ella, y estoy seguro de que os reconocerá. Si ella dice que es como decís, y quiere irse con vos, por amor de vuestra amabilidad, me daréis de rescate por ella lo que vos mismo queráis; si no fuera así, haríais una villanía en querérmela quitar porque yo soy joven y puedo tanto como otro tener una mujer, y especialmente ella que es la más agradable que he visto nunca.

Dijo entonces micer Ricciardo:

—Pues claro que es mi mujer, y si me llevas donde ella esté, lo verás pronto: se me echará al cuello de inmediato; y por ello te pido que no sea de otra manera que como tú has pensado.

—Pues entonces —dijo Paganino— vamos.

Fueron, pues, a la casa de Paganino y, estando ella en una estancia suya, Paganino la hizo llamar; y ella, vestida y dispuesta, salió de una habitación y vino a donde estaba micer Ricciardo con Paganino, e hizo tanto caso a micer Ricciardo como lo hubiera hecho a cualquier otro forastero que con Paganino hubiera venido a su casa. Lo que viendo el juez, que esperaba ser recibido por ella con grandísima fiesta, se maravilló fuertemente, y empezó a decirse:

«Tal vez la melancolía y el largo dolor que he pasado desde que la perdí me ha desfigurado tanto que no me reconoce».

Por lo que le dijo:

—Señora, caro me cuesta haberte llevado a pescar, porque un dolor semejante no sentí nunca al que he tenido desde que te perdí, y tú no pareces reconocerme, pues tan hurañamente me diriges la palabra. ¿No ves que soy tu micer Ricciardo, venido aquí a pagarle lo que quiera a este gentilhombre en cuya casa estamos, para recuperarte y llevarte conmigo?; y él, gentilmente, por lo que quiera darle te devuelve a mí.

La mujer, volviéndose a él, sonriéndose una pizquita, dijo:

—Micer, ¿me lo decís a mí? Mirad que no me hayáis tomado por otra porque yo no me acuerdo de haberos visto nunca.

Dijo micer Ricciardo:

—Mira lo que dices: mírame bien; si bien te acuerdas bien verás que soy tu micer Ricciardo de Chínzica.

La señora dijo:

—Micer, perdonadme: como os imagináis, puede que no sea para mí tan honesto miraros mucho, pero os he mirado lo bastante para saber que nunca jamás os he visto.

Se imaginó micer Ricciardo que hacía esto de no querer confesar reconocerlo por temor a Paganino en presencia de éste, por lo que, después de un rato, pidió por favor a Paganino que le dejase hablar en una estancia a solas con ella. Paganino dijo que le placía a cambio de que no la besase contra su voluntad, y mandó a la mujer que fuese con él a la alcoba y escuchase lo que quisiera decirle, y le respondiera como quisiese. Yéndose, pues, a la alcoba solos la señora y micer Ricciardo, en cuanto se sentaron, empezó micer Ricciardo a decir:

—¡Ah!, corazón de mi cuerpo, dulce alma mía, esperanza mía, ¿no reconoces a tu Ricciardo que te ama más que a sí mismo? ¿Cómo puede ser? ¿Estoy tan desfigurado? ¡Ah!, bellos ojos míos, mírame un poco.

La mujer se echó a reír y sin dejarlo seguir, dijo:

—Bien sabéis que no soy tan desmemoriada que no sepa que sois micer Ricciardo de Chínzica, mi marido; pero mientras estuve con vos mostrasteis conocerme muy mal, porque si erais sabio o lo sois, como queréis que de vos se piense, deberíais haber observado que yo era joven y fresca y gallarda, y saber por consiguiente lo que las mujeres jóvenes piden además de vestir y comer —aunque no lo digan por vergüenza—; y lo que hacíais en eso bien lo sabéis. Y si os gustaba más el estudio de las leyes que la mujer, no debíais haberla tomado; aunque a mí me parezca que nunca fuisteis juez, sino un pregonero de ferias y fiestas, tan bien os las sabíais, y de ayunos y de vigilias. Y os digo que si tantas fiestas hubierais hecho guardar a los labradores que labraban vuestras tierras como hacíais guardar al que tenía que labrar mi pequeño huertecillo, nunca hubieseis recogido un grano de trigo. Me he doblegado a quien Dios ha querido, como piadoso defensor de mi juventud, con quien me quedo en esta alcoba, donde no se sabe lo que son las fiestas, digo aquellas que vos, más devoto de Dios que de servir a las damas, tantas celebrabais; y nunca por esta puerta entraron sábados ni domingos ni vigilia ni cuatro témporas ni cuaresma, que es tan larga, sino que de día y de noche se trabaja y se bate la lana; y desde que esta noche tocaron maitines, bien sé cómo anduvo el asunto más de una vez. Y, así, pretendo quedarme con él y trabajar mientras sea joven, y las fiestas y las peregrinaciones y los ayunos esperar a hacerlos cuando sea vieja; y vos idos con buena ventura lo más pronto que podáis y, sin mí, guardad cuantas fiestas gustéis.

Micer Ricciardo, oyendo estas palabras, sufría un dolor insoportable, dijo, luego que vio que callaba:

—¡Ah, dulce alma mía!, ¿qué palabras son las que me has dicho? ¿No miras pues el honor de tus parientes y el tuyo? ¿Quieres de ahora en adelante quedarte aquí de barragana con éste, y en pecado mortal, en lugar de ser mi mujer en Pisa? Éste, cuando se haya cansado de ti, te echará a la calle con gran vituperio tuyo; yo te tendré siempre amor y siempre, aunque yo no lo quisiera, serías el ama de mi casa. ¿Debes por este apetito desordenado y deshonesto abandonar tu honor y a mí que te amo más que a mi vida? ¡Ah, esperanza mía!, no digáis eso, dignaos venir conmigo: yo de aquí en adelante, puesto que conozco tu deseo, me esforzaré; pero, dulce bien mío, cambia de opinión y vente conmigo, que no he tenido ningún bien desde que me fuiste arrebatada.

Y la mujer le respondió:

—Por mi honor no creo que nadie, ahora que ya nada puede hacerse, se preocupe más que yo: ¡ojalá se hubieran preocupado mis parientes cuando me entregaron a vos! Y si ellos no lo hicieron por el mío, no tengo intención de hacerlo yo ahora por el de ellos; y si ahora estoy en pecado mortero, alguna vez estaré en pecado macero[69]: no os preocupéis más por mí. Y os digo más, que aquí me parece ser la mujer de Paganino y en Pisa me parecía ser vuestra barragana, pensando que según las fases de la luna y las escuadras geométricas debíamos vos y yo conjuntar los planetas, mientras que Paganino toda la noche me tiene en brazos y me aprieta y me muerde, ¡y cómo me cuida, dígalo Dios por mí! Decís aún que os esforzaréis: ¿y en qué?, ¿en empatar en tres bazas y levantarla a palos[70]? ¡Ya veo que os habéis hecho un caballero de pro desde que no os he visto! Andad y esforzaos por vivir: que me parece que estáis a pensión, tan flacucho y delgado me parecéis. Y aún os digo más: que cuando éste me deje, a lo que no me parece dispuesto, sea donde sea donde tenga que estar, no pretendo volver nunca con vos que, exprimiéndoos todo no podría hacerse con vos ni una escudilla de salsa, porque con grandísimo daño mío e interés y réditos allí estuve una vez; por lo que en otra parte buscaré mi pitanza[71]. Lo que os digo es que no habrá fiesta ni vigilia donde piense quedarme; y por ello, lo antes que podáis, andaos con Dios, si no, gritaré que queréis forzarme.

Micer Ricciardo, viéndose en mal trance y aun conociendo entonces su locura al elegir mujer joven estando desmadejado, doliente y triste, salió de la alcoba y dijo a Paganino muchas palabras que de nada le valieron. Y, por último, sin haber conseguido nada, dejada la mujer, se volvió a Pisa, y en tal locura cayó por el dolor que, yendo por Pisa, a quien le saludaba o le preguntaba algo, no respondía nada más que:

---

[69] Símil para referirse al órgano sexual femenino y masculino, respectivamente, que lo identifica con una almirez o mortero, que consta de un cuenco y un mazo.

[70] Metáfora obscena tomada del lenguaje del juego de dados, según la cual, si se echaban a la tercera tirada, no se perdía ni se ganaba, vamos, por decirlo en palabras coloquiales: «ni fu ni fa».

[71] Descarnada descripción de la escasa vitalidad sexual de su marido.

—¡El mal foro no quiere fiestas[72]!

Y al cabo de no mucho tiempo murió; de lo que enterándose Paganino, y sabiendo el amor que la mujer le tenía, la desposó como su legítima esposa, y sin nunca guardar fiestas ni vigilias o hacer ayunos, trabajaron mientras las piernas les sostuvieron y bien se divirtieron. Por lo cual, queridas señoras mías, me parece que el señor Bernabó disputando con Ambruogiuolo quisiese apartar la cabra del monte.

---

[72] En el original hay un juego de palabras con la palabra «foro» que en el dialecto pisano quiere también decir «agujero».

*Masetto de Lamporecchio se hace el mudo
y entra como hortelano en un monasterio
de mujeres, todas la cuales acuden a
acostarse con él.*

HERMOSÍSIMAS señoras, hay bastantes hombres y mujeres que son tan necios que creen demasiado confiadamente que cuando a una joven se le ponen en la cabeza las tocas blancas y sobre los hombros se le echa la cogulla negra, que deja de ser mujer y ya no siente los femeninos apetitos, como si se la hubiese convertido en piedra al hacerla monja; y si por acaso algo oyen contra esa creencia suya, se enojan tanto cuanto si se hubiera cometido un grandísimo y criminal pecado contra natura, no pensando ni teniéndose en consideración a sí mismos, a quienes no puede saciar la plena libertad de hacer lo que quieran, ni tampoco al gran poder del ocio y la soledad. Y de manera parecida hay todavía muchos que creen demasiado confiadamente que la azada y la pala y las comidas bastas y las incomodidades quitan por completo a los labradores los apetitos concupiscentes y los hacen rudísimos de inteligencia y astucia. Pero cuán engañados están cuantos así creen—puesto que la reina me lo ha mandado, sin salirme de lo propuesto por ella— me complace demostraros más claramente con una pequeña historieta.

En esta comarca nuestra hubo y todavía hay un monasterio de mujeres, muy famoso por su santidad, que no nombraré por no disminuir en nada su fama; en el cual, no hace mucho tiempo, no habiendo entonces más que ocho señoras con una abadesa, y todas jóvenes, había un buen hombrecillo hortelano de un hermosísimo jardín suyo que, no contentándose con el salario, pidiendo la cuenta al mayordomo de las monjas, se volvió a Lamporecchio, de donde era. Allí, entre los demás que alegremente le recibieron, había un joven labrador fuerte y robusto, y hermoso para ser un campesino, cuyo nombre era Masetto; y le preguntó dónde había estado tanto tiempo. El buen hombre, que se llamaba Nuto, se lo dijo; al cual, Masetto le preguntó a qué atendía en el monasterio. Al que Nuto repuso:

—Yo trabajaba en un jardín suyo hermoso y grande, y además de esto, iba alguna vez al bosque por leña, traía agua y hacía otros tales servicios; pero las señoras me daban tan poco salario que apenas podía pagarme los zapatos. Y además de esto, son todas jóvenes y parece que tienen el diablo en el cuerpo, que no se hace nada a su gusto; así, cuando yo trabajaba alguna vez en el huerto, una decía: «Pon esto aquí», y la otra: «Pon aquí aquello» y otra me quitaba la azada de la mano y decía: «Esto no está bien»; y me daba tanto coraje que dejaba el laboreo y me iba del huerto, así que, entre por una cosa y la otra, no quise quedarme más y me he venido. Y me pidió su mayordomo, cuando me vine, que, si tenía alguien a mano que entendiera en aquello, que se lo mandase, y se lo prometí, pero así le guarde Dios los riñones que ni buscaré ni le mandaré a nadie.

A Masetto, oyendo las palabras de Nuto, le vino al ánimo un deseo tan grande de estar con estas monjas que todo se derretía comprendiendo por las palabras de Nuto que podría conseguir algo de lo que deseaba. Y considerando que no lo conseguiría si decía algo a Nuto, le dijo:

—¡Ah, qué bien has hecho en venirte! ¿Qué hace un hombre entre mujeres? Mejor estaría con diablos: de siete veces seis no saben lo que ellas mismas quieren.

Pero luego, terminada su conversación, empezó Masetto a pensar qué camino debía seguir para poder estar con ellas; y conociendo que sabía hacer bien los trabajos que Nuto hacía, no temió perderlo por aquello, pero temió no ser admitido porque era demasiado joven y aparente. Por lo que, dando vueltas a muchas cosas, pensó:

«El lugar está bastante alejado de aquí y nadie me conoce allí, si sé fingir que soy mudo, seguro que me admitirán».

Y deteniéndose en aquel pensamiento, con un hacha al hombro, sin decir a nadie adónde fuese, se fue al monasterio a guisa de un hombre pobre; donde, llegado, entró dentro y por ventura encontró al mayordomo en el patio, a quien, haciendo gestos como hacen los mudos, mostró que le pedía de comer por amor de Dios y que él, si lo necesitaba, le partiría la leña. El mayordomo le dio de comer de buena gana; y tras ello le puso delante de algunos troncos que Nuto no había podido partir, los que éste, que era fortísimo, en un momento hizo pedazos. El mayordomo, que necesitaba ir al bosque, lo llevó consigo y allí le hizo cortar leña; después de lo que, poniéndole el asno delante, por señas le dio a entender que lo llevase a casa. Él lo hizo muy bien, por lo que el mayordomo, haciéndole hacer ciertos trabajos que le eran necesarios, quiso tenerlo más días; de los cuales sucedió que un día la abadesa lo vio, y preguntó al mayordomo quién era. El cual le dijo:

—Señora, es un pobre hombre mudo y sordo, que vino uno de estos días a por limosna, así que le he hecho un favor y le he mandado hacer bastantes cosas de que había necesidad. Si supiese labrar un huerto y quisiera quedarse, creo estaríamos bien servidos, porque él lo necesita y es fuerte y se podría hacer de él lo que se quisiera; y además de esto no tendríais que preocúparos de que gastase bromas a vuestras jóvenes.

La abadesa le dijo:

—Por Dios que bien dices: entérate si sabe labrar e ingéniate en retenerlo; dale unos pares de escarpines[73], algún capotillo viejo, y halágalo, hazle mimos, dale bien de comer.

El mayordomo dijo que lo haría. Masetto no estaba muy lejos, pero fingiendo barrer el patio oía todas estas palabras y se decía:

«Si me metéis ahí dentro, os labraré el huerto tan bien como nunca os fue labrado[74]».

Ahora, habiendo el mayordomo visto que sabía labrar estupendamente y preguntándole por señas si quería quedarse aquí, y éste por señas respondiéndole que quería hacer lo que él quisiese, habiéndolo admitido, le mandó que labrase el huerto y le enseñó lo que tenía que hacer; luego se fue a otros asuntos del monasterio y lo dejó. El

---

[73] Calzado interior de lana u otra materia, para abrigo del pie, y que se coloca encima de la media o del calcetín.

[74] El doble sentido de la expresión, en sentido literal y sexual, es claro.

cual, labrando un día tras otro, las monjas empezaron a molestarlo y a ponerlo en canciones, como muchas veces sucede que otros hacen a los mudos, y le decían las palabras más malvadas del mundo no creyendo ser oídas por él; y la abadesa que tal vez juzgaba que él estaba tan sin cola[75] como sin habla, de ello poco o nada se preocupaba. Pero sucedió que habiendo trabajado un día mucho y estando descansando, dos monjas que andaban por el jardín se acercaron a donde estaba, y empezaron a mirarle mientras él fingía dormir. Por lo que una de ellas, que era algo más decidida, dijo a la otra:

—Si creyese que me guardabas el secreto te diría un pensamiento que he tenido muchas veces, que tal vez a ti también podría agradarte.

La otra repuso:

—Habla con confianza, que por cierto no lo diré nunca a nadie.

Entonces la decidida comenzó:

—No sé si has pensado cuán estrictamente vivimos y que aquí nunca ha entrado un hombre sino el mayordomo, que es viejo, y este mudo: y muchas veces he oído decir a muchas mujeres que han venido a vernos que todas las dulzuras del mundo son una broma con relación a aquella de unirse la mujer al hombre. Por lo que muchas veces me ha venido al ánimo, puesto que con otro no puedo, probar si es así con este mudo, y éste es lo mejor del mundo para ello porque, aunque quisiera, no podría ni sabría contarlo; ya ves que es un mozo tonto, más crecido que juicioso. Con gusto oiré lo que te parece de esto.

—¡Ay! —dijo la otra—, ¿qué es lo que dices? ¿No sabes que hemos prometido nuestra virginidad a Dios?

—¡Oh! —dijo ella—, ¡cuántas cosas se le prometen todos los días de las que no se cumple ninguna! ¡Si se lo

---

[75] Refiriéndose al órgano sexual masculino.

hemos prometido, que sea otra u otras quienes cumplan la promesa!

A lo que la compañera dijo:

—Y si nos quedásemos embarazadas, ¿qué pasará?

Entonces aquélla dijo:

—Empiezas a pensar en el mal antes de que te llegue; si sucediere, entonces pensaremos en ello: podrían hacerse mil cosas de manera que nunca se sepa, siempre que nosotras mismas no lo digamos.

Ésta, oyendo esto, teniendo más ganas que la otra de probar qué animal era el hombre, dijo:

—Pues bien, ¿qué haremos?

A quien aquélla repuso:

—Ves que va a ser nona; creo que las hermanas están todas durmiendo menos nosotras; miremos por el huerto a ver si hay alguien, y si no hay nadie, ¿qué vamos a hacer sino cogerlo de la mano y llevarlo a la cabaña dónde se refugia cuando llueve?, y allí una se queda dentro con él y la otra hace guardia. Es tan tonto que se acomodará a lo que queremos.

Masetto oía todo este razonamiento, y dispuesto a obedecer, no esperaba sino ser tomado por una de ellas. Ellas, mirando bien por todas partes y viendo que desde ninguna podían ser vistas, aproximándose la que había iniciado la conversación a Masetto, lo despertó y él se puso en pie de inmediato; por lo que ella con gestos halagadores lo cogió de la mano, y él dando sus tontas risotadas, lo llevó a la cabaña, donde Masetto, hizo lo que ella quería sin hacerse mucho rogar. La cual, como leal compañera, habiendo obtenido lo que quería, dejó el lugar a la otra, y Masetto, siempre mostrándose simple, hacía lo que ellas querían; por lo que antes de irse de allí, más de una vez quiso cada una probar cómo cabalgaba el mudo, y luego, hablando entre ellas muchas veces, decían que en verdad aquello era tan dulce cosa, y más, como habían oído; y buscando los momentos oportunos, iban a juguetear con el mudo.

Sucedió un día que una compañera suya, desde una ventana de su celda se apercibió del tejemaneje y se lo indicó a otras dos; y tomaron al principio la decisión de acusarlas a la abadesa, pero después, cambiando de parecer y puestas de acuerdo con aquéllas, se convirtieron en participantes con ellas del poder de Masetto; a las cuales, las otras tres, por diversas circunstancias, hicieron compañía en varias ocasiones. Por último, la abadesa, que todavía no se había dado cuenta de estas cosas, paseando un día sola por el jardín, siendo grande el calor, se encontró a Masetto —el cual se cansaba con poco trabajo durante el día por el demasiado cabalgar de la noche— que se había dormido echado a la sombra de un almendro, y habiéndole el viento levantado las ropas, estaba todo al descubierto. Lo cual mirando la señora y viéndose sola, cayó en aquel mismo apetito en que habían caído sus monjitas; y despertando a Masetto, se lo llevó a su alcoba, donde lo tuvo varios días, con gran quejumbre de las monjas porque el hortelano no venía a labrar el huerto, probando y volviendo a probar aquella dulzura que antes solía censurar ante las otras.

Por último, mandándolo de su alcoba a la habitación de él y requiriéndolo con mucha frecuencia y queriendo de él más de una parte, no pudiendo Masetto satisfacer a tantas, pensó que si duraba más podría venirle gran daño de su mudez; y por ello una noche, estando con la abadesa, suelta la lengua, empezó a decir:

—Señora, he oído que un gallo se basta para diez gallinas, pero que diez hombres pueden mal y con trabajo satisfacer a una mujer, y yo que tengo que servir a nueve; esto por nada del mundo podré aguantarlo, pues que he venido a tal, por lo que hasta ahora he hecho, que no puedo hacer ni poco ni mucho; y por ello, o me dejáis irme con Dios o le encontráis un arreglo a esto.

La señora, oyendo hablar a éste a quien tenía por mudo, toda se pasmó, y dijo:

—¿Qué es esto? Creía que eras mudo.

—Señora —dijo Masetto—, sí lo era, pero no de nacimiento, sino por una enfermedad que me quitó el habla, y por primera vez esta noche siento que me ha sido restituida, por lo que alabo a Dios cuanto puedo.

La señora lo creyó y le preguntó qué quería decir aquello de que tenía que servir a nueve. Masetto le dijo lo que pasaba, lo que oyendo la abadesa, se dio cuenta de que no había monja que no fuese mucho más sabia que ella; por lo que, como discreta, sin dejar irse a Masetto, se dispuso a llegar con sus monjas a un entendimiento en estos asuntos, para que no fuese vituperado el monasterio por Masetto.

Y habiendo por aquellos días muerto el mayordomo, de común acuerdo, haciéndose manifiesto en todas lo que a espaldas de todas se había estado haciendo, con placer de Masetto hicieron de manera que las gentes de los alrededores creyeran que por sus oraciones y por los méritos del santo a quien estaba dedicado el monasterio, a Masetto, que había sido mudo largo tiempo, le había sido restituida el habla, y le hicieron mayordomo; y de tal modo se repartieron sus trabajos que él pudo soportarlos. Y en ellos bastantes monaguillos engendró, pero con tal discreción se procedió en esto que nada llegó a saberse hasta después de la muerte de la abadesa, estando ya Masetto viejo y deseoso de volver rico a su casa; lo que, cuando se supo, fácilmente lo consiguió. Así, pues, Masetto, viejo, padre y rico, sin tener el trabajo de alimentar a sus hijos ni pagar sus gastos, habiendo sabido bien proveer a su juventud por su astucia, volvió al lugar de donde había salido con un hacha al hombro, afirmando que así trataba Cristo a quien le ponía los cuernos sobre la corona[76].

---

[76] Con esta expresión cierra Boccaccio de forma irónica este cuento.

Un palafrenero yace con la mujer del rey Agilulfo, de lo que Agilulfo se apercibe sin decir nada. Lo encuentra y le corta el pelo; el tonsurado tonsura a todos los demás y así se salva de lo que le amenaza.

HABIENDO llegado el fin de la historia de Filóstrato, con la que algunas veces se habían sonrojado un poco las señoras y algunas otras se habían reído, agradó a la reina que Pampinea siguiese novelando; la cual, comenzando con sonriente gesto, dijo:

Hay algunos tan poco discretos al querer mostrar que conocen y sienten lo que no les conviene saber, que algunas veces con esto, al castigar las desapercibidas faltas de otros, creen que disminuyen su vergüenza, cuando por el contrario la acrecientan infinitamente; y que esto es verdad, mostrándoos la astucia de alguien quizá considerado de menor valía que Masetto frente a la prudencia de un valeroso rey, lindas señoras, pretendo demostrarlo por medio de su contrario.

Agilulfo, rey de los lombardos, así como sus predecesores habían hecho, estableció la sede de su reino en Pavía, ciudad de la Lombardía, habiendo tomado por mujer a Teudelinga, que había quedado viuda de Auttari, que también había sido rey de los lombardos, la cual era una hermosísima mujer, muy sabia y honesta, pero desventurada en amores[77]. Y estando las cosas de los lombardos prósperas y en paz por el valor y el juicio de este rey Agilulfo, sucedió que un palafrenero de dicha reina, hombre de muy baja condición por su nacimiento pero mucho mejor por otras cosas de lo que correspondía a tal vil menester, y tan hermoso en su forma y alto como era el rey, se enamoró desmesuradamente de la reina; y puesto que su bajo estado no le impedía saber que este amor suyo estaba fuera de toda conveniencia, como sabio, a nadie lo descubría, ni aun en la mirada se atrevía a descubrirlo a ella.

Y aunque sin ninguna esperanza viviese de poder agradarla nunca, se gloriaba consigo sin embargo de haber puesto sus pensamientos en alta parte; y como quien todo ardía en amoroso fuego, diligentemente hacía, más que cualquier otro de sus compañeros, todas las cosas que debían agradar a la reina. Por lo que sucedía que la reina, cuando tenía que montar a caballo, con más gusto cabalgaba en el palafrén cuidado por éste que por algún

---

[77] Teolinda fue la mujer de Auttari y de Aguilulfo, sucesor del primero como rey de los lombardos, a finales del siglo VI y principios del VII. Tanto los nombres de los personajes como el fondo histórico tiñen con color de antigüedad este cuento de Boccaccio, de la que hay antecedentes generales en los relatos orientales.

otro; lo que, cuando se producía, éste se lo tomaba como grandísimo favor, y nunca se le apartaba del estribo, teniéndose por feliz sólo con poder tocarle las ropas. Pero como vemos acontecer con mucha frecuencia que cuanto disminuye la esperanza, tanto mayor se hace el amor, así sucedía con el pobre palafrenero, mientras dolorosísimo le era poder soportar el gran deseo tan ocultamente como lo hacía, no siendo ayudado por ninguna esperanza; y muchas veces, no pudiendo desligarse de este amor, deliberó morir.

Y pensando de este modo, tomó la decisión de querer recibir esta muerte por alguna cosa que evidenciase que moría por el amor que a la reina había tenido y tenía; y esta cosa se propuso que fuera tal que en ella tentase la fortuna de poder en todo o en parte conseguir su deseo. Y no trató de decir de palabra a la reina o por cartas hacerle saber su amor, que sabía que en vano diría o escribiría, sino a querer probar si con astucia podría acostarse con la reina; y no otra astucia ni vía había sino encontrar el modo de que, como si fuese el rey, que sabía que no se acostaba con ella de continuo, pudiera llegar a ella y entrar en su alcoba. Por lo que, para ver en qué manera y con qué ropaje iba el rey, cuando se disponía a estar con ella, muchas veces se escondió por la noche en una gran sala del palacio del rey, que estaba en medio entre los aposentos del rey y de la reina; y una noche entre otras, vio al rey salir de su alcoba envuelto en un gran manto y tener en una mano una pequeña antorcha encendida y en la otra una varita, e ir a la cámara de la reina y, sin decir nada, golpear una vez o dos la puerta de la cámara con aquella varita, e inmediatamente serle abierto y quitarle de la mano la antorcha. Visto lo cual, y de igual manera viéndolo retornar, pensó que debía hacer él otro tanto; y encontrando modo de tener un manto semejante a aquel que había visto al rey y una antorcha y estaca, y lavándose primero bien en un caldero, para que no fuese a molestar a la reina el olor del estiércol y le hiciese darse cuenta del engaño, con estas cosas, como acostumbraba, se escondió en la gran sala.

Y sintiendo que ya dormían en todas partes, y pareciéndole tiempo o de dar efecto a su deseo o de hacer camino con alta razón a la deseada muerte, haciendo con la piedra y el eslabón que había llevado consigo un poco de fuego, encendió su antorcha, y oculto y envuelto en el manto se fue a la puerta de la habitación y dos veces la golpeó con la varita. La puerta fue abierta por una camarera toda somnolienta y la luz cogida y ocultada; donde él, sin decir cosa alguna, pasado dentro de la cortina y dejado el manto, se metió en la cama donde dormía la reina. Y tomándola deseosamente en brazos, mostrándose airado porque sabía que era costumbre del rey que no quería oír ninguna cosa cuando estaba airado, muchas veces carnalmente conoció a la reina.

Y aunque doloroso le pareciese partir, temiendo que la demasiada demora le fuese ocasión de convertir en tristeza el deleite tenido, se levantó y tomando su manto y la luz, sin decir nada se fue, y lo antes que pudo se volvió a su cama. Y apenas podía estar en ella cuando el rey, levantándose, se fue la cámara de la reina, de lo que ella se maravilló mucho; y habiendo él entrado en el lecho y saludándola alegremente, ella, tomando valor de su alegría, dijo:

—Oh, señor mío, ¿qué novedad hay esta noche? Os habéis alejado de mí hace muy poco, y habéis tomado placer de mí[78] más de lo acostumbrado, ¿y tan pronto volvéis a empezar? Cuidaos de lo que hacéis.

---

[78] La reina deja bien a las claras que participa poco en el juego sexual, limitándose a ser un objeto pasivo, actitud poco frecuente en toda la obra.

El rey, al oír estas palabras, súbitamente comprendió que la reina había sido engañada por la semejanza de las costumbres y de la persona, pero, como sabio, súbitamente pensó —pues vio que la reina no se había dado cuenta ni nadie más— que no quería hacerla caer en la cuenta; lo que muchos necios no hubieran hecho, sino que habrían dicho: «No he sido yo; ¿quién fue quién estuvo aquí?, ¿cómo fue?, ¿quién ha venido?». De lo que habrían nacido muchas cosas por las que sin razón habrían entristecido a la señora y dado ocasión a desear otra vez lo que ya había sentido; y aquello, que callándolo no podía traerle ninguna vergüenza, diciéndolo le habría traído vituperio Le contestó entonces el rey, más airado en el pensamiento que en el rostro o las palabras:

—Señora, ¿no os parezco hombre de poder haber estado otra vez y volver además ésta?

A lo que la dama contestó:

—Señor mío, sí, pero yo os ruego que miréis por vuestra salud.

Entonces el rey dijo:

—Y que me place seguir vuestro consejo, y esta vez sin daros más molestia voy a marcharme.

Y teniendo ya el ánimo lleno de ira y de rencor por lo que veía que le habían hecho, volviendo a tomar su manto se fue de la cámara y quiso encontrar silenciosamente quién había hecho aquello, imaginando que debía ser de la casa, y que cualquiera que fuese no habría podido salir de ella. Cogiendo, pues, una pequeñísima luz en una linternilla se fue a una larguísima habitación que en su palacio había sobre las cuadras de los caballos, en la cual dormía casi toda su servidumbre en diversas camas; y juzgando que a quienquiera que hubiese hecho aquello que la dama decía, no se le habría podido todavía reposar el pulso y el latido del corazón por el prolongado afán, empezando por uno de los extremos de la habitación, empezó a ir tocándoles el pecho a todos, para saber si les latía el corazón con fuerza.

Como sucediese que todos dormían profundamente, el que con la reina había estado no dormía todavía; por lo que, viendo venir al rey y dándose cuenta de lo que andaba buscando, fuertemente empezó a temblar, tanto que el golpear del pecho que tenía por el cansancio fue aumentado por el miedo; y dándose cuenta firmemente de que, si el rey se apercibía de aquello, sin tardanza le haría morir. Y aunque varias cosas que podría hacer le pasaron por la cabeza, viendo sin embargo al rey sin ninguna arma, deliberó hacerse el dormido y esperar lo que el rey hiciese. Habiendo, pues, el rey buscado a muchos y no encontrando a ninguno a quien juzgase haber sido aquél, llegó a éste, y notando que le latía fuertemente el corazón, se dijo: «Éste es aquél».

Pero como quien nada de lo que quería hacer entendía que se supiese, no le hizo otra cosa sino que, con un par de tijerillas que había llevado, le cortó un poco los cabellos de uno de los lados, que en aquel tiempo se llevaban larguísimos, para por aquella señal reconocerlo la mañana siguiente; y hecho esto, se volvió a su cámara. Éste, que todo aquello había sentido, como quien era malicioso, claramente se dio cuenta de por qué había sido señalado; por lo que, sin esperar un momento, se levantó, y encontrando un par de tijerillas, de las que por ventura había un par en la cuadra para el servicio de los caballos, cautamente dirigiéndose a cuantos en aquella habitación dormían, a todos de manera igual sobre las orejas les cortó el pelo; y hecho esto, sin que le oyeran, se volvió a dormir.

El rey, levantado por la mañana, mandó que, antes de que las puertas del palacio se abriesen, toda su servidumbre viniese ante él; y así se hizo. A todos los cuales, estando delante de él sin nada en la cabeza, empezó a mirar para reconocer al que él había tonsurado; y viendo a la mayoría de ellos con los cabellos de un mismo modo cortados, se maravilló, y se dijo:

«Aquél a quien estoy buscando, aunque de baja condición sea, bien muestra ser hombre de alto ingenio».

Luego, viendo que sin divulgarlo no podía encontrar al que buscaba, dispuesto a no querer por una pequeña venganza cubrirse de gran vergüenza, sólo quiso amonestarlo con unas palabras y mostrarle que se había dado cuenta de lo ocurrido; y volviéndose a todos, dijo:

—Quien lo hizo que no lo haga más, e idos con Dios.

Otro habría querido darle suplicio, martirizarlo, interrogarlo y preguntarle y al hacerlo habría descubierto lo que cualquiera debe tratar de ocultar; y al ponerse al descubierto, aunque se hubiera vengado cumplidamente, no disminuido sino mucho habría aumentado su vergüenza y manchado el honor de su mujer. Los que oyeron aquellas palabras se maravillaron y largamente debatieron entre sí qué habría querido decir el rey con aquello, pero no hubo ninguno que lo entendiese sino sólo aquél a quien tocaba. El cual, como sabio, nunca lo descubrió en vida del rey, ni nunca más su vida aventuró a la fortuna con tal acción.

Don Felice muestra al hermano [79]Puccio cómo ganar la bienaventuranza haciendo una penitencia que él conoce; la que el hermano Puccio hace, y don Felice, mientras tanto, se divierte con la mujer del hermano

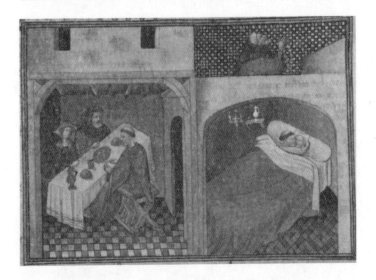

DESPUES de que se calló Filomena, terminada su historia, habiendo alabado mucho Dioneo con dulces palabras el ingenio de la señora y también la plegaria hecha por Filomena al terminar, la reina miró hacia Pánfilo sonriéndose y dijo:

---

[79] «*Hemano*» en esta novela quiere indicar la pertenencia de quien lleva este título a la Orden Tercera de San Francisco, que es una congregación seglar.

—Pues ahora, Pánfilo, alarga con alguna cosilla placentera nuestro entretenimiento.

Pánfilo respondió prontamente que de buen grado, y comenzó:

Señora, bastantes personas hay que, mientras se esfuerzan en ir al paraíso, sin darse cuenta a quien mandan allí es a otro; lo que a una vecina nuestra, no hace todavía mucho tiempo, tal como podréis oír, le sucedió.

Según he oído decir, cerca de San Pancracio[80] vivía un hombre bueno y rico que era llamado Puccio de Rinieri, que luego, habiéndose entregado por completo a las cosas espirituales, se hizo beato de esos de San Francisco[81] y tomó el nombre de hermano Puccio; y siguiendo su vida espiritual, como no tenía otra familia sino su mujer y una criada, y no necesitaba ocuparse en ningún oficio, iba mucho a la iglesia. Y porque era hombre simple y de índole ruda, decía sus padrenuestros, iba a los sermones, iba a las misas y nunca faltaba a las laudes que cantaban los seglares; y ayunaba y se disciplinaba, y se había corrido la voz de que era de los flagelantes. La mujer, a quien llamaban señora Isabetta, joven de sólo veintiocho o treinta años, fresca y hermosa y redondita que parecía una manzana casolana[82], estaba con mucha frecuencia a dietas[83] mucho más largas de lo que hubiera querido por la santidad del marido y tal vez por la vejez; y cuando hubiera querido dormirse, o tal vez juguetear con él, él le contaba la vida de Cristo o los sermones de fray Anastasio o el llanto de la Magdalena u otras cosas semejantes.

---

[80] San Pancracio, iglesia de Florencia que estaba junto a la actual calle de la Spada.
[81] Terciario franciscano. Los seglares pertenecientes a la Orden Tercera estaban unidos por un deseo de perfeccionamiento moral que los inducía a asumir ciertas prácticas religiosas comunes.
[82] Manzanas rojas de Cásola, en Siena.
[83] Entiéndese que es una dieta de tipo sexual. Boccaccio juega aquí con el doble sentido de la palabra: contención en la comida y abstinencia sexual.

Volvió en estos tiempos de París un monje llamado don Felice, del convento de San Pancracio, el cual era bastante joven y de hermosa figura, y de agudo ingenio y de profunda ciencia, con el cual fray Puccio se ligó con estrecha amistad. Y porque él resolvía todas sus dudas, y además, habiendo conocido su condición, se le mostraba santísimo, empezó el hermano Puccio a llevárselo algunas veces a casa y a darle de almorzar y cenar, según venía al caso; y la mujer también, por amor de fray Puccio, se había hecho a su compañía y de buen grado le hacía los honores. Continuando, pues, el monje las visitas a casa de fray Puccio y viendo a la mujer tan fresca y redondita, se dio cuenta de cuál era la cosa de que más carecía; y pensó si no podría, por quitarle trabajos a fray Puccio, proporcionársela él. Y echándole miradas una y otra vez, bien astutamente, lo hizo de tal forma que encendió en su mente aquel mismo deseo que él tenía; de lo que habiéndose apercibido el monje, lo antes que pudo habló con ella de sus deseos.

Pero, aunque la encontrase bien dispuesta a rematar el asunto, no podía encontrar el modo, porque ella de ningún lugar del mundo se fiaba para estar con el monje sino de su casa; y en su casa no se podía porque el hermano Puccio no salía nunca de la ciudad. Por lo que el monje tenía gran pesar; y luego de mucho se le ocurrió un modo de poder estar con la mujer en su casa sin sospechas, aunque el hermano Puccio allí estuviera. Y habiendo un día ido a estar con él el hermano Puccio, le dijo así.

—Ya me he dado cuenta muchas veces, hermano Puccio, de que tu mayor deseo es llegar a ser santo, a lo que me parece que vas por un camino demasiado largo cuando hay uno que es muy corto, que el papa y sus otros prelados mayores, que lo saben y lo ponen en práctica, no quieren que se divulgue porque el orden clerical, que la mayoría vive de limosna, inmediatamente sería deshecho, como que los seglares dejarían de atenderlo con limosnas y otras cosas. Pero como eres amigo mío y me has honrado mucho, si yo creyera que no vas a decírselo a nadie en el mundo, y quisieras seguirlo, te lo enseñaría.

El hermano Puccio, deseando aquella cosa, primero empezó a rogarle con grandísimas instancias que se la enseñase y luego a jurarle que jamás se lo diría a nadie, sino cuando él quisiera, afirmando que, si se trataba de tal cosa que pudiera seguirla, se pondría a ello.

—Puesto que así me lo prometes —dijo el monje— te la explicaré. Debes saber que los santos Doctores sostienen que quien quiere llegar a bienaventurado debe hacer la penitencia que vas a oír; pero entiéndelo bien: no digo que después de la penitencia no seas tan pecador como eres, pero sucederá que los pecados que has hecho hasta la hora de la penitencia estarán purgados y mediante ella perdonados y los que hagas después no se escribirán para tu condenación, sino que se irán con el agua bendita como ahora hacen los veniales. Debe, pues, el hombre confesarse con gran diligencia de sus pecados cuando va a comenzar la penitencia, y después de ello debe comenzar un ayuno y una abstinencia grandísima, que conviene que dure cuarenta días, en los que debe abstenerse no ya de otra mujer sino de tocar la suya propia. Y además de esto, tienes que tener en tu propia casa algún sitio donde por la noche puedas ver el cielo, y hacia la hora de completas irte a este lugar; y tener allí una tabla muy ancha colocada de manera que, estando en pie, puedas apoyar los riñones en ella y, con los pies en tierra, extender los brazos a modo de crucifijo; y si los quieres apoyar en alguna clavija puedes hacerlo; y de esta manera mirando el cielo, estar sin moverte en absoluto hasta maitines[84]. Y si fueses letrado te convendría en este tiempo decir ciertas oraciones que voy a darte[85]; pero como no lo eres debes rezar trescientos padrenuestros con trescientas avemarías y alabanzas a la Trinidad, y mirando al cielo tener siempre en la memoria que Dios ha sido el creador del cielo y de la tierra, y la pasión de Cristo estando de la misma manera en que estuvo él en la cruz. Luego, al tocar maitines, puedes irte si quieres, y así vestido echarte en la cama y dormir; y a la mañana siguiente debes ir a la iglesia y oír allí por lo menos tres misas y decir cincuenta padrenuestros con otras tantas avemarías y, después de esto, con sencillez hacer algunos de tus negocios si tienes alguno que hacer, y luego almorzar e ir después de vísperas a la iglesia y decir ciertas oraciones que te daré escritas, sin las que no se puede pasar, y luego hacia completas[86] volver a lo antes dicho. Y haciendo esto, como yo he hecho, espero que al terminar la penitencia sentirás la maravillosa sensación de la beatitud eterna, si la has hecho con devoción.

El hermano Puccio dijo entonces:

—Esto no es cosa demasiado pesada ni demasiado larga, y debe poderse hacer bastante bien; y por ello quiero empezar el domingo en nombre de Dios.

Y separándose de él y yéndose a casa, con su permiso para hacerlo, contó a su mujer todo puntualmente. La mujer entendió demasiado bien, por aquello de estarse quieto hasta la mañana sin moverse, lo que quería decir el monje, por lo que, pareciéndole buen invento, le dijo que de esto y de cualquiera otro bien que hiciese a su alma, estaba ella contenta; y que, para que Dios hiciera su

---

[84] Primera hora canónica. Es decir «hasta el amanecer».
[85] Se refiere a oraciones en latín, idioma que no dominaba el hermano Puccio.
[86] Hora canónica que tenía lugar a la puesta del sol.

penitencia provechosa, quería con él ayunar, pero no hacer lo demás.

Habiendo quedado, pues, de acuerdo, llegado el domingo, el hermano Puccio empezó su penitencia, y el señor fraile, habiéndose puesto de acuerdo con la mujer, a una hora en que no podía ser visto, venía a cenar con ella la mayoría de las noches, trayendo siempre con él buenos manjares y bebidas; luego, se acostaba con ella hasta la hora de maitines, a la cual, levantándose, se iba, y el hermano Puccio volvía a la cama. Estaba el lugar que el hermano Puccio había elegido para cumplir su penitencia junto a la alcoba donde se acostaba la mujer, y nada más estaba separado de ella por una pared delgadísima; por lo que, retozando el señor monje demasiado desbocadamente con la mujer y ella con él, le pareció al hermano Puccio sentir un temblor del suelo de la casa; por lo que, habiendo ya dicho cien de sus padrenuestros, haciendo una pausa, llamó a la mujer sin moverse, y le preguntó qué hacía. La mujer, que era ingeniosa, tal vez cabalgando entonces en la bestia de San Benito o la de San Juan Gualberto[87], respondió:

—¡A fe, marido, que me meneo todo lo que puedo!

Dijo entonces el hermano Puccio:

—¿Cómo que te meneas? ¿Qué quiere decir eso de menearte?

La mujer, riéndose, porque era aguda y valerosa, y porque tal vez tenía motivo de reírse, respondió:

—¿Cómo no sabéis lo que quiero decir? Pues yo lo he oído decir mil veces: «Quien por la noche no cena, toda la noche se menea[88]».

---

[87] A ambos santos se les solía representar con un asno. El doble sentido es evidente.

[88] Continúa el doble sentido que vertebra la comicidad de todo el cuento.

Se creyó el hermano Puccio que el ayuno, que con él fingía hacer, fuese la razón de no poder dormir, y que por ello se meneaba en la cama; por lo que, de buena fe, dijo:

—Mujer, ya te lo he dicho: «No ayunes»; pero puesto que lo has querido hacer no pienses en ello; piensa en descansar; que das tales vueltas en la cama que haces moverse todo.

Dijo entonces la mujer:

—No os preocupéis, no; bien sé lo que me hago; haced bien lo vuestro que yo haré bien lo mío si puedo.

Se calló entonces, pues, el hermano Puccio y volvió a sus padrenuestros, y la mujer y el señor monje desde aquella noche en adelante, haciendo colocar una cama en otra parte de la casa, allí, mientras duraba el tiempo de la penitencia del hermano Puccio, se estaban con grandísima fiesta; y al mismo tiempo que se iba el monje, la mujer volvía a su cama, y a los pocos instantes de su penitencia venía a ella el hermano Puccio. Continuando, pues, en tal manera el hermano la penitencia y la mujer con el monje su deleite, muchas veces bromeando le dijo:

—Tú obligas a hacer una penitencia al hermano Puccio que nos ha ganado para nosotros el paraíso[89].

Y pareciéndole a la mujer que le iba bien, tanto se aficionó a las comidas del monje, que habiéndola tenido su marido largamente a dieta, aunque se terminase la penitencia del hermano Puccio, encontró el modo de alimentarse con él en otra parte, y con discreción mucho tiempo en él tomó su placer. Por lo que, para que las últimas palabras no sean discordantes de las primeras, sucedió que, con lo que el hermano Puccio creyó que ganaba el paraíso haciendo penitencia, mandó allí al monje

---

[89] Para ella el paraíso sexual y para su marido el paraíso prometido por la religión.

—que antes le había enseñado el camino de ir— y a la mujer que vivía con él en gran penuria de lo que el señor monje, como misericordioso, le dio abundantemente.

---

*Ricciardo Minútolo ama a la mujer de
Filippello Sighinolfo, sabiéndola celosa y
diciéndole que Filippello al día siguiente
se va a reunir con su mujer en unos
baños, la hace ir allí y, creyendo que ha
estado con el marido se encuentra que ha
estado con Ricciardo.*

NADA más quedaba por decir a Elisa cuando, alabada la
sagacidad de Acicalado, la reina impuso a Fiameta que
procediese con una historia, y ella, toda sonriente,
respondió:

—Señora, de buen grado.

Y comenzó:

Algo conviene salir de nuestra ciudad, que tanto como es copiosa en otras cosas lo es en ejemplos de toda clase, y como Elisa ha hecho, contar algo de las cosas que por el mundo han sucedido, y por ello, pasando a Nápoles, cómo una de esas beatas que se muestran tan esquivas al amor fue por el ingenio de su amante llevada a sentir los frutos del amor antes de que hubiese conocido las flores[90]; lo que a un tiempo os recomendará cautela en las cosas que puedan sobreveniros y os deleitará con las sucedidas.

En Nápoles, ciudad antiquísima y tal vez tan deleitable, o más, que alguna otra en Italia, hubo un joven preclaro por la nobleza de su sangre y espléndido por sus muchas riquezas, cuyo nombre fue Ricciardo Minútolo[91], el cual, a pesar de que por mujer tenía a una hermosísima y graciosa joven, se enamoró de una que, según la opinión de todos, en mucho sobrepasaba en hermosura a todas las demás damas napolitanas, y era llamada Catella[92], mujer de un joven igualmente noble llamado Filippello Sighinolfo[93], al cual ella, honestísima, amaba más que a nada y tenía en aprecio. Amando, pues, Ricciardo Minútolo a esta Catella y poniendo en marcha todas aquellas cosas por las cuales la gracia y el amor de una mujer deben poder conquistarse, y con todo ello no pudiendo llegar a nada de lo que deseaba,

---

[90] «Frutos» y «flores» como metáfora de la consumación del amor y de los galanteos que suelen precederla. Según la tradición lírica italiana, en las historias de amor había tres momentos: el «comienzo», en que se da la atracción y los esfuerzos por atraer a la amada, el «medio o flor», que describía los galanteos retribuidos con prendas de amor, y el «cumplimiento o fruto», que era la entrega mutua de los amantes.

[91] Los Minútolo eran una noble familia napolitana. Ricciardo Minútolo fue consejero del rey Roberto y de la reina Giovanna I. A la misma familia pertenecía el arzobispo en cuya tumba entra Andreuccio en II, 5.

[92] Catella es el nombre de una de las protagonistas de la «*Caccia di Díana*», la primera obra compuesta por Boccaccio.

[93] Filippello Sighinolfo fue un noble napolitano que vivió en la corte de la reina Juana de Nápoles. Pertenecía a una familia conocida por Boccaccio.

se desesperaba, y no sabiendo o no pudiendo desenlazarse del amor, ni sabía morir ni le aprovechaba vivir.

Y estando en tal disposición, sucedió que, alentado bastante por las mujeres que eran sus parientes, fue un día para que se deshiciese de tal amor, por el que en vano se cansaba, como fuera que Catella no tenía otro bien que Filippello, del que era tan celosa que los pájaros que por el aire volaban temía que se lo quitasen. Ricciardo, oídos los celos de Catella, súbitamente imaginó una manera de satisfacer sus deseos y comenzó a mostrarse desesperado del amor de Catella y a haberlo puesto en otra noble señora, y por amor suyo comenzó a mostrarse participando en justas y contendiendo y a hacer todas aquellas cosas que por Catella solía hacer. Y no lo había hecho mucho tiempo cuando en el ánimo de todos los napolitanos, y también de Catella, estaba que ya no amaba sumamente a Catella sino a esta segunda señora, y tanto en esto perseveró que tan por cierto por todos era tenido ello que hasta Catella abandonó la esquivez que con él usaba por el amor que solía tenerla, y familiarmente, como vecino, al ir y al venir lo saludaba como hacía a los otros.

Ahora, sucedió que, estando caluroso el tiempo, muchos grupos de damas y caballeros, según la costumbre de los napolitanos, fueron a recrearse a la orilla del mar y a almorzar allí y a cenar allí; sabiendo Ricciardo que Catella había ido con su grupo, también él fue con sus amigos, y fue recibido en el grupo de las damas de Catella, haciéndose primero rogar mucho, como si no estuviese muy deseoso de quedarse allí. Allí las señoras, y Catella con ellas, empezaron a gastarle bromas sobre su nuevo amor, en el que mostrándose muy inflamado, más les daba materia para hablar.

Al cabo, habiéndose ido una de las señoras acá y la otra allá, como se hace en aquellos lugares, habiéndose quedado

Catella con pocas allí donde estaba Ricciardo, dejó caer Ricciardo, mirándola a ella, una alusión a cierto amor de Filippello su marido, por lo que ella sintió súbitos celos y por dentro comenzó toda a arder en deseos de saber lo que Ricciardo quería decir. Y después de contenerse un poco, no pudiendo refrenarse más, rogó a Ricciardo que, por el amor de la señora a quien él más amaba, quisiese aclararle lo que dicho había de Filippello. El cual le dijo:

—Me habéis hecho una súplica invocando a alguien por quien no me atrevo a negar nada que me pidáis, y por ello estoy pronto a decíroslo, con que me prometáis que ni una palabra diréis a él ni a otro, sino cuando veáis por los hechos que es verdad lo que voy a contaros, que si lo queréis os enseñaré cómo podéis vos misma verlo.

A la señora le agradó lo que le pedía, y más creyó que era verdad, y le juró no decirlo nunca. Retirados, pues, aparte, para no ser oídos por los demás, Ricciardo comenzó a decirle así:

—Señora, si yo os amase como os amé, no osaría deciros nada que creyese que iba a doleros, pero porque aquel amor ha pasado me cuidaré menos de deciros la verdad de todo. No sé si Filippello alguna vez tomó a ultraje el amor que yo os tenía, o si ha tenido el pensamiento de que alguna vez fui amado por vos, pero haya sido esto o no, a mí nunca me demostró nada. Pero tal vez esperando el momento oportuno en que ha creído que yo menos sospechaba, muestra querer hacerme a mí lo que me temo que piensa que le haya hecho yo, es decir, querer tener a mi mujer para placer suyo, y a lo que me parece la ha solicitado desde hace no mucho tiempo hasta ahora con muchas misivas, que todas he sabido por ella, y ella le ha dado respuesta según yo lo he ordenado. Pero esta mañana, antes de venir aquí, encontré con mi mujer en casa a una mujer en secreto conciliábulo, que enseguida me pareció que fuese lo que era; por lo que llamé a mi mujer y le pregunté qué quería aquélla. Me dijo: «Es ese pesado de Filippello, al que con darle respuestas y esperanzas tú me has echado encima, y dice que quiere saber del todo lo que pretendo hacer, y que, si yo quisiera, haría que yo pudiera ir secretamente a una casa de baños de esta ciudad y con esto me ruega y me cansa, y si no fuese porque me has hecho, no sé por qué, tener estos tratos, me lo habría quitado de encima de tal manera que jamás habría puesto los ojos donde yo ha estado». Ahora me parece que ha ido demasiado lejos y que ya no se le puede tolerar más, y había que decíroslo para que conozcáis qué recompensa recibe vuestra fiel lealtad por la que yo estuve a punto de morir. Y para que no creáis que son cuentos y fábulas, sino que podáis, si os dan ganas de ello, abiertamente verlo y tocarlo, hice que mi mujer diese esta respuesta a aquella que esperaba: que estaba pronta a estar mañana hacia la hora nona, cuando la gente duerme, en esa casa de baños, con lo que la mujer se fue contentísima. Ahora, no creo que penséis que iba a mandarla allí, pero si yo estuviese en vuestro lugar haría que él me encontrase allí en lugar de aquélla con quien piensa encontrarse, y cuando hubiera estado un rato con él, le haría ver con quién había estado, y el honor que le conviene se lo haría; y haciendo esto creo que se le pondría en tanta vergüenza que sería vengada al mismo tiempo la injuria que a vos y a mí quiere hacer.

Catella, al oír esto, sin tener en consideración quién era quien se lo decía ni sus engaños, según la costumbre de los celosos, dio súbitamente fe a aquellas palabras, y comenzó a encajar ciertas cosas pasadas antes con este hecho; y encendiéndose con súbita ira, repuso que ciertamente ella haría aquello, que no era tan gran trabajo hacerlo y que ciertamente si él iba allí le haría pasar tal vergüenza que siempre que viera a alguna mujer después se le vendría a la memoria. Ricciardo, contento con esto y pareciéndole que su invento había sido bueno y daba resultado, con otras muchas palabras la confirmó en ello y acrecentó su credulidad, rogándole, no obstante, que no dijese jamás que se lo había dicho él; lo que ella le prometió por su honor.

A la mañana siguiente, Ricciardo se fue a una buena mujer[94] que dirigía aquellos baños que le había dicho a Catella, y le dijo lo que entendía hacer, y le rogó que en aquello le ayudase cuanto pudiera. La buena mujer, que muy obligada le estaba, le dijo que lo haría de grado, y con él concertó lo que había de hacer o decir. Tenía ésta, en la casa donde estaban los baños, una alcoba muy oscura, como que en ella no había ninguna ventana por la que entrase la luz. Aquélla, según las indicaciones de Ricciardo, preparó la buena mujer e hizo dentro una cama lo mejor que pudo, en la que Ricciardo, como lo había planeado, se metió y se puso a esperar a Catella.

La señora, oídas las palabras de Ricciardo y habiéndoles dado más fe de lo que merecían, llena de indignación, volvió por la noche a casa, adonde por acaso volvió también Filippello embebido en otro pensamiento y no le hizo tal vez la acogida que acostumbraba a hacerle. Lo que, viéndolo ella, tuvo mayores sospechas de las que tenía, diciéndose a sí misma:

«En verdad, éste tiene el ánimo puesto en la mujer con quien mañana cree que va a darse placer y gusto, pero ciertamente esto no sucederá».

Y con tal pensamiento, e imaginando qué debía decirle cuando hubiera estado con él, pasó toda la noche. Pero ¿a qué más? Llegada la hora nona, Catella tomó su acompañamiento y sin mudar de propósito se fue a

---

[94] Una alcahueta.

aquellos baños que Ricciardo le había enseñado; y encontrando allí a la buena mujer le preguntó si Filippello había estado allí aquel día. A lo que la buena mujer, adoctrinada por Ricciardo, dijo:

—¿Sois la señora que debe venir a hablar con él?

Respondió Catella:

—Sí soy yo.

—Pues —dijo la buena mujer—, andad con él.

Catella, que andaba buscando lo que no habría querido encontrar, haciéndose llevar a la alcoba donde estaba Ricciardo, con la cabeza cubierta entró en ella y cerró por dentro. Ricciardo, viéndola venir, alegre se puso en pie y recibiéndola en sus brazos dijo quedamente:

—¡Bien venida sea el alma mía!

Catella, para mostrar que era otra de la que era, lo abrazó y lo besó y lo recibió con gran alegría sin decir una palabra, temiendo que si hablaba fuese reconocida por él. La alcoba era oscurísima, con lo que cada una de las partes estaba contenta; y no por estar allí mucho tiempo lograban los ojos ver más. Ricciardo la condujo a la cama y allí, sin hablar para que no pudiese distinguirse la voz, por grandísimo espacio estuvieron con mayor placer y deleite de una de las partes que de la otra; pero luego de que a Catella le pareció tiempo de dejar salir la concebida indignación, encendida por ardiente ira, comenzó a hablar así.

—¡Ay!, ¡qué mísera es la fortuna de las mujeres y que mal se emplea el amor de muchas en sus maridos! Yo, mísera de mí, hace ocho años ya que te amo más que a mi vida, y tú, como lo he sentido, ardes todo y te consumes en el amor de una mujer extraña, hombre culpable y malvado. ¿Pues con quién te crees que has estado? Has estado con aquella que se ha acostado a tu lado durante ocho años; has estado con aquélla a quien con falsas lisonjas has engañado, tiempo ha, mostrándole amor y estando enamorado de otra. Soy Catella, no soy la mujer de Ricciardo, traidor desleal: escucha a ver si reconoces mi voz, que soy ella; y se me hacen mil años hasta que a la luz estemos para avergonzarte como lo mereces, perro asqueroso y deshonrado. ¡Ah, mísera de mí!, ¿a quién le he dedicado tanto amor tantos años? A este perro desleal que, creyéndose tener en brazos a una mujer extraña, me ha hecho más caricias y ternuras en este poco tiempo que he estado aquí con él que en todo el restante que he sido suya. ¡Hoy has estado gallardo, perro renegado, cuando en casa sueles mostrarte tan débil y cansado y sin fuerza! Pero alabado sea Dios que tu huerto has labrado, no el de otro, como te creías. No me maravilla que esta noche no te me acercases; esperabas descargar la carga en otra parte y querías llegar caballero muy fresco a la batalla: ¡pero gracias a Dios y mi artimaña, el agua por fin ha bajado por dónde debía! ¿Por qué no contestas, hombre culpable? ¡Por Dios que no sé por qué no te meto los dedos en los ojos y te los saco! Te creíste que podías hacer esta traición muy en secreto. ¡Por Dios, tanto sabe uno como otro; no has podido: te he puesto detrás mejores sabuesos de lo que creías!

Ricciardo gozaba para sí mismo con estas palabras y, sin responder nada la abrazaba y la besaba y le hacía grandes caricias más que nunca. Por lo que ella, que seguía hablando, decía:

—Sí, te crees que ahora me halagas con tus fingidas caricias, perro fastidioso, y me quieres tranquilizar y consolar; estás equivocado: nunca me consolaré de esto hasta que no te haya puesto en vergüenza en presencia de cuantos parientes y amigos y vecinos tenemos. ¿Pues no soy yo, malvado, tan hermosa como lo sea la mujer de Ricciardo Minútolo?, ¿no soy igual en nobleza a ella? ¿No dices nada, perro sarnoso? ¿Qué tiene ella más que yo? Apártate, no me toques, que por hoy ya bastante has combatido. Bien sé que ya, puesto que sabes quién soy, lo que hicieses lo harías a la fuerza: pero así Dios me dé su gracia yo haré que te quedes con las ganas, y no sé por qué no mando a por Ricciardo, que me ha amado más que a sí mismo y nunca pudo gloriarse de que lo mirase una vez; y no sé qué mal hubiera habido en hacerlo. Tú has creído tener aquí a su mujer y es como si la hubieras tenido, porque por ti no ha quedado; pues si yo lo tuviera a él no me lo podrías reprochar con razón.

Así, las palabras fueron muchas y la amargura de la señora grande; pero al final Ricciardo, pensando que si la dejaba irse con esta creencia podría dar lugar a mucho mal, decidió descubrirse y sacarla del engaño en que estaba; y cogiéndola en brazos y apretándola bien, de modo que no pudiera irse, dijo:

—Alma mía dulce, no os enojéis; lo que con tan sólo amar no podía tener, Amor me ha enseñado a conseguir con engaño, y soy vuestro Ricciardo.

Lo que oyendo Catella, y conociéndolo en la voz, súbitamente quiso arrojarse de la cama, pero no pudo; entonces quiso gritar, pero Ricciardo le tapó la boca con una de las manos, y dijo:

—Señora, ya no puede ser que lo que ha sido no haya sido; aunque gritaseis durante todo el tiempo de vuestra vida, y si gritáis o de alguna manera hacéis que esto sea sabido alguna vez por alguien, sucederán dos cosas. La una será —que no poco debe importaros— que vuestro honor y vuestra fama se empañarán, porque, aunque digáis que yo os he hecho venir aquí con engaños, yo diré que no es verdad, sino que os he hecho venir aquí con dinero y presentes que os he prometido y que como no os los he dado tan cumplidamente como esperabais os habéis enojado, y por eso habláis y gritáis, y sabéis que la gente está más dispuesta a creer lo malo que lo bueno y me creerá antes a mí que a vos. Además de esto, se seguirá entre vuestro marido y yo una mortal enemistad y podrían ponerse las cosas de modo que o yo le matase a él antes o él a mí, por lo que nunca podríais estar después alegre ni contenta. Y por ello, corazón mío, no queráis a la vez infamaros y poner en peligro y buscar pelea entre vuestro marido y yo. No sois la primera ni seréis la última que es engañada, y yo no os he engañado por quitaros nada vuestro, sino por el excesivo amor que os tengo y estoy dispuesto siempre a teneros, y a ser vuestro humildísimo servidor. Y si hace mucho tiempo que yo y mis cosas y lo que puedo y valgo han sido vuestras y están a vuestro servicio, pretendo que lo sean más que nunca de aquí en adelante. Ahora, vos sois prudente en las otras cosas, y estoy cierto que también lo seréis en ésta.

Catella, mientras Ricciardo decía estas palabras, lloraba mucho, y aunque estuviera muy enojada y mucho se lamentase, no dejó de oír la razón en las verdaderas palabras de Ricciardo, que no conociese que era posible que sucediera lo que Ricciardo decía; por lo que dijo:

—Ricciardo, yo no sé cómo Dios me permitirá soportar la ofensa y el engaño que me has hecho. No quiero gritar aquí, donde mi simpleza y excesivos celos me han conducido, pero estate seguro de esto, de que no estaré nunca contenta si de un modo o de otro no me veo vengada de lo que me has hecho; por ello déjame, no me toques más; has tenido lo que has deseado y me has vejado cuanto te ha placido; tiempo es de que me dejes: déjame, te lo ruego.

Ricciardo, que se daba cuenta de que su ánimo estaba aún demasiado airado, se había propuesto no dejarla hasta conseguir que se calmara; por lo que, comenzando con dulcísimas palabras a ablandarla, tanto dijo, y tanto rogó y tanto juró que ella, vencida, hizo las paces con él, y se quedaron juntos después con igual deseo de cada uno de ellos por gran espacio de tiempo, con grandísimo deleite. Y conociendo entonces la señora cuánto más sabrosos eran los besos del amante que los del marido, transformada su dureza en dulce amor a Ricciardo, desde aquel día en adelante tiernísimamente lo amó y, prudentísimamente obrando, muchas veces gozaron de su amor. Que Dios nos haga gozar del nuestro.

Ferondo, tomados ciertos polvos, es enterrado como muerto y hecho sacar de la tumba por el abad, que se disfruta a su mujer, es puesto en prisión y persuadido de que está en el purgatorio, y, posteriormente resucitado, cría como suyo a un hijo engendrado por el abad en su mujer.

LEGANDO el fin de la larga historia de Emilia, que a nadie había desagradado por su extensión, sino considerada por todos como narrada brevemente teniendo en cuenta la cantidad y la variedad de los casos contados en ella; la reina, mostrando con un solo gesto su deseo, le dio ocasión a Laureta de comenzar así:

Queridísimas señoras, se me pone delante como digna de ser contada una verdad que tiene, mucho más de lo que fue, aspecto de mentira, y me ha venido a la cabeza al oír contar que uno por otro fue llorado y sepultado. Contaré, pues, cómo un vivo fue sepultado como si fuera un muerto y cómo después, resucitado y no vivo, él mismo y otros muchos creyeron que había salido de la tumba, siendo por ello venerado como santo quien más bien debía ser condenado como culpable.

Hubo, pues, en Toscana, una abadía —y todavía hay— situada, como vemos muchas, en un lugar no demasiado frecuentado por las gentes, de la que fue abad un monje que en todas las cosas era santísimo, salvo en los asuntos de mujeres, y éstos los sabía hacer tan cautamente que casi nadie no sólo no los conocía, sino que ni los sospechaba; por lo que se pensaba que era santísimo y justo en todo. Ahora, sucedió que, habiendo hecho gran amistad con el abad un riquísimo villano que tenía por nombre Ferondo, hombre ignorante y burdo sin medida —y no por otra cosa gustaba el abad de su trato sino por la diversión que a veces le causaba su simpleza—, en esta amistad se apercibió el abad de que Ferondo tenía por esposa a una mujer hermo- sísima, de la que se enamoró tan ardientemente que en otra cosa no pensaba ni de día ni de noche; pero oyendo que, por muy simple y necio que fuese en todas las demás cosas, era sapientísimo en amar y proteger a ésta su mujer, casi desesperaba.

Pero, como muy astuto, domesticó tanto a Ferondo que éste venía alguna vez con su mujer a pasearse por el jardín de su abadía; y allí, con él, les hablaba con gran mo- destia sobre la felicidad de la vida eterna y sobre las santí- simas acciones de muchos hombres y mujeres ya muertos, tanto que a la señora le dieron deseos de confesarse con él y le pidió permiso a Ferondo y lo obtuvo. Venida, pues, a confesarse con el abad con grandísimo placer de éste y poniéndose a sus pies antes de decir otra cosa, comenzó:

—Señor, si Dios me hubiese dado marido o no me lo hubiese dado, tal vez me sería más fácil con vuestra enseñanza entrar en el camino de que me habéis hablado, que lleva a otros a la vida eterna, pero yo, considerando quién sea Ferondo y su simpleza, me puedo considerar viuda y, sin embargo, soy casada en tanto que, viviendo él, no puedo tomar otro marido, y él, aun necio como es, es tan fuera de toda medida y sin ninguna razón tan celoso que por ello no puedo vivir con él más que en tribulación y en desgracia. Por lo que, antes de venir a otra confesión, lo más humildemente que puedo os ruego que sobre esto queráis darme algún consejo, porque si desde ahora no empiezo a procurar ocasión de mi bien, de poco me servirá confesarme o hacer alguna otra buena obra.

Este discurso proporcionó gran placer al alma del abad, y le pareció que la fortuna hubiera abierto el camino a su mayor deseo; y dijo:

—Hija mía, creo que gran fastidio debe ser para una hermosa y delicada mujer como sois vos, tener por marido a un mentecato, pero mucho mayor creo que sea tener a un celoso; por lo que, teniendo vos uno y otro, fácilmente os creo lo que de vuestra tribulación me decís. Pero en ello, por decirlo en pocas palabras, no veo consejo ni remedio fuera de uno, que es que Ferondo se cure de estos celos. La medicina para curarlo yo sé muy bien cómo hacerla, siempre que vos tengáis la voluntad de guardar en secreto lo que voy a deciros.

La mujer dijo:

—Padre mío, no dudéis de ello, porque me dejaré antes morir que decir a nadie algo que vos me dijerais que no dijese, ¿pero cómo se podrá hacer?

Respondió el abad:

—Es necesario que muera, y así sucederá, y cuando haya sufrido tantos castigos que se haya curado de esos celos suyos, nosotros, con ciertas oraciones, rogaremos a Dios que lo devuelva a esta vida, y así lo hará.

—Pues —dijo la mujer—, ¿he de quedarme viuda?

—Sí —repuso el abad—, durante algún tiempo, que mucho debéis guardaros de que nadie se case con vos, porque a Dios le parecería mal, y al volver Ferondo tendríais que volver con él y sería más celoso que nunca.

La mujer dijo:

—Siempre que se cure de esta desgracia, que no tenga que estar yo siempre en prisión, estoy contenta; haced como gustéis.

Dijo entonces el abad:

—Así lo haré: pero ¿qué galardón tendré de vos por tal servicio?

—Padre mío —dijo la señora—, lo que deseéis si puedo hacerlo, pero ¿qué puede hacer alguien como yo que sea apropiado a tal hombre como vos sois?

El abad le dijo:

—Señora, vos podéis hacer por mí no menos que lo que yo me empeño en hacer por vos, porque, así como me dispongo a hacer aquello que debe ser bien y consuelo vuestro, así podéis hacer vos lo que será salud y salvación de mi vida.

Dijo entonces la señora:

—Sí es así, estoy dispuesta.

—Pues —dijo el abad—, me daréis vuestro amor y me daréis el placer de teneros, porque por vos ardo y me consumo.

La mujer, al oír esto, toda pasmada, repuso:

—¡Ay, padre mío!, ¿qué es lo que me pedís? Yo creía que erais un santo: ¿y les cuadra a los santos solicitar tales cosas a las mujeres que les piden consejo en tales asuntos?

El abad le dijo:

—Alma mía bella, no os maravilléis, que por esto la santidad no disminuye, porque está en el alma y lo que yo os pido es un pecado del cuerpo. Pero sea como sea, tanta fuerza ha tenido vuestra atrayente belleza que Amor me obliga a hacer esto, y os digo que podéis gloriaros de vuestra hermosura más que otras mujeres al pensar que agrada a los santos, que están tan acostumbrados a las del cielo; y además de esto, aunque yo sea abad, sigo siendo un hombre como los demás y, como veis, todavía no soy viejo. Y esto no debe seros penoso de hacer, sino que debéis desearlo, porque mientras Ferondo esté en el purgatorio, yo os daré, haciéndoos compañía por la noche, el consuelo que debería daros él, y nadie se dará cuenta de ello, creyendo todos de mí aquello, y más, que vos creíais hace poco. No rehuséis la gracia que Dios os manda, que muchas son las que desean lo que vos podéis tener y tendréis, si como prudente seguís mi consejo. Además, tengo hermosas joyas valiosas, que tengo intención no sean de otra persona sino vuestras. Haced, pues, dulce esperanza mía, lo que yo hago por vos de buen grado.

La mujer tenía el rostro inclinado, y no sabía cómo negárselo, y concedérselo no le parecía bien, por lo que el abad, viendo que lo había escuchado y daba largas a la respuesta, pareciéndole haberla convencido a medias, continuando las primeras con muchas otras palabras, antes de que callase le había metido en la cabeza que aquello estaba bien hecho; por lo que dijo vergonzosamente que estaba dispuesta a lo que mandase, pero que antes de que Ferondo hubiese ido al purgatorio no podía ser. El abad contentísimo le dijo:

—Y haremos que allí vaya de inmediato; haced de manera que mañana o al día siguiente venga a estar aquí conmigo.

Y dicho esto, habiéndole puesto ocultamente en la mano un bellísimo anillo, la despidió. La mujer, alegre con el regalo y esperando tener otros, volviendo con sus compañeras, empezó a decir maravillosas cosas sobre la santidad del abad. De allí a pocos días se fue Ferondo a la abadía, y en cuanto lo vio el abad pensó en mandarlo al purgatorio; y encontrados unos polvos[95] de maravillosa virtud que había obtenido en tierras de Levante gracias a un gran príncipe que afirmaba que solía usarlos el Viejo de la Montaña cuando quería mandar a alguien —haciéndole dormir— a su paraíso o traerlo de allí, y que, administrados en mayor o menor cantidad, sin ningún daño hacían de tal manera dormir más o menos a quien los tomaba que, mientras duraba su efecto no se habría dicho que tenía vida, y habiendo tomado de ellos cuantos fuesen suficientes para hacer dormir tres días, en un vaso de vino todavía un poco turbio, , sin que Ferondo se diese cuenta, se los dio a beber en su celda; y con él lo llevó al claustro y con otros de sus monjes empezaron a reírse de él y de sus tonterías.

Lo que no duró mucho porque, actuando los polvos, le subió a éste un sueño tan súbito y fiero a la cabeza que, estando todavía en pie, se durmió, y cayó dormido. El abad, simulando que estaba perturbado por el accidente, haciéndolo desceñir y haciendo traer agua fría y echándosela en la cara, y haciéndole aplicar muchos otros remedios cómo si de alguna flatulencia de estómago o de otra cosa que hubiera tomado le quisiera recuperar la desmayada vida y el sentido, viendo el abad y los monjes que con todo aquello no recobraba el sentido, tomándole el pulso y no encontrándolo, todos tuvieron por cierto que estuviese muerto; por lo que, mandándoselo comunicar a la mujer y a sus parientes, todos los cuales aquí vinieron

---

[95] Probablemente se trata de polvo de opio.

prontamente, y habiéndolo la mujer con sus parientes llorado un rato, lo hizo el abad poner en una sepultura vestido como estaba.

La mujer volvió a su casa, y dijo que no quería separarse nunca de un pequeño muchachito que tenía de él; y quedándose así en casa, empezó a administrar al hijo y la riqueza que había sido de Ferondo. El abad, con un monje boloñés de quien mucho se fiaba y que aquel día había venido allí desde Bolonia, levantándose por la noche calladamente, sacaron de la sepultura a Ferondo y lo llevaron a un subterráneo, en el que ninguna luz entraba y que había sido hecho para prisión de los monjes que cometiesen faltas, y, quitándole sus vestidos, vistiéndolo a guisa de monje, lo pusieron sobre un haz de paja, y lo dejaron hasta que recobrase el sentido. Entretanto, el monje boloñés, informado por el abad de lo que tenía que hacer, sin saber de ello nadie más, se puso a esperar que Ferondo volviese en sí.

El abad, al día siguiente, se fue a casa de la mujer con algunos de sus monjes a modo de hacer una visita, a la cual encontró vestida de negro y atribulada, y consolándola algún rato, en voz baja le pidió que cumpliera su promesa. La mujer, viéndose libre y sin el estorbo de Ferondo ni de nadie, habiéndole visto en el dedo otro hermoso anillo, dijo que estaba pronta y acordó con él que fuese la noche siguiente. Por lo que, llegada la noche, el abad, acudió disfrazado con las ropas de Ferondo y acompañado por su monje, y con ella se acostó hasta la mañana, con grandísimo deleite y placer, y luego se volvió a la abadía, haciendo aquel camino muy frecuentemente para dicho servicio; y siendo encontrado por algunos al ir o al venir, se creyó que era Ferondo que andaba por aquel barrio haciendo penitencia, y sobre ello nacieron muchas historias entre la gente vulgar de la villa, y hasta a la mujer, que bien sabía lo que pasaba, se las contaron muchas veces.

El monje boloñés, vuelto en sí Ferondo y hallándose allí sin saber dónde estaba, entrando dentro, cogiéndolo, dando una voz horrible, le dio una gran paliza con algunas varas en la mano. Ferondo, llorando y gritando, no hacía otra cosa que preguntar:

—¿Dónde estoy?

El monje le repuso:

—Estás en el purgatorio.

—¿Cómo? —dijo Ferondo—. ¿Es que me he muerto?

Dijo el monje:

—Ciertamente.

Por lo que Ferondo empezó a llorar por sí mismo y por su mujer y por su hijo, diciendo las más extrañas cosas del mundo. El monje le llevó algo de comer y de beber, lo que viendo Ferondo dijo:

—¿Así que los muertos comen?

Dijo el monje:

—Si, y esto que te traigo es lo que la mujer que fue tuya mandó esta mañana a la iglesia para hacer decir misas por tu alma, lo que Dios quiere que te sea ofrecido.

Dijo entonces Ferondo:

—Señor, ¡bendícela! Yo mucho la quería antes que muriese, tanto que la tenía toda la noche en brazos y no hacía más que besarla, y también otra cosa hacía cuando me daba la gana.

Y luego, teniendo mucha hambre, comenzó a comer y a beber, y no pareciéndole el vino muy bueno, dijo:

—Señor, ¡házselo pagar, que no le dio al cura del vino de la cuba de junto al muro!

Pero luego que hubo comido, el monje lo cogió de nuevo y con las mismas varas le dio una gran paliza. Ferondo, habiendo gritado mucho, dijo:

—¡Ah!, ¿por qué me haces esto?

Dijo el monje:

—Porque así ha mandado Dios Nuestro Señor que cada día te sea hecho dos veces.

—¿Y por qué razón? —dijo Ferondo.

Dijo el monje:

—Porque fuiste celoso teniendo por esposa a la mejor mujer que hubiera en tu ciudad.

—¡Ay! —dijo Ferondo—, dices verdad, y la más dulce; era más melosa que el caramelo, pero no sabía yo que Dios Nuestro Señor tuviera a mal que el hombre fuese celoso, porque no lo habría sido.

Dijo el monje:

—De eso debías haberte dado cuenta mientras estabas allí, y enmendarte, y si sucede que alguna vez allí vuelvas, haz que tengas tan presente lo que ahora te hago que nunca seas celoso.

Dijo Ferondo:

—¿Pues vuelve alguna vez quién se muere?

Dijo el monje:

—Sí, quien Dios quiere.

—¡Oh! —dijo Ferondo—, si alguna vez vuelvo, seré el mejor marido del mundo; no le pegaré nunca, nunca le diré injurias sino por causa del vino que ha mandado esta mañana: y tampoco ha mandado vela ninguna, y he tenido que comer a oscuras.

Dijo el monje:

—Sí lo hizo, pero se consumieron en las misas.

—¡Oh! —dijo Ferondo—, será verdad, y ten por seguro que si allí vuelvo le dejaré hacer lo que quiera. Pero dime: ¿quién eres tú que me haces esto?

Dijo el monje:

—También estoy muerto, y fui de Cerdeña, y porque alabé mucho a un señor mío el que fuera celoso, me ha condenado Dios a esta pena, a que tenga que darte de comer y de beber y estas palizas hasta que Dios disponga otra cosa de ti y de mí.

Dijo Ferondo:

—¿No hay aquí nadie más que nosotros dos?

Dijo el monje:

—Sí, millones, pero tú no los puedes ver ni oír, ni ellos a ti.

Dijo entonces Ferondo:

—¿Pues a qué distancia estamos de nuestra tierra?

—¡Huyuyuy! —dijo el monje—, estamos a millas de más *bien-la-cagaremos*[96]

—¡Caray, eso es mucho! —dijo Ferondo—, y a lo que me parece debemos estar fuera del mundo, de tan lejos.

Ahora, en tales conversaciones y otras semejantes, con comida y con palizas, pasó Ferondo cerca de diez meses, en los cuales con mucha frecuencia el abad visitó muy felizmente a su hermosa mujer y con ella se dio la mejor vida del mundo. Pero como las desgracias suceden, la mujer quedó preñada, y dándose cuenta enseguida se lo dijo al abad; por lo que a los dos les pareció que sin demora Ferondo tenía que ser traído del purgatorio a la vida y volver con ella, y decir ella que estaba embarazada de él.

El abad, pues, la noche siguiente hizo con una voz fingida llamar a Ferondo en su prisión y decirle:

—Ferondo, consuélate, que place a Dios que vuelvas al mundo; adonde, vuelto, tendrás un hijo de tu mujer, al que llamarás Benedetto porque te concede esta gracia por las oraciones de tu santo abad y de tu mujer y por amor de San Benito.

Ferondo, al oír esto, se puso muy alegre, y dijo:

---

[96] Palabras sin sentido, pero apoyadas en los fonemas del italiano «*cacare*». Todo el episodio es una imitación burlesca de los encuentros de Dante con sus interlocutores en el Infierno.

—Mucho me place: Dios bendiga a Nuestro Señor y al abad y a San Benito y a mi mujer tan dulcecita, tan melosita, tan sabrosita.

El abad, habiéndole hecho dar en el vino que le mandaba tantos polvos de aquellos que le hicieran dormir unas cuatro horas, volviéndole a poner sus vestidos, junto con su monje lo volvieron silenciosamente a la sepultura donde había sido enterrado. Por la mañana al hacerse de día, Ferondo volvió en sí y vio luz por alguna rendija de la sepultura, la que no veía hacía diez meses, por lo que pareciéndole estar vivo, empezó a gritar:

—¡Abridme, abridme! —y comenzó a golpear él mismo con la cabeza contra la tapa del sepulcro, tan fuerte que, removiéndola, porque con poco se removía, empezaba a abrirse cuando los monjes, que habían rezado maitines, corrieron allí y conocieron la voz de Ferondo y lo vieron ya salir del sepulcro, por lo que, espantados todos ante la extrañeza del hecho, comenzaron a huir y se fueron al abad. El cual, fingiendo levantarse de la oración, dijo:

—Hijos, no temáis; tomad la cruz y el agua bendita y venid detrás de mí, y veamos lo que el poder de Dios nos quiere mostrar —y así lo hizo.

Estaba Ferondo tan pálido fuera del ataúd como quien ha estado tanto tiempo sin ver el cielo; el cual, al ver al abad, corrió a sus pies y le dijo:

—Padre mío, vuestras oraciones, según me ha sido revelado, y las de San Benito y las de mi mujer me han sacado de las penas del purgatorio y traído a la vida de nuevo; por lo que os ruego a Dios que tengáis buenos días y buenas calendas[97], hoy y siempre.

El abad dijo:

---

[97] Las calendas eran para los romanos el primer día de cada mes y, por sinécdoque, aquí abarca el mes entero.

—Alabado sea el poder de Dios. Ve, pues, hijo, pues que Dios aquí te ha devuelto, y consuela a tu mujer, que siempre, desde que te fuiste, ha estado llorando, y sé de aquí en adelante amigo y servidor de Dios.

Dijo Ferondo:

—Señor, así ha sido dicho; dejadme hacer a mí, que en cuanto la encuentre, mucho la besaré tanto cuanto la quiero.

El abad, quedándose con sus monjes, mostró sentir por esta cosa una gran admiración e hizo cantar devotamente el miserere. Ferondo tornó a su villa, donde, quien lo veía huía de él como suele hacerse de las cosas horribles, pero él, llamándolo, afirmaba que había resucitado. La mujer también tenía miedo de él, pero después de que la gente fue tomando confianza con él, y, viendo que estaba vivo, le preguntaban sobre muchas cosas; convertido en sabio, a todos respondía y daba noticias de las almas de sus parientes, y hacía por sí mismo las más bellas fábulas del mundo sobre los hechos del purgatorio, y delante de todo el pueblo contó la revelación que había sido hecha por boca de Arañuelo Grabiel[98] antes de que resucitase.

Por lo que, volviéndose a casa con la mujer y entrado en posesión de sus bienes, la preñó —según él creyó—, y sucedió por ventura que llegado el tiempo oportuno en opinión de los tontos, que creen que la mujer lleva a los hijos precisamente nueve meses, la mujer parió un hijo varón, que fue llamado Benedetto Ferondo. La vuelta de Ferondo y sus palabras, al creer casi todo el mundo que

---

[98] «*Ragnollo Braghiello*» dice Boccaccio, deformando burlescamente el nombre del «*Agnolo Gabilello*» o Arcángel Gabriel, imitando las deformaciones que de los nombres sagrados hacían las personas ignorantes, como este Ferondo. Aquí hemos optado por transformar "Agnolo" (pronunciado en italiano *añolo*) en "Arañuelo", y "Gabriel" en "Grabiel", metátesis que todavía se puede oír hoy en día en boca de incultos.

había resucitado, acrecentaron sin límites la fama de la santidad del abad; y Ferondo, que por sus celos había recibido muchas palizas, según la promesa que el abad había hecho a la mujer, dejó de ser celoso de allí en adelante, con lo que, contenta la mujer, vivió honestamente con él como solía, aunque, cuando convenientemente podía, de buen grado se encontraba con el santo abad, que bien y diligentemente la había servido en sus mayores necesidades.

*Giletta de Narbona cura al rey de
Francia de una fístula; le pide por
marido a Beltrán de Rosellón, el cual,
desposándose con ella contra su voluntad,
se va enojado a Florencia; donde,
cortejando a una joven, Giletta se acuesta
con él en lugar de ella y tiene de él dos
hijos, por lo que él, después, sintiendo
amor por ella, la mantuvo como esposa*[99].

AL no querer negar su privilegio a Dioneo, quedaba
solamente la reina por contar su historia —como

---

[99] El tema de esta novela fue, después, hecho muy famoso por la comedia de
Shakespeare «*All's Well that Ends Well*».

fuera que ya había terminado la novela de Laureta—; por lo cual, ésta, sin esperar a ser requerida por los suyos, así, toda amorosa, comenzó a hablar:

¿Quién contará ahora ya una historia que parezca buena, habiendo escuchado la de Laureta? Alguna ventaja ha sido que ella no fuese la primera, que luego pocas de las otras nos hubieran gustado, y así espero que suceda con las que esta jornada quedan por contar. Pero sea como sea, os contaré aquella que sobre el presente asunto se me ocurre.

En el reino de Francia hubo un gentilhombre que era llamado Isnardo, conde del Rosellón, el cual, porque gozaba de poca salud, siempre tenía a su lado a un médico llamado maestro Gerardo de Narbona. Tenía el mencionado conde un solo hijo pequeño, llamado Beltrán, el cual era hermosísimo y amable, y con él se educaban otros niños de su edad, entre los cuales estaba una niña del dicho médico llamada Giletta, la cual puso en este Beltrán infinito amor, y más ardiente de lo que convenía a su tierna edad. El cual, muerto el conde y confiado él a las manos del rey, tuvo que irse a París, de lo que la jovencilla quedó profundamente desconsolada; y habiendo muerto el padre de ella no mucho después, si alguna razón honesta hubiera tenido, habría ido de buen grado a París para ver a Beltrán; pero estando muy guardada, porque había quedado rica y sola, no encontraba ningún camino honesto. Y siendo ella ya de edad de tomar marido, no habiendo podido nunca olvidar a Beltrán, había rechazado sin manifestar la razón a muchos con quienes sus parientes habían querido casarla.

Ahora, sucedió que, inflamada ella en el amor de Beltrán más que nunca, porque oía que se había convertido en un hermosísimo joven, llegó a sus oídos una noticia de cómo al rey de Francia, de un tumor que había tenido en el pecho y le había sido curado mal, le había quedado una fístula que le ocasionaba grandísima molestia y grandísimo dolor, y no se había podido todavía encontrar un médico —aunque muchos lo hubiesen intentado— que lo hubiera podido curar de aquello, sino que todos lo habían empeorado; por lo que el rey, desesperándose, ya de ninguno quería consejo ni ayuda. De lo que la joven se puso sobremanera contenta y pensó por aquello tener no solamente una razón legítima para ir a París, sino que, si fuese la enfermedad que ella creía, que fácilmente podría tener a Beltrán por marido.

Con lo que, como quien en el pasado del padre había aprendido muchas cosas, hechos sus polvos con ciertas hierbas útiles para la enfermedad que pensaba que era, montó a caballo y se fue a París. Y antes de haber hecho nada se ingenió para ver a Beltrán, y luego, presentándose delante del rey, le pidió como gracia que le mostrase su enfermedad. El rey, viéndola joven hermosa y agradable, no se lo supo negar, y se la mostró. En cuanto la hubo visto, de inmediato sintió esperanzas de poder curarlo, y dijo:

—Monseñor, si os place, sin ninguna molestia o trabajo vuestro, espero en Dios que en ocho días os sanaré de esta enfermedad.

El rey, para sí mismo, se burló de sus palabras diciendo:

—¿Lo que los mayores médicos del mundo no han podido ni sabido, una mujer joven cómo podrá saberlo?

Pero le agradeció su buena voluntad y repuso que se había propuesto no seguir ya ningún consejo de médico. La joven le dijo:

—Monseñor, desprecias mi arte porque soy joven y mujer, pero os recuerdo que yo no curo con mi ciencia, sino con la ayuda de Dios y con la ciencia del maestro Gerardo narbonense, que fue mi padre y famoso médico mientras vivió.

El rey, entonces se dijo: «Tal vez me ha mandado Dios a ésta; ¿por qué no pruebo lo que sabe hacer, pues dice que sin sufrir molestias me curará en poco tiempo?», y habiendo decidido probarlo, dijo:

—Damisela, y si no me curáis, después de hacerme romper mi decisión, ¿qué queréis que os pase?

—Monseñor —repuso la joven—, ponedme vigilancia, y si antes de ocho días no os curo, hacedme quemar; pero si os curo, ¿qué premio me daréis?

El rey le respondió:

—Me parecéis aún sin marido; si lo hacéis, os casaremos bien y por todo lo alto.

La joven le dijo:

—Monseñor, verdaderamente me place que vos me caséis, pero quiero a un marido tal cual yo os lo pida, entendiendo que no os debo pedir ninguno de vuestros hijos ni de la familia real.

El rey enseguida le prometió hacerlo. La joven comenzó su cura y, en breve, antes del tiempo fijado, le devolvió la salud, por lo que el rey, sintiéndose curado, dijo:

—Damisela, os habéis ganado bien el marido.

Ella le contestó:

—Pues, monseñor, he ganado a Beltrán de Rosellón, a quien comencé a amar infinitamente en mi infancia y desde entonces siempre he amado sumamente.

Mucho pareció al rey tenérselo que dar, pero como lo había prometido, no queriendo faltar a su palabra, lo hizo llamar y así le dijo:

—Beltrán, sois ya maduro y fornido: queremos que volváis a gobernar vuestro condado y que con vos llevéis a una damisela que os hemos dado por mujer.

Dijo Beltrán:

—¿Y quién es la damisela, monseñor?

El rey le respondió:

—Es aquella que con sus medicinas me ha devuelto la salud.

Beltrán, que la conocía y la había visto, aunque muy bella le pareciese, sabiendo que no era de linaje que a su nobleza correspondiera, todo ofendido dijo:

—Monseñor, ¿me queréis pues dar por mujer a una mendiga? No plazca a Dios que tal mujer tome jamás.

El rey le dijo:

—¿Pues queréis vos que no cumpla mi palabra, que para recobrar la salud di a la damisela que os ha pedido por marido en galardón?

—Monseñor —dijo Beltrán—, podéis quitarme cuanto tengo, y darme, como vuestro hombre que soy, a quien os place: pero estad seguro de esto: que nunca estaré contento con tal matrimonio.

—Sí lo estaréis —dijo el rey—, porque la damisela es hermosa y prudente y os ama mucho, por lo que esperamos que mucho más feliz vida tengáis con ella que tendríais con una dama de más alto linaje.

Beltrán se calló y el rey hizo preparar con gran aparato la fiesta de las bodas; y llegado el día para ello determinado, por muy de mala gana que lo hiciera Beltrán, en presencia del rey la damisela se casó con quien amaba más que a ella misma. Y hecho esto, como quien ya tenía pensado lo que debía hacer, diciendo que quería volver a su condado y consumar allí el matrimonio, pidió licencia al rey; y, montado a caballo, se fue no a su condado, sino que se dirigió a la Toscana.

Y sabiendo que los florentinos peleaban con los sieneses, se dispuso a ponerse a su lado, donde alegremente recibido y, hecho con honor capitán de cierta cantidad de gente y recibiendo de ellos buen salario, se quedó a su servicio y estuvo mucho tiempo. La recién casada, poco contenta de tal suerte, esperando poder con sus sabias obras hacerlo volver a su condado se fue al Rosellón, donde fue recibida por todos como su señora. Encontrando allí todas las cosas descompuestas y estragadas, por el largo tiempo que sin conde había estado, como señora prudente puso en orden todas las cosas con gran diligencia y solicitud, por lo que los súbditos tuvieron mucho contento y la tuvieron en mucha estima y le tomaron gran amor, reprochando mucho al conde que con ella no se contentara. Habiendo la señora recompuesto todo el país, se lo comunicó al conde por medio de dos caballeros, rogándole que, si por culpa de ella no quería venir a su condado, se lo comunicase, y ella, por complacerle, se iría; a los cuales él, durísimamente, dijo:

—Que haga lo que le plazca: en cuanto a mí, volveré allí a estar con ella cuando tenga este anillo en su dedo, y en los brazos un hijo engendrado por mí.

Tenía el anillo en gran aprecio y nunca se separaba de él por cierto poder que le habían dado a entender que tenía. Los caballeros oyeron la dura condición puesta con aquellas dos cosas casi imposibles, y viendo que con sus palabras no podían moverlo de su intención, volvieron a la señora y le contaron su respuesta. La cual, muy dolorida, después de pensarlo mucho, deliberó querer saber si aquellas dos cosas podían ocurrir y dónde, para que como resultado pudiera recobrar a su marido. Y habiendo pensado lo que debía hacer, reunidos una parte de los mayores y mejores hombres de su condado, les contó ordenadamente y con palabras dignas de compasión lo que antes había hecho por amor del conde, y mostró lo que había sucedido por aquello, y finalmente les dijo que su intención no era que por su estancia allí el conde estuviera en perpetuo exilio, por lo que pretendía consumir lo que le quedase de vida en peregrinaciones y en obras de misericordia por la salvación de su alma; y les rogó que tomasen la protección y el gobierno del condado y le comunicasen al conde, que ella le había dejado su posesión vacía y libre y se había alejado con intención de nunca volver al Rosellón.

Aquí, mientras ella hablaba, fueron derramadas lágrimas por muchos de aquellos hombres buenos y le hicieron muchos ruegos para que cambiase de opinión y se quedara; pero de nada sirvieron. Ella, encomendándolos a Dios, se puso en camino con un primo suyo y una camarera, en hábito de peregrinos, bien surtidos de dineros y valiosas joyas, sin que nadie supiese dónde iba, y no se detuvo hasta que llegó a Florencia; y llegada allí por azar a una posadita, que tenía una buena mujer viuda, vivía de forma sencilla y a guisa de pobre peregrina, deseosa de oír noticias de su señor.

Sucedió, pues, que al día siguiente vio pasar a Beltrán por delante de la posada, a caballo con su acompañamiento, y aunque lo conoció muy bien no dejó de preguntar a la buena mujer de la posada quién era. La posadera le respondió:

—Es un gentilhombre forastero que se llama el conde Beltrán, amable y cortés y muy amado en esta ciudad; y lo más enamorado del mundo de una vecina nuestra, que es mujer noble, pero pobre. Verdad es que se trata de una honestísima joven, y por pobreza no se ha casado aún, sino que vive con su madre, prudentísima y buena señora; y tal vez, si no fuese por ésta su madre, habría ella hecho ya lo que este conde hubiera querido.

La condesa, oyendo estas palabras, las retuvo bien; y examinando más detenidamente y viniendo a todos los detalles, y bien comprendidas todas las cosas, tomó su decisión, y aprendida la casa y el nombre de la señora y de su hija amada por el conde, un día, ocultamente, en hábito de peregrina, allí se fue, y encontrando a la señora y a su hija viviendo muy pobremente, saludándolas, dijo a la señora que cuando le placiese quería hablarle. La honrada señora, levantándose, dijo que estaba pronta a escucharla; y entrando solas en una alcoba suya, y tomando asiento, comenzó la condesa:

—Señora, me parece que os contáis entre las enemigas de la fortuna como me cuento yo, pero si quisierais, por ventura podríais consolarnos a vos y a mí.

La señora respondió que nada deseaba tanto cuanto consolarse honestamente. Siguió la condesa:

—Me es necesaria vuestra palabra, en la que si confío y vos me engañaseis, echaríais a perder vuestros asuntos y los míos.

—Con confianza —dijo la noble señora—, decid todo lo que gustéis, que nunca por mí seréis engañada.

Entonces la condesa, comenzando con su primer enamoramiento, le contó quién era ella y lo que hasta aquel día le había sucedido, de tal manera que la noble señora, como quien ya en parte lo había oído a otros, comenzó a sentir compasión de ella. Y la condesa, contadas sus aventuras, siguió:

—Ya habéis oído, entre mis otras angustias, cuáles son las dos cosas que necesito tener si quiero tener a mi marido, las cuales a nadie más conozco que pueda ayudarme a adquirirlas sino a vos, si es verdad lo que creo, esto es, que el conde mi marido ama sumamente a vuestra hija.

La noble señora le dijo:

—Señora, si el conde ama a mi hija no lo sé, aunque mucho lo aparenta; pero ¿qué puedo yo lograr en ello de lo que vos deseáis?

—Señora —repuso la condesa—, os lo diré, pero primeramente os quiero mostrar lo que quiero daros si me ayudáis. Veo que vuestra hija es hermosa y en edad de darle marido, y por lo que he entendido y me parece comprender, no tener dote para darle os la hace tener en casa. Quiero, en recompensa del servicio que me hagáis, darle prestamente de mis dineros la dote que vos misma estiméis que sea necesaria para casarla honradamente.

A la señora, como a quien estaba en necesidad, le agradó la oferta, pero como tenía el ánimo noble, dijo:

—Señora, decidme lo que puedo hacer por vos, y si es honesto para mí lo haré con gusto, y vos luego haréis lo que os plazca.

Dijo entonces la condesa:

—Necesito que vos, por alguien de quien os fieis, hagáis decir al conde mi marido que vuestra hija está dispuesta a hacer lo que él guste si puede cerciorarse de que la ama como aparenta, lo que nunca creerá si no le envía el anillo que lleva en la mano y que ella ha oído que él estima tanto; el cual si se lo manda, vos me lo daréis; y luego le mandaréis decir que vuestra hija está dispuesta a complacerlo, y le haréis venir aquí ocultamente y me pondréis a su lado escondidamente a mí, en lugar de a vuestra hija. Tal vez me conceda Dios la gracia de quedar preñada; y así luego, teniendo su anillo en el dedo y en los brazos a un hijo por él engendrado, lo conquistaré y con él viviré como la mujer debe vivir con su marido, habiendo sido vos la ocasión de ello.

Complicado asunto pareció éste a la señora, temiendo que fuese a seguirse de ello vergüenza para su hija; pero pensando que era cosa honrada dar ocasión a que la buena señora recuperase a su marido y que con honesto fin se ponía a hacer aquello, confiándose a sus buenos y honrados sentimientos, no solamente prometió a la condesa hacerlo sino que pocos días después, con secreta cautela, según las órdenes que había dado, tuvo el anillo —

aunque mucho pesar le costase al conde— y hábilmente puso a ella en lugar de a su hija en la cama con el conde.

En estos primeros encuentros buscados afectuosísimamente por el conde, como agradó a Dios, la señora quedó preñada de dos hijos varones, como el parto hizo manifiesto a su debido tiempo. Y no solamente una vez alegró la noble señora a la condesa con los abrazos del marido, sino muchas, tan secretamente actuando que nunca se supo una palabra de ello: creyendo siempre el conde que había estado no con su mujer sino con aquélla a quien amaba. A la que, cuando se iba a ir por las mañanas, había dado diversas joyas hermosas y de valor, que diligentemente la condesa guardaba. Ésta, sintiéndose preñada, no quiso más a la honrada señora imponer tal ayuda, sino que le dijo:

—Señora, por merced de Dios y vuestra tengo lo que deseaba, y por ello es tiempo que haga lo que os agrade, para irme después.

La honrada señora le dijo que si había hecho algo que le agradase, que le placía, pero que no lo había hecho por ninguna esperanza de recompensa, sino porque le parecía deber hacerlo para obrar bien. La condesa le dijo:

—Señora, mucho me place, y así, por otra parte, no pretendo daros lo que me pidáis por galardón, sino por obrar bien, que a mí me parece que debe hacerse así.

La honrada señora, obligada pues por la necesidad, con grandísima vergüenza, le pidió cien liras para casar a su hija. La condesa, conociendo su vergüenza y oyendo su discreta petición, le dio quinientas y tantas joyas hermosas y valiosas que por ventura valían otro tanto; con lo que la honrada señora, mucho más que contenta, las gracias que mejor pudo a la condesa dio, la cual, separándose de ella, se volvió a la posada.

La honrada señora, por quitar ocasión a Beltrán de mandar a nadie ni venir a su casa, se fue con la hija al campo a casa de sus parientes, y Beltrán de allí a poco tiempo, reclamado por sus hombres, regresó a su casa, oyendo que la condesa se había ido. La condesa, oyendo que se había ido de Florencia, y vuelto a su condado, se puso muy contenta; y se quedó en Florencia hasta que el tiempo del parto vino, y dio a luz a dos hijos varones parecidísimos a su padre, a los que hizo criar diligentemente.

Y cuando le pareció oportuno, poniéndose en camino, sin ser reconocida por nadie, se fue con ellos a Montpellier; y descansando allí algunos días, y habiendo indagado sobre el conde y dónde estuviera, y enterándose de que el día de Todos los Santos iba a hacer en el Rosellón una gran fiesta de damas y caballeros, allá se fue, siempre disfrazada de peregrina —como había salido de allí—. Y oyendo que las damas y los caballeros estaban reunidos en el palacio del conde para sentarse a la mesa, sin cambiarse de hábito, subiendo a la sala con sus hijuelos en los brazos, abriéndose paso entre todos, allá se fue hasta donde vio al conde, y arrojándosele a los pies, dijo llorando:

—Señor mío, yo soy tu desventurada esposa, que por dejarte volver y estar en tu casa, largamente he andado rodando. Por Dios te requiero a que las condiciones que me pusiste por los dos caballeros que te mandé las mantengas: y aquí está tu anillo en mi dedo, y aquí, en mis brazos, tengo no a uno sino a dos hijos tuyos. Es hora ya de que deba por ti ser recibida como mujer, según tu promesa.

El conde, al oír esto, se desvaneció todo y reconoció el anillo, y también a los dos hijos, tanto se le parecían; pero dijo:

—¿Cómo puede haber sucedido esto?

La condesa, con gran maravilla del conde y de todos cuantos presentes estaban, contó detalladamente lo que había pasado y cómo; por lo cual el conde, comprendiendo que decía la verdad y viendo su perseverancia y su buen juicio, y además a aquellos dos hijitos tan hermosos, para cumplir lo que había prometido y por complacer a todos sus hombres y a las damas, que todos le rogaban que acogiera ya y honrase a ésta como su legítima esposa, depuso su obstinada dureza e hizo ponerse en pie a la condesa, y la abrazó y besó y por su legítima mujer la reconoció, y a aquellos por hijos suyos; y haciéndola vestirse con ropas convenientes a ella, con grandísimo placer de cuantos allí había y de todos sus otros vasallos que aquello oyeron, hizo no solamente todo aquel día, sino muchísimos otros, grandísima fiesta, y de aquel día en adelante a ella siempre la amó y la apreció sumamente como a su esposa y mujer honrada.

*Alibech se hace ermitaña, y el monje
Rústico le enseña a meter al diablo en el
infierno, después, sacada de allí, se
convierte en la mujer de Neerbale.*

DIONEO, que diligentemente había escuchado la historia de la reina, viendo que estaba terminada y que sólo a él le faltaba novelar, sin esperar órdenes, sonriendo, comenzó a decir:

Graciosas señoras, tal vez nunca hayáis oído contar cómo se mete al diablo en el infierno, y por ello, sin apartarme casi del argumento sobre el que vosotras todo el día habéis debatido, os lo quiero decir: tal vez también podáis salvar a vuestras almas después de haberlo aprendido, y podréis también conocer que por mucho que

Amor habite en los alegres palacios y en las blandas alcobas más a su gusto que en las pobres cabañas, no por ello alguna vez deja de hacer sentir sus fuerzas entre los tupidos bosques, en los severos alpes[100] y en las desiertas cuevas, por lo que se puede comprender que a su poder están sujetas todas las cosas.

Viniendo, pues, al asunto, digo que en la ciudad de Cafsa[101], en la Berbería[102], hubo hace tiempo un hombre riquísimo que, entre otros hijos, tenía una hijita hermosa y agradable cuyo nombre era Alibech; la cual, no siendo cristiana y oyendo a muchos cristianos que había en la ciudad alabar mucho la fe cristiana y el servicio de Dios, un día preguntó a uno de ellos de qué manera y con menos impedimentos podía servirse a Dios. El cual le repuso que servían mejor a Dios aquellos que más huían de las cosas del mundo, como hacían quienes se habían retirado a las soledades de los desiertos de la Tebaida. La joven, que era inocentísima y de edad de unos catorce años, no por consciente deseo sino por un impulso pueril, sin decir nada a nadie, a la mañana siguiente se encaminó hacia el desierto de Tebaida, sola y a escondidas; y con gran esfuerzo por su parte, continuando sus deseos, después de algunos días llegó a aquellas soledades, y vista desde lejos una casita, se fue a ella, donde encontró en la puerta a un santo varón, el cual, maravillándose de verla allí, le preguntó qué es lo que andaba buscando. Ella contestó que, inspirada por Dios, estaba buscando ponerse a su servicio, y también quién le enseñara cómo se le debía servir. El honrado varón, viéndola joven y muy hermosa,

---

[100] No se trata aquí de un nombre propio, sino que designa de forma genérica montes muy altos.

[101] Ciudad oasis situada en Túnez.

[102] Término genérico para referirse al territorio donde vivían los bereberes, que en la Edad Media comprendía Marruecos, Argelia y Túnez.

temiendo que el demonio, si la retenía con él, lo tentara, le alabó su buena disposición y, dándole de comer algunas raíces de hierbas y frutas silvestres y dátiles, y agua para beber, le dijo:

—Hija mía, no muy lejos de aquí hay un santo varón que en lo que vas buscando es mucho mejor maestro de lo que soy yo: irás a él.

Y le enseñó el camino; y ella, llegada a él y oídas de éste estas mismas palabras, yendo más adelante, llegó a la celda de un ermitaño joven, muy devota persona y bueno, cuyo nombre era Rústico, y le hizo la misma petición que a los otros les había hecho. El cual, por querer poner su firmeza a una fuerte prueba, no la mandó irse como los demás, o seguir más adelante, sino que la retuvo en su celda; y llegada la noche, le hizo en un lugar un camastro de hojas de palmera, y sobre ella le dijo que se acostase. Hecho esto, no tardaron nada las tentaciones en luchar contra las fuerzas de éste, el cual, encontrándose muy engañado sobre ellas, sin demasiados ataques volvió las espaldas y se entregó como vencido; y dejando a un lado los pensamientos santos y las oraciones y las disciplinas, comenzó a traer a su pensamiento la juventud y la hermosura de ésta, y además de esto, a pensar mediante qué vías y de qué modo debería comportarse con ella, para que no se apercibiese que él, como hombre disoluto, quería llegar a aquello que deseaba de ella.

Y probando primero con ciertas preguntas, averiguó que no había nunca conocido a hombre y que era tan inocente como parecía, por lo que pensó cómo, aparentando servir a Dios, debía traerla a su voluntad. Y primeramente con muchas palabras le mostró cuán enemigo de Nuestro Señor era el diablo, y luego le dio a entender que el servicio que más grato podía ser a Dios era meter al demonio en el infierno, adonde Nuestro Señor lo había condenado. La jovencita le preguntó cómo se hacía aquello; Rústico le dijo:

—Pronto lo sabrás, y para ello harás lo que a mí me veas hacer.

Y empezó a desnudarse de los pocos vestidos que tenía, y se quedó completamente desnudo, y lo mismo hizo la muchacha; y se puso de rodillas a la manera de quien quisiese rezar y la hizo ponerse frente a él. Y estando así, sintiéndose Rústico más que nunca inflamado en su deseo al verla tan hermosa, sucedió la resurrección de la carne[103]; y mirándola Alibech, y maravillándose, dijo:

—Rústico, ¿qué es esa cosa que te veo que así se te sale hacia afuera y yo no la tengo?

—Oh, hija mía —dijo Rústico—, es el diablo del que te he hablado; ya ves, me causa tan grandísima molestia que apenas puedo soportarlo.

Entonces dijo la joven:

—Oh, alabado sea Dios, que veo que estoy mejor que tú, que no tengo yo ese diablo.

Dijo Rústico:

—Dices bien, pero tienes otra cosa que yo no tengo, y la tienes en lugar de esto.

Dijo Alibech:

—¿El qué?

Rústico le dijo:

—Tienes el infierno, y te digo que creo que Dios te haya mandado aquí para la salvación de mi alma, porque si ese diablo me va a dar este tormento, si tú quieres tener de mí tanta piedad y sufrir que lo meta en el infierno, me darás a mí grandísimo consuelo y darás a Dios gran placer y servicio, si para ello has venido a estos lugares, como dices.

---

[103] Metáfora sexual.

La joven, de buena fe, repuso:

—Oh, padre mío, puesto que yo tengo el infierno, sea como queréis.

Dijo entonces Rústico:

—Hija mía, bendita seas. Vamos y metámoslo, que luego me deje estar tranquilo.

Y dicho esto, llevada la joven encima de uno de los catres, le enseñó cómo debía ponerse para poder encarcelar a aquel maldito de Dios.

La joven, que nunca había puesto en el infierno a ningún diablo, la primera vez sintió un poco de dolor, por lo que dijo a Rústico:

—Por cierto, padre mío, mala cosa debe ser este diablo, y verdaderamente enemigo de Dios, que aun en el infierno, y no en otra parte, duele cuando se le mete dentro.

Dijo Rústico:

—Hija, no sucederá siempre así.

Y para hacer que aquello no sucediese, seis veces antes de que se moviesen del camastro lo metieron allí, tanto que por aquella vez le arrancaron tan bien la soberbia[104] de la cabeza que por fin se quedó tranquilo.

Pero volviéndole la soberbia luego muchas veces en el tiempo que siguió, y disponiéndose la joven siempre obediente a quitársela, sucedió que el juego comenzó a gustarle, y comenzó a decir a Rústico:

—Bien veo que decían la verdad aquellos sabios hombres de Cafsa, que el servir a Dios era cosa tan dulce; y en verdad no recuerdo que nunca cosa alguna hiciera yo que tanto deleite y placer me diese como es el meter al diablo en el infierno; y por ello me parece que es una bestia cualquier persona que se ocupa en otra cosa distinta que en servir a Dios.

---

[104] Se refiere, evidentemente, a la erección.

Por ello, muchas veces iba a Rústico y le decía:

—Padre mío, yo he venido aquí para servir a Dios, y no para estar ociosa; vamos a meter el diablo en el infierno.

Haciendo lo cual, decía alguna vez:

—Rústico, no sé por qué el diablo se escapa del infierno; que si estuviera allí de tan buena gana como el infierno lo recibe y lo tiene, no se saldría nunca.

Así, tan frecuentemente invitando la joven a Rústico y animándolo a servir a Dios, tanto le había quitado la lana del jubón[105] que en ocasiones sentía frío en las que otro hubiera sudado; y por ello comenzó a decir a la joven que al diablo no había que castigarlo y meterlo en el infierno más que cuando él, por soberbia, levantase la cabeza:

—Y nosotros, por la gracia de Dios, tanto lo hemos desganado, que ruega a Dios quedarse en paz.

Y así impuso algún silencio a la joven, la cual, después de que vio que Rústico no le pedía más meter el diablo en el infierno, le dijo un día:

—Rústico, si tu diablo está castigado y ya no te molesta, a mí mi infierno no me deja tranquila; por lo que bien harás si con tu diablo me ayudas a calmar la rabia de mi infierno, como yo con mi infierno te he ayudado a quitarle la soberbia a tu diablo.

Rústico, que vivía de raíces de hierbas y agua, mal podía responder a los envites; y le dijo que muchos diablos querrían poder tranquilizar al infierno, pero que él haría lo que pudiese; y así alguna vez la satisfacía, pero era tan raramente que no era sino arrojar un haba en la boca de un león; de lo que la joven, no pareciéndole servir a Dios cuanto quería, mucho rezongaba. Pero mientras que esta cuestión se dirimía entre el diablo de Rústico y el infierno de Alibech, por el demasiado deseo de uno y el poco poder

---

[105] Continúa la metáfora sexual.

del otro, sucedió que hubo un fuego en Cafsa en el que en la propia casa ardió el padre de Alibech con cuantos hijos y demás familia tenía; por lo que, Alibech quedó heredera de todos sus bienes. Debido a ello un joven llamado Neerbale, habiendo gastado todos sus haberes en magnificencias, oyendo que ésta estaba viva, poniéndose a buscarla y encontrándola antes de que el fisco se apropiase de los bienes que habían sido del padre, como de hombre muerto sin herederos, la volvió a llevar a Cafsa con gran placer de Rústico y contra la voluntad de ella, y la tomó por mujer, y con ella fue heredero de su gran patrimonio. Pero preguntándole las mujeres que en qué servía a Dios en el desierto, no habiéndose todavía Neerbale acostado con ella, repuso que le servía metiendo al diablo en el infierno y que Neerbale había cometido un gran pecado con haberla arrancado de tal servicio.

Las mujeres preguntaron:

—¿Cómo se mete al diablo en el infierno?

La joven, entre palabras y gestos, se lo mostró; de lo que tanto se rieron que todavía se ríen, y dijeron:

—No estés triste, hija, no, que eso también se hace bien aquí, Neerbale bien servirá contigo a Dios Nuestro Señor en eso.

Luego, diciéndoselo una a otra por toda la ciudad, hicieron famoso el dicho de que el más agradable servicio que a Dios pudiera hacerse era meter al diablo en el infierno; el cual dicho, pasado a este lado del mar, todavía se oye. Y por ello vosotras, jóvenes damas, que necesitáis la gracia de Dios, aprended a meter al diablo en el infierno, porque ello es cosa muy grata a Dios y agradable para las partes, y mucho bien puede nacer de ello y seguirse.

Fray Alberto convence a una mujer de que el arcángel Gabriel está enamorado y, como si fuera él, se acuesta muchas veces con ella, luego, por miedo a los parientes de ella, huyendo de su casa se refugia en casa de un hombre pobre, el cual, como a un hombre salvaje, lo lleva al día siguiente a la plaza; donde, reconocido, sus frailes lo apresan y lo encarcelan.

HABÍA hecho saltar muchas veces las lágrimas a sus compañeras la historia contada por Fiameta, pero estando ya completa, el rey con inconmovible gesto dijo:

—Poco precio me parecería tener que dar mi vida por la mitad del deleite que Ghismunda gozó con Guiscardo, y ninguna de vosotras debe maravillarse, como sea que yo, viviendo, siento a cada paso mil muertes, y por todas ellas no me es dada una sola mínima parte de deleite. Pero dejando estar mis asuntos en su estado por el momento, quiero que, sobre duros casos, y en parte semejantes a mis peripecias, siga hablando Pampinea; la cual, si continúa como ha comenzado Fiameta, sin duda algún rocío comenzaré a sentir caer sobre mis llamas.

Pampinea, oyendo que aquella orden le concernía a ella, comprendió mejor el ánimo de sus compañeras por su emoción que el del rey por sus palabras y por ello, más dispuesta a recrearlas un poco que a tener —salvo únicamente por el mandato— que contentar al rey, se dispuso a contar una historia que, sin salir de lo propuesto, las hiciera reír, y comenzó:

Acostumbra el pueblo a decir el proverbio siguiente: «Quien es malvado y por bueno tenido, puede hacer el mal y no es creído»; el cual me proporciona amplia materia para hablar sobre lo que me ha sido propuesto, e incluso para demostrar cuánta y cuál sea la hipocresía de los religiosos, los cuales con las ropas largas y amplias y con los rostros artificialmente pálidos y con las voces humildes y mansas para pedir a otros, y altanerísimos y ásperos al reprender a los otros sus mismos vicios y en mostrarles que ellos consiguen la salvación por coger y los demás por darles a ellos, y además de ello, no como hombres tengan que ganar el paraíso como nosotros, sino casi como señores y poseedores de él dando a cada uno que muere un lugar más o menos excelente, según la cantidad de los dineros que les deja, con esto se esfuerzan en engañar primero a sí mismos, si así lo creen, y luego a quienes dan fe a sus palabras. Sobre los cuales, si cuanto les conviene me fuera permitido demostrar, pronto le aclararía a muchos simples lo que tienen escondido en sus anchísimas capas. Pero quisiera Dios que en todas sus mentiras a todos les sucediese lo que a un fraile menor, nada joven, sino de aquellos que eran tenidos como mayores santones en Venecia; sobre el cual sumamente me place hablar para tal vez aliviar un tanto con risa y con placer vuestros ánimos llenos de compasión por la muerte de Ghismunda.

Hubo, pues, valerosas señoras, en Ímola, un hombre de malvada y corrupta vida que fue llamado Berto de la Massa, cuyas vituperables acciones muy conocidas por los imolenses, a tanto le llevaron que no había en Imola quien le creyese no ya la mentira sino la verdad; por lo que, apercibiéndose de que allí ya sus artimañas no le servían, como desesperado se mudó a Venecia, receptáculo de toda inmundicia[106], y allí pensó encontrar otra manera para su mal obrar de lo que había hecho en otra parte. Y como si le remordiese la conciencia por las malvadas acciones cometidas por él en el pasado, mostrándose embargado por suma humildad y convertido en mejor católico que ningún otro hombre, fue y se hizo fraile menor y se hizo llamar fray Alberto de Ímola; y en tal hábito comenzó a hacer en apariencia una vida sacrificada y a alabar mucho la penitencia y la abstinencia, y nunca comía carne ni bebía vino cuando no había el que le gustaba.

Y sin apercibirse casi nadie, de ladrón, de rufián, de falsario, de homicida, súbitamente se convirtió en un gran predicador sin haber por ello abandonado los susodichos vicios cuando ocultamente pudiera ponerlos en obra. Y además de ello, haciéndose sacerdote, siempre en el altar,

---

[106] La fama de corrupción de que gozó Venecia en el siglo XVI y XVII parece que existía ya en el XIV. Boccaccio manifiesta en varias ocasiones su animadversión por esta República, que fue rival de Florencia en el comercio y aliada con Génova, a su vez enemiga de Pisa y de Florencia.

cuando celebraba, si muchos lo veían, lloraba por la pasión del Señor como a quien poco le costaban las lágrimas cuando lo quería. Y en breve, entre sus predicaciones y sus lágrimas, supo de tal manera engatusar a los venecianos que casi de todo testamento que allí se hacía era fideicomisario y depositario, y guardador de los dineros de muchos, confesor y consejero casi de la mayoría de los hombres y de las mujeres; y obrando así, de lobo se había convertido en pastor, y era su fama de santidad en aquellas partes mucho mayor que nunca había sido la de San Francisco de Asís. Ahora, sucedió que una mujer joven, mema y boba, que se llamaba doña Lisetta de los Quirino[107], casada con un rico mercader que había ido con sus galeras a Flandes, fue con otras mujeres a confesarse con este santo fraile; y estando a sus pies, como veneciana que era, que son todos unos vanidosos, habiendo dicho una parte de sus asuntos, fue preguntada por fray Alberto si tenía algún amante. Y con mal gesto le respondió:

—Ah, señor fraile, ¿no tenéis ojos en la cara? ¿Os parecen mis encantos hechos como los de esas otras? Demasiados amantes tendría, si quisiera; pero no son mis encantos para dejar que los ame un tal o un cual ¿A cuántas veis cuyos encantos sean como los míos, yo que sería hermosa en el paraíso?

Y además de esto dijo tantas cosas de esta hermosura suya que era un fastidio oírla. Fray Alberto conoció de inmediato que aquélla olía a necia, y pareciéndole terreno abonado, se enamoró de ella súbitamente y con desmesura; pero guardando las alabanzas para momento más cómodo, para mostrarse santo aquella vez, comenzó a reprenderla y a decirle que aquello era vanagloria, y otras de sus

---

[107] Los Quirino eran antiguos nobles venecianos y en su familia se dieron varias Isabeles o Elisabettas.

historias; por lo que la mujer le dijo que era un animal y que no sabía que había hermosuras mayores que otras, por lo que fray Alberto, no queriéndola enojar demasiado, terminada la confesión, la dejó irse con las demás.

Y unos días después, tomando un fiel compañero, se fue a casa de doña Lisetta y, retirándose aparte a una sala con ella y sin poder ser visto por otros, se le arrodilló delante y dijo:

—Señora, os ruego por Dios que me perdonéis de lo que os dije el domingo, hablándome vos de vuestra hermosura, por lo que tan fieramente fui castigado la noche siguiente que no he podido levantarme de la cama hasta hoy.

Dijo entonces doña Trulla:

—¿Y quién os castigó así?

Dijo fray Alberto:

—Os lo diré: estando en oración durante la noche, como suelo estar siempre, vi súbitamente en mi celda un gran esplendor, y antes de que pudiera volverme para ver lo que era, me vi encima un joven hermosísimo con un grueso bastón en la mano, el cual, cogiéndome por la capa y haciéndome levantar, tanto me pegó que me quebrantó todo. Le pregunté después por qué me había hecho aquello, y respondió: «Porque hoy te has atrevido a reprender los celestiales encantos de doña Lisetta, a quien amo, Dios aparte, sobre todas las cosas». Y yo entonces pregunté: «¿Quién sois vos?». A lo que respondió él que era el arcángel Gabriel. «Oh, señor mío, os ruego que me perdonéis», dije yo. Y él dijo entonces: «Te perdono con la condición de que irás a verla en cuanto puedas, y pídele perdón; y si no te perdona, yo volveré aquí y te daré tantos que lo sentirás mientras vivas». Lo que me dijo después no me atrevo a decíroslo si no me perdonáis primero.

Doña Cabezahueca[108], gozaba grandemente oyendo estas palabras y las creía todas veracísimas, y luego de un poco dijo:

—Bien os decía yo, fray Alberto, que mis encantos eran celestiales; pero así Dios me ayude, me da lástima de vos, y hasta ahora, para que no os hagan más daño, os perdono, si verdaderamente me decís lo que el ángel os dijo después.

Fray Alberto dijo:

—Señora, pues que me habéis perdonado, os lo diré de buen grado, pero una cosa os recuerdo, que lo que yo os diga os guardéis de decirlo a ninguna persona del mundo, si no queréis estropear vuestros asuntos, que sois la más afortunada mujer que hay hoy en el mundo. Este ángel Gabriel me dijo que os dijera que le gustáis tanto que muchas veces habría venido a estar por la noche con vos si no hubiera sido por no asustaros. Ahora, os manda decir por mí que quiere venir una noche a veros y quedarse con vos un buen rato; y porque como es un ángel y viniendo en forma de ángel no lo podríais tocar, dice que por deleite vuestro quiere venir en figura de hombre, y por ello dice que le mandéis decir cuándo queréis que venga y en forma de quién, y que lo hará; por lo que vos, más que ninguna mujer viva, os podréis tener por feliz.

Doña Bobalicona dijo entonces que mucho le placía si el ángel Gabriel la amaba, porque ella lo quería bien, y nunca sucedía que no le encendiera delante de donde le viese pintado una vela de un matapán[109]; y que cuando quisiera venir a ella era bien venido, que la encontraría sola en su alcoba; pero con el pacto de que no fuese a dejarla por la Virgen María, que le habían dicho que la quería

---

[108] En el italiano original dice literalmente «calabaza escasa de sal». Sal es metáfora de «inteligencia» en el italiano coloquial, como calabaza lo es de «cabeza». Es similar a nuestra expresión «cabeza hueca o vacía».

[109] Moneda veneciana de plata.

mucho, y también lo parecía así porque en cualquier sitio que lo veía estaba arrodillado delante de ella; y además de esto, que era cosa suya venir en la forma que quisiese, siempre que no la asustara.

Entonces dijo fray Alberto:

—Señora, habláis sabiamente, y yo arreglaré bien con él lo que me decís. Pero podéis hacerme un gran favor, y no os costará nada y el favor es éste: que queráis que venga en este cuerpo mío. Y escuchad por qué me haréis un favor: que me sacará el alma del cuerpo y la pondrá en el paraíso, y cuanto él esté con vos tanto estará mi alma en el paraíso.

Dijo entonces doña Necia:

—Bien me parece; quiero que por los azotes que os dio por mi causa, que tengáis este consuelo.

Entonces dijo fray Alberto:

—Así, haréis que esta noche encuentre él la puerta de vuestra casa de manera que pueda entrar, porque viniendo en cuerpo humano como vendrá, no podrá entrar sino por la puerta.

La mujer repuso que lo haría. Fray Alberto se fue y ella se quedó con tan gran alborozo que no le llegaba la camisa al cuerpo, mil años pareciéndole hasta que el arcángel Gabriel viniera a verla. Fray Alberto, pensando que tenía que ser por la noche caballero y no ángel, empezó a fortalecerse con confites y otras buenas cosas, para que fácilmente no pudiera ser arrojado del caballo; y conseguido el permiso, al hacerse de noche, se fue con un compañero a casa de una amiga suya de donde otra vez había arrancado cuando andaba corriendo las yeguas, y de allí, cuando le pareció oportuno, disfrazado, se fue a casa de la mujer y, entrando en ella, con los aparejos que había llevado, en ángel se transfiguró, y subiendo arriba, entró en la cámara de la mujer. La cual, cuando vio aquella cosa tan blanca, se le arrodilló delante, y el ángel la bendijo y la hizo ponerse en pie, y le hizo señal de que se fuese a la cama; lo que ella, deseosa de obedecer, hizo prestamente, y el ángel después se acostó con su devota.

Era fray Alberto hermoso de cuerpo y robusto, y muy bien plantado; por lo cual, encontrándose con doña Lisetta, que era fresca y mórbida, distinto yacimiento haciéndole que el marido, muchas veces aquella noche voló sin alas, de lo que ella se consideró muy contenta; y además de ello, le dijo muchas cosas de la gloria celestial. Luego, acercándose el día, organizando el retorno, fuera se salió con sus arneses y volvió junto a su compañero, al cual, para que no tuviese miedo durmiendo solo, la sirvienta de la casa había hecho amigable compañía. La mujer, en cuanto almorzó, tomando sus acompañantes, se fue adonde fray Alberto y le dio noticias del ángel Gabriel y de lo que le había contado de la gloria y la vida eterna, y cómo era él, añadiendo además a esto, maravillosas fábulas.

A la que fray Alberto dijo:

—Señora, yo no sé cómo os fue con él; lo que sé bien es que esta noche, viniendo él a mí y habiéndole yo dado vuestro mensaje, me llevó súbitamente el alma entre tantas flores y tantas rosas que nunca se han visto tantas aquí, y me estuve en uno de los lugares más deleitosos que nunca hubo hasta esta mañana a maitines: lo que pasó de mi cuerpo, no lo sé.

—¿No os lo he dicho yo? —dijo la señora—. Vuestro cuerpo estuvo toda la noche en mis brazos con el ángel Gabriel, y si no me creéis miraos bajo la teta izquierda, donde le di un beso grandísimo al ángel, tal que allí tendréis la señal unos cuantos días.

Dijo entonces fray Alberto:

—Bien haré hoy algo que no he hecho hace mucho tiempo, que me desnudaré para ver si me decís verdad.

Y luego de mucho charlar, la mujer se volvió a casa; a donde en figura de ángel fray Alberto fue luego muchas veces sin encontrar ningún obstáculo. Pero sucedió un día que, estando doña Lisetta con una comadre suya y juntas hablando sobre la hermosura, para poner la suya delante de ninguna otra, como quien poco seso tenía en la mollera, dijo:

—Si supierais a quién le gusta mi hermosura, en verdad que no hablaríais de las demás.

La comadre, deseosa de oírla, como quien bien la conocía, dijo:

—Señora, podréis decir verdad; sin embargo, no sabiendo quién sea él, no puede uno desdecirse tan ligeramente.

Entonces la mujer, que poco meollo tenía, dijo:

—Comadre, no puede decirse, pero con quien me entiendo es con el ángel Gabriel, que me ama más que a sí mismo como a la mujer más hermosa, por lo que él me dice, que haya en el mundo o en la Marisma[110].

A la comadre le dieron entonces ganas de reírse, pero se contuvo para hacerla hablar más, y dijo:

—A fe, señora, que si el ángel Gabriel se entiende con vos y os dice esto debe ser así, pero no creía yo que los ángeles hacían estas cosas.

Dijo la mujer:

—Comadre, estáis equivocada, por las llagas de Dios: lo hace mejor que mi marido, y me dice que también se hace allá arriba; pero porque le parezco más hermosa que ninguna de las que hay en el cielo se ha enamorado de mí y se viene a estar conmigo muchas veces; ¿está claro?

La comadre, cuando se fue doña Lisetta, se le hicieron mil años hasta que estuvo en un lugar donde poder contar estas cosas; y reuniéndose en una fiesta con una gran

---

[110] Zona costera de la Toscana de extensión muy limitada y poco conocido, lo que pone en evidencia la ignorancia de la mujer.

compañía de mujeres, les contó en detalle la historia. Estas mujeres se lo dijeron a sus maridos y a otras mujeres, y éstas a otras, y así en menos de dos días toda Venecia estuvo enterada de esto. Pero entre aquellos a cuyos oídos llegó, estaban los cuñados de ella, los cuales, sin decir nada, se propusieron encontrar a aquel arcángel y ver si sabía volar: y muchas noches estuvieron al acecho.

Sucedió que de este anuncio algún rumorcillo llegó a oídos de fray Alberto; el cual, yendo una noche para reprender a la mujer, apenas se había desnudado cuando los cuñados de ella, que le habían visto venir, fueron a la puerta de su alcoba para abrirla. Lo que, oyendo fray Alberto, y entendiendo lo que era, levantándose y no viendo otro refugio, abrió una ventana que sobre el gran canal daba y desde allí se arrojó al agua. La hondura era bastante y él sabía nadar bien así que ningún daño se hizo; y nadando hasta la otra parte del canal, se metió prestamente en una casa que había abierta, rogando a un buen hombre que había dentro que por amor de Dios le salvase la vida, contando fábulas de por qué estaba allí a aquella hora y desnudo. El buen hombre, compadecido, como tenía que salir a hacer sus asuntos, lo metió en su cama y le dijo que se estuviese allí hasta su vuelta; y encerrándolo dentro, se fue a sus cosas.

Los cuñados de la mujer, entrando en la alcoba, se encontraron con que el ángel Gabriel, habiendo dejado allí las alas, había volado, por lo que, como burlados, dijeron gravísimas injurias a la mujer, y por fin la dejaron desconsoladísima en paz y se volvieron a su casa con los arneses del arcángel.

Entretanto, clareando el día, estando el buen hombre en Rialto, oyó contar cómo el ángel Gabriel había ido por la noche a acostarse con doña Lisetta, y, encontrado por los cuñados, se había arrojado al canal por miedo y no se sabía qué había sido de él; por lo que rápidamente pensó que aquel que tenía en casa debía de ser él; y volviendo allí y reconociéndolo, luego de muchas historias, llegó con él al acuerdo de que si no quería que lo entregase a los cuñados, le diese cincuenta ducados; y así se hizo.

Y después de esto, deseando fray Alberto salir de allí, le dijo el buen hombre:

—No hay modo alguno, excepto uno si lo queréis. Hoy hacemos nosotros una fiesta a la que unos llevan a un hombre vestido de oso y otros a uno disfrazado de hombre salvaje y quién de una cosa y quién de otra, y en la plaza de San Marcos se hace una cacería[111], terminada la cual se termina la fiesta; y luego cada uno se va con quien ha llevado donde le guste; si queréis, antes de que pueda descubrirse que estáis aquí, que yo os lleve de alguna de estas maneras, os podré llevar donde queráis; de otro modo, no veo cómo podréis salir sin ser reconocido; y los cuñados de la señora, pensando que estáis en algún lugar de aquí dentro, han puesto por todas partes guardias para cogeros.

Aunque duro le pareciese a fray Alberto ir de tal guisa, a pesar de todo le indujo a hacerlo el miedo que tenía a los parientes de la mujer, y le dijo a aquél adónde debía llevarlo: y que se contentaba de cómo le llevase. Éste, habiéndole ya untado todo con miel y recubierto encima con pequeñas plumas, y habiéndole puesto una cadena al cuello y una máscara en la cara, y habiéndole dado para una mano un gran bastón y para la otra dos grandes perros

---

[111] Estas cacerías eran juegos festivos que se celebraban, en la Edad Media, en la plaza de San Marcos el jueves de Carnaval. Se lanzaban a ella jabalíes y, en presencia del dogo y los patricios que las contemplaban desde las ventanas del palacio ducal, los cazadores perseguían (llevando perros) a los jabalíes, los mataban a cuchilladas y les cortaban la cabeza. La carne la distribuían al pueblo que participaba, entusiasmado, en la cacería y llenaba la plaza.

que había llevado del matadero, mandó a uno a Rialto a que pregonase que si alguien quería ver al ángel Gabriel subiese a la plaza de San Marcos. Y fue lealtad veneciana ésta.

Y hecho esto, luego de un rato, lo sacó fuera y lo puso delante de él, y andando detrás sujetándolo por la cadena, no sin gran alboroto de muchos, que decían todos: «¿Qué es eso? ¿Qué es eso?», lo llevó hasta la plaza donde, entre los que habían venido detrás y también los que, al oír el pregón, se habían venido desde Rialto, había un sinfín de gente. Éste, llegado allí, en un lugar destacado y alto, ató a su hombre salvaje a una columna, fingiendo que esperaba la caza, al cual daban grandísima molestia las moscas y los tábanos, porque estaba untado de miel.

Pero luego que vio la plaza bien llena de gente, haciendo como que quería desatar a su salvaje, le quitó la máscara a fray Alberto, diciendo:

—Señores, pues que el jabalí no viene a la caza, y no puede hacerse, para que no hayáis venido en vano quiero que veáis al arcángel Gabriel, que del cielo desciende a la tierra por las noches para consolar a las mujeres venecianas.

Al quitarle la máscara fue fray Alberto de inmediato reconocido por todos y contra él se elevaron los gritos de todos, diciéndole las más injuriosas palabras y la mayor infamia que nunca se dijo a ningún bribón, y, además de esto, arrojándole a la cara quién una porquería y quién otra; y así le tuvieron durante muchísimo tiempo, hasta tanto que por azar llegando la noticia a sus frailes, hasta seis de ellos poniéndose en camino llegaron allí, y, echándole una capa encima y desencadenándolo, no sin grandísimo alboroto detrás lo llevaron hasta su casa, donde encarcelándolo, después de vivir míseramente se cree que murió. Así éste, tenido por bueno y obrando el mal, no siendo creído, se atrevió a hacer de arcángel Gabriel; y de él convertido en hombre salvaje, con el tiempo, como lo había merecido, vituperado, sin provecho lloró los pecados cometidos. Plazca a Dios que a todos los demás les suceda lo mismo.

Los hermanos de Isabetta matan a su amante, éste se le aparece en sueños y le muestra dónde está enterrado; ella ocultamente desentierra su cabeza y la pone en un tiesto de albahaca y como llora sobre él todos los días durante mucho tiempo, sus hermanos se lo quitan y ella se muere de dolor poco después.

TERMINADA la historia de Elisa y alabada por el rey durante un rato, le fue ordenado a Filomena que contase: la cual, llena de compasión por el mísero Gerbino y su señora, después de un piadoso suspiro, comenzó:

Mi historia, graciosas señoras, no será sobre gentes de tan alta condición como fueron aquéllas sobre quienes

Elisa ha hablado, pero acaso no será menos digna de lástima; y a acordarme de ella me trae Mesina, hace poco recordada, donde sucedió el caso.

Había, pues, en Mesina tres jóvenes hermanos y mercaderes, hombres que habían quedado siendo bastante ricos después de la muerte de su padre, que era de San Gimigniano, y tenían una hermana llamada Elisabetta, joven muy hermosa y cortés, a quien, fuera cual fuese la razón, todavía no habían casado. Y tenían además estos tres hermanos, en un almacén suyo, a un mozo de Pisa llamado Lorenzo, que dirigía y realizaba todos sus asuntos, el cual, siendo muy hermoso físicamnte y muy gallardo, habiéndolo muchas veces visto Isabetta, sucedió que empezó a gustarle extraordinariamente, de lo que Lorenzo se percató y una vez y otra, abandonando todos sus otros amoríos, de igual manera comenzó a poner en ella el ánimo; y de tal modo anduvo el asunto que, gustándose el uno al otro igualmente, no pasó mucho tiempo sin que se atrevieran a hacer lo que los dos más deseaban.

Y continuando en ello y pasando juntos muchos buenos ratos y placenteros, no supieron obrar tan secretamente que una noche, yendo Isabetta calladamente allí donde Lorenzo dormía, el mayor de los hermanos, sin advertirlo ella, no lo descubriese; el cual, porque era un prudente joven, aunque le fue muy doloroso enterarse de aquello, movido por muy honesto propósito, sin hacer un ruido ni decir cosa alguna, dándole vuelta a varios pensamientos sobre aquel asunto, esperó a la mañana siguiente. Después, venido el día, contó a sus hermanos lo que había visto la pasada noche entre Isabetta y Lorenzo, y junto con ellos, después de largo consejo, decidió para que sobre su hermana no cayese ninguna infamia, pasar aquello en silencio y fingir no haber visto ni sabido nada de ello hasta que llegara el momento en que, sin daño ni deshonra suya, pudiesen lavar esta afrenta antes de que fuese a más. Y quedando en tal disposición charlando y riendo con Lorenzo tal como acostumbraban, sucedió que fingiendo irse fuera de la ciudad para solazarse llevaron los tres consigo a Lorenzo; y llegados a un lugar muy solitario y remoto, viéndose con ventaja, mataron a Lorenzo, que de aquello nada recelaba, y lo enterraron de manera que nadie pudiera percatarse; y vueltos a Mesina corrieron la voz de que lo habían mandado a algún lugar, lo que fácilmente fue creído porque muchas veces solían enviarlo de viaje.

No volviendo Lorenzo, e Isabetta preguntando por él a sus hermanos muy frecuente y solícitamente, como a quien la larga tardanza le pesaba, sucedió un día que preguntándole ella muy insistentemente, uno de sus hermanos le dijo:

—¿Qué quiere decir esto? ¿Qué tienes que ver tú con Lorenzo que me preguntas por él tanto? Si vuelves a preguntarnos te daremos la contestación que mereces.

Por lo que la joven, doliente y triste, temerosa y no sabiendo de qué, dejó de preguntarles, y muchas veces lo llamaba lastimeramente por la noche y le pedía que viniese, y algunas veces se quejaba con muchas lágrimas de su larga ausencia y estaba siempre esperándolo sin consolarse.

Sucedió una noche que, habiendo llorado mucho a Lorenzo que no volvía y habiéndose al fin quedado dormida, Lorenzo se le apareció en sueños, pálido y todo despeinado, y con las ropas desgarradas y podridas, y le pareció que le dijo:

—Oh, Isabetta, no haces más que llamarme y te entristeces por mi larga tardanza y me acusas duramente con tus lágrimas; y por ello, has de saber que no puedo volver ahí, porque tus hermanos me mataron el último día que me viste.

Y describiéndole el lugar donde lo habían enterrado, le dijo que no lo llamase más ni lo esperase. La joven, despertándose y dando fe a la visión, lloró amargamente; después, levantándose por la mañana, no atreviéndose a decir nada a sus hermanos, se propuso ir al lugar que le había sido mostrado y ver si era verdad lo que en sueños se le había aparecido. Y obteniendo permiso de sus hermanos para salir algún tiempo de la ciudad a pasearse en compañía de una que otras veces con ellos había estado y todos sus asuntos sabía, lo antes que pudo allá se fue, y apartando las hojas secas que había en el suelo, donde la tierra le pareció menos dura allí cavó; y no había cavado mucho cuando encontró el cuerpo de su mísero amante en nada estropeado ni corrompido; por lo que claramente supo que su visión había sido verdadera. Más afligida por ello que mujer alguna, conociendo que no era aquél un lugar de llantos, si hubiera podido todo el cuerpo se hubiese llevado para darle sepultura más conveniente; pero viendo que no podía ser, con un cuchillo lo mejor que pudo le separó la cabeza del tronco y, envolviéndola en una toalla y arrojando la tierra sobre el resto del cuerpo, poniéndosela en el regazo a la criada, sin ser vista por nadie, se fue de allí y se volvió a su casa.

Allí, encerrándose en su alcoba con esta cabeza, sobre ella lloró larga y amargamente hasta que la lavó con sus lágrimas, dándole mil besos en todas partes. Luego cogió un tiesto grande y hermoso, de esos donde se planta la mejorana o la albahaca, y la puso dentro envuelta en un hermoso paño, y luego, poniendo encima la tierra, sobre ella plantó algunas matas de hermosísima albahaca salernitana[112], y no la regaba con ninguna otra agua sino con agua de rosas o de azahares o con sus lágrimas; y había tomado la costumbre de estar siempre cerca de este tiesto, y de cuidarlo con todo su afán, como que tenía oculto a su Lorenzo, y luego de que lo había cuidado mucho,

---

[112] *«Salernitana»*: de Salerno. Probablemente, corrupción de *selemontana*. La expresión *bassílico-selemontano* aparece en la balada que recoge G. Carducci en su libro *«Cantilene e ballate dei secoli XIII e XIV»* (1871), que es la inspiración de esta novela.

poniéndose junto a él, empezaba a llorar, y lloraba mucho tiempo, hasta que humedecía toda la albahaca. La albahaca, tanto por la larga y continua solicitud como por la riqueza de la tierra procedente de la cabeza corrompida que en ella había, se puso hermosísima y muy olorosa.

Y continuando la joven siempre de esta manera, muchas veces la vieron sus vecinos; los cuales, al maravillarse sus hermanos de su estropeada hermosura y de que los ojos parecían salírsele de la cara, les dijeron:

—Nos hemos apercibido de que todos los días actúa de tal manera.

Lo que, oyendo sus hermanos y advirtiéndolo ellos, habiéndola reprendido alguna vez y no sirviendo de nada, ocultamente hicieron quitarle aquel tiesto. Y no encontrándolo ella, con grandísima insistencia lo pidió muchas veces, y no devolviéndoselo, no cesando en el llanto y las lágrimas, enfermó y en su enfermedad no pedía otra cosa que el tiesto. Los jóvenes se maravillaron mucho de esta petición y por ello quisieron ver lo que había dentro; y vertida la tierra vieron el paño y en él la cabeza todavía no tan consumida que en el cabello rizado no conocieran que era la de Lorenzo. Por lo que se maravillaron mucho y temieron que aquello se supiera; y enterrándola sin decir nada salieron de Mesina a escondidas y ordenando la manera de irse de allí se fueron a Nápoles. No dejando de llorar la joven y siempre pidiendo su tiesto murió llorando y así tuvo fin su desventurado amor; pero después de cierto tiempo, siendo esto sabido por muchos hubo alguien que compuso aquella canción que todavía se canta hoy y dice:

Quién sería el mal cristiano
que el albahaquero me robó, etc[113].

---

[113] La canción a que pertenecen estos versos es, efectivamente, una canción popular napolitana y se conocen de ella varias versiones, de las cuales ninguna hace referencia al trágico amor que es el tema de esta novela y que se considera

que fue imaginado por Boccaccio partiendo de la canción, que habla del olor de la albahaca.

La mujer de un médico, considerándolo muerto, mete a su amante narcotizado en un arcón que, con él dentro, se llevan dos usureros a su casa; al recobrar el sentido, es apresado por ladrón; la criada de la señora cuenta a la señoría que ella lo había puesto en el arcón robado por los usureros, con lo que se salva de la horca, y los prestamistas son condenados a pagar una multa por haber robado el arca.

SOLAMENTE le quedaba por cumplir su labor a Dioneo, habiendo ya terminado el rey su relato; el cual, conociéndolo y siéndole ya ordenado por el rey, comenzó:

GIOVANNI BOCCACCIO

Las desdichas de los infelices amantes aquí contadas, no sólo a vosotras, señoras, sino también a mí, me han entristecido los ojos y el corazón, por lo que sumamente he deseado que se terminase con ellas. Ahora, alabado sea Dios, que han terminado —salvo si yo quisiera a esta malvada mercancía añadir una propina, de lo que Dios me libre—, sin seguir más adelante en tan dolorosa materia, comenzaré una más alegre y mejor, tal vez sirviendo de buena orientación a lo que en la siguiente jornada debe contarse.

Debéis, pues, saber, hermosísimas jóvenes, que todavía no hace mucho tiempo hubo en Salerno un grandísimo médico cirujano, cuyo nombre fue maestro Mazzeo de la Montagna[114], el cual, ya cerca de sus últimos años, habiendo tomado por mujer a una hermosa y noble joven de su ciudad, la tenía provista de lujosos y ricos vestidos y de otras joyas y de todo lo que a una mujer puede agradar más; es verdad que ella la mayor parte del tiempo estaba resfriada[115], como quien no estaba en la cama bien cubierta por el marido. El cual, como micer Ricciardo de Chínzica[116], de quien hemos hablado, enseñaba a la suya las fiestas y los ayunos, éste le explicaba a ella que por acostarse con una mujer una vez tenía necesidad de descanso no sé cuántos días, y otras chanzas; con lo que ella vivía muy descontenta, y como prudente y de ánimo valeroso, para poder ahorrarle trabajos al de la casa se dispuso a echarse a la calle y a desgastar a alguien ajeno, y habiendo mirado a muchos y muchos jóvenes, al fin uno le llegó al alma, en el que puso toda su esperanza, todo su ánimo y todo su bien. Lo que, advirtiéndolo el joven y

---

[114] Se trata de Matteo Selvático que, en 1317, dedicó al rey Roberto de Anjou una enciclopedia médica titulada «*Liber cibalis et medicinalis pandectarum*».
[115] Las expresiones «resfriada» y «mal cubierta» tienen un evidente doble sentido y fueron ampliamente usadas en la terminología erótica de la época
[116] Personaje aparecido en la novela décima de la jornada II.

gustándole mucho, semejantemente a ella volvió todo su amor. Se llamaba éste Ruggeri de los Aieroli, noble de nacimiento, pero de mala vida y de reprobable estado hasta el punto de que ni pariente ni amigo le quedaba que le quisiera bien o que quisiera verle, y por todo Salerno se le culpaba de latrocinios y de otras vilísimas maldades; de lo que poco se preocupó la mujer, gustándole por otras cosas.

Y con una criada suya tanto lo preparó, que estuvieron juntos; y después de que de algún placer disfrutaron, la mujer le comenzó a reprochar su vida pasada y a rogarle que, por amor de ella, se apartase de aquellas cosas; y para darle ocasión de hacerlo empezó a proporcionarle de vez en cuando una cantidad de dinero. Y de esta manera, persistiendo juntos muy discretamente, sucedió que al médico le pusieron entre las manos un enfermo que tenía dañada una de las piernas. El maestro habiendo visto en mal estado a éste, dijo a sus parientes que, si no se le extraía un hueso podrido que tenía en la pierna, tendría con certeza aquél o que cortarse toda la pierna o que morirse; y si le sacaba el hueso podía curarse, pero que si no se le daba por muerto[117], él no lo recibiría; con lo que, poniéndose de acuerdo todos los de su parentela, así se lo entregaron.

El médico, juzgando que el enfermo sin ser narcotizado no soportaría el dolor ni se dejaría intervenir, debiendo esperar hasta el atardecer para aquel servicio, hizo por la mañana destilar un agua de cierto compuesto suyo que debía dormirle tanto cuanto él creía que iba a hacerlo sufrir al curarlo; y haciéndola traer a casa la puso en una ventanuca de su alcoba, sin decir a nadie lo que era. Llegada la hora del crepúsculo, debiendo el maestro ir con aquél, le llegó un mensaje de ciertos muy grandes amigos

---

[117] Los médicos se aseguraban con este trámite que no habría venganza por parte de los familiares del enfermo si la operación no tenía éxito.

suyos de Amalfi de que por nada dejase de ir inmediatamente allí, porque había habido una gran riña y muchos habían sido heridos.

El médico, dejando para la mañana siguiente la cura de la pierna, subiendo a una barquita, se fue a Amalfi; por lo cual su mujer, sabiendo que por la noche no iba a volver a casa, ocultamente como acostumbraba, hizo venir a Ruggeri y lo metió en su alcoba, y lo cerró dentro hasta que algunas otras personas de la casa se fueran a dormir. Quedándose, pues, Ruggeri en la alcoba y esperando a la señora, teniendo —o por trabajos sufridos durante el día o por comidas saladas que hubiera comido, o tal vez por costumbre— una grandísima sed, vino a ver en la ventana aquella garrafita de agua que el médico había hecho para el enfermo, y creyéndola agua de beber, llevándosela a la boca, la bebió toda; y no había pasado mucho cuando le dio un gran sueño y se durmió.

La mujer, lo antes que pudo se fue a su alcoba y, encontrando a Ruggeri dormido, empezó a sacudirlo y a decirle en voz baja que se pusiese en pie, pero como si nada: no respondía ni se movía un punto; por lo que la mujer, algo enfadada, lo sacudió con más fuerza, diciendo:

—Levántate, dormilón, que si querías dormir, donde debías ir es a tu casa y no venir aquí.

Ruggeri, así empujado, se cayó al suelo desde un arcón sobre el que estaba y no dio ninguna señal de vida, sino la que hubiera dado un cuerpo muerto; con lo que la mujer, un tanto asustada, empezó a querer levantarlo y menearlo más fuerte y a cogerlo por la nariz y a tirarle de la barba, pero no servía de nada: había atado el asno a una buena clavija[118]. Por lo que la señora empezó a temer que estuviera muerto, pero aun así le empezó a pellizcar fuertemente las carnes y a quemarlo con una vela encendida; por lo que

---

[118] Refrán italiano que significa dormir profundamente, similar a nuestra expresión «dormir como un tronco».

ella, que no era médica aunque médico fuese el marido, lo creyó muerto sin duda alguna, por lo que, amándolo sobre todas las cosas como hacía, si sintió dolor no hay que preguntárselo, y no atreviéndose a hacer ruido, comenzó a llorar sobre él en silencio y a dolerse de tal desventura. Pero después de un rato, temiendo añadir la deshonra a su desgracia, pensó que debía encontrar el modo de sacarlo de casa muerto como estaba sin demora, y no sabiendo cómo obrar, ocultamente llamó a su criada, y mostrándole su desgracia, le pidió consejo.

La criada, maravillándose mucho y meneándolo también ella y empujándolo, y viéndolo sin sentido, dijo lo mismo que decía la señora, es decir, que verdaderamente estaba muerto, y aconsejó que lo sacasen de casa.

A lo que la señora dijo:

—¿Y dónde podremos ponerlo que no se sospeche mañana cuando sea visto que de aquí dentro ha sido sacado?

A lo que la criada contestó:

—Señora, esta tarde ya de noche he visto, apoyada en la tienda del carpintero vecino nuestro, un arca no demasiado grande que, si el maestro no la ha metido en su casa, será muy a propósito lo que necesitamos porque dentro podemos meterlo, y darle dos o tres cuchilladas y dejarlo. Quien lo encuentre allí, no sé por qué más de aquí dentro que de otra parte vaya a creer que lo hayan llevado; antes se creerá, como ha sido tan malvado, que, yendo a cometer alguna fechoría, ha sido muerto por alguno de sus enemigos y luego metido en el arca.

Le agradó a la señora el consejo de la criada, salvo en lo de hacerle algunas heridas, diciendo que no podría por nada del mundo consentir que aquello se hiciese; y la mandó a ver si estaba allí el arca donde la había visto, y ella volvió y dijo que sí. La criada, entonces, que era joven y gallarda, ayudada por la señora, se echó a las espaldas a

Ruggeri y yendo la señora por delante para mirar si venía alguien, llegadas al arca, lo metieron dentro y, volviéndola a cerrar, se fueron.

Habían venido a vivir, hacía unos días más o menos, a una casa dos jóvenes que prestaban a usura, y deseosos de ganar mucho y de gastar poco, teniendo necesidad de muebles, el día antes habían visto aquella arca y convenido que si por la noche seguía allí se la llevarían a su casa. Y llegada la medianoche, salidos de casa, encontrándola, sin entrar en miramientos, prestamente, aunque les pareciese pesada, se la llevaron a casa y la dejaron junto a una alcoba donde sus mujeres dormían, sin cuidarse de colocarla bien entonces; y dejándola allí, se fueron a dormir.

Ruggeri, que había dormido un grandísimo rato y ya había digerido el bebedizo y agotado su virtud se despertó cerca de maitines; y al quedar el sueño roto y recuperar sus sentidos las fuerzas, sin embargo le quedó en el cerebro una estupefacción que lo tuvo aturdido no solamente aquella noche sino algunos días después; y abriendo los ojos y no viendo nada, y extendiendo las manos acá y allá, encontrándose en esta arca, comenzó a devanarse los sesos y a decirse:

—¿Qué es esto? ¿Dónde estoy? ¿Estoy dormido o despierto? Me acuerdo que esta noche he entrado en la alcoba de mi señora y ahora me parece estar en un arca. ¿Qué quiere decir esto? ¿Habrá vuelto el médico o sucedido otro accidente por lo cual la señora, mientras yo dormía, me ha escondido aquí? Eso creo, y seguro que así habrá sido.

Y por ello, comenzó a estarse quieto y a escuchar si oía alguna cosa, y estando así un gran rato, estando más bien a disgusto en el arca, que era pequeña, y doliéndole el costado sobre el que se apoyaba, queriendo volverse del otro lado, tan hábilmente lo hizo que, dando con los riñones contra uno de los lados del arca, que no estaba colocada sobre un piso nivelado, la hizo torcerse y luego caer; y al caer hizo un gran ruido, por lo que las mujeres que allí al lado dormían se despertaron y sintieron miedo, y por miedo se callaban. Ruggeri, por el caer del arca temió mucho, pero notándola abierta con la caída, quiso mejor, si otra cosa no sucedía, estar fuera que quedarse dentro. Y entre que él no sabía dónde estaba y una cosa y la otra, comenzó a andar a tientas por la casa, por ver si encontraba escalera o puerta por donde irse. Cuyo tantear sintiendo las mujeres, que estaban despiertas, comenzaron a decir:

—¿Quién hay ahí?

Ruggeri, no conociendo la voz, no respondía, por lo que las mujeres comenzaron a llamar a los dos jóvenes, los cuales, porque habían velado hasta tarde, dormían profundamente y nada de estas cosas sentían. Con lo que las mujeres, más asustadas, levantándose y asomándose a las ventanas, comenzaron a gritar:

—¡Al ladrón, al ladrón!

Debido a ello, por varios lugares muchos de los vecinos, quién arriba por los tejados, quién por una parte y quién por otra, corrieron a entrar en la casa, y los jóvenes, despertándose con este ruido, también se levantaron. Y a Ruggeri, el cual viéndose allí, como por el asombro fuera de sí, y sin poder ver de qué lado podría escaparse, pronto le echaron mano los guardias del rector de la ciudad, que ya habían corrido allí al ruido, y llevándolo ante el rector, porque era tenido por todos por malvadísimo, dándole tormento sin demora, confesó que había entrado en la casa de los prestamistas para robar; por lo que el rector pensó que sin mucha espera debía colgarlo.

Se corrió por la mañana por todo Salerno la noticia de que Ruggeri había sido preso robando en casa de los prestamistas, lo que oyendo la señora y su criada, fueron presa de tan grande y rara maravilla que cerca estaban de hacerse creer a sí mismas que lo que habían hecho la noche anterior no lo habían hecho, sino que habían soñado hacerlo; y además de ello, la señora sentía tal dolor por el peligro en que Ruggeri estaba que casi se volvía loca.

No mucho después del amanecer, habiendo retornado el médico de Amalfi, preguntó qué había sido de su agua, porque quería darla a su enfermo; y encontrándose la garrafa vacía hizo un gran alboroto diciendo que nada en su casa podía durar en su sitio.

La señora, que por otro dolor estaba azuzada, repuso airada diciendo:

—¿Qué haríais vos, maestro, por una cosa importante, cuando por una garrafita de agua vertida hacéis tanto alboroto? ¿Es que no hay más en el mundo?

A quien el maestro dijo:

—Mujer, te crees que era agua clara; no es así, sino que era un agua preparada para hacer dormir.

Y le contó la razón por la que la había hecho.

Cuando la señora oyó esto, se convenció de que Ruggeri se la había bebido y por ello les había parecido muerto, y dijo:

—Maestro, nosotras no lo sabíamos, así que haceos otra.

El maestro, viendo que de otro modo no podía ser, hizo hacer otra nueva. Poco después, la criada, que por orden de la señora había ido a saber lo que se decía de Ruggeri, volvió y le dijo:

—Señora, de Ruggeri todos hablan mal y, por lo que yo he podido oír, ni amigo ni pariente alguno hay que se haya movido o quiera moverse para ayudarlo; y se tiene por seguro que mañana el magistrado lo hará colgar. Y además de esto, voy a contaros una cosa curiosa, que me parece haber entendido cómo llegó a casa del prestamista; y oíd cómo. Bien conocéis al carpintero junto a quien estaba el arca donde le metimos: éste estaba hace poco con uno, de quien parece que era el arca, en la mayor riña del mundo, porque aquél le pedía los dineros por su arca, y el maestro respondía que él no había visto el arca, pues le había sido robada por la noche; al que aquél decía: «No es así sino que la has vendido a los dos jóvenes prestamistas, como ellos me dijeron cuando la vi en su casa cuando fue apresado Ruggeri». A quien el carpintero dijo: «Mienten ellos porque nunca se la he vendido, sino que la noche pasada me la habrán robado; vamos a donde ellos». Y así se fueron, de acuerdo, a casa de los prestamistas y yo me vine aquí, y como podéis ver, entiendo que de tal manera Ruggeri, fue transportado hasta donde fue encontrado; pero no puedo entender cómo resucitó allí.

La señora, entonces, comprendiendo perfectamente cómo había sido, dijo a la criada lo que había oído al médico, y le rogó que la ayudase para salvar a Ruggeri, como quien, si quería, a la vez podía salvar a Ruggeri y proteger su honor.

La criada dijo:

—Señora, decidme cómo, que yo haré cualquier cosa de buena gana.

La señora, como a quien le apretaban los zapatos, con rápida determinación habiendo pensado qué había de hacerse, informó detalladamente de ello a la criada. La cual, primeramente fue al médico, y llorando comenzó a decirle:

—Señor, tengo que pediros perdón de una gran falta que he cometido contra vos.

Dijo el médico:

—¿Y de cuál?

Y la criada, no dejando de llorar, dijo:

—Señor, sabéis quién es el joven Ruggeri de los Aieroli, el cual, gustándole yo, me condujo tiempo ha entre amenazas y amor a ser su amiga: y sabiendo ayer tarde que vos no estabais, tanto me cortejó que lo traje a vuestra casa en mi alcoba a dormir conmigo, y teniendo él sed y no teniendo yo dónde ir a por agua o a por vino, no queriendo que vuestra mujer, que estaba en la sala, me viera, acordándome de que en vuestra alcoba había visto una garrafita de agua, corrí a por ella y se la di a beber, y volví a poner la garrafa donde la había cogido; de lo que he visto que vos en casa gran alboroto habéis hecho. Y en verdad confieso que hice mal, pero ¿quién hay que alguna vez no haga mal? Siento mucho haberlo hecho; sobre todo porque por ello y por lo que luego se siguió de ello, Ruggeri está a punto de perder la vida, por lo que os ruego, por lo que más queráis, que me perdonéis y me deis licencia para que me vaya a ayudar a Ruggeri en lo que pueda.

El médico, al oír esto, a pesar del enfado que tuviese, repuso bromeando:

—Tú ya te has impuesto penitencia a ti misma, porque cuando creíste tener esta noche a un joven que te sacudiera muy bien el colchón[119], lo que tuviste fue a un dormilón: y por ello vete a procurar la salvación de tu amante, y de ahora en adelante guárdate de traerlo a casa porque lo pagarás por esta vez y por la otra.

Pareciéndole a la criada que buena pieza había logrado al primer golpe, lo antes que pudo se fue a la prisión donde Ruggeri estaba, y tanto lisonjeó al carcelero que la dejó hablar con Ruggeri. La cual, después de que lo hubo informado de lo que debía responder al magistrado para poder salvarse, tanto hizo que llegó ante el magistrado. El cual, antes de consentir en oírla, como la viese fresca y gallarda, quiso clavarle un clavo a la pobrecilla cristiana; y ella, para ser mejor escuchada, no le hizo ascos; y levantándose de la molienda dijo:

—Señor, tenéis aquí a Ruggeri de los Aieroli preso por ladrón, y eso no es verdad.

---

[119] Este párrafo y el siguiente contienen varias expresiones populares empleadas para hacer referencia al acto sexual.

Y empezando por el principio le contó la historia hasta el fin de cómo ella, su amiga, a casa del médico lo había llevado y cómo le había dado a beber el agua del narcótico, no sabiendo lo que era, y cómo por muerto lo había metido en el arca; y después de esto, lo que entre el maestro carpintero y el dueño del arca había oído decir, mostrándole con aquello cómo había llegado Ruggeri a casa de los prestamistas.

El magistrado, viendo que cosa era fácil comprobar si era verdad aquello, primero preguntó al médico si era verdad lo del agua, y vio que así había sido; y luego, haciendo llamar al carpintero y a quien era el dueño del arca y a los prestamistas, luego de muchas historias vio que los prestamistas la noche anterior habían robado el arca y se la habían llevado a casa. Por último, mandó a por Ruggeri y preguntándole dónde se había albergado la noche antes, repuso que dónde se había albergado no lo sabía, pero que bien se acordaba que había ido a albergarse con la criada del maestro Maezzo, de cuya alcoba había bebido agua porque tenía mucha sed; pero que no sabía dónde había estado después, salvo cuando despertándose en casa de los prestamistas se había encontrado dentro de un arca.

El magistrado, oyendo estas cosas y divirtiéndose mucho con ellas, las hizo repetir muchas veces a la criada y a Ruggeri y al carpintero y a los prestamistas. Al final, conociendo que Ruggeri era inocente, lo puso en libertad, condenando a los prestamistas que habían robado el arca a pagar diez onzas[120]; lo cual, cuánto gustó a éste, nadie lo pregunte: y a su señora gustó desmesuradamente. La cual, luego, junto con él y con la querida criada que había querido darle de cuchilladas, muchas veces se rio y se divirtió, continuando su amor y su solaz siempre de bien en mejor; como querría que me sucediese a mí, pero no que me metieran dentro de un arca.

---

[120] Monedas de oro del valor de un florín que se usaban en el reino de Nápoles.

Ricciardo Manardi es encontrado por micer Lizio de Valbona con su hija, con la cual se casa, y queda en paz con su padre.

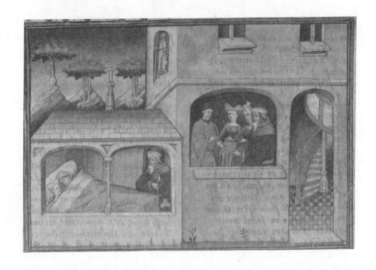

AL callarse Elisa, y tras escuchar las alabanzas que sus compañeras hacían de su historia, la reina ordenó a Filóstrato que hablase él; el cual, riendo, comenzó:

He sido reprendido tantas veces por tantas de vosotras porque os impuse un asunto de narraciones crueles y que movían al llanto, que me parece —para reparar algo aquella pena— estar obligado a contar alguna cosa con la cual os haga reír algo; y por ello, pretendo hablaros con una historieta muy breve de un amor que no tuvo más pena que algunos suspiros y un breve temor mezclado con vergüenza, y a buen fin llegado.

No ha pasado, valiosas señoras, mucho tiempo desde que hubo en la Romaña un caballero muy de bien y cortés que fue llamado micer Lizio de Valbona[121], a quien por azar, cerca de su vejez, le nació una hija de su mujer llamada doña Giacomina; la cual, al crecer, se hizo hermosa y placentera más que las demás de la comarca; y porque era la única que les quedaba al padre y a la madre era muy amada por ellos y tenida en estima y vigilada con maravilloso cuidado, esperando concertarle un gran matrimonio. Pues bien, frecuentaba mucho la casa de micer Lizio y mucho se entretenía con él un joven hermoso y lozano de aspecto, que era de los Manardi de Brettinoro[122], llamado Ricciardo, del cual no se guardaban micer Lizio y su mujer más que si hubiera sido su hijo; éste, habiendo visto una y otra vez a la joven hermosísima y gallarda y de loables maneras y costumbres, y ya en edad de tomar marido, ardientemente se enamoró de ella, y tenía oculto su amor con gran cuidado. De lo cual, apercibiéndose la joven, sin esquivar el flechazo, de igual manera comenzó a amarle a él, de lo que Ricciardo estuvo muy contento.

Y habiendo sentido muchas veces deseos de decirle algunas palabras, y habiéndose callado por temor, sin embargo, buscando ocasión y valor, le dijo una vez:

—Caterina, te ruego que no me hagas morir de amor.

La joven repuso de súbito:

—¡Quisiera Dios que me hicieses tú más morir a mí!

Esta respuesta dio a Ricciardo mucho placer y valor y le dijo:

[121] Lizio de Valbona es un personaje histórico cuya magnanimidad fue muy alabada por la tradición oral y escrita. Dante lo menciona en «*Purgatorio*, XIV, 97-98».

[122] A los Manardi de Brettinoro pertenecía el Arrigo de quien habla Dante junto con Lizio, pero el nombre de Ricciardo parece ser un invento de Boccaccio.

—Por mí no quedará nada que te sea grato, pero a ti corresponde encontrar el modo de salvar tu vida y la mía.

La joven entonces dijo:

—Ricciardo, ves lo vigilada que estoy, y por ello no puedo ver cómo puedes venir conmigo; pero si puedes tú ver algo que pueda hacer sin que me deshonre, dímelo, y yo lo haré.

Ricciardo, habiendo pensado muchas cosas, súbitamente dijo:

—Dulce Caterina mía, no puedo ver ningún camino si no es que pudieras dormir o venir arriba a la galería que está junto al jardín de tu padre, donde, si supiese yo que estabas, por la noche sin falta me las arreglaría para llegar, por muy alta que esté.

Y Caterina le respondió:

—Si te pide el corazón venir allí creo que bien podré hacer de manera que allí duerma yo.

Ricciardo dijo que sí, y dicho esto, se besaron una sola vez a escondidas, y se separaron. Al día siguiente, estando ya cerca el final de mayo, la joven comenzó delante de la madre a quejarse de que la noche anterior, por el excesivo calor, no había podido dormir.

Dijo la madre:

—Hija, pero ¿qué calor fue ése? No hizo calor ninguno.

Y Caterina le dijo:

—Madre mía, deberíais decir «a mi parecer» y tal vez diríais bien; pero deberíais pensar en lo mucho más calurosas que son las muchachas que las mujeres mayores.

La señora dijo entonces:

—Hija, es verdad, pero yo no puedo hacer calor y frío a mi gusto, como tú parece que querrías; el tiempo hay que sufrirlo como lo dan las estaciones; tal vez esta noche hará más fresco y dormirás mejor.

—Quiera Dios —dijo Caterina—, pero no suele ser costumbre, yendo hacia el verano, que las noches vayan refrescándose.

—Pues —dijo la señora—, ¿qué vamos a hacerle?

Repuso Caterina:

—Si a mi padre y a vos os placiera, yo mandaría hacer una camita en la galería que está junto a su alcoba y sobre su jardín, y dormiría allí oyendo cantar el ruiseñor; y teniendo un sitio más fresco, mucho mejor estaría que en vuestra alcoba.

La madre entonces dijo:

—Hija, cálmate; se lo diré a tu padre, y si él lo quiere así lo haremos. Oyendo esto micer Lizio a su mujer, porque era viejo y quizá por ello un tanto malhumorado, dijo:

—¿Qué ruiseñor es ése con el que quiere dormirse? También voy a hacerla dormir con el canto de las cigarras.

Lo que sabiendo Caterina, más por enfado que por calor, no solamente la noche siguiente no durmió, sino que no dejó dormir a su madre, siempre quejándose del mucho calor, lo que habiendo visto la madre fue por la mañana a micer Lizio y le dijo:

—Micer, vos no queréis mucho a esta joven; ¿qué os importa que duerma en esa galería? En toda la noche no ha cerrado el ojo por el calor; y además, ¿os asombráis porque le guste el canto del ruiseñor siendo como es una mocita? A los jóvenes les vienen antojos de ese tipo.

Micer Lizio, al oír esto, dijo:

—Vaya, ¡que le hagan una cama como pueda caber allí y haz que la rodeen con sarga[123], y que duerma allí y que oiga cantar el ruiseñor hasta hartarse!

---

[123] Tipo de tela usualmente empleada en esa época para tapicería y adorno.

La joven, enterada de esto, prontamente hizo preparar allí una cama; y como iba a dormir allí la noche siguiente, esperó hasta que vio a Ricciardo y le hizo una señal convenida entre ellos, por la que entendió lo que tenía que hacer.

Micer Lizio, sintiendo que la joven se había acostado, cerrando una puerta que de su alcoba daba a la galería, del mismo modo se fue a dormir. Ricciardo, cuando sintió por todas partes las cosas tranquilas, con la ayuda de una escala subió al muro, y luego desde aquel muro, agarrándose a unos saledizos de otro muro, con gran trabajo —y peligro si se hubiese caído—, llegó a la galería, donde en silencio con grandísimo gozo fue recibido por la joven; y tras muchos besos se acostaron juntos y durante toda la noche tomaron uno del otro deleite y placer, haciendo muchas veces cantar al ruiseñor[124]. Y siendo las noches cortas y el placer grande, y ya cercano el día —lo que no pensaban—, caldeados tanto por el tiempo como por el jugueteo, se quedaron dormidos sin tener nada encima, teniendo Caterina con el brazo derecho abrazado a Ricciardo bajo el cuello y cogiéndole con la mano izquierda por esa cosa que vosotras mucho os avergonzáis de nombrar cuando estáis entre hombres. Y durmiendo de tal manera sin despertarse, llegó el día y se levantó micer Lizio; y acordándose de que su hija dormía en la galería, abriendo la puerta silenciosamente, dijo:

—Voy a ver cómo el ruiseñor ha hecho dormir esta noche a Caterina.

Y saliendo afuera calladamente, levantó la sarga con que estaba oculta la cama, y se encontró a Ricciardo y a ella desnudos y destapados, que dormían en la forma arriba

---

[124] La utilización metafórica en sentido sexual que hace Boccaccio del vocablo «ruiseñor» a partir de este momento es evidente y en ella está basada la comicidad de esta historia.

descrita; y habiendo reconocido bien a Ricciardo, se fue de allí en silencio y se dirigió a la alcoba de su mujer y la llamó diciendo:

—Anda, mujer, levántate deprisa y ven a ver que tu hija estaba tan deseosa del ruiseñor que tanto lo ha acechado que lo ha cogido y lo tiene en la mano.

Dijo la señora:

—¿Cómo puede ser eso?

Dijo micer Lizio:

—Lo verás si vienes enseguida.

La señora, apresurándose a vestirse, siguió en silencio a micer Lizio, y llegando los dos juntos a la cama y levantada la sarga claramente pudo ver doña Giacomina cómo su hija había cogido y tenía el ruiseñor que tanto deseaba oír cantar. Por lo que la señora sintiéndose gravemente engañada por Ricciardo quiso dar gritos y decirle grandes injurias, pero micer Francisco le dijo:

—Mujer, si estimas mi amor, guárdate de decir palabra, porque en verdad, ya que lo ha cogido, será suyo. Ricciardo es un joven noble y rico; no puede darnos sino buen linaje; si quiere separarse de mí con buenos modos tendrá que casarse primero con ella, así se encontrará con que ha metido el ruiseñor en su jaula y no en la ajena.

Por lo que la señora, consolada, viendo que su marido no estaba irritado por este asunto, y considerando que su hija había pasado una buena noche y había descansado bien y había cogido el ruiseñor, se calló. Y pocas palabras dijeron después de éstas, hasta que Ricciardo se despertó; y viendo que era día claro se tuvo por muerto, y llamó a Caterina diciendo:

—¡Ay de mí, alma mía! ¿Qué haremos que ha venido el día y me ha cogido aquí?

A cuyas palabras micer Lizio, llegando de dentro y levantando la sarga contestó:

—Haremos lo que podamos.

Cuando Ricciardo lo vio, le pareció que le arrancaban el corazón del pecho; e incorporándose en la cama dijo:

—Señor mío, os pido merced por Dios, sé que como hombre desleal y malvado he merecido la muerte, y por ello haced de mí lo que os plazca, pero os ruego, si puede ser, que tengáis piedad de mi vida y no me matéis.

Micer Lizio le dijo:

—Ricciardo, esto no lo ha merecido el amor que te tenía y la confianza que ponía en ti; pero puesto que es así, y que la juventud te ha llevado a tan gran falta, para salvarte de la muerte y a mí de la deshonra, toma a Caterina por tu legítima esposa, para que, así como esta noche ha sido tuya, lo sea mientras viva; y de esta manera puedes lograr mi perdón y tu salvación, y si no quieres hacer eso encomienda a Dios tu alma.

Mientras estas palabras se decían, Caterina soltó el ruiseñor y, despertándose, comenzó a llorar amargamente y a rogar a su padre que perdonase a Ricciardo; y por otra parte rogaba a Ricciardo que hiciese lo que micer Lizio quería, para que pudiesen pasar juntos tales noches con tranquilidad y mucho tiempo. Pero no hubo necesidad de muchos ruegos porque, por una parte, la vergüenza de la falta cometida y el deseo de enmendarla y, por otra, el miedo a morir y el deseo de salvarse, y además de esto el ardiente amor y el apetito de poseer la cosa amada, de buena gana y sin tardanza le hicieron decir que estaba dispuesto a hacer lo que le placía a micer Lizio; por lo que pidiendo micer Lizio a la señora Giacomina uno de sus anillos, allí, sin moverse, en su presencia, Ricciardo tomó por mujer a Caterina.

Hecho esto, micer Lizio y su mujer, yéndose, dijeron:

—Descansad ahora, que tal vez lo necesitáis más que levantaros.

Y habiendo partido ellos, los jóvenes se abrazaron el uno al otro, y no habiendo andado más que seis millas por la noche anduvieron otras dos antes de levantarse[125], y terminaron su primera jornada. Levantándose luego, y teniendo ya Ricciardo una ordenada conversación con micer Lizio, pocos días después, como convenía, en presencia de sus amigos y de los parientes, desposó de nuevo a la joven y con gran alegría se la llevó a su casa y celebró honradas y hermosas bodas, y luego con él mucho tiempo en paz y tranquilidad, muchas veces y cuanto quiso dio caza a los ruiseñores de día y de noche.

---

[125] Nueva metáfora para aludir al acto sexual.

Nastagio de los Onesti, amando a una de los Traversari, gasta sus riquezas sin ser amado, se va, a petición de los suyos, a Chiassi, allí ve a un caballero perseguir a una joven y matarla, y ser devorada por dos perros. Invita a sus parientes y a la mujer amada a almorzar donde está él, la cual ve despedazar a esta misma joven, y temiendo un caso semejante, toma por marido a Nastagio.

AL callarse Laureta, comenzó Filomena su relato por orden de la reina así:

Amables señoras, tal como nuestra piedad se alaba, así es castigada también nuestra crueldad por la justicia divina; para demostraros lo cual y daros materia de desecharla para siempre de vosotras, me place contaros una historia[126] no menos lamentable que deleitosa.

En Rávena, antiquísima ciudad de Romaña, ha habido muchos nobles y ricos hombres, entre los cuales un joven llamado Nastagio de los Onesti[127], que a la muerte de su padre y de un tío suyo quedó riquísimo sin medida, el cual, así como ocurre a los jóvenes, estando sin mujer, se enamoró de una hija de micer Paolo Traversari, joven mucho más noble de lo que él era, cobrando esperanza de poder inducirla a amarlo con sus obras. Las cuales, aunque fuesen grandísimas, buenas y loables, no solamente de nada le servían sino que parecía que le perjudicaban, tan cruel y arisca se mostraba la jovencita amada, tan altiva y desdeñosa —tal vez a causa de su singular hermosura o de su

---

[126] Esta novela es probablemente la más fabulosa entre las corteses del «*Decamerón*» y se han buscado muchas más fuentes. En el «*Specchio della vera penitenza*» de Jacobo Passavanti, publicado en 1354, se cuenta la historia (que Boccaccio pudo haber oído algunos años antes, en los sermones que Passavanti predicó en Santa María la Nueva) de un carbonero de Nevers que, mientras velaba un foso de carbón encendido, oyó horribles gritos, salió y vio a una mujer, desmelenada y desnuda, huyendo de un caballero montado sobre un caballo negro que la perseguía con un cuchillo en la mano y echaba llamas por la boca. Esta historia se llama «*La novela del carbonero*» y en ella la mujer y su amante están en el purgatorio por haber matado al marido. Branca señala un posible antecedente en un cuento de la «*Disciplina Clericalis*», «*La perrilla que lloraba*», de Pedro Alfonso, que fue imitado por muchos autores medievales europeos, entre ellos Vicente de Beauvais, en que un enamorado se vale de una estratagema semejante a la de Nastagio para conseguir sus fines. Señala también la probable influencia de la historia de Ifis y Anaxárate de las «*Metamorfosis*» ovidianas, tan familiares a Boccaccio. Por otra parte, la modalidad del castigo infligido a la mujer que fue cruel con Guido de los Nastagi y todo el episodio entre los dos está, sin duda, influido por los castigos dantescos del «*Infierno*» y dentro de la tradición de las persecuciones infernales, muy difundida en Europa durante la Edad Media.

[127] Los Onesti eran una noble familia de Rávena entre quienes no se encuentra ningún Nastagio en el s. XIII.

nobleza— que ni él ni nada que él hiciera le agradaba; la cual cosa le era tan penosa de soportar a Nastagio, que muchas veces por dolor, después de haberse lamentado, le vino el deseo de matarse; pero refrenándose, sin embargo, se propuso muchas veces dejarla por completo o, si pudiera, odiarla como ella lo odiaba a él. Pero en vano tomaba tal decisión porque parecía que cuanto más le faltaba la esperanza tanto más se multiplicaba su amor.

Insistiendo, pues, el joven en amar y en gastar desmesuradamente, pareció a algunos de sus amigos y parientes que él mismo y sus haberes iban a consumirse por igual; por lo que muchas veces le rogaron y aconsejaron que se fuera de Rávena y se fuese a vivir a algún otro sitio durante algún tiempo, porque, haciéndolo así, haría disminuir el amor y los gastos. Nastagio se burló muchas veces de este consejo; pero, no obstante, siendo requerido por ellos, no pudiendo decir tanto que no, dijo que lo haría, y mandando hacer grandes preparativos, como si quisiese ir a Francia o a España o a algún otro lugar lejano, salió de Rávena montado a caballo y acompañado por algunos de sus amigos, y se fue a un lugar a unas tres millas de Rávena, que se llamaba Chiassi; y haciendo venir allí pabellones y tiendas, dijo a quienes le habían acompañado que quería quedarse allí y que ellos se volvieran a Rávena.

Quedándose aquí, pues, Nastagio, comenzó a darse la mejor vida y más magnífica que nunca nadie se dio, invitando a cenar y a almorzar ahora a éstos y ahora a aquellos, como acostumbraba. Pero, sucedió que un viernes, casi a la entrada del mes de mayo, haciendo un tiempo buenísimo, y empezando él a pensar en su cruel señora, mandando a todos sus criados que lo dejasen solo, para poder pensar más a su gusto, echando un pie delante de otro, pensando se quedó abstraído.

Y habiendo pasado ya casi la hora quinta del día, y habiéndose adentrado ya una media milla por el pinar, no acordándose de comer ni de ninguna otra cosa, súbitamente le pareció oír un grandísimo llanto y ayes altísimos dados por una mujer, por lo que, rotos sus dulces pensamientos, levantó la cabeza por ver qué fuese, y se maravilló viéndose en el pinar; y además de ello, mirando hacia adelante vio venir por un bosquecillo bastante tupido de arbustillos y de zarzas, corriendo hacia el lugar donde estaba, una hermosísima joven desnuda, desmelenada y toda arañada por las ramas y las zarzas, llorando y pidiendo piedad a gritos; y además de esto, vio a sus flancos dos grandes y feroces mastines, los cuales, corriendo tras ella rabiosamente, muchas veces la mordían cruelmente donde la alcanzaban; y detrás de ella vio venir sobre un corcel negro a un caballero moreno, de rostro muy indignado, con un estoque en la mano, amenazándola de muerte con palabras espantosas e injuriosas.

Cuadro de Sandro Botticelli. Museo del Prado. Madrid.
Este primero representa la persecución de la mujer.

Esto despertó en su ánimo a un tiempo maravilla y espanto y, por último, piedad por la desventurada mujer, de lo que surgió deseo de librarla de tal angustia y muerte, si pudiera. Pero encontrándose sin armas, recurrió a coger una rama de un árbol en lugar de bastón y comenzó a hacer frente a los perros y contra el caballero.

Pero el caballero que vio esto, le gritó desde lejos:

—Nastagio, no te molestes, deja hacer a los perros y a mí lo que esta mala mujer ha merecido.

Y diciendo así, los perros, cogiendo fuertemente a la joven por los flancos, la detuvieron, y alcanzándolos el caballero se bajó del caballo; acercándose al cual Nastagio, dijo:

—No sé quién eres tú que así me conoces, pero sólo te digo que gran vileza es para un caballero armado querer matar a una mujer desnuda y haberle echado los perros detrás como si fuese una bestia salvaje; ciertamente la defenderé cuanto pueda.

El caballero entonces dijo:

—Nastagio, yo fui de la ciudad que tú, y eras todavía un muchacho pequeño cuando yo, que fui llamado micer Guido de los Anastagi, estaba mucho más enamorado de ésta que lo estás tú ahora de la de los Traversari; y por su fiereza y crueldad de tal manera anduvo mi desgracia que un día me maté desesperado con este estoque que me ves en la mano, y estoy condenado a las penas eternas. Y no había pasado mucho tiempo cuando ésta, que se había alegrado desmesuradamente con mi muerte, murió, y por el pecado de su crueldad y la alegría que sintió con mis tormentos no arrepintiéndose, como quien no creía con ello haber pecado sino hecho méritos, del mismo modo fue —y está— condenada a las penas del infierno; en el cual, al bajar ella, tal fue el castigo dado a ella y a mí: que ella huyera delante, y a mí, que la amé tanto, seguirla como a mortal enemiga, no como a mujer amada, y cuantas veces la alcanzo, tantas con este estoque con el que me maté la mato a ella y le abro la espalda, y aquel corazón duro y frío en donde nunca pudieron entrar el amor ni la piedad, junto con las demás entrañas — como verás de inmediato— le arranco del cuerpo y se las doy a comer a estos perros. Y no pasa mucho tiempo hasta que ella, como la justicia y el poder de Dios ordena, como si no hubiera estado muerta, resurge y de nuevo empieza la dolorosa fuga, y los perros y yo a seguirla, y sucede que todos los viernes hacia esta hora la alcanzo aquí, y aquí hago el destrozo que verás; y los otros días no creas que reposamos sino que la alcanzo en otros lugares donde ella cruelmente contra mí pensó y obró; y habiéndome convertido de amante en su enemigo, como ves, tengo que seguirla de esta guisa cuantos meses fue ella cruel enemigo. Así pues, déjame poner en ejecución la justicia divina, y no quieras oponerte a lo que no podrías vencer.

Nastagio, oyendo estas palabras, muy temeroso y no teniendo un pelo encima que no se le hubiese erizado, echándose atrás y mirando a la mísera joven, se puso a esperar lleno de pavor lo que iba a hacer el caballero, el cual, terminada su explicación, como un perro rabioso, con el estoque en mano se le echó encima a la joven que, arrodillada, y sujetada fuertemente por los dos mastines, le pedía piedad; y con todas sus fuerzas le dio en medio del pecho y la atravesó hasta la otra parte.

Cuando la joven hubo recibido este golpe cayó boca abajo, siempre llorando y gritando; y el caballero, echando mano al cuchillo, le abrió los costados y sacándole fuera el corazón, y todas las demás cosas de alrededor, las arrojó a los dos mastines; los cuales, hambrientísimos, de inmediato las comieron; y no pasó mucho hasta que la joven, como si ninguna de estas cosas hubiesen pasado, súbitamente se levantó y empezó a huir hacia el mar, y los perros siempre tras ella hiriéndola, y el caballero volviendo a montar a caballo y cogiendo de nuevo su estoque, comenzó a seguirla, y en poco tiempo se alejaron, de manera que ya Nastagio no podía verlos. El cual, habiendo visto estas cosas, largo tiempo estuvo entre piadoso y temeroso, y luego de un rato le vino a la cabeza que esta cosa podía muy bien ayudarle, puesto que todos los viernes sucedía; por lo que, señalado el lugar, se volvió con sus criados y luego, cuando le pareció, mandando a por muchos de sus parientes y amigos, les dijo:

—Muchas veces me habéis animado a que deje de amar a esta enemiga mía y ponga fin a mis gastos: y estoy dispuesto a hacerlo si me conseguís una gracia, la cual es ésta: que el viernes que viene hagáis que micer Paolo Traversari y su mujer y su hija y todas las damas parientas suyas, y otras que os parezca, vengan aquí a almorzar conmigo. Lo que quiero con esto lo veréis entonces.

A ellos les pareció una cosa bastante fácil de hacer y se lo prometieron; y vueltos a Rávena, cuando fue oportuno invitaron a quienes Nastagio quería, y aunque fue difícil poder llevar a la joven amada por Nastagio, sin embargo, allí fue junto con las otras. Nastagio hizo preparar magníficamente de comer, e hizo poner la mesa bajo los pinos en el pinar que rodeaba aquel lugar donde había visto el destrozo de la mujer cruel; y haciendo sentar a la mesa a los hombres y a las mujeres, los dispuso de manera que la joven amada fue puesta en el mismo lugar frente al cual debía suceder el caso.

Habiendo, pues, venido ya la última vianda, he aquí que el alboroto desesperado de la perseguida joven empezó a ser oído por todos, de lo que maravillándose mucho todos y preguntando qué era aquello, y nadie sabiéndolo decir, poniéndose todos en pie y mirando lo que pudiese ser, vieron a la doliente joven y al caballero y a los perros, y poco después todos ellos estuvieron aquí entre ellos. Se hizo un gran alboroto contra los perros y el caballero, y muchos se adelantaron a ayudar a la joven; pero el caballero, hablándoles como había hablado a Nastagio, no solamente los hizo retroceder, sino que a todos espantó y llenó de maravilla; y haciendo lo que la otra vez había hecho, cuantas mujeres allí había —que bastantes habían sido parientes de la doliente joven y del caballero, y que se acordaban del amor y de la muerte de él—, todas tan miserablemente lloraban como si a ellas mismas aquello les hubieran querido hacer.

Cuadro de Sandro Botticelli. Museo del Prado. Madrid.
Este tercero representa la escena del almuerzo.

Y llegando el caso a su término, y habiéndose ido la mujer y el caballero, hizo a los que aquello habían visto entrar en muchos razonamientos; pero entre quienes más espanto sintieron estuvo la joven amada por Nastagio; la cual, habiendo visto y oído distintamente todas las cosas, y sabiendo que a ella más que a ninguna otra persona que allí estuviera tocaban tales cosas, pensando en la crueldad siempre usada por ella contra Nastagio, ya le parecía ir huyendo delante de él, airado, y llevar a los flancos los mastines. Y tanto fue el miedo que de esto sintió que para que no le sucediese a ella, no veía el momento —que aquella misma noche se le presentó— para, habiéndose su odio cambiado en amor, mandar secretamente a una fiel camarera a Nastagio, que de su parte le rogó que tuviera a bien ir a ella, porque estaba pronta a hacer todo lo que a él le agradase. Nastagio hizo responderle que aquello le era muy grato, pero que, si le placía, quería su placer con honor suyo, y esto era tomándola como mujer.

La joven, que sabía que no dependía más que de ella ser la mujer de Nastagio, le hizo decir que le placía; por lo que, siendo ella misma mensajera, a su padre y a su madre dijo que quería ser la mujer de Nastagio, con lo que ellos estuvieron muy contentos; y el domingo siguiente, Nastagio se casó con ella, y, celebradas las bodas, vivió contento con ella mucho tiempo. Y no fue este susto ocasión solamente de este bien, sino que todas las mujeres ravenenses sintieron tanto miedo que fueron siempre luego más dóciles a los placeres de los hombres que lo habían sido antes.

Cuadro de Sandro Botticelli. Palacio Pucci. Florencia. Colección privada.
Serie pictórica de 4 cuadros que ilustran esta 8ª novela de la jornada 5ª.
Este cuarto representa una escena del banquete nupcial.

Ghichibio, cocinero de Currado Gianfigliazzi, con unas rápidas palabras cambió a su favor en risa la ira de Currado y se salvó de la desgracia con que Currado lo amenazaba.

S E callaba ya Laureta y por todos había sido muy alabada Nonna, cuando la reina ordenó a Neifile que siguiese; la cual dijo:

Por mucho que el rápido ingenio, amorosas señoras, con frecuencia preste palabras rápidas y útiles y buenas a los que hablan, según los casos, también la fortuna, que alguna vez ayuda a los temerosos, las pone súbitamente en sus lenguas cuando nunca los que hablan hubieran podido hallarlas con ánimo sereno; lo que con mi historia pretendo mostraros.

Currado Gianfigliazzi[128], como todas vosotras habéis oído y podido ver, siempre ha sido en nuestra ciudad un ciudadano notable, liberal y magnífico, y, viviendo al modo de los caballeros, continuamente se ha deleitado con perros y aves de caza, para no entrar ahora en sus obras mayores. El cual, habiendo cazado con un halcón suyo un día cerca de Perétola una grulla, encontrándola gorda y tierna la envió a un buen cocinero suyo que se llamaba Ghichibio[129] y era veneciano, y le mandó decir que la asase para la cena y la preparase bien.

Ghichibio, que era un fantoche tan grande como lo parecía[130], preparada la grulla, la puso al fuego y con solicitud comenzó a guisarla. La cual, estando ya casi guisada y despidiendo un olor buenísimo, sucedió que una mujercita del barrio, que se llamaba Brunetta y de quien Ghichibio estaba muy enamorado, entró en la cocina y sintiendo el olor de la grulla y viéndola, rogó insistentemente a Ghichibio que le diese un muslo.

Ghichibio le contestó cantando[131] y dijo:

—No os la daré yo, señora Brunetta, no os la daré yo.

Con lo que, enfadándose la señora Brunetta, le dijo:

—Por Dios te digo que si no me lo das, nunca te daré yo nada que te guste.

Y en resumen, las palabras fueron muchas; al final, Ghichibio, para no enojar a su dama, tirando de uno de los muslos de la grulla se lo dio. Habiendo luego delante de Currado y algunos huéspedes suyos puesto la grulla sin muslo, y maravillándose Currado de ello, hizo llamar a Ghichibio y le preguntó qué había sucedido con el otro muslo de la grulla.

---

[128] Vivió entre finales del siglo XIII y la primera mitad del XIV, y perteneció a una gran familia florentina con quien Boccaccio estuvo muy relacionado.

[129] El origen del nombre italiano «Ghichibio» parece ser (según Lovarini) la palabra *véneta* «*cicibio*», onomatopéyica del it. «*fringuello*», es decir *chorlito*.

[130] De nuevo Boccaccio muestra su antivenecianismo.

[131] Se refiere probablemente al tonillo especial que tienen los venecianos al hablar.

El veneciano mentiroso le respondió:

—Señor mío, las grullas no tienen más que un muslo y una pata.

Currado, entonces, enojado, dijo:

—¿Cómo diablos no tienen más que un muslo y una pata? ¿No he visto yo en mi vida más grullas que ésta?

Ghichibio siguió:

—Es, señor, como os digo; y cuando os plazca os lo haré ver en las vivas.

Currado, por amor a los huéspedes que tenía consigo, no quiso ir más allá de las palabras, sino que dijo:

—Puesto que dices que me lo mostrarás en las vivas, cosa que nunca he visto ni oído que fuese así, quiero verlo mañana por la mañana, y me quedaré contento; pero te juro por el cuerpo de Cristo que, si es de otra manera, te haré azotar de manera que por tu mal te acordarás siempre que aquí vivas de mi nombre.

Terminadas, pues, por aquella tarde las palabras, a la mañana siguiente, al llegar el día, Currado, a quien no se le había pasado la ira con el sueño, lleno todavía de rabia se levantó y mandó que le llevasen los caballos y haciendo montar a Ghichibio en una mula, lo llevó hacia un río en cuya ribera siempre solía, al hacerse de día, verse a las grullas, diciendo:

—Pronto veremos quién ha mentido ayer tarde, si tú o yo.

Ghichibio viendo que todavía duraba la ira de Currado y que tenía que probar su mentira, no sabiendo cómo podría hacerlo, cabalgaba junto a Currado con el mayor miedo del mundo, y de buena gana si hubiese podido se habría escapado; pero no pudiendo, miraba ora hacia atrás, ora hacia adelante y a los lados, y lo que veía creía que eran grullas sobre sus dos patas.

Pero llegados ya cerca del río, antes que nadie vio sobre su ribera por lo menos una docena de grullas que estaban sobre una pata como suelen hacer cuando duermen. Por lo que, rápidamente mostrándolas a Currado, dijo:

—Muy bien podéis, señor, ver que ayer noche os dije la verdad, que las grullas no tienen sino un muslo y una pata, si miráis a las que allá están.

Currado, viéndolas, dijo:

—Espérate que te enseñaré que tienen dos. —Y acercándose un poco más a ellas, gritó—: ¡Hohó!

Con el cual grito, sacando la otra pata, todas después de dar algunos pasos comenzaron a huir; con lo que Currado, volviéndose a Ghichibio, dijo:

—¿Qué te parece, truhán? ¿Te parece que tienen dos?

Ghichibio, casi desvanecido, no sabiendo él mismo de dónde le venía la respuesta, dijo:

—Señor, sí, pero vos no le gritasteis «¡hohó!», a la de anoche: que si le hubieseis gritado, habría sacado el otro muslo y la otra pata como hacen éstas.

A Currado le divirtió tanto la respuesta, que toda su ira se convirtió en alegría y risa, y dijo:

—Ghichibio, tienes razón: debía haberlo hecho.

Así pues, con su rápida y divertida respuesta, evitó la desgracia y se reconcilió con su señor.

Doña Isabela, estando con Leonetto, y
siendo amada por un tal micer
Lambertuccio, es visitada por éste, y
vuelve su marido; hace salir a micer
Lambertuccio de su casa puñal en mano,
y su marido acompaña luego a Leonetto[132].

MUCHÍSIMO había agradado a todos la novela de Fiameta, afirmando cada uno que la mujer había obrado óptimamente y hecho lo que convenía a aquel animal de hombre. Pero después de que hubo terminado, el rey ordenó a Pampinea que siguiese; la cual comenzó a decir:

---

[132] Lionetto es igual que Leonetto: se trata de variantes del mismo nombre como es frecuente en Boccaccio. El tema de esta historia ha pasado a la literatura universal de la oriental, probablemente a través del «*Enxemplo del señor, e del home, e de la mujer, e el marido de la mujer como se ayuntaron todas*», del «*Sendebar*» o «*Libro de los Engaños*».

Son muchos quienes, hablando como simples, dicen que Amor le quita a uno el juicio y que a los que aman hace aturdidos. Necia opinión me parece; y bastante lo han mostrado las ya cosas dichas, y yo intento mostrarlo también.

En nuestra ciudad, copiosa en todos los bienes, hubo una señora joven y noble y muy hermosa, la cual fue mujer de un caballero muy valeroso y de bien. Y como muchas veces ocurre que siempre el hombre no puede usar una comida, sino que a veces desea variar, no satisfaciendo a esta señora mucho su marido, se enamoró de un joven que era llamado Leonetto, muy amable y cortés, aunque no fuese de gran linaje, y él del mismo modo se enamoró de ella: y como sabéis que raras veces queda sin efecto lo que las dos partes quieren, no se interpuso mucho tiempo en dar a su amor cumplimiento.

Pues bien, sucedió que, siendo esta mujer hermosa y amable, se enamoró mucho de ella un caballero llamado micer Lambertuccio, al cual ella, porque le parecía hombre desagradable y cargante, por nada del mundo estaba dispuesta a amarlo; pero solicitándola él mucho con mensajes y no valiéndole, siendo hombre poderoso, la mandó amenazar con difamarla si no hacía su gusto, por lo que la señora, temiéndolo y sabiendo cómo era, se plegó a hacer su deseo.

Y habiendo ido la señora —que tenía por nombre doña Isabela —, como es costumbre nuestra en verano, a estarse en una hermosísima tierra suya en el campo, sucedió, habiendo ido su marido a caballo a algún lugar para quedarse algún día, que mandó ella a por Lionetto para que viniese a estar con ella; el cual, contentísimo, fue de inmediato. Micer Lambertuccio, oyendo que el marido de la señora se había ido fuera, solo, montando a caballo, se fue a donde estaba ella y llamó a la puerta.

La criada de la señora, al verlo, se fue inmediatamente a ella, que estaba en la alcoba con Lionetto y, llamándola, le dijo:

—Señora, micer Lambertuccio está ahí abajo él solo.

La señora, al oír esto, fue la más doliente mujer del mundo; pero temiéndole mucho, rogó a Leonetto que no le fuera enojoso esconderse un rato tras la cortina de la cama hasta que micer Lambertuccio se fuese.

Leonetto, que no menor miedo de él tenía de lo que tenía la señora, allí se escondió; y ella mandó a la criada que fuese a abrir a micer Lambertuccio; la cual, abriéndole y descabalgando él de su palafrén y atado éste allí a un gancho, subió arriba.

La señora, poniendo buena cara y viniendo hasta lo alto de la escalera, lo más alegremente que pudo le recibió con palabras y le preguntó qué andaba haciendo. El caballero, abrazándola y besándola, le dijo:

—Alma mía, oí que vuestro marido no estaba, así que me he venido a estar un tanto con vos.

Y luego de estas palabras, entrando en la alcoba y cerrando por dentro, comenzó micer Lambertuccio a solazarse con ella.

Y estando así con ella, completamente fuera de los cálculos de la señora, sucedió que su marido volvió: el cual, cuando la criada lo vio junto a la casa, corrió inmediatamente a la alcoba de la señora y dijo:

—Señora, aquí está el señor que vuelve: creo que está ya en el patio.

La mujer, al oír esto y al pensar que tenía dos hombres en casa —y sabía que el caballero no podía esconderse porque su palafrén estaba en el patio—, se tuvo por muerta; sin embargo, arrojándose súbitamente de la cama, tomó una decisión y dijo a micer Lambertuccio:

—Señor, si me queréis algo bien y queréis salvarme de la muerte, haced lo que os diga. Cogeréis en la mano vuestro puñal desnudo, y con mal gesto y todo enojado bajaréis la escalera y os iréis diciendo: «Voto a Dios que lo cogeré en otra parte»; y si mi marido quisiera reteneros u os preguntase algo, no digáis nada sino lo que os he dicho, y, montando a caballo, por ninguna razón os quedéis con él.

Micer Lambertuccio dijo que de buena gana; y sacando fuera el puñal, todo sofocado entre las fatigas pasadas y la ira sentida por la vuelta del caballero, así hizo como la señora le ordenó. El marido de la señora, ya descabalgando en el patio, maravillándose del palafrén y queriendo subir arriba, vio a micer Lambertuccio bajar y se asombró de sus palabras y de su rostro y le dijo:

—¿Qué es esto, señor?

Micer Lambertuccio, poniendo el pie en el estribo y montándose encima, no dijo sino:

—Por el cuerpo de Dios, lo encontraré en otra parte.

Y se fue.

El gentilhombre, subiendo arriba, encontró a su mujer en lo alto de la escalera toda espantada y llena de miedo, a la cual dijo:

—¿Qué es esto? ¿A quién va micer Lambertuccio tan airado amenazando?

La mujer, acercándose a la alcoba para que Leonetto la oyese, repuso:

—Señor, nunca he tenido un miedo igual a éste. Aquí dentro entró huyendo un joven a quien no conozco y a quien micer Lambertuccio seguía con el puñal en la mano, y encontró por azar esta alcoba abierta, y todo tembloroso dijo: «Señora, ayudadme por Dios, que no me maten en vuestros brazos». Yo me puse de pie de un salto y al querer preguntarle quién era y qué le pasaba, hete aquí que venía micer Lambertuccio hacia arriba diciendo: «¿Dónde estás, traidor?». Yo me puse delante de la puerta de la alcoba y, al querer entrar él, le detuve; en eso fue cortés pues, como vio que no me placía que entrase aquí dentro, después de decir muchas palabras, se bajó como lo visteis.

Dijo entonces el marido.

—Mujer, hicisteis bien; muy gran deshonra hubiera sido que hubiesen matado a alguien aquí dentro, y micer Lambertuccio hizo una gran villanía en seguir a alguien que se hubiera refugiado aquí dentro.

Luego preguntó dónde estaba aquel joven.

La mujer contestó:

—Señor, yo no sé dónde se haya escondido.

El caballero dijo:

—¿Dónde estás? Sal con confianza.

Leonetto, que todo lo había oído, todo miedoso como quien miedo había pasado de verdad, salió fuera del lugar donde se había escondido.

Dijo entonces el caballero:

—¿Qué tienes tú que ver con micer Lambertuccio?

El joven repuso:

—Señor, nada del mundo; y por ello creo firmemente que no esté en su juicio o que me haya tomado por otro, porque en cuanto me vio no lejos de esta casa, en la calle, echó mano al puñal y dijo: «Traidor, ¡muerto eres!». Yo no me puse a preguntarle el motivo, sino que comencé a huir cuanto pude y me vine aquí, donde, gracias a Dios y a esta noble señora, me he salvado.

Dijo entonces el caballero:

—Pues anda, no tengas ningún miedo; te pondré en tu casa sano y salvo, y luego entérate bien de lo que tienes que ver con él.

Y en cuanto hubieron cenado, haciéndole montar a caballo, se lo llevó a Florencia y lo dejó en su casa; el cual, según las instrucciones recibidas de la señora, aquella misma noche habló con micer Lambertuccio ocultamente y con él se puso de acuerdo de tal manera que, por mucho que se hablase de aquello después, nunca por ello se enteró el caballero de la burla que le había hecho su mujer.

Fresco aconseja a su sobrina que no se mire al espejo si, como decía, le molesta ver caras fastidiosas.

EL cuento relatado por Filóstrato ofendió al principio con alguna vergüenza los corazones de las señoras que escuchaban, y con el rubor que apareció en su rostro dieron de ello señal; pero después, mirándose las unas a las otras, apenas pudiendo contener la risa, lo escucharon riendo a escondidas. Pero luego de que llegó el fin, la reina, volviéndose a Emilia, le ordenó que siguiese; la cual, no de otro modo que si se levantase de dormir, suspirando, comenzó:

Atrayentes jóvenes, porque un largo pensamiento me ha tenido un buen rato lejos de aquí, para obedecer a nuestra reina, cumpliré tal vez con una mucho más corta historia[133] de lo que lo habría hecho si hubiese tenido ánimo, contándoos el tonto error de una joven corregido por unas ingeniosas palabras de un tío suyo si ella hubiera sido capaz de entenderlas.

Uno, pues, que se llamó Fresco de Celático[134], tenía una sobrina llamada cariñosamente Cesca[135], la cual, aunque tuviese hermosa figura y rostro, no era sin embargo de esos angelicales que muchas veces vemos, pero en tanto y tan noble se consideraba que había tomado por costumbre censurar a los hombres y las mujeres y todas las cosas que veía sin mirarse para nada a sí misma, que era mucho más fastidiosa, cansina y enfadosa que nadie, porque no encontraba nada a su gusto; y tan altanera era, además de todo esto, que habría sido excesivo incluso si hubiera sido hija del rey de Francia. Y cuando iba por la calle tanto le olía a quemado que no hacía sino torcer el gesto como si le llegara hedor de todo aquél a quien viera o encontrara. Ahora bien, dejando otras muchas costumbres suyas desagradables y fastidiosas, sucedió un día que, habiendo vuelto a casa, donde estaba Fresco, y sentándose frente a él, toda llena de aspavientos, no hacía sino suspirar; por lo que preguntándole Fresco le dijo:

—Cesca, ¿cómo es que siendo hoy fiesta has vuelto tan pronto a casa?

A quien, toda melindrosa, le respondió:

—Es verdad que me he venido temprano porque no creo que nunca en esta ciudad han sido los hombres y las

---

[133] De hecho éste es uno de los cuentos más breves de todo el libro.

[134] Celático es un lugar del valle del Arno florentino donde tenían posesiones varias familias principales. Manni identifica a los protagonistas de la historia como a un Francesco de Lamberto Frescobaldi y la hija de su hermano Guido, llamada Francesca. Ambos vivieron entre la segunda mitad del siglo XIII y los primeros años del XIV.

[135] Diminutivo de Francesca.

mujeres tan fastidiosos y molestos como hoy, y no hay nadie en la calle que no me desagrade como la mala ventura; y no creo que haya mujer en el mundo a quien más fastidie ver a la gente desagradable que a mí, y por no verla me he venido tan pronto.

Fresco, a quien grandemente desagradaban las maneras afectadas de la sobrina, dijo:

—Hija, si así te molestan los fastidiosos como dices, si quieres vivir contenta, no te mires nunca al espejo.

Pero ella, más hueca que una caña y a quien le parecía igualar a Salomón en inteligencia, no de otra manera que hubiese hecho un borrego entendió las acertadas palabras de Fresco; contestó que le gustaba mirarse al espejo como a las demás; y así en su ignorancia siguió, y todavía sigue.

*Peronella mete a su amante en un tonel
al volver su marido a casa; habiéndolo
vendido el marido, ella le dice que lo ha
vendido a uno que está dentro mirando a
ver si es sólido; el cual, saliendo fuera,
hace que el marido lo raspe y luego se lo
lleve a su casa.*

CON grandísima risa fue escuchada la historia de Emilia y elogiada la oración como buena y santa por todos, habiendo llegado el fin de la cual mandó el rey a Filóstrato que siguiera, el cual comenzó:

Queridísimas señoras mías, son tantas las burlas que los hombres os hacen y especialmente los maridos, que cuando en alguna ocasión sucede que alguna al marido se la haga, no debíais vosotras solamente estar contentas de que ello hubiera ocurrido, o de enteraros de ello o de oírlo decir a alguien, sino que deberíais vosotras mismas irla contando por todas partes, para que los hombres conozcan que si ellos saben, las mujeres por su parte, saben también; lo que no puede sino seros útil porque cuando alguien sabe que otro sabe, no se pone a querer engañarlo demasiado fácilmente. ¿Quién duda, pues, que lo que hoy vamos a decir en torno a esta materia, siendo conocido por los hombres, no sería grandísima ocasión de que se refrenasen en burlaros, conociendo que vosotras, si queréis, sabríais burlarlos a ellos? Es, pues, mi intención contaros lo que una jovencita, aunque fuese de baja condición, casi en un instante, hizo a su marido para salvarse.

No hace casi nada de tiempo que un pobre hombre, en Nápoles, tomó por mujer a una hermosa y atrayente jovencita llamada Peronella; y él con su oficio, que era de albañil, y ella hilando, ganando muy escasamente, gobernaban su vida como mejor podían. Sucedió que un joven galanteador, viendo un día a esta Peronella y gustándole mucho, se enamoró de ella, y tanto de una manera y de otra la solicitó que llegó a intimar con ella. Y para estar juntos tomaron el acuerdo de que, como su marido se levantaba temprano todas las mañanas para ir a trabajar o a buscar trabajo, el joven estuviera en un lugar de donde lo viese salir; y siendo el barrio donde estaba, que se llama Avorio, muy solitario, que, salido él, éste entrase en la casa; y así lo hicieron muchas veces. Pero entre las demás sucedió una mañana que, habiendo el buen hombre salido, y Giannello Scrignario[136], que así se llamaba el joven, entrado en su casa y estando con Peronella, luego de algún rato —cuando en todo el día no solía volver—

---

[136] Los Scrignario eran una noble familia napolitana. Un Giovanni Scrignario aparece consignado como viviendo junto a la calle del Avorio, donde Boccaccio sitúa la casa de Peronella.

regresó a casa, y encontrando la puerta cerrada por dentro, llamó y después de llamar comenzó a decirse:

—Oh, Dios, alabado seas siempre, que, aunque me hayas hecho pobre, al menos me has consolado con una buena y honesta joven por mujer. Ve cómo enseguida cerró la puerta por dentro cuando yo me fui para que nadie pudiese entrar aquí que la molestase.

Peronella, oyendo al marido, que conoció en la manera de llamar, dijo:

—¡Ay! Giannello mío, muerta soy, que aquí está mi marido que Dios confunda, que ha vuelto, y no sé qué quiere decir esto, que nunca ha vuelto a esta hora; tal vez te vio cuando entraste. Pero por amor de Dios, sea como sea, métete en ese tonel que ves ahí y yo iré a abrirle, y veamos qué quiere decir este volver esta mañana tan pronto a casa.

Giannello prestamente entró en la tinaja, y Peronella, yendo a la puerta, le abrió al marido y con mal gesto le dijo:

—¿Pues qué novedad es ésta que tan pronto vuelves a casa esta mañana? A lo que me parece, hoy no quieres dar golpe, que te veo volver con las herramientas en la mano; y si eso haces, ¿de qué viviremos? ¿De dónde sacaremos pan? ¿Crees que voy a sufrir que me empeñes la falda y las demás ropas mías, que no hago día y noche más que hilar, tanto que tengo la carne desprendida de las uñas, para poder por lo menos tener aceite con que encender nuestro candil? Marido, no hay vecina aquí que no se maraville y que no se burle de mí con tantos trabajos que soporto; y tú te me vuelves a casa con las manos colgando cuando deberías estar en tu trabajo.

Y dicho esto, comenzó a sollozar y a decir de nuevo:

—¡Ay! ¡Triste de mí, desgraciada de mí! ¡En qué mala hora nací! En qué mal punto vine aquí[137], que habría podido tener un joven de posición y no quise, para venir a dar con este que no piensa en quién se ha traído a casa. Las demás se divierten con sus amantes, y no hay una que no tenga quién dos y quién tres, y disfrutan, y le enseñan al marido la luna por el sol; y yo, ¡mísera de mí!, porque soy buena y no me ocupo de tales cosas, tengo males y malaventura. No sé por qué no cojo esos amantes como hacen las otras. Entiende bien, marido mío, que si quisiera obrar mal, bien encontraría con quién, que los hay bien peripuestos que me aman y me requieren y me han mandado propuestas de mucho dinero, o si quiero ropas o joyas, y nunca me lo permitió el corazón, porque soy hija de mi madre; ¡y tú te me vuelves a casa cuando tenías que estar trabajando!

Dijo el marido:

—¡Bah, mujer!, no te molestes, por Dios; debes creer que te conozco y sé quién eres, y hasta esta mañana me he dado cuenta de ello. Es verdad que me fui a trabajar, pero se ve que no lo sabes, como yo no lo sabía; hoy es el día de San Caleone y no se trabaja, y por eso me he vuelto a esta hora a casa; pero no he dejado de buscar y encontrar el modo de que hoy tengamos pan para un mes, que he vendido a este que ves aquí conmigo: el tonel, que sabes que ya hace tiempo nos está estorbando en casa: ¡y me da cinco liriados[138]!

Dijo entonces Peronella:

---

[137] El «punto» es la posición determinada de un astro en el firmamento, con relación a los demás. La frase de Peronella significa: ¡bajo qué mala estrella nací!
[138] Los «liriados» (*gigliati* en italiano) eran monedas de plata que se llamaban así porque estaban acuñados con una cruz adornada con lirios en recuerdo de los reyes de Francia. Habían sido acuñados por primera vez por Carlos de Anjou en Nápoles.

—Y todo esto es ocasión de mi dolor: tú que eres un hombre y vas por ahí y debías estar al tanto de las cosas del mundo: has vendido un tonel en cinco liriados que yo, pobre mujer, no habías apenas salido de casa cuando, viendo lo que estorbaba, lo he vendido en siete a un buen hombre que, al volver tú, se metió dentro para ver si estaba bien sólido.

Cuando el marido oyó esto se puso más que contento, y dijo al que había venido con él para ello:

—Buen hombre, vete con Dios, que ya oyes que mi mujer lo ha vendido en siete cuando tú no me dabas más que cinco.

El buen hombre dijo:

—¡Sea en buena hora!

Y se fue.

Y Peronella dijo al marido:

—¡Ven aquí, ya que estás aquí, y arregla con él nuestros asuntos!

Giannello, que estaba con las orejas tiesas para ver si de algo tenía que temer o protegerse, oídas las explicaciones de Peronella, prestamente salió de la tinaja; y como si nada hubiera oído de la vuelta del marido, comenzó a decir:

—¿Dónde estáis, buena mujer?

A quien el marido, que ya venía, dijo:

—Aquí estoy, ¿qué quieres?

Dijo Giannello:

—¿Quién eres tú? Quiero hablar con la mujer con quien hice el trato de este tonel.

Dijo el buen hombre:

—Habla con confianza conmigo, que soy su marido.

Dijo entonces Giannello:

—El tonel me parece bien sólido, pero me parece que habéis tenido dentro heces, que está todo embadurnado con no sé qué cosa tan seca que no puedo quitarla con las uñas, y no me lo llevo si antes no lo veo limpio.

Dijo Peronella entonces:

—No, por eso no se romperá el trato; mi marido lo limpiará todo.

Y el marido dijo:

—Sí, por supuesto.

Y dejando las herramientas y quitándose el jubón, se hizo encender una luz y dar una raedera[139], y entró dentro de inmediato y comenzó a raspar.

Y Peronella, como si quisiera ver lo que hacía, puesta la cabeza en la boca del tonel, que no era muy alto, y además de esto uno de los brazos con todo el hombro, comenzó a decir a su marido:

—Raspa aquí, y aquí y también allí… Mira que aquí ha quedado una pizquita.

Y mientras así estaba y enseñaba y corregía al marido, Giannello, que todavía no había satisfecho completamente su deseo aquella mañana cuando vino el marido, viendo que no podía como quería, se ingenió en satisfacerlo como pudiese; y arrimándose a ella que tenía toda tapada la boca de la tinaja, de aquella manera en que en los anchos campos los desenfrenados caballos encendidos por el amor asaltan a las yeguas de Partia[140], a efecto llevó el juvenil deseo; el cual casi en un mismo punto se completó y se terminó de raspar el tonel, y él se apartó y Peronella quitó la cabeza del tonel, y el marido salió fuera.

Por lo que Peronella dijo a Giannello:

—Coge esta luz, buen hombre, y mira si está tan limpio como quieres.

---

[139] Herramienta para raer o raspar.
[140] Los caballos de Partia eran tenidos por especialmente fogosos.

Giannello, mirando dentro, dijo que estaba bien y que estaba contento y dándole siete liriados se la hizo llevar a su casa[141].

---

[141] Esta novela tiene como fuente, muy directamente imitada, las «*Metamorfosis*» o «*El asno de oro*» de Apuleyo (IX, 5-7), que fue uno de los libros más apreciados y leídos por Boccaccio.

Lidia, mujer de Nicóstrato, ama a Pirro, el cual, para poder creerla, le pide tres cosas, todas las cuales ella le hace, y además de esto, en presencia de Nicóstrato se solaza con él y a Nicóstrato hace creer que no es verdad lo que ha visto[142].

[142] La primera parte de esta historia (los engaños de una mujer a su marido para asegurar al amante de su amor) tiene antecedentes en relatos medievales como los de los «*fabliaux*», el «*Speculam*» de Vicente de Beauvais, los «*Exempla*» de Jacques de Vitry y el «*Libro de los siete sabios*». El engaño final hecho al marido que desde la copa del árbol ve el encuentro de los dos amantes, aparece igualmente en los «*fabliaux*», en relatos orientales como «*Las mil y una noches*» y en romances caballerescos franceses. Existe, además, una fuente inmediata y segura de esta novela: la «*Comedia Lydiae*», atribuída a Mateo de Vendôme, que está transcrita de mano de Boccaccio en el códice Laurenziano XXXIII 31.

TANTO había agradado la historia de Neifile que las señoras no podían dejar ni de reírse ni de hablar de ella, aunque el rey les hubiera ordenado silencio muchas veces, habiendo mandado a Pánfilo que la suya contase; pero después de que callaron, así comenzó Pánfilo:

No creo yo, respetables señoras, que haya nada por grave y peligroso que sea, que no se atreva a hacer quien ardientemente ama; lo que, aunque haya sido probada en muchas historias, no por ello creo que dejaré de probar mejor con una que pretendo contaros, donde oiréis sobre una señora que en sus obras tuvo mucho más favorable la fortuna que sensato el juicio. Y por ello no aconsejaría a ninguna que se arriesgase a seguir las huellas de quien pretendo hablar, porque no siempre la fortuna está dispuesta de un modo, ni todos los hombres del mundo están igualmente ofuscados.

En Argos, ciudad antiquísima de Acaya, mucho más famosa por sus antiguos reyes que grande, hubo un hombre noble el cual fue llamado Nicóstrato, a quien ya cercano a la vejez la fortuna concedió por mujer a una gran señora no menos osada que hermosa, llamada por nombre Lidia. Tenía éste, como hombre noble y rico, muchos criados y perros y aves de caza, y sentía grandísimo deleite en las cacerías; y tenía entre sus otros domésticos a un jovencito cortés y adornado y hermoso de cuerpo y diestro en cualquier cosa que hubiera querido hacer, llamado Pirro, a quien Nicóstrato estimaba más que a ningún otro y se fiaba mucho de él. De éste, Lidia se enamoró ardientemente, tanto que ni de día ni de noche podía tener el pensamiento en otra parte sino en él; del cual amor, o que Pirro no se apercibiese o que no lo quisiese, nada mostraba preocuparse. De lo que la señora un dolor intolerable llevaba en el ánimo; y del todo dispuesta a hacérselo saber llamó a una camarera suya llamada Lusca, en la cual confiaba mucho, y le dijo así:

—Lusca, los beneficios que has recibido de mí te deben hacer obediente y fiel, y por ello cuida de que lo que ahora voy a decirte, ninguna persona lo oiga nunca sino aquél a quien yo te ordene. Como ves, Lusca, yo soy mujer joven y lozana, y llena y colmada de todas las cosas que cualquiera puede desear, y en resumen, excepto de una, no puedo quejarme; y ésta es que los años de mi marido son demasiados si se miden con los míos, por lo que, de aquello de que las mujeres jóvenes más disfrutan vivo poco contenta; y sin embargo, deseándolo como las otras, hace mucho tiempo que deliberé no querer —si la fortuna me ha sido poco amiga al darme un marido tan viejo— ser yo enemiga de mí misma al no saber encontrar manera a mis deleites y mi salvación. Y para tenerlos tan satisfecho en esto como en las demás cosas, he tomado el partido de querer, como más digno de ello que ninguno otro, que nuestro Pirro los supla con sus brazos, y he puesto en él tanto amor que nunca me siento bien sino cuando lo veo o pienso en él; y si sin él, y sin tardanza no me reúno con él, ciertamente creo que me moriré. Y por ello, si te es apreciada mi vida, por el medio que mejor te parezca le significarás mi amor y también le rogarás de mi parte que le plazca venir a mí cuando tú vayas a buscarle.

La camarera dijo que lo haría de buen grado; y en cuanto le parecieron oportunos el tiempo y el lugar, llevando a Pirro aparte, cuanto mejor supo, le dio el mensaje de su señora. Lo que, oyendo Pirro, se maravilló mucho, como quien nunca se había apercibido de nada, y temió que la señora quisiera decírselo por probarlo; por lo que súbita y rudamente repuso:

—Lusca, no puedo creer que estas palabras vengan de mi señora, y por ello cuida lo que dices; y si viniesen de ella, no creo que sea con ánimo de cumplirlas; pero si con ese ánimo las dijese, mi señor me honra más de lo que merezco; no le haré tal ultraje por mi vida, y tú cuida de no hablarme de tales cosas.

Lusca, no asustada por sus duras palabras, le dijo:

—Pirro, te hablaré de éstas y de cualquiera otra cosa que mi señora me ordene cuantas veces ella me lo mande, te sea gustoso o molesto; pero eres un animal.

Y enfadada, con las palabras de Pirro se volvió a la señora, la cual, al oírlas deseó morir; y después de algunos días volvió a hablar a la camarera y dijo:

—Lusca, sabes que con el primer golpe no cae la encina; por lo que me parece que vuelvas de nuevo a aquel que en mi perjuicio inusitadamente quiere ser leal, y hallando tiempo conveniente, muéstrale enteramente mi ardor e ingéniate en todo en hacer que la cosa tenga efecto, porque si así se dejase, yo me moriré y él se creería que había sido por probarlo; y de lo que buscamos, que es su amor, se seguiría odio.

La camarera consoló a la señora y, buscando a Pirro, lo encontró alegre y bien dispuesto, y así le dijo:

—Pirro, yo te mostré hace pocos días en qué gran fuego tu señora y mía está por el amor que te tiene, y ahora otra vez te lo repito, que si tú sigues en la dureza que el otro día mostraste, vive seguro de que vivirá poco; por lo que te ruego que te plazca consolarla en su deseo; y si continuases emperrado en tu obstinación, cuando yo por sabio te tenía, te tendré por un bobalicón. ¿Qué gloria puede serte mayor que una señora tal, tan hermosa, tan noble, tan rica, te ame sobre todas las cosas? Además de esto, ¡cuán obligado debes sentirte a tu fortuna pensando que te ha puesto delante tal cosa, apropiada para los deleites de tu juventud, y además un refugio para tus necesidades! ¿Qué semejante tuyo conoces que en cuanto a deleite esté mejor que tú estarás, si eres sabio? ¿Cuál otro encontrarás que en armas, en caballos, en ropas y en dineros pueda estar como tú estarás, si quieres concederle tu amor? Abre, pues, el ánimo a mis palabras y vuelve en ti; acuérdate de que puede suceder sólo una vez que la fortuna salga a tu encuentro con rostro alegre y con los brazos abiertos; la cual, quien entonces no sabe recibirla, al hallarse luego pobre y mendigo, debe quejarse de sí mismo y no de ella. Y además de esto, no se debe usar la misma lealtad entre los servidores y los señores que se usa entre los amigos y los parientes; tal deben tratarlos los servidores, en lo que pueden, como son tratados por ellos. ¿Esperas tú, si tuvieses mujer hermosa o madre o hija o hermana que gustase a Nicóstrato, que él iba a tropezar en la lealtad que quieres tú guardarle con su mujer? Necio eres si lo crees; ten por cierto que si las lisonjas y los ruegos no bastasen, fuera lo que fuese lo que pudiera parecerte, usaría la fuerza. Tratemos, pues, a ellos y a sus cosas como ellos nos tratan a nosotros y a las nuestras; toma el beneficio de la fortuna, no la alejes; sal a su encuentro y recíbela cuando viene, que por cierto si no lo haces, además de la muerte que sin duda seguirá a tu señora, tú te arrepentirás tantas veces que querrías morirte.

Pirro, que había vuelto a pensar muchas veces en las palabras que Lusca le había dicho, había tomado la decisión de que, si ella volviese a él otra vez, le daría otra respuesta y del todo plegarse a complacer a la señora, si pudiera asegurarse de no estar siendo puesto a prueba; y por ello repuso:

—Mira, Lusca, todas las cosas que me dices sé que son verdaderas; pero yo sé por otra parte que mi señor es muy sabio y muy perspicaz, y como pone en mi mano todos sus asuntos, mucho temo que Lidia, con su consejo y voluntad haga esto para querer probarme, y por ello, si quiere hacer tres cosas que yo le pida para esclarecerme, de seguro que nada me mandará después que yo no haga prestamente. Y las tres cosas que quiero son éstas: primeramente, que en presencia de Nicóstrato mate ella misma a su bravo halcón;

luego, que me mande un mechoncito de la barba de Nicós-trato, y, por último, una muela de la boca de él mismo, de las más sanas.

Estas cosas parecieron duras a Lusca y a la señora durísimas; pero Amor, que es buen consolador y gran maestro de consejos, la hizo deliberar hacerlo, y por su camarera le envió a decir que aquello que le había pedido lo haría completamente, y pronto; y además de ello, por lo muy sabio que él reputaba a Nicóstrato, dijo que se solazaría en presencia suya con Pirro y haría creer a Nicóstrato que no era verdad.

Pirro, pues, se puso a esperar lo que iba a hacer la noble señora; la cual, habiendo dado Nicóstrato un gran almuerzo de allí a pocos días, como acostumbraba a hacer con frecuencia, a algunos gentileshombres, y habiendo ya levantado los manteles, vestida de terciopelo verde y muy adornada, y saliendo de su cámara, fue a aquella sala donde estaban ellos, y viéndola Pirro y todos los demás, se fue a la percha donde estaba el halcón, al que Nicóstrato apreciaba tanto, y soltándolo como si lo quisiera llevar en la mano, y tomándolo por las pihuelas lo golpeó contra el muro y lo mató. Y gritándole Nicóstrato: «¡Ay, mujer! ¿Qué has hecho?», nada le respondió, sino que volviéndose a los nobles hombres que con él habían comido, dijo:

—Señores, mala venganza tomaría de un rey que me afrentase, si no tuviera el atrevimiento de tomarla de un halcón. Debéis saber que este ave me ha quitado durante mucho tiempo todo la atención que debe ser prestada por los hombres al placer de las mujeres; porque apenas aparece la aurora, Nicóstrato está levantado y montado a caba-llo, con su halcón en la mano yendo a las llanuras abiertas para verlo volar; y yo, como veis, sola y descontenta, en la cama me he quedado; por lo que muchas veces he tenido deseos de hacer lo que ahora he hecho, y ninguna otra razón me ha retenido sino esperar a hacerlo en presencia de hombres que sean justos jueces en mi querella, como creo que lo seréis vosotros.

Los nobles señores que la oían, creyendo que no de otra manera era su afecto por Nicóstrato que lo que decían sus palabras, riendo todos y volviéndose hacia Nicóstrato, que estaba airado, comenzaron a decir:

—¡Ah, qué bien ha hecho la señora al vengar su afrenta con la muerte del halcón!

Y con diversas bromas sobre tal materia habiendo vuelto ya la señora a su cámara, volvieron en risa el enojo de Nicóstrato.

Pirro, visto esto, se dijo a sí mismo:

«Altos principios ha dado la señora a mis felices amores: ¡Dios haga que persevere!».

Matado, pues, por Lidia el halcón, no pasaron muchos días cuando, estando ella en su alcoba junto con Nicóstrato, haciéndole caricias, comenzó con él a chancear, y él, por juego tirándole un tanto de los cabellos, le dio ocasión de poner en efecto la segunda cosa pedida por Pirro; y prestamente cogiéndole por un pequeño mechón de la barba, y riendo, tan fuerte le tiró que se lo arrancó todo del mentón; de lo que quejándose Nicóstrato, ella dijo:

—¿Y qué tienes que poner tal cara porque te he quitado unos seis pelos de la barba? ¡No sentías lo que yo cuando me tirabas poco ha de los cabellos!

Y continuando así de una palabra en otra su diversión, la mujer cautamente guardó el mechón de la barba que le había arrancado, y el mismo día la mandó a su querido amante.

La tercera cosa le dio a la señora más que pensar, pero también —como a quien era de alto ingenio y amor la hacía tener más— encontró el modo que debía seguir para darle cumplimiento. Y teniendo Nicóstrato dos muchachitos confiados por su padre para que aprendiesen buenas maneras en casa, aunque fuesen gentileshombres, de los cuales, cuando Nicóstrato comía, el uno le cortaba en el plato y el otro le daba de beber, haciendo llamar a los dos, les dio a entender que les olía la boca y les enseñó que, cuando sirviesen a Nicóstrato, echasen la cabeza hacia atrás lo más que pudieran, y no le dijesen esto nunca a nadie.

Los jovencitos, creyéndolo, comenzaron a seguir aquella manera que la señora les había enseñado; por lo que ella una vez preguntó a Nicóstrato:

—¿Te has dado cuenta de lo que hacen estos muchachitos cuando te sirven?

Dijo Nicóstrato:

—Claro que sí, incluso les he querido preguntar que por qué lo hacían.

La señora le dijo:

—No lo hagas, que yo te lo diré, y te lo he ocultado mucho tiempo para no disgustarte; pero ahora que me doy cuenta de que otros comienzan a percatarse, ya no debo ocultártelo. Esto no te sucede sino porque la boca te hiede fieramente, y no sé cuál será la razón, porque esto no te sucedía antes; y ésta es cosa feísima, teniendo que tratar tú con gentileshombres, y por ello se debía ver el modo de curarla.

Dijo entonces Nicóstrato:

—¿Qué podría ser ello? ¿Tendré en la boca alguna muela estropeada?

A quien Lidia dijo:

—Tal vez sí.

Y llevándolo a una ventana le hizo abrir bien la boca y luego de que le hubo de una parte y otra mirado, dijo:

—Oh, Nicóstrato, ¿y cómo puedes haberla sufrido tanto? Tienes una de esta parte la cual, a lo que me parece, no solamente está dañada, sino que está toda podrida, y con seguridad si la tienes en la boca estropeará las que están al lado; por lo que te aconsejaría que te la sacases antes de que el asunto vaya más adelante.

Dijo entonces Nicóstrato:

—Puesto que te parece así, y ello me agrada, mándese sin tardanza por un maestro que me la saque.

A quien la señora dijo:

—No plazca a Dios que por esto venga un maestro; me parece que está de manera que sin ningún maestro yo misma te la arrancaré óptimamente. Y, por otra parte, estos maestros son tan crueles al hacer estos servicios que el corazón no me sufriría de ninguna manera verte o saberte en las manos de ninguno; y por ello quiero hacerlo yo misma, que al menos, si te duele demasiado yo te soltaré de inmediato, cosa que el maestro no haría.

Haciéndose, pues, traer los instrumentos propios de tal servicio y haciendo salir de la cámara a todas las personas, solamente retuvo consigo a Lusca; y encerrándose dentro hicieron echarse a Nicóstrato sobre una mesa y poniéndole las tenazas en la boca y cogiéndole una muela, por muy fuerte que él gritase de dolor, sujetado firmemente por la una, la otra le arrancó una muela a fuerza viva; y guardándola y cogiendo otra que cuidadosamente dañada Lidia tenía en la mano, a él doliente y casi medio muerto se la mostraron diciendo:

—Mira lo que has tenido en la boca hace tanto tiempo.

Creyéndolo él, aunque hubiese aguantado grandísimo dolor y mucho se quejase, sin embargo, luego que fuera estaba, le pareció estar curado, y reconfortado con una cosa y con otra, aliviándose su dolor, salió de la cámara.

La señora, tomando la muela, enseguida la mandó a su amante; el cual, ya seguro de su amor, se ofreció dispuesto a todo su gusto. La señora, deseando asegurarlo más y pareciéndole aún cada hora mil antes de estar con él, queriendo cumplir lo que le había prometido, fingiendo estar enferma y estando un día después de comer

Nicóstrato visitándola, no viendo con él a nadie más que a Pirro, le rogó, para alivio de sus molestias, que la ayudase a ir hasta el jardín. Por lo que cogiéndola Nicóstrato de uno de los lados y Pirro del otro, la llevaron al jardín y en un pradecillo al pie de un buen peral la dejaron; donde estando sentados algún rato, dijo la señora, que ya había hecho informar a Pirro de lo que tenía que hacer:

—¡Pirro, tengo gran deseo de tener algunas de aquellas peras, y así súbete allá arriba y échame unas cuantas!

Pirro, subiendo prestamente, comenzó a echar abajo peras, y mientras las echaba, comenzó a decir:

—Eh, mi señor, ¿qué es eso que hacéis? ¿Y vos, señora, cómo no os avergonzáis de sufrirlo en mi presencia? ¿Creéis que sea ciego? Vos estabais hace un momento muy enferma, ¿cómo os habéis curado tan pronto que hagáis tales cosas? Las cuales, si las queréis hacer tenéis tantas hermosas alcobas; ¿por qué no os vais a alguna de ellas a hacer esas cosas? Y será más honesto que hacerlo en mi presencia.

La señora, volviéndose al marido, dijo:

—¿Qué dice Pirro? ¿Desvaría?

Dijo entonces Pirro:

—No desvarío, no, señora; ¿no creéis que vea?

Nicóstrato se maravillaba extraordinariamente, y dijo:

—Pirro, verdaderamente creo que sueñas.

A quien Pirro repuso:

—Señor mío, no sueño nada, y vos tampoco soñáis; sino que os meneáis tanto que si así se menease este peral ninguna pera quedaría en él.

Dijo la señora entonces:

—¿Qué puede ser esto? ¿Podría ser verdad que le pareciese verdad lo que dice? Así me guarde Dios si estuviera sana como lo estaba antes, que subiría allí arriba para ver qué maravillas son esas que éste dice que ve.

Pero Pirro, arriba en el peral, hablaba y continuaba este discurso; a quien Nicóstrato dijo:

—Baja aquí.

Y él bajó; y le dijo:

—¿Qué dices que ves?

Dijo Pirro:

—Creo que me tenéis por estúpido o por desvariado; os veía a vos encima de vuestra mujer, puesto que debo decirlo; y luego, al bajar, os vi levantaros y poneros así donde estáis sentados.

—Ciertamente —dijo Nicóstrato—, eres estúpido en esto, que no nos hemos movido un punto de como tú ves desde que subiste al peral.

Al cual dijo Pirro:

—¿Por qué vamos a iniciar una discusión? Que os vi, os vi, pero os vi sobre lo vuestro.

Nicóstrato se maravillaba más a cada momento, tanto que dijo:

—¡Bien quiero ver si ese peral está encantado y quién está ahí arriba ve maravillas!

Y se subió a él; y en cuanto estuvo arriba su mujer junto con Pirro empezaron a solazarse. Lo que viendo Nicóstrato comenzó a gritar:

—¡Ay, mala mujer! ¿Qué estás haciendo? ¿Y tú, Pirro, de quién yo más me fiaba?

Y diciendo esto comenzó a bajar del peral. La señora y Pirro decían:

—Estamos aquí sentados.

Y al verlo bajar volvieron a sentarse en la misma guisa que él los había dejado. Al estar abajo Nicóstrato y verlos donde los había dejado, comenzó a injuriarlos.

Y Pirro le decía:

—Nicóstrato, ahora verdaderamente reconozco yo que, como vos decíais antes, vi engañosamente mientras estaba subido al peral; y no lo conozco por otra cosa sino por ésta, que veo y sé que equivocadamente habéis visto vos. Y que yo digo la verdad nada puede demostrároslo sino tener sensatez y pensar por qué motivo vuestra mujer, que es honestísima y más prudente que ninguna, si quisiera con tal cosa haceros ultraje, iría a hacerlo bajo vuestros ojos; nada quiero decir de mí, que primero me dejaría descuartizar que pensar en ello, y menos aún que viniese a hacerlo en vuestra presencia. Por lo que, por cierto, la maña de este falso ver debe proceder del peral, porque nada en el mundo me hubiese hecho creer que vos no estuvisteis aquí yaciendo carnalmente con vuestra mujer si no os oyera decir qué os ha parecido que yo he hecho lo que estoy segurísimo de que, no ya nunca lo hice, sino que ni lo pensé.

La señora, después, que haciéndose la enojada se había puesto en pie, comenzó a decir:

—Mala ventura haya si me tienes por tan poco sensata que, si quisiera llegar a esas miserias que tú dices haber visto viniera a hacerlas delante de tus ojos. Estate seguro de esto, de que, si alguna vez el deseo me viniera, no vendría aquí, sino que me creería capaz de estar escondidamente en una de nuestras alcobas, de modo y manera que asombroso me parecía que tú nunca llegases a saberlo.

Nicóstrato, a quien parecía verdadero lo que decían el uno y el otro, que delante de él a tal acto no iban a haberse dejado ir, dejando las palabras y las represiones sobre aquel asunto, comenzó a razonar sobre la extrañeza del hecho y del milagro de la vista que así cambiaba a quien subía encima.

Pero la señora, que se mostraba airada de la opinión que Nicóstrato mostraba haber tenido de ella, dijo:

—Verdaderamente este peral no hará ninguna más, ni a mí ni a otra mujer, de estas deshonras, si yo puedo; y por ello, Pirro, ve y busca un hacha y en un punto a ti y a mí vénganos cortándolo, aunque mucho mejor estaría darle con ella en la cabeza a Nicóstrato, que sin consideración alguna tan pronto se dejó cegar los ojos del intelecto; que, aunque a los que tienes en la cara les pareciese lo que dices, por nada debías haber consentido ni creído con el juicio de tu mente que fuese así.

Pirro fue rapidísimamente por el hacha y cortó el peral, al que como la señora viese caído, dijo a Nicóstrato:

—Puesto que veo abatido al enemigo de mi honestidad, mi ira se ha terminado.

Y a Nicóstrato, que se lo rogaba, benignamente perdonó ordenándole que no le sucediese pensar semejante cosa nunca más de aquella que lo amaba más que a ella.

Así, el mísero marido escarnecido, junto con ella y con su amante se volvieron a su casa, en la cual, luego, muchas veces con más calma disfrutaron placer y deleite Pirro de Lidia y ella de él. Dios nos lo dé a nosotros.

El arcipreste de Fiésole ama a una mujer viuda; no es amado por ella y, creyendo acostarse con ella, se acuesta con una criada suya, y los hermanos de la señora hacen que su obispo lo descubra[143].

*H*ABÍA llegado Elisa al fin de su historia, habiéndola contado no sin gran placer de todo el grupo, cuando la reina, volviéndose a Emilia, le mostró que quería que ella, después de Elisa, contase la suya; la cual, con presteza, comenzó así:

---

[143] Un antecedente muy directo de esta historia es el «*fabliau Du preste et d'Alison*», de Guillermo Normando.

Valerosas señoras, cuán solicitadores de nuestros pensamientos son los curas y los frailes y todo clérigo, en muchas historias de las contadas recuerdo que se ha demostrado; pero porque nunca podría hablarse de ello tanto que no quedase mucho más por decir, yo, además, pretendo contaros una sobre un arcipreste el cual, a pesar de todo el mundo, quería que una noble señora viuda le amase, quisiera ella o no; la cual, como muy sabia, lo trató tal como se merecía.

Como todas vosotras sabéis, Fiésole, cuya colina podemos ver desde aquí, fue una ciudad antiquísima y grande, aunque hoy esté toda derruida, y no por ello ha dejado de tener obispo propio y todavía lo tiene. Allí, cerca de la iglesia mayor, tenía una noble señora viuda, llamada doña Piccarda, una hacienda con una casa no muy grande; y porque no era la mujer más acomodada del mundo, allí vivía la mayor parte del año, y con ella dos hermanos suyos, jóvenes muy de bien y corteses. Pues bien, sucedió que frecuentando esta señora la iglesia mayor y siendo todavía muy joven, y hermosa y agradable, se enamoró de ella tan ardientemente el arcipreste de la iglesia, que nada más veía aquí ni allí, y después de algún tiempo fue tan atrevido que él mismo expresó a esta señora su deseo, y le rogó que estuviese contenta de su amor y de amarlo como él la amaba. Era este arcipreste ya viejo de años, pero jovencísimo de juicio, presuntuoso y altanero, y de sí mismo pensaba todo lo mejor, con modos y costumbres llenos de afectación y desagrado, y tan cargante y fastidioso que nadie había que le quisiera bien; y si alguien lo quería poco era esta señora misma, que no solamente no lo quería nada, sino que lo odiaba más que a un dolor de cabeza. Por lo que, como prudente, le repuso:

—Señor, que vos me améis debe serme muy grato, y yo debo amaros y os amaré de buen grado; pero entre vuestro amor y el mío ninguna cosa deshonesta debe suceder jamás. Sois mi padre espiritual y sois sacerdote, y ya os aproximáis mucho a la vejez, las cuales cosas os deben hacer honesto y casto; y por otra parte yo no soy una niña a quien estos enamoramientos sienten ya bien, y soy viuda, que sabéis cuánta honestidad se espera de las viudas; y por ello, tenedme por excusada, que del modo en que me requerís no os amaré nunca ni así quiero ser amada por vos.

El arcipreste, no pudiendo aquella vez sacar de ella otra cosa, no se dio por derrotado y vencido al primer golpe, sino que usando de su arrogante osadía la solicitó muchas veces con cartas y con embajadas, y aun por sí mismo cuando a la iglesia la veía venir; por lo que, pareciéndole este tábano demasiado pesado y demasiado enojoso a la señora, pensó en quitárselo de encima del modo que merecía, puesto que de otro no podía; pero no quiso hacer cosa alguna que primero no razonase con sus hermanos. Y habiéndoles dicho lo que el arcipreste hacía con ella y también lo que ella pretendía hacer, y recibiendo de ellos plena autorización, de allí a pocos días volvió a la iglesia como acostumbraba; y en cuanto la vio el arcipreste, vino a ella, y como solía hacer, de modo familiar entró con ella en conversación. La señora, viéndole venir y mirando hacia él, le puso alegre gesto, y retirándose a un lado, habiéndole el arcipreste dicho muchas palabras del modo acostumbrado, la señora después de un gran suspiro dijo:

—Señor, yo he oído muchas veces que no hay ningún castillo tan fuerte que, siendo combatido todos los días, no llegue a ser tomado alguna vez; lo que veo muy bien que me ha sucedido a mí. Tanto unas veces con dulces palabras y otras con bromas y otras con otras cosas me habéis cercado, que me habéis hecho romper mi propósito; y estoy dispuesta, puesto que tanto os agrado, a ser vuestra.

El arcipreste, todo contento, dijo:

—Señora, mucho os lo agradezco y a decir verdad, me he maravillado mucho de cómo os habéis resistido tanto, pensando que nunca me ha sucedido esto con ninguna; así he dicho yo algunas veces que, si las mujeres fuesen de plata no valdrían ningún dinero porque ninguna resistiría el martillo[144]. Pero dejemos esto: ¿cuándo y dónde podremos estar nosotros juntos?

A lo que la señora repuso:

—Dulce señor mío, cuándo podría ser la hora que más os agradase porque yo no tengo marido a quien tenga que dar cuenta de mis noches; pero no se me ocurre dónde.

Dijo el cura:

—¿Cómo no? ¿Y vuestra casa?

Repuso la dama:

—Señor, sabéis que tengo dos hermanos jóvenes, los cuales de día y de noche vienen a casa con sus amistades, y mi casa no es muy grande, y por ello no podría ser, salvo que quisieseis estar allí como si fuerais mudo sin decir palabra ni resollar, y en la oscuridad, a modo de ciego; si quisierais hacerlo así se podría, porque ellos no entran en mi alcoba; pero está la suya tan al lado de la mía que no se puede decir ni una palabrita tan bajo que no se oiga.

Dijo entonces el arcipreste:

—Señora, que no quede por ello por una noche o dos, en tanto yo piense dónde podemos estar en otra parte con más comodidad.

La señora dijo:

—Señor, esto es cosa vuestra, pero una cosa os ruego, que esto quede tan secreto que no se sepa nunca una palabra.

---

[144] Las monedas eran acuñadas golpeando la plata con el martillo, y también con martillazos se probaba la plata de las monedas.

El arcipreste dijo entonces:

—Señora, no temáis por ello, y si puede ser, haced que esta noche estemos juntos.

—Me place —y dándole indicaciones de cómo y cuándo venir debía, se fue y se volvió a su casa.

Tenía esta señora una criada, que no era demasiado joven y que tenía el rostro más feo y más contrahecho que nunca se vio; que tenía la nariz muy aplastada y la boca torcida y los labios gruesos y los dientes mal compuestos y grandes, y tiraba a bizca, y nunca estaba sin los ojos malos, y de un color verde y amarillo que parecía que había pasado el verano no en Fiésole sino en Sinagalia[145]; y además de todo esto, era coja y un tanto manca del lado derecho. Y se llamaba Ciuta, y porque tenía tan lívida cara, por todos era llamada Ciutazza[146]; y aunque fuese contrahecha en la figura, era, sin embargo, bastante maliciosa. A la cual, la señora llamó, y le dijo:

—Ciutazza, si quieres hacerme un servicio esta noche, te daré una buena camisa nueva.

Ciutazza, oyendo mentar la camisa, dijo:

—Señora, si me dais una camisa, me arrojaré al fuego, no ya otra cosa.

—Pues bien ——dijo la señora—, quiero que esta noche te acuestes con un hombre en mi cama y que lo acaricies, y guárdate de decir palabra, que no te sientan mis hermanos, que sabes que duermen al lado; y luego te daré la camisa.

Ciutazza dijo:

—Así dormiría yo con seis, no con uno, si hiciese falta.

Llegada pues la noche, el señor arcipreste vino, como le había sido indicado; y los dos jóvenes, como la señora

---

[145] Región donde era frecuente la malaria.
[146] Ciuta es diminutivo de Ricevuta; Ciutazza se parece mucho fonéticamente al italiano «*ciucciata*», que significa «chupada», «exprimida».

había establecido, estaban en su alcoba y hacían mucho ruido; por lo que el arcipreste, entrando silenciosamente y a oscuras en la alcoba de la señora, se fue a la cama como ella le había dicho, y del otro lado Ciutazza, bien informada por la señora de lo que tenía que hacer. El señor arcipreste, creyendo tener a su señora al lado, se echó en los brazos de Ciutazza y comenzó a besarla sin decir palabra, y Ciutazza a él; y comenzó el arcipreste a solazarse con ella, tomando posesión de los bienes largamente deseados. Cuando la señora hubo hecho esto, ordenó a los hermanos que hiciesen el resto de lo que habían planeado; los cuales, saliendo calladamente de su alcoba, se fueron a la plaza, y para lo que querían hacer su fortuna fue más favorable de lo que ellos mismos pedían porque, siendo el calor grande, el obispo había mandado a buscar a los dos jóvenes para ir hasta su casa paseando y beber en su compañía. Pero al verlos venir, diciéndoles su deseo, se puso con ellos en camino; y entrando en un patiecillo fresco que ellos tenían donde había muchas luces encendidas, estuvo bebiendo con gran placer un buen vino de los suyos. Y habiendo bebido dijeron los jóvenes:

—Señor, pues que tanto favor nos habéis hecho, que os habéis dignado visitar esta nuestra pequeña choza a la que veníamos a invitaros, queremos que os plazca ver una cosita que os querríamos mostrar.

El obispo repuso que de buena gana; por lo que uno de los jóvenes, tomando en la mano una pequeña antorcha encendida y yendo por delante, siguiéndole el obispo y todos los demás, se dirigió hacia la alcoba donde yacía el señor arcipreste con Ciutazza, el cual para llegar pronto se había apresurado a cabalgar y, antes de que éstos llegasen allí, había cabalgado ya más de tres millas; por lo que cansado y teniendo a Ciutazza en brazos a pesar del calor, dormía. Entrando, pues, con luz en la mano el joven en la alcoba, y el obispo detrás de él y todos los otros, les fue mostrado el arcipreste con Ciutazza en brazos. En esto, despertándose el señor arcipreste, y viendo la luz y a esta gente a su alrededor, avergonzándose mucho y amedrentado metió la cabeza debajo de las sábanas; al cual el obispo injurió grandemente y le hizo sacar la cabeza y ver con quién estaba acostado. El arcipreste, al ver el engaño de la señora, tanto por él como por el vituperio que le parecía ser, súbitamente se sintió el más dolorido hombre que jamás había existido: y por mandato del obispo, vistiéndose, tuvo que irse a su casa bien custodiado a sufrir un gran castigo por el pecado cometido. Quiso luego saber el obispo cómo había sucedido aquello de que aquél hubiese ido a acostarse allí con Ciutazza. Los jóvenes le contaron detalladamente todas las cosas; lo que oyendo el obispo, alabó mucho a la señora, y también a los jóvenes que, sin querer mancharse las manos con la sangre de un sacerdote, lo habían tratado como merecía. Este pecado se lo hizo el obispo llorar cuarenta días, pero el amor y la vergüenza le hicieron llorar más de cuarenta y nueve; sin contar con que, por mucho tiempo después no podía andar por la calle sin ser señalado con el dedo por los muchachitos, los cuales decían:

—¡Mira al que se acuesta con Ciutazza!

Lo que le dolía tanto que estuvo a punto de enloquecer; y de tal manera la valerosa señora se quitó de encima el fastidio del impertinente arcipreste y Ciutazza ganó una camisa.

*Una siciliana quita arteramente a un
mercader lo que éste ha llevado a
Palermo, el cual, fingiendo haber vuelto
con mucha más mercancía que la
primera vez, tomando de ella dineros
prestados, le deja agua y borra.*

CUÁNTO hizo reír a las señoras la historia de la reina en distintas ocasiones, no hay que preguntarlo: no había ninguna allí a quien la incontenible risa no le hubiese hecho venir a los ojos las lágrimas doce veces. Pero después de que ella terminó, Dioneo, que sabía que a él le tocaba el turno, dijo:

Graciosas señoras, manifiesta cosa es que tanto más gustan las artimañas cuanto a un astuto más apurado astutamente burlan. Y por ello, aunque todas hayáis contado hermosísimas cosas, yo pretendo contaros una[147] que deba agradar tanto más que algunas de las contadas cuanto que quien en ella fue burlada era mayor maestra en burlar a otros que fue ninguno de aquellos o de aquellas de quienes habéis contado que fueron burlados.

Solía haber —y tal vez todavía la hay hoy— en todas las ciudades marinas que tienen puerto, la costumbre de que todos los mercaderes que llegan a ellas con sus mercancías, al descargarlas, todas las llevan a un almacén al que en muchos lugares llaman aduana, que es del ayuntamiento o del señor de la ciudad; y allí, dando a aquellos que están a su cargo, por escrito, toda la mercancía y el precio de ésta, es dado por estos al mercader una bodega en la cual pone su mercancía y la cierra con llave; y los mencionados aduaneros luego escriben en el libro de la aduana a cuenta del mercader toda su mercancía, haciéndose luego pagar sus derechos por el mercader o de toda o de parte de la mercancía que éste saque de la aduana. Y por este libro de la aduana muchas veces se informan los corredores de la calidad y la cantidad de las mercancías que hay allí, y también están allí los mercaderes que las tienen, con quienes después ellos, según les viene a mano, hablan de los cambios, los trueques, y de las ventas y de otros asuntos. La cual costumbre, como en muchos otros lugares, la había en Palermo de Sicilia; donde también había, y todavía hay, muchas mujeres de hermosísimo cuerpo, pero enemigas de la honestidad, las cuales, por quienes no las conocen serían y son tenidas por grandes y

---

[147] Entre los numerosos antecedentes orientales que suelen señalarse a esta novela y la popularidad que debían tener relatos como éste en la Italia mercantil de la Edad Media, V. Branca señala como posibles influencias más directas una versión rimada del «Libro de los siete sabios y la Disciplina clericalis» de Pedro Alfonso.

honestísimas damas. Y estando dedicadas por completo no a rasurar sino a desollar a los hombres, en cuánto ven a un mercader forastero allí, se informan en el libro de la aduana de lo que tiene y de cuánto puede ganar, y luego con sus placenteros y amorosos actos y con palabras dulcísimas se ingenian en seducir y en atraer su amor; y ya a muchos han atraído a quienes buena parte de sus mercancías han quitado de las manos, y a bastantes toda ella; y de ellos ha habido quienes no sólo la mercancía, sino también el navío y las carnes y los huesos les han dejado, tan suavemente la barbera ha sabido pasarles la navaja. Ahora bien, no hace mucho tiempo sucedió que aquí, mandado por sus maestros, llegó uno de nuestros jóvenes florentinos llamado Niccolò de Cignano, aunque fuese llamado Salabaetto, con tantas piezas de paño de lana que le habían entregado en la feria de Salerno que podían valer unos quinientos florines de oro; y entregando la tasa de ellos a los aduaneros, los metió en una bodega, y sin mostrar mucha prisa en despacharlos, comenzó a irse algunas veces de diversión por la ciudad. Y siendo él blanco y rubio y muy apuesto, y de muy gentil talle, sucedió que una de estas mujeres barberas, que se hacía llamar madama Blancaflor, habiendo oído algo de sus asuntos, le puso los ojos encima; de lo que apercibiéndose él, estimando que ella era una gran señora, pensó que le agradaba por su hermosura, y pensó en llevar muy cautamente este amor; y sin decir cosa alguna a nadie, comenzó a pasear por delante de la casa de aquélla. La cual, apercibiéndose, después de que le hubo bien inflamado un tanto con sus miradas, mostrando que se consumía por él, secretamente le mandó una mujer de su servicio que conocía perfectamente el arte de la picardía, la cual, casi con las lágrimas en los ojos, tras muchas historias, le dijo que con su hermosura y su amabilidad había conquistado a su señora de tal manera que no encontraba reposo ni de día ni de noche; y por ello, cuando le placiese, deseaba más que otra cosa poder encontrarse con él secretamente en un baño; y después de esto, sacando un anillo de la bolsa, se lo dio de parte de su señora. Salabaetto, al oír esto fue el hombre más alegre que nunca hubo; y cogiendo el anillo y frotándose con él los ojos y luego besándolo, se lo puso en el dedo y repuso a la buena mujer que, si madama Blancaflor lo amaba, que estaba bien correspondida, porque él la amaba más que a su propia vida, y que estaba dispuesto a ir donde a ella le fuese grato y a cualquier hora. Vuelta, pues, la mensajera a su señora con esta respuesta, le dijeron enseguida a Salabaetto en qué baño al día siguiente, después de vísperas, debía esperarla; el cual, sin decir nada a nadie, prontamente se fue allí a la hora ordenada, y encontró que la sala de baños había sido alquilada por la señora. Y apenas acababa de entrar en ella cuando aparecieron dos esclavas cargadas de cosas: la una llevaba sobre la cabeza un gran y hermoso colchón de guata y la otra un grandísimo cesto lleno de cosas; y extendiendo este colchón sobre un catre en una alcoba de la sala, pusieron encima un par de sábanas sutilísimas listadas de seda y luego un cobertor de blanquísimo cendal de Chipre con dos almohadones maravillosamente bordados; y después de esto, desnudándose y entrando en el baño, lo lavaron y cepillaron espléndidamente. Y poco después la señora, seguida por otras dos esclavas, vino al baño; donde ella, en cuanto pudo, saludó con gran alegría a Salabaetto, y tras los mayores suspiros del mundo, después de que mucho lo hubo abrazado y besado, le dijo:

—No sé quién hubiera podido traerme a esto más que tú; que me has puesto fuego en el alma, toscano mío.

Después de esto, cuando ella quiso, los dos desnudos entraron en el baño, y con ellos dos de las esclavas. Allí, sin dejar que nadie más le pusiera la mano encima, ella misma con jabón almizclado y con uno perfumado con clavo, maravillosamente y bien lavó por completo a Salabaetto, y luego se hizo lavar y refregar por sus esclavas. Y hecho esto, trajeron las esclavas dos sábanas blanquísimas y sutiles de las que salía tan grande olor a rosas que todo lo que había parecía rosas; y una lo envolvió en una a Salabaetto y la otra en la otra a la señora, y cogiéndolos en brazos llevaron a los dos a la cama preparada. Y allí, después de que hubieron dejado de sudar, quitándoles las esclavas aquellas sábanas, se quedaron desnudos sobre las otras. Y sacando del cesto frascos de plata bellísimos y llenos cuál de agua de rosas, cuál de agua de azahar, cuál de agua de flor de jazmines y cuál de *aguanafa*[148], derramaron todas aquellas aguas; y luego, sacando cajas de dulces y preciadísimos vinos, un tanto se repusieron. A Salabaetto le parecía estar en el paraíso; y mil veces había mirado a aquélla, que con certeza era hermosísima, y cien años le parecía cada hora para que las esclavas se fuesen y poder encontrarse en sus brazos. Las cuales, después de que, por mandato de la señora, dejando una antorcha encendida en la alcoba, se fueron de allí, ésta abrazó a Salabaetto y él a ella; y con grandísimo placer de Salabaetto, a quien parecía que se derretía por él, estuvieron una larga hora. Pero después de que a la señora le pareció tiempo de levantarse, haciendo venir las esclavas, se vistieron, y de nuevo bebiendo y comiendo dulces se reconfortaron un poco, y habiéndose lavado el rostro y las manos con aquellas aguas odoríferas, y queriendo irse, dijo la señora a Salabaetto:

—Si te agradase, me parecería un favor grandísimo que esta noche vinieras a cenar conmigo y a dormir.

---

[148] Semitraducido del árabe «*má annáfḥ*», agua de aroma; agua de azahar.

Salabaetto, que ya estaba preso de la hermosura y de las amables artimañas de ella, creyendo firmemente que era para ella como el corazón del cuerpo amado, repuso:

—Señora, todo vuestro gusto me es sumamente grato, y por ello tanto esta noche como siempre pretendo hacer lo que os plazca y lo que por vos me sea ordenado.

Volviéndose, pues, la señora a casa, y haciendo bien adornar su alcoba con sus ropas y sus enseres, y haciendo preparar de cenar espléndidamente, esperó a Salabaetto; el cual, cuando se hizo algo oscuro, allá se fue, y recibido con júbilo, cenó con la señora alegremente y bien servido. Después, entrando en la alcoba, sintió allí un maravilloso olor de madera de áloe y vio la cama adornadísima con pajarillos de Chipre, y muchas buenas ropas colgando de las vigas; las cuales cosas, todas juntas y cada una por sí sola le hicieron pensar que debía ser aquélla una gran y rica señora; y por mucho que hubiese oído hablar sobre su vida y sus costumbres, no quería creerlo por nada del mundo, y si llegaba a creer algo en que a alguno hubiese burlado, por nada del mundo podía creer que esto pudiese pasarle a él. Con grandísimo placer se acostó aquella noche con ella, inflamándose más cada vez. Venida la mañana, le ciñó ella un hermoso y elegante cinturón de plata con una bella bolsa, y le dijo así:

—Dulce Salabaetto mío, me encomiendo a ti; y así como mi persona está a tu disposición, así está todo lo que hay, y lo que yo puedo, a lo que gustes mandar.

Salabaetto, contento, besándola y abrazándola, salió de su casa y fue a donde acostumbraban estar los demás mercaderes. Y yendo una vez y otra con ella sin que le costase nada, y enviscándose cada día más, sucedió que vendió sus paños en metálico y con buenas ganancias; lo que la buena mujer no por él, sino por otros supo de inmediato. Y habiendo ido Salabaetto a su casa una tarde, comenzó ella a bromear y a retozar con él, y a besarlo y a abrazarlo, mostrándose tan inflamada de amor que parecía que iba a morírsele en los brazos; y quería darle dos bellísimas copas de plata que tenía, las cuales Salabaetto no quería coger, como quien entre unas veces y otras bien había recibido de ella lo que valdría sus treinta florines de oro sin haber podido hacer que ella recibiera de él nada que llegase a valer un céntimo. Al final, habiéndolo inflamado bien con el mostrarse inflamada y desprendida, una de sus esclavas, tal como ella lo había preparado, la llamó; por lo que ella, saliendo de la alcoba y estando fuera un poco, volvió dentro llorando, y echándose sobre la cama boca abajo, comenzó a lanzar los más dolorosos lamentos que jamás lanzase mujer alguna. Salabaetto sorprendiéndose, la cogió en brazos y comenzó a llorar con ella y a decirle:

—¡Ah!, corazón de mi cuerpo, ¿qué tenéis tan de repente?, ¿cuál es la razón de este dolor? ¡Ah, decídmelo, alma mía!

Después de que la mujer se hubo hecho rogar bastante, dijo:

—¡Ay, dulce señor mío! No sé qué hacer ni qué decir. Acabo de recibir cartas de Mesina, y me escribe mi hermano que, aunque debiese vender y empeñar todo lo que tengo, que sin falta le mande antes de ocho días mil florines de oro y que si no le cortarán la cabeza; y yo no sé qué puedo hacer para poder tenerlos tan rápidamente; que, si tuviese al menos quince días de tiempo, encontraría el modo de proveerme de ellos de un lugar donde debo tener muchos más, o vendería algunas de nuestras posesiones; pero no pudiendo, querría estar muerta antes de que me llegase aquella mala noticia.

Y dicho esto, mostrándose grandemente atribulada, no dejaba de llorar. Salabaetto, a quien las amorosas llamas habían quitado gran parte del debido entendimiento, creyendo aquellas lágrimas veracísimas y las palabras de amor más verdaderas, dijo:

—Señora, yo no podré ofreceros mil, pero sí quinientos florines de oro, si creéis podérmelos devolver de aquí a quince días; y vuestra ventura es que precisamente ayer vendí mis paños: que, si no fuese así, no podría prestaros ni un céntimo.

—¡Ay! —dijo la mujer—, ¿así que has estado mal de dinero? ¿Por qué no me lo pedías? Porque si no tenía mil sí tenía ciento y hasta doscientos para darte; me has quitado la confianza para aceptar el servicio que me ofreces.

Salabaetto, mucho más que convencido por estas palabras, dijo:

—Señora, por eso no quiero que quede; que si tanto los hubiese necesitado como los necesitáis vos, bien os los habría pedido.

—¡Ay! —dijo la señora—, Salabaetto mío, bien sé que tu amor por mí es verdadero y perfecto cuando, sin esperar a que te lo pidiese, con tan gran cantidad de dinero espontáneamente me provees en tal necesidad. Y con certeza era yo toda tuya sin esto, y con esto lo seré mucho más; y nunca dejaré de deberte la vida de mi hermano. Pero sabe Dios qué de mala gana la tomo considerando que eres mercader y que los mercaderes necesitan el dinero para sus negocios; pero como me aprieta la necesidad y tengo firme esperanza de devolvértelo pronto, lo cogeré, y por lo que falta, si otro modo más rápido no encuentro, empeñaré todas estas cosas mías.

Y dicho esto, derramando lágrimas, se dejó caer sobre el rostro de Salabaetto. Salabaetto comenzó a consolarla; y pasando la noche con ella, para mostrarse bien magnánimamente su servidor, sin esperar a que se lo pidiese le llevó quinientos buenos florines de oro, los cuales ella tomó, riendo con el corazón y llorando con los ojos, contentándose Salabaetto con una simple promesa suya. En cuanto la mujer tuvo los dineros empezaron las cosas a cambiar y, así como antes la visita a la mujer era libre todas las veces que a Salabaetto le agradaba, empezaron a aparecer razones por las cuales de siete veces le sucedía no poder entrar ni una, ni le ponían la cara ni le hacían las caricias ni las fiestas que antes. Y pasado en un mes y en dos el plazo —no ya llegado— en que sus dineros debían serle devueltos, al pedirlos le daban palabras en pago; por lo que, percatándose Salabaetto del engaño de la malvada mujer y de su poco juicio, y conociendo que de aquello nada que pudiese serle provechoso podía decir, como quien no tenía de ello escritura ni testimonio, y avergonzándose de lamentarse con nadie, tanto porque le habían prevenido antes como por las burlas que merecidamente por su sandez le vendrían de ello, sobremanera doliente, consigo mismo lloraba su necedad. Y habiendo recibido muchas cartas de sus maestros para que cambiase aquellos dineros y se los mandase, para que, por hacerlo no fuese descubierta su culpa, deliberó irse, y montándose en un barquito, se fue no a Pisa como debía, sino a Nápoles. Estaba allí en aquel tiempo nuestro compadre Pietro del Canigiano[149], tesorero de madama la emperatriz de Constantinopla, hombre de gran talento y sutil ingenio, grandísimo amigo de Salabaetto y de los suyos; con el cual, como persona discretísima, lamentándose Salabaetto después de algunos días, le contó lo que había hecho y su desdichada aventura, y le pidió ayuda y consejo para poder ganarse allí la vida afirmando que

---

[149] Pietro de Canigiano era florentino, de la misma edad de Boccaccio y pertenecía al círculo de los Acciaiuoli. Tuvo puestos importantes en la corte de Nápoles y en Florencia antes de caer en desgracia en esta ciudad, de donde fue expulsado; murió en 1381, desterrado. Boccaccio lo nombra, en su testamento, tutor de sus herederos. Lo mismo que Salabaetto, estaba vivo y era muy conocido cuando Boccaccio escribió esta historia.

nunca pretendía volver a Florencia. Canigiano, entristecido por estas cosas, dijo:

—Mal has hecho, mal te has portado, mal has obedecido a tus maestros, demasiado dinero de un golpe has gastado en placeres; pero ¿qué? Está hecho, y hay que pensar en otra cosa.

Y como hombre astuto rápidamente pensó lo que había que hacer y se lo dijo a Salabaetto; al cual, gustándole el plan, se lanzó a la aventura de seguirlo. Y teniendo algún dinero y habiéndole prestado Canigiano un poco, mandó hacer varios embalajes bien atados y bien ligados, y comprar veinte toneles de aceite y llenarlos, y cargando con todo ello se volvió a Palermo; y entregando la relación de los embalajes a los aduaneros y semejantemente la de los toneles, y haciendo anotar todas las cosas a su cuenta, las metió en las bodegas, diciendo que no quería tocar aquélla hasta que otra mercancía que estaba esperando no llegase. Blancaflor, habiéndose enterado de esto y oyendo que valía bien dos mil florines de oro o más, aquello que al presente había traído, sin contar lo que esperaba, que valía más de tres mil, pareciéndole que había apuntado a poco, pensó en restituirle los quinientos para poder tener la mayor parte de los cinco mil; y mandó a buscarlo. Salabaetto, ya con malicia, allí fue; al cual ella, fingiendo no saber nada de lo que había traído, hizo maravillosa acogida, y dijo:

—Aquí tienes, si te habías enojado conmigo porque no te devolví tu dinero en el plazo preciso …

Salabaetto se echó a reír y dijo:

—Señora, en verdad me desagradó un poco, porque me hubiese arrancado el corazón para dároslo si creyese que os habría complacido con ello; pero quiero que sepáis lo enojado que estoy con vos. Es tanto y tal el amor que os tengo que he hecho vender la mayor parte de mis posesiones, y ahora he traído aquí tanta mercancía que vale más de dos mil florines, y espero de Occidente tanta que valdrá más de tres mil, y quiero hacer en esta ciudad un almacén y quedarme aquí para estar siempre cerca de vos, pareciéndome que estoy mejor con vuestro amor que creo que nadie pueda estar con el suyo.

A quien la mujer dijo:

—Mira, Salabaetto, todo este arreglo tuyo me place mucho, como de quien amo más que a mi vida, y me place mucho que hayas vuelto con intención de quedarte porque espero pasar todavía muchos buenos ratos contigo; pero quiero excusarme un poco porque, en aquellos tiempos en que te fuiste algunas veces quisiste venir y no pudiste, y algunas viniste y no fuiste tan alegremente recibido como solías, y además de esto, de que en el plazo convenido no te devolví tu dinero. Debes saber que entonces estaba yo en grandísima aflicción; y quien está en tal estado, por mucho que ame a otro no le puede poner tan buena cara ni atender aun a él como quisiera; y además debes saber que es muy penoso a una mujer poder encontrar mil florines de oro, y todos los días le dicen mentiras y no se cumple lo que se ha prometido, y por esto necesitamos también nosotras mentir a los demás; y de ahí viene, y no de otro defecto, que yo no te devolviese tu dinero. Pero lo tuve poco después de tu partida y si hubiera sabido dónde mandártelo ten por cierto que te lo habría hecho mandar; pero como no lo supe, te lo he guardado.

Y haciéndose traer una bolsa donde estaban aquellos mismos que él le había dado, se la puso en la mano y dijo:

—Cuenta si son quinientos.

Salabaetto nunca se sintió tan contento, y contándolos y viendo que eran quinientos, y volviéndolos a guardar, dijo:

—Señora, sé que decís verdad, pero bastante habéis hecho; y os digo que por ello y por el amor que os tengo nunca solicitaríais de mí para cualquiera necesidad vuestra una cantidad que pudiese yo dar que no os la diera; y en cuanto me haya establecido podréis probarme en ello.

Y de esta guisa restablecido con ella el amor con palabras, comenzó de nuevo Salabaetto a frecuentarla galantemente, y ella a darle los mayores gustos y hacerle los mayores honores del mundo, y mostrarle el mayor amor. Pero Salabaetto, queriendo con su engaño castigar el engaño que ella le había hecho, habiéndole ella invitado un día para que fuese a cenar y a dormir con ella, fue tan melancólico y tan triste que parecía que quisiera morirse. Blancaflor, abrazándolo y besándolo, comenzó a preguntarle que por qué tenía aquella melancolía. Él, después de que se había hecho rogar un buen rato, dijo:

—Estoy arruinado, porque el barco en que está la mercancía que yo esperaba ha sido apresado por los corsarios de Mónaco y para rescatarlo se necesitan diez mil florines de oro, de los cuales yo tengo que pagar mil; y no tengo un céntimo, porque los quinientos que me devolviste los mandé de inmediato a Nápoles para invertirlos en telas que traer aquí. Y si quisiera ahora vender la mercancía que tengo aquí, como no es la temporada apenas me darán la mitad de su valor; y todavía no soy aquí lo bastante conocido para que encuentre quien me preste, y por ello no sé qué decir ni qué hacer; y si no mando pronto los dineros me llevarán a Mónaco la mercancía y nunca más la recuperaré.

La mujer, muy contrariada por esto, como a quien le parecía perder todo, pensando qué podía ella hacer para que no fuese a Mónaco, dijo:

—Dios sabe lo que me duele esto por tu amor; ¿pero de qué sirve atribularse tanto? Si yo tuviese esos dineros sabe

Dios que te los prestaría inmediatamente, pero no los tengo; es verdad que hay una persona que hace tiempo me proveyó de quinientos que me faltaban, pero con fuerte usura, que no quiere menos de a razón de treinta por cien; si de esa tal persona los quisieras, necesitarías de garantía un buen empeño; y en cuanto a mí yo estoy dispuesta a empeñar todas estas ropas y mi persona por cuanto quieran prestarme, para poder servirte, pero el remanente, ¿cómo lo asegurarías?

Vio Salabaetto la razón que movía a ésta a hacerle tal servicio y se percató de que de ella debían ser los dineros prestados; lo que, placiéndole, primero se lo agradeció y luego dijo que no lo dejaría por el alto interés, pues le apretaba la necesidad; y luego dijo que lo aseguraría con la mercancía que tenía en la aduana, haciéndola escribir a nombre de quien le prestase el dinero, pero que quería conservar la llave de la bodega, tanto para poder mostrar su mercancía si se lo pedían como para que nada le pudiera ser tocado ni permutado ni cambiado. La mujer dijo que esto estaba bien dicho y era muy buena garantía; y por ello, al venir el día mandó a buscar a un corredor de quien se fiaba mucho y hablando con él sobre este asunto le dio mil florines de oro, los cuales el corredor prestó a Salabaetto, e hizo inscribir a su nombre lo que Salabaetto tenía dentro, y habiendo hecho sus escrituras y contraescrituras juntos, y quedando en concordia, se fueron a sus demás asuntos. Salabaetto, lo antes que pudo, subiendo a un barquito, se fue a ver a Pietro del Canigiano a Nápoles con mil quinientos florines de oro, y desde allí les mandó una fiel y completa cuenta a Florencia a sus maestros, los que le habían enviado con los paños; y pagando a Pietro y a cualquiera otro a quien debiese algo, muchos días en compañía de Canigiano lo pasó bien con el engaño hecho a la siciliana; después, no queriendo ya ser mercader, de allí se vino a

Ferrara. Blancaflor, no encontrando a Salabaetto en Palermo empezó a asombrarse y entró en sospechas; y luego de que le hubo esperado unos buenos dos meses, viendo que no venía, hizo que el corredor mandase abrir las bodegas. Y examinando primeramente los toneles que se creía que estaban llenos de aceite, encontró que estaban llenos de agua del mar, habiendo en cada uno como un barril de aceite encima, junto a la boca; luego, desatando los embalajes, todos menos dos, que eran paños, los encontró llenos de borra; y en breve, entre todo lo que había no valía más de doscientos florines; por lo que Blancaflor, sintiéndose burlada, lloró mucho tiempo los quinientos florines devueltos y mucho más los mil prestados, diciendo muchas veces: « Quien trata con toscano ha de andar con buena mano ».

Y así, quedándose con la pérdida y las burlas, se encontró con que tan listo era la una como el otro.

NOVENA JORNADA

*Comienza la novena jornada del
Decamerón, en la cual, bajo el gobierno
de Emilia, razona cada uno sobre lo que
le gusta y sobre lo que más le agrada.*

*L*A luz, cuyo esplendor ahuyenta la noche, había ya cambiado todo el octavo cielo de azulino a color celeste, y comenzaban por los prados a erguirse las florecillas, cuando Emilia, levantándose, hizo llamar a sus compañeras e igualmente a los jóvenes; los cuales, venidos y poniéndose en camino tras los lentos pasos de la reina, fueron hasta un bosquecillo no lejano de la villa, y entrando en él, vieron que animales como los cabritillos, ciervos y otros, que no temían a la caza por la existente pestilencia, los esperaban no de otra manera que si se hubiesen convertido en domésticos y sin temor. Y acercándose ora a éste, ora a aquél, como si debieran unirse a ellos, haciéndolos correr y saltar, se recrearon por algún tiempo; pero elevándose ya el sol, a todos pareció oportuno volver. Iban todos engalanados con guirnaldas de encina, con las manos llenas de hierbas odoríferas y flores; y quien los hubiese encontrado nada hubiera podido decir sino: «O éstos no serán vencidos por la muerte o los matará alegres». Así pues, viniendo paso a paso, cantando y bromeando y diciendo agudezas, llegaron a la villa, donde encontraron todas las cosas ordenadamente dispuestas y a sus servidores alegres y festejantes. Allí, descansando un rato, no se pusieron a la mesa antes de que fuesen cantadas por los jóvenes y las señoras seis cancioncillas —la una mejor que la otra—; después de las cuales, lavándose las manos, a todos colocó el mayordomo a la mesa según el gusto de la reina; donde, traídas las viandas, todos comieron alegres; y levantándose de ello, se pusieron a bailar la carola[150] y a tocar sus instrumentos, por algún espacio; y después, ordenándolo la reina, quien quiso se fue a descansar. Pero llegada la hora acostumbrada, todos se reunieron en el lugar acostumbrado para contar sus historias, y la reina, mirando a Filomena, dijo que diese principio a las historias del presente día; la cual, sonriendo, comenzó de esta manera:

---

[150] Danza antigua acompañada generalmente de canto.

Doña Francesca, amada por un tal Rinuccio y un tal Alessandro, y no amando a ninguno, haciendo entrar a uno como muerto en una sepultura y al otro sacar a aquél como a un muerto, y no pudiendo ellos llegar a hacer lo ordenado, sagazmente se los quita de encima.

SEÑORA, mucho me agrada, puesto que os complace, ser quien corra la primera lid en este campo abierto y libre del novelar en que vuestra majestad nos ha puesto; lo que si yo hago bien, no dudo que quienes vengan después no lo hagan bien y mejor.

Muchas veces, encantadoras señoras, se ha mostrado en nuestros razonamientos cuántas y cuáles sean las fuerzas de Amor, pero no creo que plenamente se hayan dicho, y no se dirían si estuviésemos hablando desde ahora hasta dentro de un año; y porque él no solamente conduce a los amantes a diversos peligros de muerte, sino también a entrar en las casas de los muertos para sacar a los muertos, me agrada hablaros de ello con una historia —además de las que ya han sido contadas—, en la cual el poder de Amor no solamente comprenderéis, sino también el talento de una valerosa señora aplicado a quitarse de encima a dos que contra su gusto la amaban.

Digo, pues, que en la ciudad de Pistoya hubo una hermosísima señora viuda a la cual dos de nuestros florentinos que por estar desterrados de Florencia vivían en Pistoya, llamados el uno Rinuccio Palermini[151] y el otro Alessandro Chiarmontesi[152], sin saber el uno del otro, por azar prendados de ella, la amaban ardientemente, haciendo cuidadosamente cada uno lo que podía para poder conquistar su amor. Y siendo esta noble señora, cuyo nombre fue Francesca de los Lázzari[153] frecuentemente solicitada por mensajes y por ruegos de cada uno de éstos, y habiéndoles prestado oídos poco discretamente muchas veces, y queriendo discretamente dejar de hacerlo y no pudiendo, le vino un pensamiento para quitarse de encima su incordio: y fue pedirles que le hiciesen un servicio que pensó que ninguno podría hacerle por muy posible que fuese, para que, al no hacerlo, tuviese ella honrosa y verosímil razón para no querer escuchar más sus mensajes; y el pensamiento fue el siguiente., El día en que le vino este pensamiento había muerto en Pistoya uno que, por muy no-

---

[151] Los Palermini eran una familia gibelina, exiliada, en efecto, de Florencia.
[152] Gibelinos también y exiliados de Florencia.
[153] Notable familia güelfa de Pistoya. No se sabe nada de una doña Francesca.

bles que hubiesen sido sus antepasados, era reputado el peor hombre que hubiese no ya en Pistoya, sino en todo el mundo; y además de esto, era tan contrahecho y de rostro tan desfigurado que quien no lo hubiese conocido al verlo por primera vez hubiese tenido miedo; y había sido enterrado en un sepulcro fuera de la iglesia de los frailes menores[154]. El cual pensó ella que podría ser de gran ayuda para su propósito; por lo que dijo a una criada suya:

—Sabes bien el aburrimiento y las molestias que recibo todos los días con los mensajes de estos dos florentinos, Rinuccio y Alessandro; ahora bien, no estoy dispuesta a complacerlos con mi amor y para quitármelos de encima me ha venido al ánimo ponerlos a prueba —por los grandes ofrecimientos que hacen— en algo que estoy segura de que no harán, y quitarme así de encima su incordio; y oye cómo. Sabes que esta mañana ha sido enterrado en el lugar de los frailes menores el *Degüelladiós* —así era llamado aquel mal hombre de quien hablamos antes— del cual, no ya muerto, sino vivo, los hombres más valientes de esta ciudad, al verlo, tenían miedo; y por ello te irás secretamente en primer lugar a Alessandro y le dirás: «Doña Francesca te manda decir que ha llegado el momento en que puedes tener su amor, el cual has deseado tanto, y estar con ella, si quieres, de esta manera. debe ser llevado a su casa —por una razón que tú sabrás más tarde—esta noche el cuerpo de Degüelladiós que fue sepultado esta mañana; y ella, como quien tiene miedo de él aun muerto como está, no querría tenerlo; por lo que te ruega, como gran servicio, ir esta noche a la hora del primer sueño y entrar en la sepultura donde Degüelladiós está enterrado, y ponerte sus ropas y quedarte como si

---

[154] La iglesia de San Francisco, que es importante en Pistoya. Estos sepulcros, situados fuera de la iglesia, eran del tipo de los que aparecen en VI, 9 y VIII, 9, que estaban fuera de Santa María la Nueva en Florencia.

fueses él hasta que vengan a buscarte, y sin hacer nada ni decir palabra dejarte arrastrar y traer a su casa, donde ella te recibirá, y estarás con ella y a tu puesto podrás irte, dejando a su cuidado el resto». Y si dice que lo hará bien está; si dice que no quiere hacerlo, dile de parte mía que no aparezca más donde estoy yo, y que si ama su vida se guarde de mandarme emisarios ni mensajes. Y luego de esto irás a Rinuccio Palermini y le dirás: «Doña Francesca dice que está pronta a hacer tu gusto si le haces a ella un gran servicio, que es que esta noche hacia la medianoche vayas a la sepultura donde fue enterrado esta noche Degüelladiós y, sin decir palabra de nada que veas, oigas o sientas, tires de él suavemente y se lo lleves a casa; allí verás para qué lo quiere y conseguirás el placer tuyo; y si no gustas de hacer esto te ordena desde ahora que no le mandes más ni emisarios ni mensajes».

La criada se fue a donde ambos, y habló puntualmente a cada uno, según le fue ordenado; a la cual contestaron ambos que entrarían no en una sepultura, sino en un infierno si a ella le agradaba. La criada dio la respuesta a la señora, que esperó a ver si estaban tan locos que lo harían. Venida, pues, la noche y siendo ya la hora del primer sueño, Alessandro Chiarmontesi, quedándose en jubón, salió de su casa para ir a ponerse en el lugar de Degüelladiós en la sepultura; y en el camino le vino al ánimo un pensamiento muy pavoroso, y comenzó a decirse:

—¡Ah!, ¡qué animal soy! ¿Dónde voy?, ¿y qué sé yo si los parientes de ésta, tal vez percatados de que la amo, creyendo lo que no es la han hecho hacer esto para matarme en la sepultura ésa? Lo que, si sucediese, yo sería el que lo pagaría y nunca llegaría a saberse nada que los perjudicase. ¿O qué sé yo si tal vez algún enemigo mío me ha procurado esto, al cual tal vez ella, amándolo, quiere servir?

Y luego decía:

—Pero supongamos que ninguna de estas cosas sea, y que sus parientes vayan a llevarme a su casa: tengo que creer que el cadáver de Degüelladiós no lo quieren para tenerlo en brazos ni para ponerlo en los de ella; sino que tengo que creer que quieren hacer con él cualquier destrozo, como de alguien que en alguna cosa les hizo daño. Ella dice que por nada que sienta diga palabra. ¿Y si ésos me sacasen los ojos, o me arrancasen los dientes, o me mutilasen las manos o me hicieran alguna otra broma semejante, qué sería de mí? ¿Cómo iba a quedarme quieto? ¿Y si hablo y me conocen y por acaso me hacen daño?; pero aunque no me lo hagan, no conseguiré nada porque no me dejarán con la señora; y la señora dirá luego que he desobedecido su mandato y nunca hará nada que me contente.

Y así diciendo, casi se volvió a casa; pero el gran amor lo empujó hacia adelante con argumentos contrarios a éstos y de tanta fuerza que le llevaron a la sepultura; la cual abrió, y entrando dentro y desnudando a Degüelladiós y poniéndose su ropa, y cerrando la sepultura sobre su cabeza y poniéndose en el sitio de Degüelladiós, le empezó a dar vueltas en la cabeza quién había sido éste y las cosas que había oído decir que habían sucedido de noche no sólo en la sepultura de los muertos, sino también en otras partes: y todos los pelos se le pusieron de punta, y de rato en rato le parecía que Degüelladiós se iba a poner de pie y a degollarlo a él allí. Pero ayudado por el ardiente amor, venciendo estos y otros pavorosos pensamientos, estando como si estuviese muerto, se puso a esperar lo que fuese a ser de él.

Rinuccio al aproximarse la medianoche, salió de su casa para hacer aquello que le había sido mandado a decir por su señora; y al ir, entró en muchos y diversos pensamientos sobre las cosas que podrían ocurrirle, tales como poder venir a dar a manos de la señoría con el cadáver de Degüelladiós a cuestas y ser condenado a la hoguera por brujo, o de si esto se sabía, suscitar el odio de sus parientes y de otros tales, por las cuales casi fue detenido. Pero después, recuperándose, dijo:

—¡Ah!, ¿voy a decir que no a la primera cosa que esta noble señora, a quien tanto he amado y amo, me ha pedido, y especialmente debiendo conquistar su gracia? Aunque tuviese que morir con toda certeza, no puedo dejar de hacer lo que le he prometido.

Y siguiendo su camino, llegó a la sepultura y la abrió fácilmente. Alessandro, al sentirla abrir, aunque tuviese gran miedo, se estuvo quieto. Rinuccio, entrando dentro, creyendo coger el cadáver de Degüelladiós cogió a Alessandro por los pies y lo sacó fuera, y poniéndoselo sobre los hombros, comenzó a ir hacia casa de la noble señora; y andando así y no teniendo consideración con él, muchas veces le daba golpes, ora en un lado, ora en otro, contra algunos bancos que había junto a las casas; y la noche era tan lóbrega y oscura que no podía ver por dónde andaba. Y estando ya Rinuccio junto a la puerta de la noble señora, que estaba a la ventana con su criada para ver si Rinuccio traía a Alessandro, ya preparada para hacer irse a los dos sucedió que la guardia de la señoría, puesta al acecho en aquel barrio y estando silenciosamente, esperando poder coger a un bandido, al sentir el ruido que Rinuccio hacía al andar, súbitamente sacaron una luz para ver qué era y dónde iba, y cogiendo los escudos y las lanzas, gritaron:

—¿Quién anda ahí?

Reconociendo Rinuccio a ésta, no teniendo tiempo de demasiada larga deliberación, dejando caer a Alessandro, corrió cuanto las piernas podían aguantarlo. Alessandro, levantándose rápidamente, aunque llevase puestas las ropas del muerto, que eran muy largas, también se echó a correr. La señora, con la luz encendida por los guardias habían visto perfectamente a Rinuccio con Alessandro encima de los hombros, y del mismo modo había apercibido a Alessandro vestido con las ropas de Degüelladiós; y se maravilló mucho del gran valor de los dos, pero con todo su asombro se rió mucho al ver arrojar al suelo a Alessandro y verlo después huir. Y alegrándose mucho con aquel suceso y dando gracias a Dios que la había sacado del fastidio de estos dos, se volvió dentro y se fue a la cama, afirmando, junto con su criada, que sin ninguna duda aquellos dos la amaban mucho, puesto que habían hecho aquello que les había mandado, tal como se veía. Rinuccio, triste y maldiciendo su desventura, no se volvió a su casa aun con todo esto, sino que, al irse de aquel barrio la guardia, volvió allí adonde había arrojado a Alessandro, y comenzó, a tientas, a ver si lo encontraba, para cumplir lo que le había sido requerido; pero, al no encontrarlo, y pensando que la guardia lo habría llevado de allí, se volvió triste a su casa. Alessandro, no sabiendo qué hacer, sin haber conocido a quien lo había llevado, doliente por tal desdicha, se fue igualmente a su casa. Por la mañana, encontrada abierta la sepultura de Degüelladiós y no viéndosele dentro porque Alessandro lo había arrojado al fondo, toda Pistoya se llenó de habladurías, estimando los necios que se lo habían llevado los demonios. No dejó cada uno de los enamorados de hacer saber a la dama lo que habían hecho y lo que había sucedido, y con ello, excusándose por no haber cumplido por completo su mandamiento, pedían su gracia y su amor; la cual, mostrando no creer a ninguno, con la tajante respuesta de que no haría nunca nada por ellos, puesto que ellos lo que les había pedido no lo habían hecho, se los quitó de encima.

Se levanta una abadesa apresuradamente y a oscuras para sorprender en la cama con su amante a una monja suya, que ha sido delatada, y estando un cura con la abadesa, creyendo que se ponía en la cabeza las tocas, se puso los calzones del cura, los cuales, viéndolos la acusada, y haciéndoselo observar, fue absuelta de la acusación y tuvo libertad para estar con su amante[155].

[155] El motivo de los «calzones del cura» es frecuente en la literatura satírica medieval. Antes de Boccaccio se contaban en Francia los *«fabliaux Dit de la nonnete y Der braies du cordelier»*; después de Boccaccio esta historia se hizo muy popular en Italia.

YA se callaba Filomena y había sido alabado por todos el buen juicio de la señora para quitarse de encima a aquellos a quienes no quería amar; y, por el contrario, la osada presunción de los amantes había sido considerada por todos no amor sino tontería, cuando la reina dijo graciosamente: a Elisa:

—Elisa, sigue.

La cual, prestamente, comenzó:

Queridísimas señoras, discretamente supo doña Francesca, como se ha contado, librarse de lo que la molestaba; pero una joven monja, con la ayuda de la fortuna, se libró, con las palabras oportunas, de un amenazador peligro. Y como sabéis, son muchos los que, siendo muy necios, se hacen maestros y reprensores de los demás, los cuales, tal como podréis comprender por mi historia, la fortuna vitupera algunas veces merecidamente; y ello le sucedió a una abadesa bajo cuya obediencia estaba la monja de la que debo hablar.

Debéis saber, pues, que en Lombardía hubo un monasterio famosísimo por su santidad y religión en el cual, entre otras monjas que allí había, había una joven de sangre noble y dotada de maravillosa hermosura, la cual, llamada Isabetta, habiendo venido un día a la reja para hablar con un pariente suyo, se enamoró de un apuesto joven que estaba con él; y éste, viéndola hermosísima, ya su deseo habiendo entendido con los ojos, se inflamó de forma semejante por ella, y no sin gran tristeza de los dos, mantuvieron este amor durante mucho tiempo sin ningún fruto. Por fin, estando los dos atentos a ello, vio el joven una vía para poder ir a su monja ocultísimamente; con lo que, alegrándose ella, la visitó no una vez, sino muchas, con gran placer de los dos. Pero continuando esto, sucedió que él, una noche, fue visto ir a ver a Isabetta y volver por una de las señoras de allá adentro —sin que ni él ni ella se apercibiesen—; lo que a otras cuantas comunicó. Y primero tomaron la decisión de acusarla a la abadesa, la cual tenía por nombre doña Usimbalda, buena y santa señora según su opinión y de cualquiera que la conociese; luego pensaron, para que no pudiese negarlo, en hacer que la abadesa la cogiese con el joven, y, así, callándose, se repartieran entre sí las vigilias y las guardias secretamente para cogerla. Y, no cuidándose Isabetta de esto ni sabiendo nada de ello, sucedió que le hizo venir una noche; lo que inmediatamente supieron las que estaban a la expectativa. Las cuales, cuando les pareció oportuno, estando ya la noche avanzada, se dividieron en dos y una parte se puso en guardia a la puerta de la celda de Isabetta y otra se fue corriendo a la alcoba de la abadesa, y dando golpes en la puerta de ésta, que ya contestaba, dijeron:

—¡Hey!, señora, levantaos deprisa, que hemos encontrado a Isabetta con un joven en la celda.

Estaba aquella noche la abadesa acompañada de un cura al cual hacía venir con frecuencia metido en un arcón; y, al oír esto, temiendo que las monjas fuesen a golpear tanto la puerta —por demasiada prisa o demasiado afán— que se abriese, apresuradamente se puso en pie y lo mejor que pudo se vistió a oscuras, y creyendo coger unas tocas dobladas que llevan sobre la cabeza y las llaman «el salterio», cogió los calzones del cura, y tanta fue la prisa que, sin darse cuenta, en lugar del salterio se los echó a la cabeza y salió, y prestamente se cerró la puerta tras ella, diciendo:

—¿Dónde está esa maldita de Dios?

Y llegó a la puerta de la celda de ésta con las demás, que tan excitadas y atentas estaban para que encontrasen a Isabetta en pecado que de lo que llevase en la cabeza la abadesa no se dieron cuenta, y, ayudada por las otras, la echó abajo; y entradas dentro, encontraron en la cama a los dos amantes abrazados, los cuales, aturdidos por un tan súbito acontecimiento, no sabiendo qué hacer, se estuvieron quietos. La joven fue de inmediato cogida por las otras monjas y, por orden de la abadesa, llevada al capítulo. El joven se había quedado y, vistiéndose, esperaba a ver en qué acababa la cosa, con la intención de jugar una mala pasada a cuantas pudiera alcanzar si a su joven fuese hecho algún mal, y llevársela con él. La abadesa, sentándose en el capítulo, en presencia de todas las monjas, que solamente miraban a la culpable, comenzó a decirle las mayores injurias que nunca a una mujer fueron dichas, por empañar la santidad, la honestidad y la buena fama del monasterio con sus sucias y vituperables acciones, si afuera fuese sabido, y tras las injurias añadía gravísimas amenazas. La joven, vergonzosa y tímida, como culpable, no sabía qué responder, sino que callando, hacía a las demás sentir compasión de ella. Y multiplicando la abadesa sus historias, le ocurrió a la joven levantar la mirada y vio lo que la abadesa llevaba en la cabeza y las cintas que de acá y de allá le colgaban; por lo que, dándose cuenta de lo que era, tranquilizada por completo, dijo:

—Señora, así os ayude Dios, ataos la cofia y luego me diréis lo que queráis.

La abadesa, que no la entendía, dijo:

—¿Qué cofia, mala mujer? ¿Tienes la cara de decir gracias? ¿Te parece que has hecho algo con lo que vayan bien las bromas?

Entonces la joven, otra vez, dijo:

—Señora, os ruego que os atéis la cofia; después decidme lo que os plazca.

Con lo que muchas de las monjas levantaron la mirada a la cabeza de la abadesa, y ella también llevándose a ella las manos, se dieron cuenta de por qué Isabetta decía aquello; con lo que la abadesa, dándose cuenta de su misma falta y viendo que por todas era vista y no podía ocultarla, cambió de sermón, y de forma muy distinta de la que había comenzado empezando a hablar, llegó a la conclusión de que era imposible defenderse de los estímulos de la carne; y por ello calladamente, como se había hecho hasta aquel día, dijo que cada una se divirtiera cuanto pudiese. Y poniendo en libertad a la joven, se volvió a acostarse con su cura, e Isabetta con su amante, al cual muchas veces después, a pesar de aquellas que le tenían envidia, lo hizo venir allí; las demás que no tenían amante, lo mejor que pudieron probaron fortuna.

*El maestro Simón, a instancias de Bruno
y de Buffalmacco y de Nello, hace creer a
Calandrino que está preñado, el cual da a
los antes mencionados capones y dinero
para medicinas, y se cura de la preñez
sin parir[156].*

DESPUÉS de que Elisa hubo terminado su historia, habiendo dado todos gracias a Dios por haber sacado, con feliz éxito, a la joven monja de las fauces de sus

---

[156] El tema del hombre preñado se encuentra en los folklores primitivos y, en la Edad Media europea, aparece en algunas fábulas francesas y en libros de «*exempla*».

envidiosas compañeras, la reina mandó a Filóstrato que siguiese; el cual, sin esperar otra orden, comenzó:

Hermosísimas señoras, el poco pulido juez de las Marcas sobre quien ayer os conté una historia, me quitó de la boca una historia de Calandrino que estaba por deciros; y porque lo que de él se cuente no puede sino multiplicar la diversión, aunque sobre él y sus compañeros ya se haya hablado bastante, os diré, sin embargo, la que ayer tenía en el ánimo.

Ya antes se ha mostrado muy claro quién era Calandrino y los otros de quienes tengo que hablar en esta historia; y por ello, sin decir más, digo que sucedió que una tía de Calandrino murió y le dejo doscientas liras de calderilla contante; por lo que Calandrino comenzó a decir que quería comprar una hacienda, y andaba en tratos con cuantos corredores de tierras había en Florencia, como si tuviese para gastar diez mil florines de oro, tratos que siempre se estropeaban cuando se llegaba al precio de la hacienda deseada. Bruno y Buffalmacco, que estas cosas sabían, le habían dicho muchas veces que haría mejor en gastárselos junto con ellos que andar comprando tierras como si hubiera tenido que hacer pelotillas de barro, pero, aunque mucho insistieron, ni siquiera lograron convencerlo a invitarlos a comer una vez. Por lo que, quejándose un día de ello y llegando un compañero suyo que tenía por nombre Nello, pintor, deliberaron los tres juntos encontrar la manera de untarse el hocico a costa de Calandrino; y sin tardanza, habiendo decidido entre ellos lo que tenían que hacer, a la mañana siguiente, apostado para ver cuándo salía de casa Calandrino, y no habiendo andado éste casi nada, le salió al encuentro Nello y dijo:

—Buenos días, Calandrino.

Calandrino le contestó que Dios le diese buenos días y buen año. Después de lo cual Nello, parándose un poco, comenzó a mirarle a la cara; a quien Calandrino dijo:

—¿Qué miras?

Y Nello le dijo:

—¿No te ha pasado nada esta noche? No me pareces el mismo.

Calandrino, de inmediato comenzó a sentir temor y dijo:

—¡Ay!, ¿qué te parece que tengo?

Dijo Nello:

—¡Ah!, no lo digo por eso; pero me pareces muy transformado; será otra cosa —y le dejó ir.

Calandrino, todo asustado, pero no sintiendo nada, siguió andando. Pero Buffalmacco, que no estaba lejos, viéndolo ya alejarse de Nello, le salió al encuentro y, saludándolo, le preguntó que si le dolía algo. Calandrino repuso:

—No sé, hace un momento me decía Nello que parecía todo transformado; ¿podría ser que me pasase algo?

Dijo Buffalmacco:

—Sí, podría pasarte nada, no algo[157]: pareces medio muerto.

A Calandrino ya le parecía tener calentura; y he aquí que Bruno aparece, y antes de decir nada dijo:

—Calandrino, ¿qué cara es ésa? Pareces un muerto; ¿qué te pasa?

Calandrino, al oír a todos éstos hablar así, por ciertísimo tuvo que estaba enfermo, y todo espantado le preguntó:

—¿Qué hago?

Dijo Bruno:

—A mí me parece que te vuelvas a casa y te metas en la cama y que te tapen bien, y que le mandes una muestra[158]

---

[157] De nuevo se utiliza un lenguaje equívoco para confundir a Calandrino.

[158] De orina, que era prácticamente la única prueba diagnóstica de la época.

al maestro Simón, que es tan íntimo nuestro como sabes. Él te dirá de inmediato lo que tienes que hacer, y nosotros vendremos a verte; y si algo necesitas lo haremos nosotros.

Y uniéndoseles Nello, se volvieron a su casa con Calandrino; y él, entrando todo fatigado en la alcoba, dijo a su mujer:

—Ven y tápame bien, que me siento muy mal.

Y habiéndose acostado, mandó una muestra al maestro Simón por una criadita, el cual entonces estaba en la botica del Mercado Viejo que tiene la enseña del melón. Y Bruno dijo a sus compañeros:

—Vosotros quedaos aquí con él, yo quiero ir a saber qué dice el médico, y si es necesario a traerlo.

Calandrino entonces dijo:

—¡Ah, sí, amigo mío, vete y ven a decirme cómo está la cosa, que yo no sé qué siento aquí dentro!

Bruno, yendo a buscar al maestro Simón, allí llegó antes que la criadita que llevaba la muestra, e informó del caso al maestro Simón; por lo que, llegada la criadita y habiendo visto el maestro la muestra, dijo a la criadita:

—Ve y dile a Calandrino que no coja frío e iré en seguida a verlo y le diré lo que tiene y lo que tiene que hacer.

La criadita así se lo dijo; y no había pasado mucho tiempo cuando el médico y Bruno vinieron, y sentándose al lado del médico, comenzó a tomarle el pulso, y, luego de un poco, estando allí presente su mujer, dijo:

—Mira, Calandrino, hablándote como a amigo, no tienes otro mal, sino que estás preñado.

Cuando Calandrino oyó esto, comenzó a gritar lastimeramente y a decir:

—¡Ay! Tessa, esto es culpa tuya, que no quieres sino subirte encima; ¡ya te lo decía yo!

La mujer, que era muy honesta persona, oyendo decir tal cosa al marido, enrojeció toda de vergüenza, y bajando la frente sin responder palabra salió de la alcoba. Calandrino, continuando con su queja, decía:

—¡Ay, desdichado de mí!, ¿qué haré?, ¿cómo pariré este hijo? ¿Por dónde saldrá? Bien me veo muerto por la lujuria de esta mujer mía, que tan desdichada la haga Dios como yo quiero ser feliz; pero si estuviese sano como no lo estoy, me levantaría y le daría tantos golpes que la haría pedazos, aunque muy bien me está, que nunca debía haberla dejado subirse encima; pero por cierto que si salgo de ésta antes se podrá morir de las ganas.

Bruno y Buffalmacco y Nello tenían tantas ganas de reír que reventaban al oír las palabras de Calandrino, pero se aguantaban; pero el maestro Simón se reía tan descuajaringadamente que se le podrían haber sacado todos los dientes. Pero, por fin, poniéndose Calandrino en manos del médico y rogándole que en esto le diese consejo y ayuda, le dijo el maestro:

—Calandrino, no quiero que te aterrorices, que, alabado sea Dios, nos hemos dado cuenta del caso tan pronto que con poco trabajo y en pocos días te curaré; pero hay que gastar un poco.

Dijo Calandrino:

—¡Ay!, maestro mío, sí, por amor de Dios; tengo aquí cerca de doscientas liras con las que quería comprar una buena hacienda: si se necesitan todas, cogedlas todas, con tal de que no tenga que parir, que no sé qué iba a ser de mí, que oigo a las mujeres armar tanto alboroto cuando están pariendo, aunque tengan eso tan grande y bueno por donde hacerlo, que creo que si yo sintiera ese dolor me moriría antes de parir.

Dijo el médico:

—No pienses en eso: te haré hacer cierta bebida destilada muy buena y muy agradable de beber que, en tres mañanas, resolverá todas las cosas y te quedarás más fresco que un pez; pero luego tendrás que ser prudente y no te obstines más en estas necedades. Ahora se necesitan para esa agua tres pares de buenos y gordos capones, y para otras cosas que hacen falta le darás a uno de éstos cinco liras de calderilla para que las compre, y harás que me lo lleven todo a la botica; y yo, en nombre de Dios, mañana te mandaré ese brebaje destilado, y comenzarás a beberlo un vaso grande de cada vez.

Calandrino, oído esto, dijo:

—Maestro mío, lo que digáis.

Y dando cinco liras a Bruno y dineros para tres pares de capones le rogó que en su servicio se tomase el trabajo de estas cosas. El médico, yéndose, le hizo hacer un poco de jarabe y se lo mandó. Bruno, comprados los capones y otras cosas necesarias para pasarlo bien, se las comió junto con el médico y con sus compañeros. Calandrino bebió el jarabe tres mañanas; y el médico vino a verlo y también sus compañeros y, tomándole el pulso, le dijo:

—Calandrino, estás curado sin duda, así que vete con tranquilidad ya a tus asuntos, y no es cosa de quedarte más en casa.

Calandrino, contento, se levantó y se fue a sus asuntos, alabando mucho, dondequiera que se paraba a hablar con una persona, la buena cura que le había hecho el maestro Simón, haciéndole abortar en tres días sin ningún dolor; y Bruno y Buffalmacco y Nello se quedaron contentos por haber sabido, con ingenio, burlar la avaricia de Calandrino, aunque doña Tessa, apercibiéndose, rezongase mucho con su marido.

Calandrino se enamora de una joven y Bruno le hace un escrito de encantamiento, con el cual, al tocarla, se va con él; y siendo encontrado por su mujer, tienen una gravísima y enojosa disputa.

Terminada la no larga historia de Neifile, sin que el grupo se riese o hablase demasiado de ella, la reina, vuelta hacia Fiameta, le ordenó que ella siguiese; la cual, muy alegre, repuso que de buen grado, y comenzó:

Nobilísimas señoras, como creo que sabéis, nada hay de lo que se hable tanto que no guste más cada vez si el momento y el lugar que tal cosa pide sabe ser elegido debidamente por quien quiere hablar de ello. Y por ello, si miro a aquello por lo que estamos aquí —que estamos para divertirnos y entretenernos y no para otra cosa— estimo que todo lo que pueda proporcionar diversión y entretenimiento tiene aquí su momento y lugar oportuno; y aunque mil veces se hablase de ello, no debe sino deleitar otro tanto al hablar de ello. Por lo que, aunque muchas veces se haya hablado entre nosotros de las aventuras de Calandrino, mirando —como hace poco dijo Filóstrato— que todas son divertidas, me atreveré a contar una historia de él además de las contadas: la cual, si hubiese querido o quisiese apartarme de la verdad de los hechos, bien habría sabido componerla y contarla bajo otros nombres; pero como el apartarse de la verdad de las cosas sucedidas al novelar es disminuir mucho deleite en los oyentes, os la contaré en la forma verdadera, ayudada por lo ya hablado.

Niccolo Cornacchini[159] fue un conciudadano nuestro y un hombre rico; y entre sus otras posesiones tuvo una hermosa en Camerata[160], en la que hizo construir una honorable y rica casona, y concertó con Bruno y con Buffalmacco que se la pintaran toda; los cuales, como el trabajo era mucho, llevaron consigo a Nello y a Calandrino y comenzaron a trabajar. Y allí, aunque hubiese alguna alcoba amueblada con una cama y otras cosas oportunas y una criada vieja viviese también como guardiana del lugar, porque otra familia no había, acostumbraba un hijo del mencionado Niccolo, que tenía por nombre Filippo, como joven y sin mujer, a llevar alguna vez a alguna mujer que le gustase y tenerla allí un día o dos y luego despedirla.

Ahora bien, entre las demás veces sucedió que llevó a una que tenía por nombre Niccolosa, a quien un rufián,

---

[159] Vittore Branca señala que la familia florentina de los Cornacchini (mercaderes muy conocidos en los siglos XIII y XIV) vivían en la Vía del Cocomero.
[160] Es una de las colinas que rodean Florencia.

que era llamado el Tragón, teniéndola a su disposición en una casa de Camaldoli, la prostituía. Tenía ésta hermosa figura y estaba bien vestida y, en relación con sus compañeras de profesión, era de buenas maneras y hablaba bien; y habiendo un día salido de la alcoba a mediodía con unas enaguas de algodón blanco y con los cabellos revueltos, y estando lavándose las manos y la cara en un pozo que había en el patio de la casona, sucedió que Calandrino vino allí a por agua y la saludó amistosamente. Ella, respondiéndole, comenzó a mirarlo, más porque Calandrino le parecía un hombre raro que por otra coquetería. Calandrino comenzó a mirarla a ella, y pareciéndole hermosa, comenzó a remolonear y no volvía a donde sus compañeros con el agua: pero no conociéndola no se atrevía a decirle nada. Ella, que se había apercibido de que la miraba, para tomarle el pelo alguna vez lo miraba, arrojando algún suspirillo; por lo que Calandrino súbitamente se encaprichó con ella, y no se había ido del patio cuando ella fue llamada a la alcoba de Filippo.

Calandrino, volviendo a trabajar, no hacía sino resoplar, por lo que Bruno, dándose cuenta, porque constantemente lo observaba, pues gran diversión sentía en sus actos, dijo:

—¿Qué diablo tienes, compadre Calandrino? No haces más que resoplar.

A lo que Calandrino respondió:

—Compadre, si tuviera quien me ayudase, estaría bien.

—¿Cómo? —dijo Bruno.

A lo que Calandrino dijo:

—No hay que decírselo a nadie: hay una joven aquí abajo que es más hermosa que un hada, la cual se ha enamorado tanto de mí que te parecería cosa extraordinaria: me he dado cuenta ahora mismo, cuando he ido a por agua.

—¡Ay! —dijo Bruno—, cuidado que no sea la mujer de Filippo.

Dijo Calandrino:

—Creo que sí, porque él la llamó y ella se fue a su alcoba; pero ¿qué importa eso? A Cristo se la pegaría yo por tales cosas, no ya a Filippo. Te voy a decir la verdad, compadre: me gusta tanto que no podría explicártelo.

Dijo entonces Bruno:

—Compadre, te averiguaré quién es; y si es la mujer de Filippo, arreglaré tu asunto en dos palabras porque la conozco mucho. ¿Pero cómo haremos para que no lo sepa Buffalmacco? No puedo hablarle nunca sin que él esté presente.

Dijo Calandrino:

—Buffalmacco no me preocupa, pero ten cuidado con Nello, que es pariente de Tessa[161] y echaría todo a perder.

Dijo Bruno:

—Dices bien.

Pero Bruno sabía quién era ella, como quien la había visto llegar, y también Filippo se lo había dicho; por lo que, habiéndose apartado Calandrino un poco del trabajo e ido a verla, Bruno contó todo a Nello y a Buffalmacco, y juntos ocultamente arreglaron lo que iban a hacer con este enamoramiento suyo.

Y al volver, le dijo Bruno en voz baja:

—¿La has visto?

Repuso Calandrino:

—¡Ay, sí, me muero por ella!

Dijo Bruno:

—Quiero ir a ver si es la que yo creo; y si es, déjame hacer a mí. Bajando, pues, Bruno y encontrando a Filippo y a ella, les contó detalladamente quién era Calandrino y lo

---

[161] Nombre de la mujer de Calandrino.

que les había dicho, y con ellos arregló lo que cada uno tenía que decir y hacer para divertirse y entretenerse con el enamoramiento de Calandrino; y volviéndose a Calandrino dijo:

—Sí es ella: y por ello esto hay que hacerlo muy sabiamente, porque si Filippo se diese cuenta, toda el agua del Arno no te lavaría. Pero ¿qué quieres que le diga de tu parte si sucede que pueda hablarle?

Repuso Calandrino:

—¡Rediez! Le dirás lo primero de todo que la quiero mojar mil veces con esa simiente que es tan buena para embarazar, y luego que soy su servicial[162] y que si quiere algo, ¿me has entendido bien?

Dijo Bruno:

—Sí, déjame a mí.

Llegada la hora de la cena y éstos, habiendo dejado el trabajo y bajado al patio, estando allí Filippo y Niccolosa, se quedaron allí un rato para ayudas a Calandrino, y Calandrino comenzó a mirar a Niccolosa y a hacer los más extraños gestos del mundo, tales y tantos que se habría dado cuenta un ciego. Ella, por otra parte, hacía todo cuanto podía con lo que creía inflamarlo bien y según los consejos recibidos de Bruno, divirtiéndose lo más del mundo con los modos de Calandrino. Filippo, con Buffalmacco y con los otros hacía semblante de conversar y de no apercibirse de este asunto.

Pero después de un rato, sin embargo, con grandísimo fastidio de Calandrino se fueron; y viniendo hacia Florencia dijo Bruno a Calandrino:

—Bien te digo que la haces derretirse como hielo al sol: por el cuerpo de Cristo, si te traes el rabel y le cantas un

---

[162] Término utilizado en lugar de siervo.

poco esas canciones tuyas de amores, la harás tirarse de la ventana para venir contigo.

Dijo Calandrino:

—¿Te parece, compadre?, ¿te parece que lo traiga?

—Sí —repuso Bruno.

A lo que respondió Calandrino:

—No me lo creías hoy cuando te lo decía: por cierto, compadre, me doy cuenta de que sé mejor que otros hacer lo que quiero. ¿Quién hubiera sabido, sino yo, enamorar tan pronto a una mujer tal que ésta? A buena hora iban a saberlo hacer esos jóvenes de chichinabo que todo el día lo pasan yendo de arriba abajo y en mil años no sabrían reunir un puñado de cuescos. Ahora querría que me vieses un poco con el rabel: ¡verás qué música toco! Y entiende bien que no soy tan viejo como te parezco: ella sí se ha dado cuenta, sí, pero de otra manera se lo haré notar si le pongo las garras encima, por el verdadero cuerpo de Cristo, que le haré tal trabajito que me seguirá como la sombra al cuerpo.

—¡Oh! —dijo Bruno—, te la zamparás: y me parece verte morderla con esos dientes tuyos como clavijas esa boca suya rojezuela y esas mejillas que parecen dos rosas, y luego comértela toda entera.

Calandrino, al oír estas palabras, le parecía estar poniéndolas en obra, y andaba cantando y saltando tan alegre que no cabía en su pellejo. Pero al día siguiente, trayendo el rabel, con gran deleite de toda la compañía cantó con él muchas canciones; y en resumen entró en tal desgana de hacer nada con tanto mirar a aquélla, que no trabajaba nada, sino que corría para verla mil veces al día, ora a la ventana, ora a la puerta y ora al patio, y ella, según los consejos que Bruno le había dado, muy bien le daba ocasiones para esto. Bruno, por otra parte, se ocupaba de sus embajadas y a veces se las hacía de parte de ella: cuando ella no estaba allí, que era la mayor parte del tiempo, le hacía llegar cartas de ella en las cuales le daba grandes esperanzas a sus deseos, mostrando que estaba en casa de sus parientes, donde él entonces no podía verla. Y de esta guisa, Bruno y Buffalmacco, que andaban en el asunto, sacaban de los hechos de Calandrino la mayor diversión del mundo, haciéndose dar a veces, como pedido por su señora, cuándo un peine de marfil y cuándo una bolsa y cuándo una navajilla y tales chucherías, dándole a cambio algunas sortijitas falsas sin valor con las que Calandrino se alegraba sobremanera; y además de esto le sacaban buenas meriendas y otras invitaciones, por estar ocupados de sus asuntos.

Ahora, habiéndole entretenido unos dos meses de esta forma sin haber hecho más, viendo Calandrino que el trabajo se venía acabando y pensando que, si no llevaba a efecto su amor antes de que estuviese terminado el trabajo, nunca más iba a poder conseguirlo, comenzó a importunar mucho y a solicitar a Bruno; por lo que, habiendo venido la joven, habiendo arreglado Bruno primero con Filippo y con ella lo que había que hacer, dijo a Calandrino:

—Mira, compadre, esta mujer me ha prometido más de mil veces hacer lo que tú quieras y luego no hace nada, y me parece que te está tomando el pelo; y por ello, como no hace lo que promete, vamos a hacérselo hacer, lo quiera o no, si tú quieres.

Repuso Calandrino:

—¡Ah!, sí, por amor de Dios, hagámoslo pronto.

Dijo Bruno:

—¿Tendrás valor para tocarla con un escrito de encantamiento que yo te dé?

Dijo Calandrino:

—Claro que sí.

—Pues —dijo Bruno— búscame un trozo de pergamino nonato[163] y un murciélago vivo y tres granitos de incienso y una vela bendita, y déjame hacer.

Calandrino pasó toda la noche siguiente cazando a un murciélago con sus trampas y al final lo cogió y con las otras cosas se lo llevó a Bruno; el cual, retirándose a una alcoba, escribió sobre aquel pergamino ciertas sandeces con algunos signos y se lo llevó y dijo:

—Calandrino, sabe que si la tocas con este escrito, vendrá de inmediato detrás de ti y hará lo que quieras. Pero, si Filippo va hoy a algún lugar, acércate de cualquier manera y tócala y vete al pajar que está aquí al lado, que es el mejor lugar que haya, porque no va nunca nadie, verás que ella viene allí, cuando esté allí bien sabes lo que tienes que hacer.

Calandrino se sintió el hombre más feliz del mundo y tomando el escrito dijo:

—Compadre, déjame a mí.

Nello, de quien Calandrino se ocultaba, se divertía con este asunto tanto como los otros y junto con ellos intervenía en la burla; y por ello, tal como Bruno le había ordenado, se fue a Florencia a donde la mujer de Calandrino y le dijo:

—Tessa, sabes cuántos golpes te dio Calandrino sin razón el día que volvió con las piedras del Muñone, y por ello quiero que te vengues: y si no lo haces, no me tengas más por pariente ni por amigo. Se ha enamorado de una mujer de allá arriba, y es tan zorra que anda encerrándose con él muchas veces, y hace poco se dieron cita para estar juntos enseguida; y por eso quiero que te vengues y lo vigiles y lo castigues bien.

---

[163] Es decir, producido a partir de la piel de un animal que aún no ha nacido y a cuya madre se ha sacrificado para poder extraer la piel que servirá de pergamino.

Al oír la mujer esto, no le pareció ninguna broma, sino que poniéndose en pie comenzó a decir:

—Ay, ladrón público, ¿eso me haces? Por la cruz de Cristo, no se quedará así que no me las pagues.

Y cogiendo su toquilla y a una muchachita de compañera, enseguida, más corriendo que andando, se fue con Nello hacia allá arriba; a la cual, al verla venir Bruno de lejos, dijo a Filippo:

—Aquí está nuestro amigo.

Por lo que, Filippo, yendo donde estaba Calandrino y los otros trabajando, dijo:

—Maestros, tengo que ir a Florencia ahora mismo: trabajad con ganas.

Y yéndose, se fue a esconder en una parte donde podía, sin ser visto, ver lo que hacía Calandrino.

Calandrino, cuando creyó que Filippo estaba algo lejos, bajó al patio donde encontró sola a Niccolosa; y entrando con ella en conversación, y ella, que sabía bien lo que tenía que hacer, acercándosele, le mostró un poco más de familiaridad que la que le había mostrado, con lo que Calandrino la tocó con el escrito. Y cuando la hubo tocado, sin decir nada, volvió los pasos al pajar, a donde Niccolosa le siguió; y, entrando dentro, cerrada la puerta abrazó a Calandrino y lo arrojó sobre la paja que estaba en el suelo, y saltándole encima, a horcajadas y poniéndole las manos sobre los hombros, sin dejarle que le acercase la cara, lo miraba como con gran deseo diciendo:

—Oh, dulce Calandrino mío, alma mía, bien mío, descanso mío, ¡cuánto tiempo he deseado tenerte y poder tenerte a mi voluntad! Con tu amabilidad me has robado el cordón de la camisa, me has encadenado el corazón con tu rabel: ¿puede ser cierto que te tenga?

Calandrino, apenas pudiéndose mover, decía:

—¡Ah!, dulce alma mía, déjame besarte.

Niccolosa decía:

—¡Qué prisa tienes! Déjame primero verte a mi gusto: ¡déjame saciar los ojos con este dulce rostro tuyo!

Bruno y Buffalmacco se habían ido donde Filippo y los tres veían y oían esto; y yendo ya Calandrino a besar a Niccolosa, he aquí que llegan Nello con doña Tessa; el cual, al llegar, dijo:

—Voto a Dios que están juntos —y llegados a la puerta del pajar, la mujer, que estallaba de rabia, empujándole con las manos le hizo irse, y entrando dentro vio a Niccolosa encima de Calandrino; la cual, al ver a la mujer, súbitamente levantándose, huyó y se fue donde estaba Filippo.

Doña Tessa corrió con las uñas a la cara de Calandrino que todavía no estaba levantado, y se la arañó toda; y cogiéndolo por el pelo y tirándolo de acá para allá comenzó a decir:

—Sucio perro deshonrado, ¿así que esto me haces? Viejo tonto, que maldito sea el día en que te he querido: ¿así que no te parece que tienes bastante que hacer en tu casa que te vas enamorando por las ajenas? ¡Vaya un buen enamorado! ¿No te conoces, desdichado?, ¿no te conoces, malnacido?, que exprimiéndote todo no saldría jugo para una salsa. Por Dios que no era Tessa quien te preñaba, ¡que Dios la confunda a ésa sea quien sea, que debe ser triste cosa tener gusto por una joya tan buena como eres tú!

Calandrino, al ver venir a su mujer, se quedó que ni muerto ni vivo y no se atrevió a defenderse contra ella de ninguna manera: sino que así arañado y todo pelado y desgreñado, recogiendo la capa y levantándose, comenzó humildemente a pedir a su mujer que no gritase si no quería que le cortasen en pedazos porque aquella que estaba con él era mujer del de la casa.

La mujer dijo:

—¡Pues que Dios le dé mala ventura!

Bruno y Buffalmacco, que se habían reído con Filippo y Niccolosa de este asunto a su gusto, como si acudiesen al alboroto, aquí llegaron; y luego de muchas historias, tranquilizada la mujer, dieron a Calandrino el consejo de que se fuese a Florencia y no volviera por allí, para que Filippo, si algo oyera de esto, no le hiciese daño. Así pues, Calandrino, triste y afligido, todo pelado y todo arañado volviéndose a Florencia, no se atrevió a volver allá más, molestado día y noche por las reprimendas de su mujer, y puso fin a su ardiente amor, habiendo hecho reír mucho a sus amigos y a Niccolosa y a Filippo.

*Dos jóvenes se albergan en la casa de uno
con cuya hija uno va acostarse, y su
mujer, sin advertirlo, se acuesta con el
otro; el que estaba con la hija se acuesta
con su padre y le cuenta todo, creyendo
hablar con su compañero; hacen mucho
alboroto, la mujer, apercibiéndose, se
mete en la cama de la hija y, después, con
algunas palabras pacifica a todos[164].*

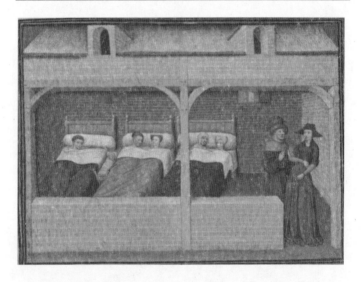

CALANDRINO, que otras veces había hecho reír al
grupo, lo mismo lo hizo esta vez: y después de que las

---

[164] El argumento de esta novela procede del de algunos «*fabliaux*», como «*Gombert et les deux clers*» de Jean Boves y «*Le meunier et les deux clercs*».

damas dejaran de hablar de sus cosas, la reina ordenó a Pánfilo que hablase, el cual dijo:

Loables señoras, el nombre de la Niccolosa amada por Calandrino me ha traído a la memoria una historia de otra Niccolosa, la cual me place contaros porque en ella veréis cómo una súbita inspiración de una buena mujer evitó un gran escándalo.

En la llanura del Muñone[165] hubo, no hace mucho tiempo, un hombre bueno que daba a los viandantes de comer y beber por dinero,; y aunque era una persona pobre y tenía una casa pequeña, alguna vez, en caso de gran necesidad, albergaba no a todas las personas, sino a algún conocido; ahora bien, tenía éste una mujer que era muy hermosa hembra, de la cual tenía dos hijos: y el uno era una jovencita hermosa y agradable, de edad de quince o de dieciséis años, que todavía no tenía marido; el otro era un niño pequeñito que todavía no tenía un año, al que la misma madre amamantaba. A la joven le había echado los ojos encima un jovenzuelo apuesto y agradable y hombre noble de nuestra ciudad, el cual andaba mucho por el barrio y la amaba fogosamente; y ella, que estaba muy orgullosa de ser amada por un joven tal como aquel, mientras se esforzaba en retenerlo en su amor con placenteros gestos, de él igualmente se enamoró; y muchas veces con gusto de cada una de las partes hubiera tenido efecto aquel amor si Pinuccio, que así se llamaba el joven, no hubiera sentido disgusto en causar la deshonra de la joven y de él. Pero de día en día multiplicándose su ardor, le vino el deseo a Pinuccio de reunirse con ella, y le vino al pensamiento encontrar el modo de albergarse en casa de su padre, pensando, como quien conocía la disposición de la casa de

---

[165] Es la llanura del arroyo cercano a Florencia adonde Calandrino fue a buscar sus piedras negras. Cf VIII, 3.

la joven, que, si aquello hiciera, podría ocurrir que estuviese con ella sin que nadie se apercibiese; y en cuanto le vino al ánimo, sin dilación lo puso en obra. Él, junto con un fiel amigo llamado Adriano, que conocía este amor, cogiendo un día al caer la noche dos rocines de alquiler y poniéndoles encima dos valijas, tal vez llenas de paja, salieron de Florencia, y dando una vuelta, cabalgando, llegaron a la llanura del Muñone siendo ya de noche; y entonces, como si volviesen de Romaña, dándose la vuelta, se vinieron hacia las casas y llamaron a la del buen hombre; el cual, como quien muy bien conocía a los dos, abrió la puerta prontamente. Y le dijo a Pinuccio:

—Mira, tienes que darnos albergue esta noche: pensábamos poder entrar en Florencia, y no hemos podido darnos tanta prisa, y, como ves, es por ello que hayamos llegado aquí a esta hora.

A lo que el posadero respondió:

—Pinuccio, bien sabes qué (poca) comodidad tengo para albergar a hombres tales como sois vosotros; pero como esta hora os ha alcanzado aquí y no hay tiempo para que podáis ir a otro sitio, os daré albergue de buena gana como mejor pueda.

Echando pie a tierra, pues, los dos jóvenes, y entrando en el albergue, primeramente acomodaron sus rocines y luego, habiendo llevado ellos la cena consigo, cenaron con el huésped. Pues bien, no tenía el huésped sino una alcobita muy pequeña en la cual había tres camitas puestas como mejor había sabido el huésped; y no había, con todo ello, quedado más espacio —estando dos a uno de los lados de la alcoba y la tercera contra el otro— que se pudiese hacer allí nada sino moverse muy estrechamente. De estas tres camas, hizo el hombre preparar para los dos compañeros la menos mala, y los hizo acostar; luego, después de algún rato, no durmiendo ninguno de ellos, aunque fingiesen dormir, hizo el huésped acostarse a su hija en una de las dos que quedaban y en la otra se metió él y su mujer, la cual, junto a la cama donde dormía puso la cuna en la que tenía a su hijo pequeñito. Y estando las cosas de esta forma dispuestas, y habiendo Pinuccio visto todo, después de algún tiempo, pareciéndole que todos estaban dormidos, levantándose sin ruido, se fue a la camita donde estaba echada la joven amada por él, y se acostó a su lado; por la cual, aunque medrosamente lo hiciese, fue alegremente acogido, y con ella se estuvo tomando el placer que más había deseado. Y estando así Pinuccio con la joven, sucedió que un gato hizo caer algunas cosas, y la mujer, despertándose, lo oyó; por lo que levantándose, temiendo que fuese otra cosa, así en la oscuridad como estaba, se fue allí adonde había oído el ruido. Adriano, que en aquello no tenía la mente, por casualidad se levantó debido a alguna necesidad natural y yendo a satisfacerla se tropezó con la cuna puesta por la mujer, y no pudiendo pasar adelante sin levantarla, cogiéndola, la levantó del lugar donde estaba y la puso junto al lado de la cama donde él dormía; y cumplido aquello por lo que se había levantado, volviéndose, sin preocuparse de la cuna, se metió en la cama. La mujer, habiendo buscado y encontrado que aquello que había caído al suelo no tenía importancia, no se preocupó de encender ninguna luz para verlo mejor, sino que, habiendo regañado al gato, se volvió a la alcobita, y a tientas se fue directamente a la cama donde dormía su marido; pero no encontrando allí la cuna, se dijo: «¡Ay, desdichada de mí! Mira lo que hacía: por Dios que me iba derecha a la cama de mis huéspedes».

Y yendo un poco más allá y encontrando la cuna, se acostó junto a Adriano en la cama junto a la cual estaba, creyendo acostarse con su marido. Adriano, que todavía no se había dormido, al sentir esto la recibió bien y alegremente; y sin decir palabra desenvainó la espada y la clavó de un solo golpe con gran placer de la mujer. Y estando así, temiendo Pinuccio que el sueño lo sorprendiese con su joven, habiendo logrado el placer que deseaba, se levantó de su lado para volverse a dormir a su cama y, yendo a ella, encontrando la cuna, creyó que era aquélla la del huésped; por lo que, avanzando un poco más, se acostó con el huésped, que con la llegada de Pinuccio se despertó. Pinuccio, creyendo estar al lado de Adriano, dijo:

—¡Bien te digo que nunca hubo cosa tan dulce como Niccolosa! Por el cuerpo de Cristo, he tenido con ella el mayor placer que nunca un hombre tuvo con mujer; y te digo que seis veces ha ido el cántaro a la fuente desde que me fui de aquí.

El huésped, oyendo estas noticias y no gustándole demasiado, se dijo primero: «¿Qué diablos hace éste aquí?».

Después, más airado que prudente, dijo:

—Pinuccio, la tuya ha sido una villanía y no sé por qué tienes que hacerme esto; pero por el cuerpo de Cristo me la vas a pagar.

Pinuccio, que no era el joven más sabio del mundo, al darse cuenta de su error no corrió a enmendarlo como mejor hubiera podido, sino que dijo:

—¿Qué te voy a pagar? ¿Qué podrías hacerme?

La mujer del huésped, que con su marido creía estar dijo a Adriano:

—¡Ay, mira a nuestros huéspedes que están riñendo por no sé qué!

Adriano, riendo, repuso:

—Déjalos en paz y que Dios los confunda: bebieron demasiado anoche.

La mujer, pareciéndole haber oído a su marido gritar y oyendo a Adriano, de inmediato conoció dónde había estado y con quién; por lo cual, como discreta, sin decir palabra, súbitamente se levantó, y cogiendo la cuna de su hijito, como ninguna luz se viese en la alcoba, a tientas la llevó junto a la cama donde dormía su hija y con ella se acostó; y, como despertándose con el barullo del marido, le llamó y le preguntó qué riña se traía con Pinuccio. El marido respondió:

—¿No le oyes lo que dice que ha hecho esta noche con Niccolosa?

La mujer dijo:

—Miente con toda la boca, que con Niccolosa no se ha acostado; que yo me he acostado aquí en el momento en que no he podido dormir ya; y tú eres un animal por creerlo. Bebéis tanto por la noche que luego soñáis y vais de acá para allá sin enteraros y os parece que hacéis algo grande; ¡gran lástima es que no os rompáis el cuello! ¿Pero qué hace ahí ese Pinuccio? ¿Por qué no se está en su cama?

Por otra parte, Adriano, viendo que la mujer tapaba discretamente su deshonra y la de su hija, dijo:

—Pinuccio, te lo he dicho cien veces que no vayas dando vueltas, que este vicio tuyo de levantarte dormido y contar las fábulas que sueñas te va a traer alguna vez una desgracia; ¡vuélvete aquí, así Dios te dé mala noche!

El huésped, oyendo lo que decía su mujer y lo que decía Adriano, comenzó a creer de verdad que Pinuccio estaba soñando; por lo que, cogiéndolo por los hombros, comenzó a menearlo y a llamarlo, diciendo:

—Pinuccio, despiértate; vuélvete a tu cama.

Pinuccio, habiendo oído lo que se había dicho, comenzó, a guisa de quien soñase, a entrar en otros desatinos; de lo que el huésped se reía con las mayores ganas del mundo. Al final, sintiendo que lo meneaban, puso semblante de despertarse, y llamando a Adriano dijo:

—¿Es ya de día, que me llamas?

Adriano dijo:

—Sí, ven aquí.

Él, fingiendo y mostrándose muy somnoliento, por fin se levantó de junto a su huésped y se volvió a la cama con Adriano; y llegado el día y levantándose el huésped, comenzó a reírse y a burlarse de él y de sus sueños. Y así, de una broma en otra, preparando los dos jóvenes sus rocines y poniendo sobre ellos sus valijas y habiendo bebido con el huésped, montando de nuevo a caballo se vinieron a Florencia, no menos contentos del modo en que la cosa había sucedido que de los efectos de la cosa. Y luego después, encontrando otras maneras, Pinuccio se encontró con Niccolosa, la cual afirmaba a su madre que éste verdaderamente había soñado; por lo que la mujer, acordándose de los abrazos de Adriano, a sí misma se decía que era la única en haber estado en vela.

Don Gianni, a instancias de su compadre Pietro, hace un encantamiento para convertir a su mujer en una yegua; y cuando va a pegarle la cola, compadre Pietro, diciendo que no quería cola, estropea todo el encantamiento[166].

[166] Cuentos de este género los repetían los escritores religiosos con diversos fines: precisamente la metamorfosis de una muchacha en yegua la narran diversamente, por ejemplo, la «*Vitae patrum*» («*Patrología lat*». XXI, 451 y ss.; LXXIV, 1110 y ss.; LXXIV, 354 y ss.), Vicente de Beauvais («*Speculum historiale*», XVM, 70), Jacques de Vitry («Exempla», n. 262), Etienne de Bourdon (IV, 1) y también Passavanti («Specchio», pp. 370 y ss.). Éste podría ser otro caso de ironización novelística licenciosa de un relato devoto.

ESTA historia contada por la reina hizo murmurar un poco a las damas y reírse a los jóvenes; pero después de que se callaron, Dioneo así empezó a hablar:

Encantadoras señoras; entre muchas blancas palomas añade más belleza un negro cuervo que lo haría un cándido cisne, y así entre muchos sabios algunas veces uno menos sabio es no solamente un acrecentamiento de esplendor y hermosura para la madurez de estos, sino también deleite y solaz. Por lo que, siendo todas vosotras discretísimas y moderadas, yo, que más bien huelo a bobo, haciendo vuestra virtud más brillante con mi defecto, más querido debe seros que si con mayor valor hiciera oscurecerse a aquélla: y, por consiguiente, mayor libertad debo tener en mostrarme tal cual soy, y más pacientemente debe ser soportado por vosotras aquello que voy a contar que lo debería si yo fuese más sabio. Os contaré, pues, una historia no muy larga en la cual comprenderéis cuán diligentemente conviene observar las cosas impuestas por aquellos que hacen algo por arte de magia y cuándo un pequeño fallo cometido en ello estropea todo lo hecho por el encantador.

El año pasado hubo en Barletta un cura llamado don Gianni de Barolo, el cual, porque tenía una iglesia pobre, para sustentar su vida comenzó a llevar mercancía con una yegua acá y allá por las ferias de Apulia y a comprar y a vender. Y andando así trabó estrechas amistades con uno que se llamaba Pietro de Tresanti, que aquel mismo oficio hacía con un asno suyo, y en señal de cariño y de amistad, a la manera de Apulia no lo llamaba sino compadre Pietro; y cuantas veces llegaba a Barletta lo llevaba a su iglesia y allí lo albergaba y lo honraba como podía. Compadre Pietro, por otra parte, siendo pobrísimo y teniendo una pequeña cabaña en Tresanti, apenas bastante para él y para su joven y hermosa mujer y para su burro, cuantas veces don Gianni aparecía por Tresanti, tantas se lo llevaba a casa y lo honraba como podía, en reconocimiento del honor que de él recibía en Barletta. Pero en el asunto del albergue, no teniendo el compadre Pietro sino una pequeña camita en la cual dormía con su hermosa mujer, no lo podía honrar como quería; sino que estando junto a su burro echada la yegua de don Gianni en un pequeño establo, tenía que acostarse sobre la paja junto a ella. La mujer, sabiendo el honor que el cura hacía a su marido en Barletta, muchas veces había querido, cuando el cura venía, ir a dormir con una vecina suya que tenía por nombre Zita Carapresa de Juez Leo, para que el cura durmiese en la cama con su marido, y se lo había dicho muchas veces al cura, pero él nunca había querido; y entre las otras veces una le dijo:

—Comadre Gemmata, no te preocupes por mí, que estoy bien, porque cuando me place a esta yegua la convierto en una hermosa muchacha y me estoy con ella, y luego, cuando quiero, la convierto en yegua; y por ello no me separaré de ella.

La joven se asombró y se lo creyó, y se lo dijo al marido, añadiendo:

—Si es tan íntimo tuyo como dices, ¿por qué no haces que te enseñe el encantamiento para que puedas convertirme a mí en yegua y hacer tus negocios con el burro y con la yegua y ganaremos el doble? Y cuando hayamos vuelto a casa podrías hacerme otra vez mujer como soy.

Compadre Pietro, que era más bien corto de alcances, creyó este asunto y siguió su consejo: y lo mejor que pudo comenzó a solicitar de don Gianni que le enseñase aquello. Don Gianni se empeñó mucho en sacarlo de aquella necedad, pero no pudiendo, dijo:

—Bien, puesto que lo queréis, mañana nos levantaremos, como solemos, antes del alba, y os mostraré cómo se hace; es verdad que lo más difícil en este asunto es pegar la cola, como verás.

El compadre Pietro y la comadre Gemmata, casi sin haber dormido aquella noche, con tanto deseo esperaban este asunto que en cuanto se acercó el día se levantaron y llamaron a don Gianni; el cual, levantándose en camisa, vino a la alcobita del compadre Pietro y dijo:

—No hay en el mundo nadie por quien yo hiciese esto sino por vosotros, y por ello, ya que os place, lo haré; es verdad que tenéis que hacer lo que yo os diga si queréis que salga bien.

Ellos dijeron que harían lo que él les dijese; por lo que don Gianni, cogiendo una luz, se la puso en la mano al compadre Pietro y le dijo:

—Mira bien lo que hago yo, y que recuerdes bien lo que diga; y guárdate, si no quieres echar todo a perder, de decir una sola palabra por nada que oigas o veas; y pide a Dios que la cola se pegue bien.

El compadre Pietro, cogiendo la luz, dijo que así lo haría. Luego, don Gianni hizo que se desnudase como su madre la trajo al mundo la comadre Gemmata, y la hizo ponerse con las manos y los pies en el suelo de la manera que están las yeguas, aconsejándola igualmente que no dijese una palabra sucediese lo que sucediese; y comenzando a tocarle la cara con las manos y la cabeza, comenzó a decir:

—Que ésta sea buena cabeza de yegua.

Y tocándole los cabellos, dijo:

—Que éstos sean buenas crines de yegua.

Y luego tocándole los brazos dijo:

—Que éstos sean buenas patas y buenas pezuñas de yegua.

Luego, tocándole el pecho y encontrándolo duro y redondo, despertándose y levantándose quien no había sido llamado[167], dijo:

—Y sea éste buen pecho de yegua.

Y lo mismo hizo en la espalda y en el vientre y en la grupa y en los muslos y en las piernas; y, por último, no quedándole nada por hacer sino la cola, levantándose la camisa y cogiendo el instrumento de plantar hombres y metiéndolo rápidamente en el surco para ello hecho[168], dijo:

—Y ésta sea buena cola de yegua.

El compadre Pietro, que atentamente hasta entonces había mirado todas las cosas, viendo esta última y no pareciéndole bien, dijo:

—¡Oh, don Gianni, no quiero que tenga cola, no quiero que tenga cola!

Había ya sobrevenido el húmedo radical que hace brotar todas las plantas[169] cuando don Gianni, retirándolo, dijo:

—¡Ay!, compadre Pietro, ¿qué has hecho?, ¿no te dije que no dijeses palabra por nada que vieras? La yegua estaba a punto de hacerse, pero hablando has estropeado todo, y ya no hay manera de rehacerlo nunca.

El compadre Pietro dijo:

—Ya está bien: no quería yo esa cola. ¿Por qué no me decíais a mí: «Pónsela tú»? Y además se la pegabais demasiado baja.

Dijo don Gianni:

—Porque tú no habrías sabido la primera vez pegarla tan bien como yo.

---

[167] Elegante y jocosa manera de indicar la erección de don Gianni.
[168] Con este lenguaje ambiguo hace referencia a los órganos sexuales.
[169] Metáfora para referirse al semen.

La joven, oyendo estas palabras, levantándose y poniéndose en pie, de buena fe dijo a su marido:

—¡Bah!, qué animal eres, ¿por qué has echado a perder tus asuntos y los míos?, ¿qué yeguas has visto sin cola? Bien sabe Dios que eres pobre, pero sería justo que lo fueses mucho más.

No habiendo, pues, ya manera de poder hacer de la joven una yegua por las palabras que había dicho el compadre Pietro, ella doliente y melancólica se volvió a vestir y el compadre Pietro se fue a hacer su antiguo oficio con su burro, como acostumbraba; y junto con don Gianni se fue a la feria de Bitonto, y nunca más le pidió tal favor.

DÉCIMA JORNADA

---

*Comienza la décima y última jornada del
Decamerón, en la cual, bajo el gobierno
de Pánfilo, se razona sobre quienes liberalmente o con magnificencia hicieron
algo, ya en asuntos de amor, ya en otros.*

AÚN estaban bermejas algunas nubecillas del
occidente, habiendo las del oriente ya llegado a ser,
en su extremidad semejantes al oro, luminosísimas por los
solares rayos que, aproximándoseles, mucho las herían,
cuando Pánfilo, levantándose, hizo llamar a las señoras y a
sus compañeros. Y venidos todos, habiendo deliberado con
ellos adónde pudiesen ir para su esparcimiento, con lento
paso se puso a la cabeza, acompañado por Filomena y
Fiameta, y con todos los otros siguiéndole; y hablando de
muchas cosas sobre su futura vida, y diciendo y
respondiendo, por largo tiempo se fueron paseando; y
habiendo dado una vuelta bastante larga, comenzando el
sol a calentar ya demasiado, se volvieron a la villa. Y allí, en
torno a la clara fuente, habiendo hecho enjuagar los vasos,
el que quiso bebió algo, y luego entre las placenteras
sombras del jardín, hasta la hora de comer se fueron
divirtiendo; y después de que hubieron comido y dormido,
como solían hacer, se reunieron cuando al rey quiso, y allí
el primer relato lo ordenó el rey a Neifile, la cual
alegremente comenzó así:

Mitrídanes, envidioso de la cortesía de Natán, yendo a matarlo, se encuentra con él sin conocerlo, e, informado por él mismo sobre lo que debe hacer, lo encuentra en un bosquecillo como éste lo había dispuesto; el cual, al reconocerlo, se avergüenza y se hace amigo suyo[170].

[170] La historia parece haberle llegado a Boccaccio por vía oral, si atendemos a las palabras introductorias de Filóstrato, pero recoge el mismo asunto narrado por Valerio Máximo en V, 9,4 de sus «*Dichos y hechos memorables*». Por otra parte, Natalino Sapegno señala que todos sus elementos se encuentran en un poemita del persa Saadi, muerto en 1291, y el episodio de la mendiga inoportuna está en la Vida de San Juan el Limosnero, de las «*Vitae patrum*». Vittore Branca indica, además, la existencia de elementos de esta historia en otros textos orientales y en la «*Leyenda áurea*».

*D*ESDE luego a todos les parecía haber escuchado algo semejante a un milagro; es decir, que un clérigo hubiese hecho algo con magnificencia; pero callando ya la conversación de las señoras, mandó el rey a Filóstrato que continuase; el cual, prestamente, comenzó:

Nobles señoras, grande fue la magnificencia del rey de España y acaso mucho más inaudita la del abad de Cluny, ¡pero tal vez no menos maravilloso os parecerá oír que uno, por liberalidad, a otro que deseaba su sangre y también su espíritu, se dispuso a entregársela con circunspección!, y lo habría hecho si aquél hubiera querido tomarlo, tal como en una novelita mía pretendo mostraros.

Certísimo es, si se puede dar fe a las palabras de algunos genoveses y de otros hombres que han estado en aquellas tierras, que en la región de Catay[171], hubo un hombre de linaje noble y rico sin comparación, llamado por nombre Natán, el cual teniendo una finca cercana a un camino por el cual casi obligadamente pasaban todos los que desde Poniente querían ir a las partes de Levante o de Levante a Poniente, y teniendo el ánimo grande y liberal y deseoso de ser conocido por sus obras, teniendo allí muchos obreros, hizo allí en poco espacio de tiempo construir una de las mayores y más ricas mansiones que nunca fueran vistas, y con todas las cosas que eran necesarias para recibir y honrar a gente noble la hizo proveer espléndidamente. Y teniendo numerosa y buena servidumbre, hacía recibir y honrar con agrado y con fiestas a quienquiera que iba o venía; y tanto perseveró en tal loable costumbre que ya no solamente en Levante, sino en Poniente se le conocía por su fama. Y estando ya cargado de años, pero no cansado de ejercitar la cortesía,

---

[171] Catay es el nombre que se dio en los relatos de Marco Polo a la región asiática que comprendía los territorios situados en las cuencas de los ríos Yangtsé y Amarillo, en la actualidad, parte de China.

sucedió que llegó su fama a los oídos de un joven llamado Mitrídanes, de una tierra no lejana de la suya, el cual, viéndose no menos rico que lo era Natán, sintiéndose celoso de su fama y de su virtud, se propuso o anularla u ofuscarla con mayores liberalidades; y haciendo construir una mansión semejante a la de Natán, comenzó a hacer las más desmedidas cortesías que nunca nadie había hecho a quien iba o venía por allí, y sin duda se hizo muy famoso en poco tiempo. Ahora bien, sucedió un día que, estando el joven completamente solo en el patio de su mansión, una mujercita, que había entrado por una de las puertas de la mansión, le pidió limosna y la obtuvo; y volviendo a entrar por la segunda puerta hasta él, la recibió de nuevo, y así sucesivamente hasta la duodécima; y volviendo la decimotercera vez, dijo Mitrídanes:

—Buena mujer, eres muy insistente en tu pedir —y no dejó, sin embargo, de darle una limosna. La viejecita, oídas estas palabras, dijo:

—¡Oh liberalidad de Natán, qué maravillosa eres!, que por treinta y dos puertas que tiene su mansión, como ésta, entrando y pidiéndole limosna, nunca fui reconocida por él —o al menos no lo mostró— y siempre la obtuve; y aquí no he venido más que trece todavía y he sido reconocida y reprendida.

Y diciendo esto, sin más volver, se fue. Mitrídanes, al oír las palabras de la vieja, como quien lo que escuchaba de la fama de Natán lo consideraba disminución de la suya, encendido en rabiosa ira comenzó a decir:

—¡Ay, triste de mí! ¿Cuándo alcanzaré la liberalidad de Natán en las grandes cosas, que no sólo no lo supero como busco, sino que en las cosas más ínfimas no puedo aproximarme a él? En verdad me esfuerzo en vano si no lo quito de la faz de la tierra; lo cual, ya que la vejez no se lo lleva, conviene que lo haga con mis propias manos.

Y con este ímpetu se levantó, sin decir a ninguno su intención y, montando a caballo con pocos acompañantes, después de tres días llegó a donde vivía Natán; y habiendo ordenado a sus compañeros que fingiesen no conocerle y que se procurasen un albergue hasta que recibiesen de él otras órdenes, llegando allí al caer la tarde y estando solo, no muy lejos de la hermosa mansión encontró a Natán solo, el cual, sin ningún hábito pomposo, estaba dándose un paseo; y, como no lo conocía, le preguntó si podía decirle dónde vivía Natán. Natán alegremente le respondió:

—Hijo mío, nadie en esta tierra puede mostrártelo mejor que yo, y por ello, cuando gustes te llevaré allí.

El joven dijo que le agradaría, pero que, si podía ser, no quería ser visto ni conocido de Natán; y Natán le dijo:

—También esto haré, puesto que te place.

Echando, pues, Mitrídanes pie a tierra, entabló con Natán muy pronto agradabilísima conversación, y con él se fue hasta su hermosa mansión. Allí hizo Natán a uno de sus criados coger el caballo del joven, y al oído le ordenó que rápidamente arreglase con todos los de la casa que ninguno le dijera al joven que él era Natán; y así se hizo. Cuando ya estuvieron en la mansión, llevó a Mitrídanes a una hermosísima estancia donde nadie lo veía excepto quienes él había señalado para su servicio; y, haciéndolo honrar sumamente, él mismo le hacía compañía. Estando con el cual Mitrídanes, aunque lo respetase como a un padre, le preguntó que quién era; al cual respondió Natán:

—Soy un humilde servidor de Natán, que desde mi infancia he envejecido con él, y nunca me elevó a otro estado que al que me ves; por lo cual, aunque todos los demás le alaben tanto, poco puedo alabarle yo.

Estas palabras llevaron algunas esperanzas a Mitrídanes de poder con mejor consejo y con mayor seguridad llevar a efecto su perverso propósito; al cual,

Natán, muy cortésmente le preguntó quién era y qué asunto le traía por allí, ofreciéndole su consejo y su ayuda en lo que pudiera. Mitrídanes tardó algo en responder y decidiéndose por fin a confiarse con él, con largo circunloquio, le pidió su palabra y luego el consejo y la ayuda; y le descubrió abiertamente quién era él y por qué había venido, y movido por qué sentimiento. Natán, oyendo el discurso y feroz propósito de Mitrídanes, mucho se enojó en su interior, pero sin tardar mucho, con fuerte ánimo e impasible gesto le respondió:

—Mitrídanes, noble fue tu padre y no quieres desmerecer de él, habiendo acometido tan alta empresa como lo has hecho, es decir, la de ser liberal con todos; y alabo mucho la envidia que por la virtud de Natán sientes porque, si de éstas hubiera muchas, el mundo, que es misérrimo, pronto se haría bueno. La intención que me has descubierto sin duda permanecerá oculta, para la cual puedo ofrecerte antes un consejo útil que una gran ayuda: el cual es éste. Puedes ver desde aquí un bosquecillo al que Natán va él solo a pasearse durante un buen rato casi todas las mañanas: allí fácil te será encontrarlo y hacerle lo que quieras; al cual, si matas, para que puedas volver a tu casa sin impedimento, no irás por el camino por el que viniste, sino por el que ves a la izquierda para salir del bosque, porque, aunque algo sea más salvaje, está más cerca de tu casa y, por consiguiente, más seguro.

Mitrídanes, recibida la información y habiéndose despedido Natán de él, ocultamente hizo saber a sus compañeros —que también estaban allí adentro— dónde debían esperarlo al día siguiente. Pero después de que hubo llegado el nuevo día, Natán, no habiendo mudado de intención respecto al consejo dado a Mitrídanes, ni habiendo éste cambiado en nada, se fue solo al bosquecillo y se dispuso a morir. Mitrídanes, levantándose y cogiendo su arco y su espada, que otras armas no tenía, y montado a caballo, se fue al bosquecillo, y desde lejos vio a Natán solo ir paseándose por él; y queriendo, antes de atacarlo, verlo y oírlo hablar, corrió hacia él y, cogiéndolo por el turbante que llevaba en la cabeza, dijo:

—¡Viejo, muerto eres!

A lo que nada respondió Natán sino:

—Entonces es que lo he merecido.

Mitrídanes, al oír su voz y mirándolo a la cara, súbitamente reconoció que era aquel que le había recibido benignamente y fielmente aconsejado; por lo que de repente desapareció su furor y su ira se convirtió en vergüenza. Con lo que, arrojando lejos la espada que había desenvainado para herirlo, bajándose del caballo, corrió llorando a arrojarse a los pies de Natán y dijo:

—Manifiestamente conozco, queridísimo padre, vuestra liberalidad, viendo con cuánta prontitud habéis venido a entregarme vuestro espíritu, del que, sin ninguna razón, me mostré a vos mismo deseoso; pero Dios, más preocupado de mi deber que yo mismo, en el punto en que mayor ha sido la necesidad me ha abierto los ojos de la inteligencia, que la mísera envidia me había cerrado; y por ello, cuanto más pronto habéis sido en complacerme, tanto más conozco que debo hacer penitencia por mi error: tomad, pues, de mí, la venganza que estimáis convenientemente para mi pecado.

Natán hizo levantar a Mitrídanes, y tiernamente lo abrazó y lo besó, y le dijo:

—Hijo mío, en tu empresa, quieras llamarla mala o de otra manera, no es necesario pedir ni otorgar perdón porque no la emprendiste por odio, sino por poder ser tenido por el mejor. Vive, pues, confiado en mí, y ten por cierto que no vive ningún otro hombre que te ame tanto como yo, considerando la grandeza de tu ánimo que no se ha entregado a amasar dineros, como hacen los miserables, sino a gastar los amasados; y no te avergüences de haber querido matarme para hacerte famoso ni creas que yo me asombre por ello. Los sumos emperadores y los grandísimos reyes no han ampliado sus reinos, y por consiguiente su fama, sino con el arte de matar no sólo a un hombre como tú querías hacer, sino a infinitos, e incendiar países y abatir ciudades; por lo que si tú, por hacerte más famoso, sólo querías matarme a mí, no hacías nada asombroso ni extraño, sino muy usual.

Mitrídanes, no excusando su perverso deseo sino alabando la honesta excusa que Natán le encontraba, razonando llegó a decirle que se maravillaba sobremanera de cómo Natán había podido disponerse a aquello y a darle la ocasión y el consejo; a lo que replicó Natán:

—Mitrídanes, no quiero que te maravilles ni de mi consejo ni de mi disposición porque desde que soy dueño de mí mismo y dispuesto a hacer lo mismo que tú has emprendido, ninguno ha habido que llegase a mi casa que yo no lo contentase en lo que pudiera en lo que fuese por él pedido. Viniste tú deseoso de mi vida; por lo que, al oírtela solicitar, para que no fuese el único que se marchase de aquí sin obtener lo que habías pedido, prestamente decidí dártela y para que la tuvieses creí que era bueno aquel consejo te di que para obtener la mía y no perder la tuya; y por ello todavía te digo y ruego que, si te place, la tomes y te satisfagas con ella; no sé cómo podría emplearla mejor. Ya la he usado ochenta años y la he gastado en mis deleites y en mis consuelos; y sé que, según el curso de la naturaleza, como sucede a los demás hombres y generalmente a todas las cosas, por poco tiempo ya podrá serme otorgada; por lo que juzgo que es mucho mejor darla, como siempre he dado y gastado mis tesoros, que quererla conservar tanto que contra mi voluntad me sea arrebatada por la naturaleza. Pequeño don es regalar cien años; ¿cuánto menor será dar seis u ocho que me queden por estar aquí? Tómala, pues, si te agrada, te ruego, porque mientras he vivido aquí todavía no he encontrado a nadie que la haya deseado y no sé cuándo pueda encontrar a alguno, si no la tomas tú que la deseas; y por ello, antes de que disminuya su valor tómala, te lo ruego.

Mitrídanes, avergonzándose profundamente, dijo:

—No quiera Dios que cosa tan preciosa como es vuestra vida vaya yo a tomarla, quitándola a vos, y ni siquiera que la desee, como antes hacía; a la cual no ya no disminuiría sus años, sino que le añadiría de los míos si pudiese.

Prestamente Natán le dijo:

—Y si puedes, ¿querrías añadírselos? Y me harías hacer contigo lo que nunca con nadie he hecho, es decir, coger sus cosas, que nunca a nadie las cogí.

—Sí —dijo súbitamente Mitrídanes.

—Pues —dijo Natán— harás lo que voy a decirte. Te quedarás, joven como eres, aquí en mi casa y te llamarás Natán, y yo me iré a la tuya y siempre me haré llamar Mitrídanes.

Entonces Mitrídanes repuso:

—Si yo supiese obrar tan bien como vos sabéis y habéis sabido, tomaría sin pensarlo demasiado lo que me ofrecéis; pero porque me parece ser muy cierto que mis obras disminuirían la fama de Natán y yo no pretendo estropear en otra persona lo que no sé lograr para mí, no lo tomaré.

Tras éstos y otros muchos amables razonamientos habidos entre Natán y Mitrídanes, cuando le pareció bien a Natán volvieron juntos hacia la mansión, donde Natán honró muchos días sumamente a Mitrídanes y lo confortó en su alto y grande propósito con todo ingenio y sabiduría. Y queriendo Mitrídanes volver a casa con su séquito, habiéndole Natán hecho saber perfectamente que nunca podría vencerle en liberalidad, se marchó con su permiso.

*H*ABÍA terminado la historia y mucho habían hablado de ella las señoras, tirando quien de un lado y quien del otro, y quien reprochando una cosa y quien otra alabando en relación con ella, cuando el rey, levantando el rostro al cielo y viendo que el sol de la tarde estaba ya próximo a su ocaso, sin levantarse comenzó a hablar así.

—Esplendorosas señoras, como creo que sabéis, el buen sentido de los mortales no consiste sólo en tener en la memoria las cosas pasadas o conocer las presentes, sino que por las unas y las otras saber prever las futuras es considerado como talento grandísimo por los hombres eminentes. Nosotros, como sabéis, mañana hará quince días que salimos de Florencia para tener algún entretenimiento con el que sujetar nuestra salud y vida, dejando la melancolía y los dolores y las angustias que se ven por nuestra ciudad continuamente, desde que comenzó este pestilente tiempo; lo que, según mi juicio, hemos hecho honestamente porque, si he sabido mirar bien, a pesar de que se han contado alegres historias y tal vez despertadoras de la concupiscencia, y del continuo buen comer y beber, y la música y los cánticos —cosas todas que inclinan a las cabezas débiles a cosas menos honestas— ningún acto, ninguna palabra, ninguna cosa ni por vuestra parte ni por la nuestra he visto que hubiera de ser reprochada; me ha parecido ver y oír continua honestidad, continua concordia, continua fraterna familiaridad, lo que sin duda, para honor y servicio vuestro y mío me es gratísimo. Y por ello, para que no surja algo que pudiese convertirse en molesto por una costumbre demasiada larga, y para que nadie pueda reprochar nuestra demasiado larga estancia aquí y habiendo cada uno de nosotros disfrutado su jornada como parte del honor que ahora me corresponde a mí, me parecería, si a vosotros os parece bien, que sería conveniente volvernos ya al lugar de donde salimos. Sin contar con que, si os fijáis, nuestro grupo —que ya ha sido conocida por otras muchas personas— podría multiplicarse de manera que nos quitase toda nuestra alegría; y por ello, si aprobáis mi opinión, conservaré la corona que me habéis dado hasta nuestra partida, que entiendo que sea mañana por la mañana; si juzgáis que debe ser de otro modo, tengo ya pensado quién debe coronarse para el día siguiente.

La discusión fue larga entre las señoras y entre los jóvenes, pero por último tomaron el consejo del rey como útil y honesto y decidieron hacer tal como él había dicho; por lo que éste, haciendo llamar al mayordomo, habló con él sobre el modo en que debía procederse a la mañana siguiente, y licenciada la compañía hasta la hora de la cena, se puso en pie.

Las señoras y los otros, levantándose, no de otra manera que de la que estaban acostumbrados, se entregó quien a un entretenimiento, quien a otro; y llegada la hora de la cena, con sumo placer fueron a ella, y después de ella comenzaron a cantar y a tañer instrumentos y a bailar carolas; y dirigiendo Laureta una danza, mandó el rey a Fiameta que cantase una canción; la cual, muy placenteramente así comenzó a cantar:

Si Amor sin celos fuera,
no sería yo mujer,
aunque ello me alegrase, y a cualquiera.

Si alegre juventud
en bello amante a la mujer agrada,
osadía o valor
o fama de virtud,
talento, cortesía, y habla honrada,
o humor encantador,
yo soy, por su salud,
una que puede ver
en mi esperanza esta visión entera.

Pero porque bien veo
que otras damas mi misma ciencia tienen,
me muero de pavor
creyendo que el deseo
en donde yo lo he puesto a poner vienen:
en quien es robador
de mi alma, y de este modo en mi dolor
y daño veo volver
quien era mi ventura verdadera.

Si viera lealtad
en mi señor tal como veo valor
celosa no estaría,
pero es tan gran verdad
que muchas van en busca de amador,
que en todos ellos veo ya falsía.
Esto me desespera, y moriría;
y que voy a perder
su amor sospecho, que otra robaría.
Por Dios, a cada una
de vosotras le ruego que no intente
hacerme en esto ultraje,
que, si lo hiciera alguna
con palabras, o señas, u otramente,
le juro que sería mi coraje
capaz de triste hacerla, y con lenguaje
decir no he de poder
cuánto por tal locura ella sufriera.

Cuando Fiameta hubo terminado su canción, Dioneo, que estaba a su lado, dijo riendo:

—Señora, sería gran cortesía que dieseis a conocer a todas quién es, para que por ignorancia no os fuese arrebatada vuestra posesión, ya que así os enojaríais.

Después de ésta, se cantaron muchas otras; y estando ya la noche casi mediada, cuando agradó al rey, todos se fueron a descansar. Y al aparecer el nuevo día, levantándose, habiendo ya el mayordomo mandado todas las cosas por delante, regresaron a Florencia tras la guía del discreto rey; y los tres jóvenes, dejando a las siete señoras en Santa María la Nueva, de donde habían salido con ellas, despidiéndose de ellas, atendieron a sus otros placeres; y ellas, cuando les pareció, se volvieron a sus casas.

GIOVANNI BOCCACCIO

Conclusión del autor

*N*OBILÍSIMAS jóvenes por cuyo consuelo he pasado
tan larga fatiga, creo que —habiéndome ayudado la
divina gracia por vuestros piadosos ruegos, según juzgo,
más que por mis méritos— he terminado cumplidamente
lo que prometí al comenzar la presente obra que haría; por
lo que, dando las gracias primeramente a Dios y después a
vosotras, es tiempo de conceder reposo a la pluma y a la
fatigada mano. Pero antes de concedérselo, brevemente
pretendo responder algunas cosillas, que tal vez alguna de
vosotras u otros pudiesen decir —como sea que me parece
certísimo que éstas no tendrán privilegio mayor que ninguna de las otras cosas, como que no lo tienen me acuerdo
haber mostrado al principio de la cuarta jornada—, como
movido por tácitas cuestiones. Habrá por ventura algunas
de vosotras que digan que al escribir estas novelas me he
tomado demasiadas libertades, como la de hacer algunas
veces decir a las señoras, y muy frecuentemente escuchar,
cosas no muy apropiadas ni para que las digan ni para que
las escuchen las damas honestas. Lo cual yo niego, porque
ninguna hay tan deshonesta que, si con honestas palabras
se dice, sea una mancha para nadie; lo que me parece haber
hecho aquí bastante apropiadamente. Pero supongamos
que sea así, que no intento litigar con vosotras, que me
venceríais; digo que para responderos por qué lo he hecho
así, muchas razones se me ocurren de inmediato. Primeramente, si algo en alguna hay, la calidad de las novelas lo ha
requerido, las cuales, si fuesen miradas con ojos razonables
por personas entendidas, muy claramente sería conocido
que no hubiese podido contarlas de otro modo sin haber
traicionado su naturaleza. Y si tal vez en ellas hay alguna
partecilla, alguna palabrita más libre de lo que tal vez tolera
alguna santurrona —que más pesan las palabras que los

hechos y más se ingenian en parecer buenas que en serlo—, digo que no se me debe reprochar a mí haberlas escrito más que generalmente se reprocha a los hombres y a las mujeres decir todos los días «agujero», «clavija» y «mortero» y «almirez», y «salchicha» y «mortadela», y una gran cantidad de cosas semejantes. Sin contar con que a mi pluma no debe concedérsele menor autoridad que al pincel del pintor, al que sin ningún reproche —o al menos justo—, dejamos que pinte no ya a San Miguel herir a la serpiente con la espada o con la lanza y a San Jorge el dragón cuando le place, sino que hace a Cristo varón y a Eva hembra, y a Aquel mismo que quiso morir por la salvación del género humano sobre la cruz, unas veces con un clavo y otras con dos, lo clava en ella. Además, muy bien puede comprenderse que estas cosas no se dicen en la iglesia, de cuyas cosas se debe hablar con ánimos y palabras honestísimas, —aunque en muchas de sus historias se encuentren sucesos que van más allá de los escritos por mí— ni tampoco se cuentan en las escuelas de los filósofos, donde se requiere la honestidad no menos que en otra parte,; ni entre clérigos ni entre filósofos en ningún lugar, sino en los jardines, y como entretenimiento, entre personas jóvenes aunque maduras y no influenciables por las novelas, en un tiempo durante el cual el ir con las bragas en la cabeza para salvar la vida no sentaba tan mal a las personas honestas. Y estas historias, sean cuales sean, según sea el oyente, pueden perjudicar o beneficiar tal como pueden todas las demás cosas. ¿Quién no sabe que el vino es excelente cosa para los vivientes, según Cinciglione y Escolario[172] y muchos otros, y es nocivo para quien tiene

---

[172] Cincilión (o Cincilione) parece haber sido el nombre de un borracho famoso al que alude Boccaccio en la *Jornada* I, 6 y que burlescamente, por su semejanza con el nombre de Cicerón, es usado como referencia de autoridad. Igual intención burlesca tiene el nombre de Escolario, que se semeja fónicamente a Esculapio.

fiebre? ¿Diremos, entonces, que porque perjudica a los que tienen fiebre es malo? ¿Quién no sabe que el fuego es utilísimo, y aun necesario a los mortales? ¿Diremos, porque quema las casas y los pueblos y la ciudad, que sea malo? Las armas de igual manera defienden la vida de quien vivir desea pacíficamente; y también matan a los hombres muchas veces, no por maldad suya, sino de quienes las usan malintencionadamente.

Ninguna mente corrupta entendió nunca rectamente una palabra; y así como las honestas nada les aprovechan, así las que no son tan honestas no pueden contaminar a la bien dispuesta, así como el lodo a los rayos solares o las inmundicias terrenas a las bellezas del cielo. ¿Qué libros, qué palabras, qué papeles son más santos, más dignos, más reverendos que los de la divina Escritura? Y muchos ha habido que, entendiéndolos perversamente, a sí mismo y a otros han llevado a la perdición. Cada cosa en sí misma es buena para alguna cosa, y mal usada puede ser nociva para muchas; y así digo de mis novelas. Quien quiera sacar de ellas mal consejo o mala obra, a ninguno se lo vedarán si lo tienen en sí o si son retorcidas y estiradas hasta que lo tengan; y a quien quiera utilidad y fruto no se lo negarán, y nunca serán tenidas por otra cosa que por útiles y honestas si se leen o cuentan en las ocasiones y a las personas para los cuales y para quienes han sido contadas. Quien tenga que rezar padrenuestros o hacer tortas de castaña para su confesor, que las deje, que no correrán tras de nadie para hacerse leer, aunque las beatas las digan (y también las hagan) alguna que otra vez. Habrá igualmente, quienes digan que hay algunas que hubiera sido mejor que no estuviesen. Lo concedo: pero yo no podía ni debía escribir sino las que eran contadas y por ello quienes las contaron debieron haberlas contado buenas, y yo las hubiera escrito buenas. Pero si quisiera presuponerse que yo hubiera sido el inventor y el escritor de éstas, que no lo fui, digo que no me avergonzaría de que no todas fuesen buenas, porque no hay ningún maestro, de Dios para abajo, que haga todas las cosas bien y cumplidamente; y Carlo Magno, que fue el primero en crear paladines, no pudo crear tantos que por ellos mismos pudiesen formar un ejército. En la multitud de las cosas diversas conviene que las haya de toda calidad. Ningún campo se cultivó nunca tanto que no se encontrase en él mezclado con las mejores hierbas ortigas y abrojos o algún espino. Sin contar con que, al tener que hablar a sencillas jovencitas, como sois la mayoría de vosotras, necedad hubiera sido el andar buscando y fatigándose en buscar cosas muy exquisitas y poner gran cuidado en hablar muy mesuradamente. Pero, en resumen, quien va leyendo éstas de una en otra, deje las que le molesten y lea las que le deleiten: para no engañar a nadie, llevan en el encabezamiento escrito lo que contienen escondido en su interior. Y todavía creo que habrá quien diga que las hay demasiado largas; a los que repito que quien tiene otra cosa que hacer comete una locura leyéndolas, y también si fuesen breves. Y aunque ha pasado mucho tiempo desde que comencé a escribir hasta este momento en que llego al final de mi fatiga, no se me ha ido de la cabeza que he ofrecido este trabajo mío a los ociosos y no a los otros; y para quien lee por pasar el tiempo nada puede ser largo si le sirve para lo que quiere. Las cosas breves convienen mucho mejor a los estudiosos —que trabajan no para pasar el tiempo sino para usarlo útilmente— que a vosotras, mujeres, a quienes todo el tiempo sobra que no gastáis en los placeres amorosos; y además de esto, como ninguna vais a estudiar ni a Atenas ni a Bolonia ni a París, más extensamente conviene hablaros que a quienes tienen el ingenio agudizado por los estudios. Y no dudo que haya quienes digan que las cosas contadas están demasiado llenas de chistes y de bromas, y que no es propio de un hombre grave y de peso haber escrito así. A estas personas debo darles las gracias, y se las doy, porque, movidas por bondadoso celo, se preocupan tanto de mi fama. Pero a su objeción voy a responder así: confieso que soy hombre de peso y que muchas veces lo he sido en mi vida; y por ello, hablando a aquellas que no conocen mi peso, afirmo que no soy grave sino que soy tan leve que me sostengo en el agua; y considerando que los sermones pronunciados por los frailes para que los hombres se corrijan de sus culpas, se encuentran la mayoría llenos de frases ingeniosas y de bromas y de bufonadas, juzgué que las mismas no estarían mal en mis novelas, escritas para apartar la melancolía de las mujeres. Sin embargo, si se riesen demasiado con ello, el lamento de Jeremías, la pasión del Salvador y los remordimientos de la Magdalena podrán fácilmente curarlas. ¿Y quién pensará que aún haya de aquellas que digan que tengo una lengua mala y venenosa porque en algún lugar escribo la verdad acerca de los frailes? A quienes esto digan hay que perdonarlos porque no es de creer que otra cosa sino una justa razón las mueva, porque los frailes son buenas personas y huyen de la incomodidad por amor de Dios, y muelen cuando el cazo está colmado y no lo cuentan; y si no fuese porque todos huelen un poco a cabruno, mucho más agradable sería su conversación. Confieso, sin embargo, que las cosas de este mundo no tienen estabilidad alguna, sino que siempre están cambiando, y así podría ocurrir con mi lengua; la cual, no confiando yo en mi propio juicio, del que desconfío cuanto puedo en mis asuntos, no hace mucho me dijo una vecina mía que era la mejor y la más dulce del mundo: y en verdad que cuando esto ocurrió había pocas de las precedentes novelas que faltasen por escribir. Y porque con animosidad razonan aquellas tales, quiero que lo que se ha dicho baste para responderlas. Y dejando ya a cada una decir y creer como les parezca, es tiempo de poner fin a las palabras, dando las gracias humildemente a Aquel que tras una tan larga fatiga con su ayuda me ha conducido al deseado fin; y vosotras, amables señoras, quedaos en paz con su gracia, acordándoos de mí si tal vez a alguna algo le ayuda el haberlas leído.

AQUÍ TERMINA LA DÉCIMA Y ÚLTIMA JORNADA DEL LIBRO LLAMADO DECAMERÓN, APELLIDADO PRÍNCIPE GALEOTO.

ÍNDICE